Softly

Du même auteur
aux Éditions J'ai lu

Easy

TAMMARA
WEBBER

Softly

Traduit de l'anglais (États-Unis)
par Patricia Girault

J'AI LU

Titre original :
BREAKABLE

Éditeur original :
Penguin Group USA

Pour GWK

Quand j'étais enfant,
il m'arrivait de me demander
si tu étais mon ange gardien.
Aujourd'hui, je sais que c'est vrai.

1

Landon

Huit ans plus tôt

Je me réveillai en sursaut et en criant.

— Infirmière ! appela quelqu'un. Infirmière !

Un visage se pencha vers moi. Cindy Heller, la meilleure amie de Maman.

— Landon, mon chéri - tout va bien. Là, tu es en sécurité.

En sécurité ? Où ça ?

Je sentis sa paume froide sur mon bras et tentai de reprendre mes esprits, encore plus en voyant ses yeux rougis se remplir de larmes. Elle avait les lèvres blanches et le visage décomposé, fripé comme du papier qu'on aurait froissé puis déplié sommairement.

Charles, son mari, apparut et glissa un bras dans son dos pour la soutenir. Elle s'affaissa visiblement contre lui.

Il posa une main sur la mienne, m'enveloppant de sa chaleur.

— Tu es hors de danger, fiston. Ton père va bientôt arriver. (Il avait la voix râpeuse et les yeux rouges, lui aussi.) Il sera là très vite.

C'est là qu'une infirmière surgit avec une énorme seringue, et avant que je puisse m'écarter elle la plongea dans une poche accrochée à un support en métal. Un tube transparent partait du bas de la poche, mais je ne voyais pas où il se terminait. Je compris qu'il était attaché à mon bras lorsque le produit commença à faire effet. On aurait dit qu'on m'avait tiré dessus avec un fusil hypodermique.

Tiré dessus.

Maman.

— Maman ! m'exclamai-je, mais ma bouche refusait de coopérer et mes yeux n'arrêtaient pas de se fermer. Maman ! Maman !

Cindy laissa échapper un sanglot et se blottit contre son mari. Je ne sentais plus la main de Charles, et dans ma tête tout était cotonneux.

— Landon, repose-toi. Je suis là. Je ne te quitte pas.

Son visage devint flou et mes paupières se firent lourdes, trop lourdes. Je sombrai.

Maman ! criai-je dans ma tête, *Maman ! Maman... Maman...*

Mais je savais déjà qu'elle ne pouvait plus m'entendre, même si je hurlais à m'en casser la voix.

Lucas

Dans un amphi de cent quatre-vingt-neuf étudiants, c'est plutôt rare de se faire remarquer le premier jour, mais ça s'est déjà vu. Quand on sort du troupeau aussi vite, en général c'est pour une mauvaise raison. Comme poser une question débile. Bavarder et du coup rater le regard assassin du prof. Sentir mauvais. Ronfler sans le savoir.

Et celle que je déteste : jouer à l'abruti de service qui se la pète.

Je ne fus pas plus surpris que ça en découvrant un spécimen de cette espèce dans mon cours dès la semaine de la rentrée. Ce mec était un cliché ambulant. De toute évidence ex-star de son lycée, donc habitué aux flatteries en tout genre. Persuadé que cela allait continuer à la fac, et le pire c'est que ça marche. À peine arrivé et déjà pris dans une fraternité. Habillé décontracté mais avec des fringues de marque, coiffure élaborée, sourire suffisant, dents blanches parfaites et la copine canon qui va avec. À tous les coups il s'était inscrit en éco, en science politique et en finance.

D'emblée, il m'agaça. Certes, je n'étais pas super objectif – mais ça n'engageait que moi. Car même s'il semblait attentif et posait des questions pertinentes, ça ne l'empêcherait peut-être pas d'assister aux séances de tutorat que je donnais trois fois par semaine pour décharger M. Heller.

La plupart du temps, le groupe était composé aux trois quarts de très bons étudiants.

L'année précédente, quand j'avais commencé à enseigner, je peux vous dire que j'étais ultra assidu pendant le cours magistral d'Heller. Il m'avait peut-être mis la meilleure note à l'examen, mais une année s'était écoulée depuis et s'il y a bien un domaine où ça bouge en permanence, c'est en économie. Je redoutais par-dessus tout qu'un étudiant me pose une colle. Maintenant que j'en étais à mon troisième semestre en tant que tuteur (et que je suivais le cours pour la *quatrième* fois), je connaissais ces notions sur le bout des doigts. Mais ma présence faisait partie du contrat, et c'était de l'argent bien gagné, alors je ne râlais pas.

En cette rentrée donc, je m'ennuyais à mourir au dernier rang, et je passais le temps en bossant mes dissertations de master, en dessinant et en ignorant résolument cette antipathie absurde que j'avais pour ce petit prétentieux assis devant avec sa petite amie trophée.

Le problème, c'est qu'avant la fin de la semaine, je me mettais à penser à elle.

Depuis tout petit le dessin était une distraction pour moi, un moyen de m'évader. Ma mère était artiste et je ne sais pas si elle avait deviné que j'avais un talent, ou si c'était venu à force de compliments et de pratique. Toujours est-il qu'à six ans, papiers et crayons étaient déjà une forme de communication pour moi. De méditation.

Arrivé à la fac, je ne faisais quasiment plus que des croquis de mécanique ou d'architecture – inévitable, je suppose, vu mes études d'ingénieur. Mais même pendant mon temps libre, il était devenu très rare que je crayonne des corps et des visages. J'avais perdu l'envie.

Jusqu'à ce qu'elle entre dans ma vie.

Quand je la croisais en sortant, il arrivait que son copain lui prenne la main. Seulement on aurait dit qu'il tenait une laisse, pas la main de sa chérie. Avant le cours, il restait à discuter sport, politique, musique et la prochaine soirée à sa sacro-sainte fraternité, avec des types qui lui ressemblaient et d'autres qui faisaient tout pour. Les filles présentes dans le couloir lui lançaient des regards qu'il faisait semblant d'ignorer.

Bizarrement, alors qu'il avait l'air de s'intéresser à tout le monde *sauf* à sa petite amie, je ne voyais plus qu'elle. Elle était belle, c'est clair, mais dans une fac de trente mille étudiants, cela n'avait rien de renversant. Si son mec ne m'avait pas énervé au départ, je ne l'aurais peut-être jamais remarquée.

Quand je me rendis compte que je n'arrêtais pas de la regarder, je tentai de me refréner – en vain, parce que rien n'était aussi intrigant que cette fille. La chose qui me fascinait le plus chez elle, c'étaient ses mains. Pour être plus précis, ses doigts.

Pendant le cours elle restait sagement assise à côté de lui, un vague sourire aux lèvres, et se penchait de temps en temps pour lui parler à voix basse, ou demander un truc à sa voisine. Elle ne semblait pas malheureuse mais avait souvent l'air absent, comme si son esprit était ailleurs. Dans ces moments-là, en revanche, ses mains – ses *doigts* – s'animaient.

Au début je crus qu'elle avait un tic nerveux, comme la fille de Heller, Carlie, qui ne tenait pas en place : tout le temps occupée à se tripoter les cheveux, à claquer des doigts, à remuer la jambe. Le seul moment où elle était calme, c'était quand elle caressait mon chat, Francis.

Mais cette fille ne faisait pas ça parce qu'elle était anxieuse. Ses mouvements étaient méthodiques, synchronisés. Je m'étais mis le plus à gauche possible pour l'étudier de profil, et je voyais son menton bouger de façon subtile – je finis par comprendre que lorsqu'elle avait le regard dans le vague et tapait des doigts sur la tablette, c'était qu'elle entendait de la musique. Elle *jouait* de la musique.

Et ça, c'était magique.

D'après la feuille de présence que Heller m'avait donnée, l'abruti de service s'appelait Kennedy. Du moins, si je lisais correctement son gribouillis. Affalé sur le canapé, chez moi, j'étudiais le plan de l'amphi et murmurai « Sans déconner » quand je lus son nom à *elle*, noté d'une écriture soignée dans la case voisine : Jackie.

Jackie et Kennedy ?

Je refusais de croire qu'il sortait avec elle à cause de son prénom. Il ne pouvait quand même pas être aussi superficiel.

Et puis je repensai à ce qui s'était passé le matin même, à la fin du cours. Il lui avait tendu son devoir et dit, « Bébé, tu l'apportes au prof avec le tien ? Merci. » Ensuite il lui avait dégainé un sourire, puis tourné le dos pour continuer un débat passionnant sur le bizutage, ses vertus et ses limites, pendant que sa nana levait les yeux au ciel, plaçait le devoir de son copain par-dessus le sien et s'exécutait.

Correction : il pouvait carrément être assez superficiel.

D'un doigt, je traçai le nom de Jackie sur le plan. Chacune de ses lettres était ronde, féminine. Le « i » penchait légèrement vers la droite, mais le point au-dessus était normal, pas un rond, ni un petit cœur. Et elle avait quand même tiqué quand son mec l'avait appelée « Bébé » devant les autres. Peut-être restait-il un mince espoir qu'elle ne soit pas complètement prise dans ses filets.

Mais quelle idée de penser un truc pareil ? Cette fille suivait le cours dans lequel j'étais tuteur. Ce qui la rendait inaccessible au moins jusqu'à la fin du semestre. Autrement dit une éternité, vu qu'on en était à la deuxième semaine.

Et même si j'avais pu l'approcher… Je n'aurais pas pu, puisqu'elle n'était pas disponible.

Je me demandai depuis combien de temps ils sortaient ensemble. Ils étaient en deuxième année, donc au pire, depuis un an.

Je fis ce que tout obsédé aurait fait : taper son nom sur Internet. En quelques clics, je tombai sur un profil Facebook verrouillé. *Damned.*

Celui de son mec était on ne peut plus ouvert, par contre.

Kennedy Moore. En couple avec Jackie Wallace. Il ne précisait pas depuis quand, mais les photos d'elle qu'il avait postées dataient non seulement de l'année précédente, mais de celle d'avant encore. Plus je faisais défiler la page, plus j'avais les boules.

L'été avant d'entrer à la fac. La remise des diplômes au lycée. Le bal de fin d'année. Des vacances au ski. Une fête surprise pour les dix-huit ans de Jackie. La photo d'un orchestre prise de loin, avec plus de musiciens sur scène que d'élèves au lycée où j'étais. Un portrait d'elle en robe pour le concert, plus un bonnet de Noël. Mais pas d'instrument dans les mains : je ne savais toujours pas de quoi elle jouait.

Thanksgiving chez les parents de Kennedy. Eux deux faisant les imbéciles avec des copains dans un parc, à côté de maisons qui puaient la banlieue friquée à plein nez. L'été d'encore avant. L'année scolaire d'encore avant. Un deuxième Noël.

La première photo avait été prise à l'automne, trois ans plus tôt.

Ça faisait *trois ans* qu'ils étaient ensemble. Cela me dépassait complètement.

Un miaulement m'indiqua que Francis était rentré de sa promenade du soir. En maître docile que je suis j'allai lui ouvrir, mais il resta planté sur le paillasson pour se lécher nonchalamment une patte.

— Dépêche-toi d'entrer. Je te signale que le chauffage marche, là.

Il se redressa le plus lentement possible, s'étira à n'en plus finir, et fonça à l'intérieur au moment où je lui refermais la porte au nez. Juste après j'entendis « *Lucas !* », et rouvris.

Carlie était déjà dans l'escalier qui menait à mon appart, au-dessus du garage des Heller. Il était bien tard, songeai-je. Depuis plusieurs mois elle avait le béguin pour moi, et ça devenait carrément gênant. J'avais tout fait pour ne pas relever ses œillades et ses gloussements surexcités. Je la connaissais depuis sa naissance, et la considérais comme une cousine, presque une sœur, surtout que je n'avais ni l'un ni l'autre. Accessoirement, elle avait cinq ans de moins que moi – une gamine, quoi. La dernière chose que je voulais, c'était la blesser.

Je me postai résolument devant la porte.

— Salut, Carlie. Tu ne devrais pas être au lit, toi ?

Elle me lança un regard noir, comme si je l'avais insultée.

— Dis donc, j'ai seize ans. Pas six.

Quand elle arriva dans le halo de lumière sur le palier, je vis qu'elle tenait une assiette à la main.

— J'ai fait des cookies. Je me suis dit que ça te ferait plaisir.

— Cool. Merci.

Je pris l'assiette, mais n'allai pas la poser à l'intérieur pour autant.

Elle fourra les mains dans les poches arrière de son short en jean.

— Lucas ?

— Oui ? je répondis, mais pensai, *Oh, oh*.

— Est-ce qu'un jour t'auras… une copine ? Ou bien t'en as déjà une, mais tu l'amènes juste pas ici ? Ou alors, est-ce qu'il y a un truc que tu nous as pas dit…

Je réprimai un fou rire.

— Je ne suis pas homo, si c'est ce que tu cherches à savoir. Je vous en aurais parlé il y a longtemps, sinon.

Bizarrement, c'était beaucoup plus facile de répondre à cette question qu'à la première.

— Ouais, c'est ce que je me disais. Tu t'en fiches de ce que les gens pensent.

— À cause du piercing à la lèvre ? demandai-je, amusé.

— Ça, et les tatouages. (Elle écarquilla les yeux en se rendant compte de ce qu'elle avait sorti.) Je veux dire, évidemment, t'avais tes raisons pour les faire... Je suis vraiment trop conne. Désolée...

— Ça va, Carlie. T'inquiète. (Je jouai machinalement avec l'anneau à ma lèvre et luttai pour ne pas regarder les tatouages qui dissimulaient mes poignets.) Merci pour les cookies.

— De rien, dit-elle en poussant un soupir. Allez, bonne nuit, Lucas.

Le soulagement m'envahit en voyant que je n'aurais pas à répondre à la question fatale sur la petite amie.

— Bonne nuit.

Carlie était le seul membre de la famille Heller qui n'avait aucun problème à m'appeler Lucas. Au moment de commencer la fac trois ans plus tôt, j'avais voulu tout changer, à commencer par mon prénom. Ma mère m'avait donné son nom de jeune fille, Lucas, comme deuxième prénom. Je m'étais dit qu'un tas de gens se faisaient appeler par leur deuxième prénom, et cerise sur le gâteau, il n'y avait pas de démarche à faire.

Mon père refusait catégoriquement de m'appeler ainsi, mais je m'en fichais, à vrai dire. Je ne vivais plus avec lui, et quand je retournais le voir, c'était à peine si on se parlait. Les parents de Carlie et ses deux frères avaient encore du mal – mais au moins, ils faisaient des efforts. Je m'étais quand même appelé Landon pendant dix-huit ans, je pouvais comprendre. En général je laissais passer.

En revanche, pour tous ceux que j'avais rencontrés depuis, j'étais Lucas. Mon objectif était de faire disparaître Landon pour de bon. Comme s'il n'avait jamais existé.

J'aurais dû savoir que ce ne serait pas si facile.

2

Landon

Depuis la maternelle, j'allais dans une petite école privée de la banlieue de Washington. L'uniforme était obligatoire : les filles en jupe écossaise, chemisier et gilet de laine ; les garçons en pantalon avec pli au milieu, chemise blanche et blazer. Nos profs préférés fermaient les yeux sur les écharpes défendues et les lacets colorés, les gilets troués et les blazers oubliés dans la cour. Ceux qui étaient plus stricts nous confisquaient tout ce qu'ils trouvaient, et leurs yeux lançaient des éclairs quand on leur objectait que les bracelets brésiliens et les serre-tête fluo faisaient partie de nos libertés individuelles fondamentales.

L'an passé, Victor Evans s'était fait exclure une semaine pour avoir refusé d'enlever son collier de chien Bottega Veneta, soutenant que le premier amendement de la Constitution américaine lui en donnait le droit et que techniquement, il n'enfreignait pas le règlement. Je peux vous dire que le directeur avait sévi, après ça.

Bref, on était tous identiques de l'extérieur, mais pendant les deux semaines où j'avais raté l'école, j'avais totalement changé – à l'intérieur, là où ça compte vraiment. J'avais failli à ma mission, fait une promesse que je m'étais montré incapable de tenir. Je portais peut-être le même uniforme, mais je ne faisais plus partie du groupe.

On m'autorisa à rattraper le retard que j'avais pris dans les devoirs, comme si c'était simplement une grosse grippe qui m'avait cloué au lit, mais le traitement de faveur ne s'arrêta pas là. Les profs qui m'avaient toujours eu dans le collimateur vinrent me tapoter l'épaule en disant de prendre tout le temps nécessaire pour me mettre à jour des cours. Ils me donnèrent la moyenne alors que je ne la méritais clairement pas vu les torchons que je rendais, des délais pour finir des T.P. que je ne finissais jamais, une seconde chance à chaque interro que je foirais.

Ensuite il y eut mes camarades qui, pour certains, me connaissaient depuis l'âge de cinq ans. Les uns après les autres, ils vinrent me marmonner des condoléances, mais au-delà de ça ils ne savaient pas quoi dire. Personne ne me demanda de l'aide en maths ou ne m'invita à un après-midi jeux vidéo. Mes copains ne firent plus tomber ma trousse quand j'avais le dos tourné, ils ne m'embêtèrent pas le jour où mon équipe préférée se fit battre à plate couture par les Redskins. Les blagues cochonnes s'arrêtaient net quand je passais à proximité.

Tout le monde m'observait : en classe, dans le couloir, à la cafèt', dans l'auditorium. Ils faisaient des messes basses, secouaient la tête d'un air triste, me fixaient comme si je ne pouvais pas les voir. Comme si j'étais devenu une statue de cire – ressemblant drôlement à l'ancien Landon, mais un peu flippant quand même.

Ils ne me regardaient plus dans les yeux, non plus. Qui sait, c'était peut-être contagieux d'être orphelin de mère ?

Un jour où il faisait chaud, je remontai sans y penser les manches de ma chemise pendant le cours d'histoire de M. Ferguson. Bientôt, j'entendis un murmure reconnaissable entre tous, et la nouvelle fit le tour de la classe. « Ses poignets, ah ouais ? », chuchota Susie Gamon de façon très peu discrète, avant que sa voisine la fasse taire.

Je tirai sur mes manches, mais ça ne servit à rien. Les mots avaient été lâchés et telle une avalanche, on ne pouvait plus les arrêter.

Le lendemain, je portais une grosse montre à mon poignet gauche, même si elle frottait douloureusement contre ma peau encore à vif. À droite, j'avais des bracelets de toutes les couleurs, ceux-là mêmes que le directeur avait formellement interdits. Ces accessoires faisaient désormais partie de mon uniforme.

Personne ne me demanda de les enlever. Personne n'y fit allusion. Mais tout le monde continua à regarder, parce qu'ils brûlaient d'envie de savoir ce qu'il y avait dessous.

Liste des trucs que j'ai arrêté de faire :

1. *Jouer au hockey*. J'ai commencé quand j'avais six ans, après être allé voir mon premier match avec Papa. Maman n'était pas ravie, mais elle m'a laissé faire – peut-être parce que c'était un bon moyen de nous rapprocher, Papa et moi. Peut-être parce que j'adorais ce sport.

J'étais droitier mais il se passait un truc curieux quand je laçais mes patins et prenais position à gauche du terrain. Dès que l'arbitre sifflait, je devenais ambidextre. Mes adversaires n'en revenaient pas quand ils me voyaient changer de main au beau milieu d'une action, et le temps qu'ils se remettent j'avais envoyé le palet dans les buts. Mon équipe ne gagne pas à chaque fois, mais l'an dernier on est quand même arrivés en finale. En retournant au collège en septembre, j'étais convaincu que cette fois, on allait remporter le championnat. Comme si c'était la chose la plus importante qui pouvait m'arriver.

2. *Participer en cours*. J'ai arrêté de lever la main, et personne me demande jamais rien. C'est aussi simple que ça.

3. *Dormir*. Disons que je me réveille plusieurs fois par nuit. Je fais des cauchemars, mais pas ceux qu'on pourrait croire. La plupart du temps, je tombe : du ciel, d'un

immeuble, d'une falaise. Je mouline des bras et donne des coups de pied dans le vide. Certaines fois, je rêve d'ours, de requins, de dinosaures. D'autres, que je me noie.

La seule constante, dans tout ça : je suis toujours seul.

Lucas

L'été, la plage me manquait. Même si l'air était saturé d'humidité et le sable pas vraiment fin, le golfe du Mexique avait toujours été là, à quelques pas de la maison. Le clapotis des vagues était un doux murmure qui m'attirait inlassablement.

À présent, je vivais à quatre heures de route de la côte. Lorsque j'étais pris d'une envie irrésistible de me baigner, j'avais le choix entre la piscine des Heller et le lac. Moi qui recherchais la solitude, j'avais peu de chances de la trouver là.

Le lac était tout le temps bondé, et les copines de Carlie venaient quasiment tous les jours à la maison pour bronzer. La dernière chose que je voulais, c'était qu'une bande d'ados flirte avec moi juste parce que j'étais le seul mec du quartier à ne pas être père. Cole avait été l'objet de toutes leurs attentions jusqu'à récemment – à la grande consternation de sa sœur, d'ailleurs. Seulement, il était parti préparer sa rentrée à l'université. Et Caleb n'avait que onze ans – beaucoup trop jeune, en clair.

Je pensais la même chose d'elles, mais elles ne voyaient pas le rapport.

À force de ne pas m'exposer j'étais devenu plus pâle, ce qui faisait ressortir mes tatouages. J'avais commencé par l'enchevêtrement de lignes autour de mes poignets, puis remonté le long des bras, en me faisant essentiellement tatouer des dessins à moi. Ajoutez à cela ma lèvre percée et les cheveux bruns que je laissais pousser, et je ressemblais plus à un fan de musique déprimante qu'à un jeune tout le temps fourré à la plage. Et pourtant, c'est ce que j'étais.

Au lycée j'avais eu plusieurs piercings – un diamant à l'oreille, une barre à l'arcade sourcilière, un anneau au téton, en plus de la lèvre. Papa les détestait, et pour la proviseure de mon lycée c'était la preuve d'un comportement déviant. Je ne prenais même pas la peine de répondre, quand elle me sortait ça.

En commençant mes études, je les avais tous enlevés sauf celui à la lèvre, le plus visible.

Je pensais que Heller allait me demander, « Pourquoi garder *celui-là* ? », mais il ne l'a jamais fait. Sans doute connaissait-il la réponse, à savoir que j'étais carrément paumé, et que m'intégrer à la fac était le cadet de mes soucis. Ce piercing disait au commun des mortels que j'étais tout sauf facile à aborder. C'était une barrière qui me servait à montrer que je n'avais pas peur de souffrir – que j'aimais ça, même.

Deux semaines de cours s'étaient écoulées, déjà. En dépit du bon sens, je scrutais Jackie Wallace. Ses cheveux châtains retombaient en cascade sur ses épaules, sauf quand elle se faisait un chignon ou les tirait en une queue de cheval qui lui donnait l'air d'avoir l'âge de Carlie. Elle avait de grands yeux bleus – d'un bleu limpide, comme le ciel à la montagne. J'avais remarqué qu'elle fronçait intensément les sourcils quand elle était agacée ou se concentrait, mais qu'au repos ils étaient délicieusement arrondis – je me demandais ce que ça donnait quand elle était surprise. Taille moyenne. Mince, mais super bien roulée.

Elle gardait les ongles courts, au naturel. Comme elle ne les rongeait pas non plus, j'en déduisis que c'était fait exprès, pour mieux diriger les symphonies dans sa tête.

J'aurais voulu mettre des écouteurs et me brancher sur elle, pour savoir ce qu'elle entendait quand ses doigts se mettaient à courir sur la tablette de l'amphi. J'étais de plus en plus curieux de savoir quel instrument elle jouait – comme si j'avais su faire la différence entre un violoncelle et un alto.

On croit souvent à tort que la personne douée d'un sens artistique est créative en tout. C'est vrai pour certains (comme ma mère), mais pas pour tous. Quand j'étais plus jeune, mon entourage ne comprenait pas que je ne m'intéresse pas à la musique, la peinture ou la poésie. Mais mon seul talent, c'est le dessin. Si mes tatouages sont réussis, c'est grâce au génie de ma tatoueuse, pas à mes pauvres esquisses.

Après avoir lu un chapitre plombant pour mon cours de physique, je rangeai le bouquin pour sortir mon carnet à croquis. Il restait un quart d'heure avant la fin du cours. Je me mis à observer Jackie Wallace, plusieurs rangées devant moi. Ma main commença à dessiner toute seule. Lorsque je baissai les yeux, j'avais déjà l'embryon d'un portrait. Impossible de reproduire ses doigts en mouvement alors je la dessinai comme ça, menton dans la main, écoutant le prof. En apparence, en tout cas.

— Ceux parmi vous qui ont pris la matière en option se demandent peut-être, « pourquoi perdre mon temps à étudier l'économie ? », était en train de dire celui-ci.

Je soupirai, sachant pertinemment ce qui allait venir. Je connaissais son baratin par cœur.

— Parce que le jour où vous irez pointer au chômage, *au moins vous saurez pourquoi*.

Comme toujours, il y eut des grognements dans l'assistance. Moi je restai de marbre. Mais je vis Jackie sourire du bout des lèvres.

Alors comme ça, elle avait le sens de l'humour.

Son copain, lui, faisait partie des râleurs.

Ma première séance était programmée pour l'après-midi même. À ce stade, la plupart des étudiants étaient encore pleins d'optimisme, même si certains commençaient déjà à décrocher. À tous les coups je n'en aurais pas beaucoup ce jour-là, voire aucun.

La toute première fois, une seule personne s'était pointée à mon tutorat : la coloc d'une fille avec qui j'avais couché deux semaines avant. C'était à peine si je me souvenais de la nana en question, mais j'avais aussitôt reconnu sa coloc, à cause du panneau bourré de *selfies* exhibitionnistes qu'elle avait mis au-dessus de son lit. Ils m'avaient... déconcentré. J'avais l'impression d'être maté en pleine action par une pétasse à moitié nue. Je m'étais même demandé, alors que ce n'était pas du tout le moment, ce qu'elle faisait de ses photos sexy quand ses parents venaient la voir. Est-ce qu'elle collait par-dessus un poster d'Albert Einstein ?

Tout ça pour dire que ce jour-là, je m'étais retrouvé à expliquer la différence entre tendances baissière et haussière à *une* étudiante. Une étudiante dont j'avais vu les seins en photo et qui ne se doutait de rien. Pendant toute l'heure j'avais été incapable de la regarder dans les yeux – ni ailleurs, d'ailleurs, et c'était ultra gênant comme moment.

Cette fois quatre étudiants se pointèrent, tous surpris de voir qu'ils étaient si peu, étant donné le nombre d'inscrits au cours. Parmi eux il n'y avait ni Kennedy Moore, ni Jackie Wallace. J'étais à la fois soulagé et déçu – et je n'avais aucun droit de ressentir ça.

— Je suis le tuteur de M. Heller depuis deux ans, leur expliquai-je d'emblée. L'an dernier, tous ceux qui ont fait l'effort de venir deux à trois fois par semaine ont obtenu un A ou un B à l'examen.

Dans la salle minuscule, quatre paires d'yeux captivés me fixaient – puis s'agrandirent, impressionnés. Clairement, je faisais des miracles.

La vérité ? En général, les plus assidus étaient aussi les meilleurs : ceux qui ne rataient un cours que s'ils passaient sur le billard ou avaient un décès dans la famille. Ils lisaient tous les ouvrages et faisaient le test facultatif à la fin de chaque chapitre. Ils rendaient des devoirs en plus. Les études étaient leur priorité, et la plupart auraient cartonné sans moi.

Mais ces statistiques contribuaient à ma bonne réputation, alors je ne m'en privais pas.

Chaque semaine, je comptais au moins quinze heures de boulot entre mes cours, les fiches d'exercices à préparer et les questions des étudiants, auxquelles je répondais par mail ou de vive voix si c'était possible. Ces heures constituaient environ un quart de mes revenus. Elles n'étaient pas aussi lucratives que mon Job n° 1 (auxiliaire chargé du stationnement sur le campus), ni mon Job n° 2 (serveur chez *Starbucks*), mais c'était bien moins stressant.

Enfin… Jusqu'à ce qu'elle entre dans ma vie.

3

Landon

Papa n'eut pas l'air de remarquer que j'avais arrêté le hockey. Il ne remarqua pas non plus que je n'avais plus de vie sociale. Il s'arrangea simplement pour qu'on vienne me chercher après les cours – et encore, parce que je lui avais posé la question le matin de mon retour au collège, juste avant de sortir de voiture.

Derrière ses Ray-Ban je n'avais pas vu la souffrance qui l'accablait chaque fois qu'il réalisait que Maman ne pouvait plus faire quelque chose, vu qu'elle n'était plus là. Des tâches que *quelqu'un* devait bien faire à sa place. Comme venir me chercher, parce qu'on habitait à une demi-heure en voiture, et que sinon j'étais obligé de prendre le métro seul (ce que je n'avais jamais fait), puis de marcher sur près d'un kilomètre.

Je vais me débrouiller – j'ai treize ans, avais-je envie de lui dire, mais les mots étaient restés coincés dans ma gorge.

— Je vais demander à un chauffeur de venir, avait-il répondu. Tu finis à 15 heures ?

— Quinze heures trente, avais-je rectifié en fulminant.

Je me sentais comme un volcan au bord de l'éruption, luttant pour ne pas exploser. Je lui avais claqué la portière au nez.

Il faisait frais le matin, mais ça restait supportable. Les élèves en avance bavardaient devant l'école en attendant que la cloche sonne. En me voyant, ils avaient tous tourné la tête en même temps. Les parents aussi, dans leur voiture, moteur en marche. Le monde avait ralenti, puis stoppé. Tous ces yeux qui étaient braqués sur moi, comme des dizaines de mini projecteurs.

— Landon ?

Je m'étais retourné en entendant la voix de mon père, espérant absurdement qu'il me dise de remonter en voiture. Il allait me ramener à la maison. M'emmener à son boulot. N'importe quoi sauf me laisser.

Je n'avais pas envie d'être là. De faire ça.

— Tu as ta clé, n'est-ce pas ? Une voiture t'attendra à la sortie. Je rentrerai tôt, 17 h 30 grand maximum. (Il avait marqué une pause, mâchoires crispées.) Enferme-toi, d'accord ? *Et vérifie que les fenêtres sont bien fermées.*

J'avais acquiescé, il m'avait regardé et de nouveau, cette envie totalement irrationnelle de partir avec lui m'avait pris à la gorge. Un signe de la main et il s'était éloigné.

Bref, je n'avais pas eu le cœur de lui parler des entraînements de hockey. J'avais simplement arrêté d'y aller.

Le jour où mon coach appela pour savoir ce qui se passait, je lui dis que je laissais tomber. Il répondit que ça me ferait du bien de garder mes occupations d'avant. Que je pouvais m'y remettre à mon rythme. Que l'équipe me soutenait – certains avaient même parlé de coller les initiales de Maman sur nos casques, ou de les faire coudre sur la manche du maillot. Je l'écoutai sans rien dire, attendant qu'il se rende compte par lui-même que je ne le contredirais pas, mais que je n'y retournerais pas non plus.

Je ne sus jamais si Papa continua à payer ou s'ils arrêtèrent de lui envoyer les factures, et ça m'était bien égal.

Il y avait cette fille que j'aimais bien, avant. (À présent, ma vie se divisait en *avant* et en *après*.) La fille d'avant s'appelait Yesenia et elle était dans ma classe. Je ne l'avais pas revue depuis la fin de l'année scolaire, mais pendant l'été on était restés en contact par texto et sur les réseaux sociaux, et avec tous les commentaires sibyllins qu'on avait échangés, il n'était pas exagéré de dire qu'on flirtait : « top cool, ta photo », « ha, ha, délire ! », « t'as vraiment des beaux yeux. » Ce dernier venait d'elle et lui avait été inspiré par un cliché que Maman avait pris de moi sur la plage, chez mon grand-père. J'étais debout, les pieds dans l'eau, et je contemplais le coucher du soleil.

Il y avait peut-être eu une dizaine de commentaires, mais seul le sien comptait. C'était aussi la première fois que l'un de nous deux se montrait aussi audacieux.

J'avais pas mal grandi, cet été-là. Une bonne nouvelle, parce que Yesenia faisait la même taille que moi jusqu'à présent, et s'il y avait une chose que je savais sur les filles, c'était qu'elles veulent pouvoir porter des chaussures à talons sans pour autant faire deux têtes de plus que leur copain. J'avais poussé de huit centimètres et caressai l'espoir que ça ne s'arrête pas là. Papa faisait plus d'un mètre quatre-vingts, mais ce n'était pas le cas de mes grands-pères, par exemple.

Fille unique de l'ambassadeur du Salvador, Yesenia était une jolie brune au teint mat, aux cheveux courts et aux yeux noisette qui me regardaient à la dérobée, en classe et à la cafétéria. Elle habitait une élégante maison de ville dans le quartier huppé de Dupont Circle. J'avais tanné Maman pour qu'elle m'autorise à aller chez elle en métro, mais jusque-là je n'avais pas eu le courage de demander à Yesenia si ça lui plairait que je vienne la voir.

Une dizaine de jours après la rentrée, j'avais enfin réussi à la voir seule, sans sa bande de copines – ce qui n'est pas une mince affaire pour des ados de treize ans.

— Salut. Ça te dirait d'aller au ciné, samedi ?

J'avais lancé l'invitation avant de me dégonfler, et en la voyant lever ses yeux immenses vers moi, j'espérais secrètement qu'elle remarque les centimètres que j'avais gagnés.

C'était la plus grande fille de la classe. Certains *garçons* étaient même plus petits qu'elle.

— Avec moi, avais-je précisé, vu qu'elle ne répondait pas.

— C'est-à-dire... (Elle avait dans les bras un livre qu'elle tripotait nerveusement, et mon cœur avait battu la chamade jusqu'à ce qu'elle m'explique.) Je n'ai pas le droit de sortir avec des garçons.

Hein, quoi ? À mon tour de rester muet.

— Mais tu pourrais... venir chez moi regarder un film ?

Elle m'avait proposé ça d'un ton hésitant, comme si elle pensait que peut-être, j'allais lui dire non.

Moi, j'avais l'impression qu'elle m'avait plongé la tête dans un seau d'eau glacée, avant de me tirer par les cheveux pour m'embrasser sauvagement, mais je m'étais contenté de hocher la tête, déterminé à garder mon flegme jusqu'au bout. Je venais de demander à une fille de sortir avec moi, et alors ? Pas de quoi en faire un plat.

— D'accord. Je t'envoie un SMS.

Ses copines lui avaient crié de venir, en me scrutant avec curiosité.

— Salut, Landon, m'avait fait l'une d'elles.

J'avais dit bonjour, fourré mes mains dans les poches et tourné les talons, tout en articulant à voix basse « Yes, yes, YES », comme si je venais de balancer le palet pile entre les jambes du goal. Plus que cinq jours avant samedi.

Vingt-quatre heures après, ma vie basculait dans *l'après*.

Lucas

— C'est dégueulasse ! Vous avez pas honte de faire ça ?

Je me retins de lui faire la réponse bien sentie qui me vint à l'esprit : *Original. On me l'avait jamais sorti, ça.*

Je finis de remplir la contravention sans un regard pour elle.

Je m'en veux de mettre une amende quand la personne n'a pas mis assez d'argent dans le parcmètre. Ou quand elle stationne devant un panneau qui, effectivement, pouvait porter à confusion. Mais sûrement pas quand elle s'est garée sur une place où il est écrit en gros et en rouge *RÉSERVÉ AU PERSONNEL.*

Lorsque l'étudiante comprit que les insultes n'allaient pas m'inciter à lever le stylo, elle tenta une autre tactique.

— *Sivouplé-sivouplé-sivouplé ?* J'ai dû rester dix petites minutes, je vous jure !

Et non, toujours pas.

Je déchirai le papier du carnet et le lui tendis. Elle croisa les bras, furax. Alors je le mis dans une enveloppe que je glissai sous son essuie-glace.

En remontant dans ma voiturette de la police du campus, je l'entendis crier :

— Espèce de salaud de cul de *babouin* !

Ça, c'est nouveau. Bravo, Miss Mini Cabriolet Bleu Turquoise.

Quand même, je me demandais si j'étais assez payé pour encaisser ce genre d'injures. Parce que clairement, je ne faisais pas ça pour le prestige. J'étais obligé de rentrer mes cheveux sous une casquette bleu marine en polyester, qui me donnait la sensation d'avoir le crâne en feu dès qu'il faisait un peu chaud, c'est-à-dire les deux tiers de l'année. Je devais enlever mon piercing à la lèvre le temps du service. Et j'étais condamné à porter un uniforme à l'opposé de tous mes principes en matière de garde-robe.

En revanche, grâce à ça, jamais le pauvre bougre à qui je venais de gâcher la journée ne m'avait reconnu – et même s'il était assis à côté de moi en cours.

— Excusez-moi ! Hou, hou, par ici !

En me retournant, je m'attendais presque à tomber sur un papi, mais non : c'était mon prof de thermodynamique de l'an passé. *Merde*. Je rangeai mon carnet en priant pour qu'il ne soit pas M. Mercedes Flambant Neuve, que je venais de verbaliser pour s'être étalé sur deux places au fond du parking. Il fallait être un gros naze pour faire un truc pareil, ce qui ne reflétait en rien l'opinion que j'avais de M. Aziz, mais les gens devenaient bizarres, au volant. Ils pouvaient passer en un éclair de citoyen sain d'esprit à connard ultra agressif.

— Oui, monsieur ? répondis-je, m'attendant au pire.

— Je n'ai plus de batterie, vous pouvez m'aider ? dit-il en pantelant, comme s'il venait de faire trois tours de terrain de base-ball au petit trot.

— Oh, pas de problème, montez. Où est votre voiture ? fis-je, ignorant superbement la fille qui me fit un beau doigt d'honneur quand elle passa en trombe dans sa Mini bleu turquoise.

Aziz ne fit pas de commentaire mais il y avait de quoi être interpellé. Il grimpa dans la voiturette, chercha la ceinture alors qu'il n'y en avait pas et s'accrocha où il put.

— Deux rangées plus loin. La Taurus verte, là-bas.

Je fis demi-tour doucement, histoire de ne pas l'éjecter sans faire exprès, et songeai qu'à l'autre, Lucas – celui qui n'était pas d'un abord facile –, on n'aurait jamais osé faire un doigt d'honneur comme ça. Je devenais un bouc émissaire quand j'enfilais ce foutu costume.

Une fois sa voiture démarrée, j'enlevai les câbles et baissai le capot.

— Veillez à bien la recharger, sinon ça va recommencer.

Je savais que mon prof n'avait pas besoin du conseil, seulement je partais du principe que j'étais incognito.

Raté.

— Merci, monsieur Maxfield, mais j'ai des rudiments de mécanique, depuis le temps, fit-il en éclatant de rire, le souffle toujours court. Dites, c'est une chance de tomber sur vous. Figurez-vous que je dois former une équipe, et je passais justement en revue mes anciens étudiants ce matin. Je prépare un appel à candidature pour un projet de recherches qui débute en janvier et entend développer des matériaux mous durables, afin de contrebalancer les effets néfastes des forces thermodynamiques. L'application principale sera la médecine.

Je savais déjà tout de ce projet – il y avait eu un débat plus qu'animé là-dessus à la dernière réunion de la Société des ingénieurs, et cela avait suscité un engouement comme seule une poignée d'intellos coincés peut générer.

— Vous êtes en master, si mes souvenirs sont bons ?

Je hochai la tête, trop stupéfait pour lui répondre.

— Bon. Nous visons avant tout les étudiants de licence, vu qu'ils resteront plus longtemps. Néanmoins, il est primordial de s'entourer des meilleurs éléments quand on se lance dans un projet, et pour moi vous en faites partie. Ce poste constituerait un atout indéniable dans votre dossier, et comme nous avons décroché une bourse, nous allons pouvoir rétribuer les heureux élus. Reste à savoir si cela vous intéresse.

La vache. Je sortis vite fait de ma léthargie.

— En effet, oui.

— Bien, bien. Envoyez-moi un mail ce soir, je vous transférerai le dossier de candidature. Attention, cela ne veut pas dire que vous serez nécessairement pris. La concurrence va être rude, je pense.

Il n'exagérait pas. J'en connaissais qui auraient sérieusement envisagé de me pousser du haut d'un pont pour prendre ma place.

— Mais je crois pouvoir dire que vous seriez tout en haut de la liste, ajouta-t-il avec un sourire de conspirateur.

Pour le premier devoir d'éco, j'eus droit à ma journée. Au lieu de faire la grasse matinée comme tout étudiant normalement constitué, j'avais bêtement accepté de faire des heures sup' à la police du campus. Comme si je ne savais plus me détendre, ne rien faire de particulier. Entre mes trois jobs, le bénévolat et mes études, je bossais tout le temps.

Le déluge commença à sept heures du matin par un orage surprise. Je me fis déposer par Heller – je n'avais vraiment pas la force d'endurer un trajet cauchemardesque en Harley. Après l'avoir aidé à transporter un carton de bouquins à son bureau et avoir fixé une heure de rendez-vous pour repartir ensemble, je le laissai.

Entre-temps le soleil avait pointé le bout de son nez, même si de grosses gouttes coulaient encore des avant-toits et que les étudiants étaient obligés de slalomer entre les flaques. Mais vu le ciel bas qui nous arrivait droit dessus, le répit serait de courte durée. Il ne restait plus qu'à prier pour que j'arrive au boulot avant la prochaine saucée.

Si la pluie s'installait – et d'après la météo, c'est ce qui allait se passer –, j'allais devoir rester au poste et ranger des dossiers au lieu d'aligner les contraventions. Le lieutenant Fairfield était *toujours* à la bourre quand il s'agissait de classer les dossiers. D'ailleurs, je n'étais pas loin de croire qu'il ne le faisait pas, se contentant d'attendre qu'il y ait du mauvais temps pour me confier cette tâche ennuyeuse à mourir. Ça paraît peut-être bizarre, mais je préférais encore affronter des gens en pétard plutôt que rester coincé derrière un bureau toute la journée.

Avec tout ça, je ne verrai pas Jackie Wallace aujourd'hui.

J'ordonnai à mon cerveau de la fermer, et tins la porte à trois filles qui m'ignorèrent royalement, continuant leur conversation comme si j'étais un domestique installé là dans le seul but de les servir. *Foutu uniforme.*

C'est là que je la vis, sautillant à travers les flaques dans des bottes de pluie ornées de marguerites jaunes. Je restai pétrifié, main sur la poignée, même si elle n'avait pas pu me remarquer à cette distance – ni moi, ni personne. Je savais qu'elle allait entrer par cette porte. Son devoir d'éco débutait dans une minute. Pas de petit ami en vue.

Son sac de cours fit mine de glisser, et elle tenta de le retenir d'une épaule tout en se débattant avec un parapluie assorti à ses bottes. Elle n'était jamais arrivée en retard (ni seule), et j'en déduisis qu'elle avait eu une panne de réveil.

— Bon sang, c'est pas le moment, marmonna-t-elle en s'énervant sur le bouton de son parapluie, qui refusait de se fermer.

Enfin elle y parvint, et leva la tête. Vers moi.

Elle avait les cheveux mouillés et ne portait pas de maquillage, mais le bout de ses cils était recourbé – donc, elle s'était pris une averse en venant. Entre sa peau mouillée, sa proximité et la chance qui m'était donnée de plonger dans ses yeux, je faillis flancher. Elle sentait le chèvrefeuille, un parfum que je connaissais. Ma mère en avait fait pousser sur le mur du cottage qu'on avait dans le jardin et qu'elle avait transformé en atelier d'artiste. L'été, il embaumait, d'autant plus quand elle laissait les fenêtres ouvertes. Maman travaillait sur les tableaux qui seraient accrochés en galerie quelques mois plus tard, et je restais avec elle, à crayonner des personnages de jeux vidéo, des insectes, ou l'intérieur d'un appareil que Papa m'avait permis de démonter.

Un sourire étonné apparut sur le visage de Jackie, venant effacer son air renfrogné.

— Je te remercie, dit-elle, avant de s'engouffrer par la porte ouverte.

— De rien, répondis-je, mais déjà elle s'éloignait.

En direction d'un cours dont j'étais le tuteur. Et d'un petit ami qui ne la méritait pas.

Cela faisait bien longtemps que je ne m'étais pas laissé aller à désirer l'impossible.

4

Landon

Quelques heures après m'avoir ramené de l'hôpital, Papa péta un câble et prit un cutter pour arracher la moquette tachée de sang dans la chambre. Ensuite il alla chercher la ponceuse, et sans prendre la peine de se protéger les yeux il décapa rageusement le plancher, tant et si bien qu'à la fin il y avait un creux visible au milieu de la pièce. La sciure volait partout et se déposait sur les meubles, le lit, les coussins, et mon père.

Moi j'étais adossé au mur, dans le couloir, et je me couvrais les oreilles parce que je n'en pouvais plus d'entendre son chagrin et sa fureur, ses hurlements rauques mêlés au bruit assourdissant de son outil, alors que tout cela ne servait à rien, puisque ça ne la ramènerait pas. Quand il arrêta enfin, je rampai jusqu'à la porte pour regarder. Il était à genoux, pleurant et toussant en même temps, et il avait peut-être réussi à estomper la tache immonde, mais c'était tout.

Le jour de l'enterrement de Maman, je fus réveillé par le bruit de son pas lourd derrière la porte. C'était le petit matin, il faisait encore noir. Je restai allongé sans bouger, osant à peine respirer, l'écoutant tour à tour prendre des cintres dans l'armoire, ouvrir des tiroirs de commode, faire les cent pas dans le couloir.

Il s'était installé dans la chambre d'amis, au rez-de-chaussée. La porte de *l'autre* chambre, celle qui était hantée, restait fermée, et par un accord tacite ni lui ni moi n'y entrâmes plus jamais.

Cindy passait très souvent nous voir, pour amener à manger ou ranger un peu la maison. En général Charles venait avec elle, parfois Cole. Comme les autres, il disait tout ce qu'il ne fallait pas.

— Désolé pour ta mère, me sortit-il de but en blanc, alors qu'on jouait à la console sur mon lit, un soir.

Je lui répondis d'un signe de tête, les yeux rivés sur l'écran. On était en pleine course dans la ville (impossible de me rappeler laquelle), et nos bolides n'arrêtaient pas de faucher des poubelles, des voitures stationnées, parfois même un pauvre piéton qui passait par là. Je faisais tout pour éviter les gens. Cole au contraire semblait les toucher volontairement – surtout quand sa petite sœur Carlie était là, parce qu'il savait que ça l'agaçait.

— T'as renversé un *enfant* ! Tu viens de le renverser *exprès* ! explosait-elle quand elle le surprenait à faire monter sa voiture sur le trottoir pour écraser un jeune skateur.

Je pardonnais à Cole de tuer des gens virtuellement et de dire ce qu'il ne fallait pas, parce qu'il n'avait que dix ans et qu'il me traitait comme avant. C'était le seul à le faire.

Un samedi matin, j'étais dans ma chambre quand je perçus des messes basses au rez-de-chaussée, et je me faufilai dans l'escalier pour espionner. Cindy et Papa étaient assis à la cuisine, une tasse de café dans les mains. Ils parlaient le moins fort possible mais leurs voix résonnaient quand même ; je savais qu'ils discutaient de moi avant même de les entendre.

— Ray, il a besoin de consulter.

Cindy disait toujours qu'elle aurait volontiers échangé ses deux sœurs contre ma mère, qu'elle considérait comme étant de la famille. Je l'avais connue toute ma vie, et elle me traitait comme un neveu turbulent dont elle se sentait en partie responsable.

Pendant un long moment Papa garda le silence, et puis :

— Je n'ai pas besoin de te dire que Landon déborde d'imagination. Il passe son temps à gribouiller, bon sang. Je ne vais quand même pas l'emmener voir un psy à cause de quelques dessins...

— Ray, j'observe ton fils, *votre* fils, depuis qu'il est en âge de tenir un crayon. Je sais bien que c'est sa manière de s'exprimer, mais là, c'est différent. Ces croquis sont violents...

— Et ça t'étonne ? la coupa-t-il sèchement, avant de soupirer. Ah, excuse-moi, Cindy. On va gérer ça à notre façon. On n'a pas envie d'en parler. Quand je repense à..., fit-il, la voix brisée. Je ne l'obligerai pas à se confier.

Ce qu'il ne dit pas : il ne voulait pas *entendre* ce que j'avais à dire.

Mais il avait aussi raison. Je n'avais pas envie d'en parler.

— Il se renferme, Ray. C'est à peine s'il nous adresse encore la parole, répliqua-t-elle d'une voix étranglée par les larmes.

— Pour l'amour du ciel, il a treize ans. Ça n'a rien d'anormal à cet âge-là.

— Je serais d'accord avec toi s'il avait toujours été comme ça. Mais avant, c'était un ado bien dans sa peau, ouvert. Quand je voyais comment il se comportait avec Rose, je me disais que moi aussi, j'aurais peut-être la chance d'avoir des fils qui me parleraient encore à l'adolescence, et qui n'auraient pas honte de m'embrasser pour me souhaiter bonne nuit. Je te le dis, c'est tout sauf normal.

— Sa mère est morte. La vie ne sera plus jamais normale pour lui.

Cindy renifla, et je sus qu'elle s'était mise à pleurer.

— Je ne veux plus parler de ça. Je ne *peux* plus. J'apprécie ton aide, et celle de Charles... Mais je...

— Et si je me chargeais de lui trouver un psychiatre ? Je pourrais l'emmener à ses rendez-vous, et tu n'aurais pas à t'en mêler tant que tu ne voudrais...

— Non. C'est trop tôt. Donne-lui le temps.

— Mais...

— *Cindy*.

Voilà, c'était la voix qui signifiait « Stop ». Je ne la connaissais que trop bien. Quand je voulais un truc et que mes parents tiquaient, Papa s'y prenait toujours comme ça pour avoir le dernier mot : « Landon », et ce regard noir qu'il me lançait. Ce n'était plus la peine d'y penser, après ça.

Les Maxfield et les Heller fêtaient déjà Thanksgiving ensemble avant ma naissance. Ils s'étaient toujours débrouillés, même quand ils étaient à l'autre bout du pays pour un temps, ou quand Charles était devenu maître de conférences à Georgetown et que mon père avait décidé de postuler dans une agence fédérale, alors qu'avec sa thèse il aurait pu faire carrière à l'université. Quand je suis né ils ont perpétué la tradition, mais c'était plus simple, vu qu'ils avaient acheté des maisons situées à vingt minutes en voiture, dans les quartiers chics d'Arlington et d'Alexandria.

Cette année, c'était à nous de les inviter. À la place, on alla chez eux, et pendant le court trajet on subit en silence les chansons stupides qui passaient à la radio. Je ne fis pas l'effort de changer de station et Papa non plus.

Ma mère adorait les fêtes – toutes les fêtes. Il n'y en avait pas une qui était trop gnangnan ou trop commerciale pour elle. Elle faisait des sablés en forme de cœur pour la Saint-Valentin, s'extasiait devant les feux d'artifice le 4 juillet et se mettait à chanter dès que les chants de Noël commençaient à passer à la télé, sans se soucier du nombre de semaines qui nous séparaient encore du 25 décembre. Jamais plus je n'entendrais sa voix. À cette pensée, j'eus la nausée – une façon comme une autre pour mon corps de protester contre le repas qu'on était sur le point de faire. Sans elle.

J'étais assis à l'avant, une tarte au potiron achetée au supermarché sur les genoux, et de la crème fouettée en boîte dans un sac à mes pieds. Papa avait fait cramer les bords en la réchauffant, puis gratté les parties noircies, ce qui donnait à la tarte l'air de s'être fait agresser par des écureuils affamés. C'était certainement la contribution la plus pourrie de la famille Maxfield au déjeuner de Thanksgiving.

Mais je savais qu'il valait mieux garder ce commentaire pour moi.

Le repas fut supportable, mais l'ambiance sinistre jusqu'à ce que Caleb, qui avait quatre ans et considérait encore les couverts comme une option, plonge le doigt dans la crème fouettée et se mette à lécher.

— Caleb, prends ta cuillère, expliqua Cindy gentiment pour la cinquième fois de la journée.

Elle fut exaspérée en voyant son grand frère l'imiter. « *Cole* », fit-elle, moins gentiment. Je ne pus m'empêcher de sourire en voyant les garçons se régaler avec leurs doigts pleins de crème dans la bouche. Carlie s'étrangla de rire.

— Ben quoi ? fit Cole en prenant son air angélique.

Caleb gloussa, répétant « *Quoi ? Quoi ?* » sans arrêt. Et puis, pour une raison inexplicable, il se mit à observer les invités autour de la table, sortit son doigt poisseux et dit en zézayant :

— Elle est où, Roze ? Ze la vois pas.

Tout le monde se figea, et les yeux du garçonnet se remplirent de larmes. « *Roze ! Roze !* », il se mit à hurler, comme s'il venait de comprendre : quand vos parents vous annoncent que quelqu'un est parti au ciel, ça veut vraiment dire que cette personne ne reviendra jamais.

Le peu de nourriture que j'avais réussi à avaler remonta d'un coup. Je courus aux toilettes, condamné par le souvenir de cette nuit-là. Des bruits dans la chambre voisine, que j'étais incapable de chasser de mes pensées. Des hurlements que j'avais poussés en vain, jusqu'à ce que je n'aie plus de voix, plus de larmes. Du fils déplorable que j'avais été, alors qu'elle avait besoin de moi.

Je vomis tout ce que j'avais mangé, puis éclatai en sanglots.

Un mois plus tard, Papa vendait notre maison, donnait sa démission et nous emmenait vivre chez mon grand-père, sur la côte. Le dernier endroit où il avait envie d'aller.

Lucas

Je dînais chez les Heller chaque semaine ou presque – dès que Charles avait décidé de faire un barbecue ou Cindy ses fameuses lasagnes. J'étais toujours le bienvenu chez eux, et ils me traitaient comme un membre de la famille. Je pouvais faire semblant, l'espace d'une heure ou deux, d'être leur fils, leur grand frère.

Et puis je retournais à ma vie, une réalité où je n'avais aucun lien avec personne, hormis un homme qui vivait à des centaines de kilomètres et n'arrivait pas à me regarder dans les yeux car je lui rappelais, et lui rappellerais toujours, la nuit fatale où il avait perdu le seul être qu'il avait aimé.

Je savais cuisiner, mais je n'avais jamais progressé au-delà des recettes basiques que mon grand-père m'avait apprises. C'était un homme simple, et il fut un temps où je rêvais de lui ressembler.

Chez les Heller, je savais que j'allais devoir répondre aux questions plus ou moins indiscrètes de Cindy – une méthode d'interrogatoire subtile que sa fille avait depuis peu adoptée. Je me demandais si elle n'avait pas été envoyée en éclaireur par sa mère, l'autre fois, pour tenter de savoir si j'étais gay ou juste désespérément célibataire. Elles se ressemblaient toutes les deux : comme Cindy, Carlie s'ingérait dans les affaires des autres lorsqu'elle le jugeait nécessaire, et comme Cindy, elle visait juste un peu trop souvent.

Je ne pouvais pas leur en vouloir de me tirer les vers du nez, mais je n'avais vraiment pas grand-chose à raconter. J'allais en cours et au boulot. Parfois à un concert. À la réunion de la Société des ingénieurs, une fois par mois. Le reste du temps je le passais chez moi, à bûcher.

Bref, il n'était pas question que je leur parle de Jackie Wallace, qui était l'étudiante de Charles (et par voie de conséquence, la mienne), et qui non seulement me déconcentrait le jour mais commençait aussi à faire irruption dans mes fantasmes nocturnes.

Le matin même, mon réveil avait sonné au beau milieu d'un rêve avec elle. Un rêve frappant, bourré de détails et carrément contraire à la déontologie.

Elle n'avait pas la moindre idée de qui j'étais, mais cela ne freinait pas mon subconscient. Ça ne m'avait pas empêché non plus d'être ultra déçu quand ce foutu réveil m'avait ramené à la réalité.

J'avais fait exprès d'arriver en retard au cours de Heller et m'étais installé discrètement, avant de sortir mon bouquin de programmation et de lire (et relire) un chapitre pour m'éviter de devenir dingue en la voyant ramener une mèche de cheveux derrière l'oreille gauche ou poser une main sur sa cuisse pour tapoter en rythme.

Décidément, rien de ce qui se passait dans ma vie en ce moment ne pourrait être un sujet de conversation au dîner.

Quand j'arrivai chez eux le soir, curieusement, personne ne me mit sur le gril. J'étais bien content, jusqu'à ce que j'apprenne pourquoi. Carlie, qui avait toujours eu bon appétit, n'avait quasiment rien mangé, se contentant de picorer les lasagnes aux légumes avec sa fourchette. Cindy en préparait toujours une portion à part pour sa fille, qui était une végétarienne pure et dure. C'était le plat préféré de Carlie, d'habitude.

Ses parents échangèrent un regard inquiet et je me demandai ce qui se passait.

— Comment s'est passé ton entraînement de volley, Carlie ? Vous allez y participer, à ce championnat ? lui demanda Heller de sa voix qui signifiait « Tout va bien, tout est parfaitement normal ».

Carlie le regarda, les larmes aux yeux.

— J'ai terminé, dit-elle en repoussant son assiette et en sortant de table précipitamment.

La porte de sa chambre claqua, mais on l'entendit quand même distinctement éclater en sanglots.

— Bon sang, si j'avais ce voyou en face de moi, je lui botterais le cul, grogna son père.

Caleb avait les yeux écarquillés. Il se faisait toujours attraper quand il disait « *cul* », lui.

— Crois-moi, j'en ai envie aussi. Mais à quoi bon ? rétorqua Cindy tout en montant voir sa fille à l'étage.

— Ça me ferait juste un bien fou, marmonna Heller.

Les cris déchirants de Carlie doublèrent de volume lorsque Cindy ouvrit la porte, ce qui nous fit tous les trois grimacer.

— Elle a le cœur brisé ? tentai-je. (Visiblement, on ne parlait pas de volley. Mais je ne savais même pas que Carlie avait un copain, à moins que...) C'est le garçon de la soirée des anciens élèves ?

Charles me le confirma d'un signe de tête.

— Il l'a larguée pour l'une de ses amies, rien que ça. Il lui a brisé le cœur deux fois.

Petit prétentieux de merde. Je ne l'avais vu qu'une fois – quand il était venu la chercher pour l'emmener à cette soirée. Il avait suivi la tradition à la lettre, accrochant une fleur à son poignet, posant pour les photos, mais il faisait tellement arrogant à côté de Carlie, qui était la candeur même. Inévitablement, je repensai à Kennedy Moore... et à Jackie Wallace. *Bon sang, c'est pas le moment*.

— Dur, fit remarquer Caleb, la bouche pleine de lasagnes. Compte sur moi pour t'aider à lui botter le cul, Papa. Il mérite bien une double raclée pour ce qu'il a fait.

— Si ta mère t'entendait, s'indigna Heller. Ce serait nos fesses à nous qu'elle botterait !

Il venait de sermonner son fils, mais ça ne l'empêcha pas de lever la main pour toper avec lui en signe de solidarité masculine. Caleb s'exécuta en ricanant.

J'avais toujours pensé qu'être jaloux, c'était désirer une chose que votre voisin possédait et pas vous. Par exemple, moi qui convoitais la petite amie d'un autre. Elle ne pouvait pas se dédoubler. Si elle se mettait avec moi, c'est qu'elle ne serait plus avec lui, nécessairement.

Je ne savais pas vraiment définir ce que je ressentais en voyant Charles avec ses enfants. Ces derniers ne m'avaient jamais envié la relation que j'avais avec leurs parents, et je leur en étais extrêmement reconnaissant. Mais on aurait beau faire semblant un million de fois, Cindy n'était pas ma mère, pas plus que Charles n'était mon père. Ni elle ni lui n'avaient le pouvoir de combler ce vide.

À l'étage, la crise de larmes était passée. On entendait quelques reniflements entre deux paroles réconfortantes. Caleb gloussa en entendant Charles partager une fois de plus son avis sur l'ex de Carlie, qui ferait bien de ne pas recroiser le chemin des Heller s'il voulait avoir des enfants un jour.

Je portai mon assiette à la cuisine, et réprimai cette jalousie que je n'aurais pas dû ressentir de la seule façon que je connaissais : avec ma honte.

Tu es l'homme de la maison pendant mon absence. Prends bien soin de ta mère.

Je n'ai jamais jeté la pierre à ceux qui tiennent absolument à faire partie d'un groupe. Certes, je fuyais comme la peste les fraternités et autres clubs du campus (à l'exception de ceux réservés aux intellos coincés et qui pouvaient m'être utiles pour réseauter), mais ce n'était pas pour autant que les autres devaient faire comme moi.

Seulement, on aurait dit que certains étaient juste incapables de s'habiller le matin sans avoir l'insigne de leur confrérie cousu sur leurs fringues, histoire de rappeler au monde entier *qu'ils en étaient*. Comme la fille qui bavardait avec Moore avant le cours d'éco, par exemple. Elle était jolie comme une poupée Barbie, mais chaque fois que je la voyais elle portait un tee-shirt, un pantalon, une veste, des *chaussures* avec les lettres ZETA bien en évidence dessus. Aujourd'hui, c'était une casquette de base-ball, et elle avait fait passer sa queue de cheval parfaite dans le trou à l'arrière.

Elle se pencha pour lui parler, posant la main sur son avant-bras en toute innocence, et je vis Kennedy jeter un coup d'œil autour de lui. Son regard glissa sur moi comme sur les autres, ce qui voulait dire qu'il cherchait Jackie. Je la trouvais juste après lui. Elle était de dos et riait à gorge déployée avec une amie, un peu plus loin. Elle ne pouvait pas entendre, donc.

Il ôta la main de la fille, mais la retint assez longtemps pour rendre ce geste ambigu. J'avais déjà vu cette nana discuter avec Jackie. Elles n'étaient peut-être pas proches, mais elle savait forcément qu'elle dépassait les bornes. Je m'approchai discrètement pour écouter.

— Allez, Ivy, fit Moore, tout en gardant Jackie dans son champ de vision. Tu sais bien que j'ai une copine.

On sentait comme des regrets dans sa voix. *Des regrets*. Le salopard.

La minette jeta aussi un regard en coin à Jackie, puis se tourna vers lui et en battant des cils lui dit :

— Malheureusement pour moi.

J'avais beau ne pas avoir une haute opinion de ce type, et penser qu'il ne méritait pas l'amour de celle qui hantait mes nuits, j'espérais vraiment qu'il allait me surprendre en la rembarrant sans détour, elle et sa remarque déplacée.

Mais non. Il la reluqua de la tête aux pieds et murmura :

— T'es trop gentille. Je le suis pas toujours, moi, ça m'arrive d'être un rustre.

Les yeux de la fille firent des étincelles.

— Ah ouais ? Promis ?

Je me détournai pour entrer dans l'amphi, balancer mon sac par terre et m'asseoir. *C'est pas tes oignons*. J'avais une furieuse envie de le frapper, et je desserrai les poings pour me calmer. Comment ce tocard pouvait-il ne serait-ce *qu'envisager* d'en voir une autre, alors qu'il avait la chance d'avoir une copine pareille ?

Cinq minutes après il entrait avec Jackie, une main posée sur le creux de ses reins le temps de descendre les marches jusqu'à leurs places. Ivy était dans la rangée derrière eux, sur la droite, et elle observait toujours Moore d'un air rêveur. Quand Jackie se baissa pour attraper son bouquin, Kennedy lui fit un clin d'œil par-dessus l'épaule. Ivy sursauta, et le gratifia aussitôt d'un sourire mièvre à souhait.

Je me forçai à regarder le carnet ouvert devant moi et à prendre le crayon calé derrière mon oreille. Tout en peaufinant le dessin d'un skateur que j'avais fait dans la rue avant de venir, je pris sur moi pour me convaincre de ce qui n'était rien d'autre que la vérité, finalement, à savoir que ce n'était pas à moi de défendre Jackie Wallace contre les copines perfides et les petits amis hypocrites. Cela ne me regardait pas, point barre.

Je revins quelques pages en arrière pour admirer le second dessin d'elle que je m'étais autorisé à faire, ce fameux jour pluvieux où j'avais bien dû classer des centaines de dossiers. Toute la matinée j'avais entendu sa voix me disant *merci* et vu son doux sourire. J'étais incapable de la chasser de ma tête, alors je l'avais couchée sur le papier. Je revoyais encore ce regard si pur, si près – et cette marque de sympathie, si rare pour une étudiante quand je portais l'uniforme.

Je retournai à mon skateur, mais quelques minutes après, je fis l'erreur de jeter un coup d'œil à Heller, et du coup au bas de l'amphi, là où elle prenait place trois fois par semaine sans savoir que je la regardais, que je luttais constamment contre moi-même, que j'existais.

Ses doigts tapaient le côté de sa jambe en rythme, *un-deux-trois, un-deux-trois*, et je songeai que si j'étais à côté d'elle, j'ouvrirais la paume pour la laisser tracer des notes de musique sur ma peau.

C'est là que Moore posa la main sur la sienne pour lui interdire de continuer. « Arrête », articula-t-il en silence. « Désolée », répondit-elle de la même manière, se sentant soudain empruntée.

Je serrai les mâchoires et m'obligeai à respirer lentement par le nez. *Le fumier*. Une bonne chose que j'aie prévu d'aller au dojo ce soir-là. J'avais vraiment besoin de taper dans un truc. Fort.

5

Landon

Je trouvais bizarre que mon grand-père et mon père ne s'entendent pas, étant donné qu'à trente ans près, ils étaient identiques. Je n'avais jamais remarqué avant qu'on vienne vivre chez Papi. Peut-être parce que Papa avait tout fait pour fuir qui il était, ou aurait pu devenir. Il avait grandi dans cette maison, sur cette plage, mais il n'avait pas l'accent traînant de mon grand-père. Il n'avait pas d'accent, d'ailleurs. Comme s'il avait tout fait pour l'effacer.

Mon grand-père avait arrêté l'école à quatorze ans pour devenir pêcheur, comme son père avant lui, mais Papa avait quitté la maison à dix-huit ans pour faire fac d'éco, et il y était resté jusqu'en thèse. En ville les gens le reconnaissaient souvent, même si ça faisait plus de vingt ans qu'il n'habitait plus là et n'acceptait jamais de boire un café avec eux quand il venait en vacances. Ces mêmes gens gardaient leurs distances à présent, mais lui aussi. Il passait tout son temps sur le bateau avec Papi. Je les imaginais en mer, ne décrochant pas un mot de la journée, et je me demandais si c'était comme ça que ça allait finir entre Papa et moi. Peut-être même que ça l'était déjà.

Il avait donné tous ses beaux costumes avant notre départ, sauf un. On avait laissé nos meubles, la télé, la vaisselle, la batterie de cuisine et ses bouquins de finance, d'économie et de comptabilité. J'avais pris la plupart de mes fringues, des jeux vidéo, quelques livres et mes carnets à dessins. J'avais eu le droit d'emmener ce que je voulais, tant que ça rentrait dans la voiture. Cindy avait mis les albums photos dans un carton, et soigneusement emballé les tableaux de Maman dans du papier kraft. Charles et elle en avaient pris quelques-uns chez eux.

On était toujours venus voir Papi l'été, jusque-là. Pour dormir c'était simple, je prenais un sac de couchage et j'allais me mettre dehors, sur la terrasse protégée par une moustiquaire, ou sinon sur le canapé antédiluvien du salon. Il n'y avait pas d'autre endroit, vu que la petite maison consistait en une cuisine, deux chambres et une salle de bains. Sauf que j'avais un peu oublié ce détail – jusqu'à ce qu'on débarque là-bas, deux jours avant Noël.

Un sapin en plastique pitoyable trônait sur une table bancale près de la fenêtre, et il faisait tout sauf égayer la pièce. La pauvre guirlande dont on l'avait décoré ne clignotait plus. Le reste de la déco se résumait à quelques sucres d'orge accrochés aux branches, une dizaine de clochettes argentées et huit petites photos de moi dans un cadre en feutre, prises à chaque nouvelle année scolaire.

Il n'y avait pas d'étoile ou d'ange en haut de l'arbre. Et pas de cadeaux au pied. Juste le support en plastique, posé à même le bois.

Nos sapins avaient toujours été immenses, et surtout *vrais*. On allait en chercher un tous les ans chez le producteur, à une trentaine de kilomètres d'Alexandria. C'était moi qui choisissais ; Papa payait le monsieur, puis le coupait lui-même et l'attachait sur le toit de la voiture avec des sangles. Il dépassait à l'avant et à l'arrière, et moi j'imaginais qu'on transportait une fusée. L'an passé, j'en avais choisi un si grand que Papa avait dû grimper tout en haut de l'échelle pour mettre les dernières boules et l'étoile.

C'était Maman qui mettait la touche finale. Elle cachait le pied avec un superbe tissu en velours rouge orné d'un galon vert et de *Bonnes Fêtes* et *Ho, ho, ho* brodés au fil d'or. Le matin de Noël il croulait sous les cadeaux, et sur la plupart il y avait écrit *Landon*.

J'étais clairement gâté, mais j'avais beau en avoir vaguement conscience, ça ne me paraissait pas important. Tous les enfants que je connaissais étaient comme moi.

Papi prit ma valise et se dirigea vers la cuisine. C'est à ce moment-là que je me demandai où j'allais dormir.

Il ouvrit la porte du garde-manger… qui n'en était plus un. Les étagères du bas avaient disparu, et il avait réussi je ne sais comment à faire entrer un matelas double entre les quatre murs. Du plafond pendait une suspension marron moche à trois ampoules – le genre de luminaire qu'on achète en général pour une cuisine. D'ailleurs je me rappelai qu'effectivement, elle éclairait cette pièce la dernière fois que j'étais venu. À l'entrée, il avait casé ce qui devait être la commode la plus minuscule au monde. Pour ouvrir un tiroir, je devais fermer la porte de ma nouvelle chambre. Quant à regarder le ciel par la fenêtre, je pouvais oublier, vu qu'il n'y en avait pas.

J'étais devenu Harry Potter. Sauf que je n'avais rien de magique, et que je n'étais pas non plus destiné à accomplir de grandes choses.

— Tu peux l'arranger – ou pas, comme tu veux. C'est juste pour dormir et mettre tes affaires. T'es pas obligé d'y rester, sinon.

Et voilà, mon grand-père commençait à perdre la mémoire : il avait oublié qu'un ado, ça *vit* dans sa chambre.

Maman disait toujours que Papi était un homme plein de bon sens.

— Il est comme ton père. Ils voient le monde en noir et blanc.

— Pourquoi ils s'entendent pas, alors ?

— Ils ne sont pas vraiment fâchés, c'est juste qu'ils ne sont pas d'accord sur ce qui doit être noir et ce qui doit être blanc. C'est pour ça qu'ils se chamaillent tout le temps.

Papa était persuadé d'avoir déçu son père le jour où il avait décidé de partir étudier, mais je n'en étais pas si sûr. Peut-être Papi demandait-il simplement qu'on le laisse faire ce qu'il voulait de *sa* vie, au lieu de se sentir jugé parce qu'il n'était pas assez instruit. Pas assez bon pour son fils.

— Alors en fait, ils se chamaillent au sujet du gris ?

— Si tu veux, mais ils ne se rendent pas compte que le gris sur les photos en noir et blanc représente des choses colorées dans la vraie vie : l'herbe verte, une écharpe rouge, des roses jaunes. Je crois qu'ils ne saisissent pas toujours les nuances, et pourtant elles sont infinies. Peut-être qu'ils ne sont pas doués en art, comme moi je suis nulle en maths. Qui sait ? avait-elle conclu avec un sourire.

Je m'étais contenté d'acquiescer. Mais moi qui maîtrisais les deux, je ne comprenais pas vraiment.

Allongé sur mon nouveau lit, je fixais le superbe lustre de cuisine, vu qu'il n'y avait rien d'autre à voir dans ma chambre microscopique. L'interrupteur était une chaîne qui pendait au mur près de la porte. La suspension avait l'air d'être en laiton, mais le métal s'était tellement oxydé que je ne pouvais pas en être sûr. Peut-être avait-il brillé un jour – genre, il y a cinquante ans. Plus sérieusement, ce n'était pas une bonne idée d'avoir du laiton chez soi quand on habitait aussi près de l'océan et qu'on ne prenait jamais la peine de le lustrer.

J'écartai les bras et touchai les murs, puis les tendis derrière ma tête et rencontrai comme prévu le troisième. Le quatrième était essentiellement la porte du garde-manger, avec une toute petite bande de plâtre autour et au-dessus.

Me redressant, je tâtonnai le long des étagères que Papi m'avait laissées pour attraper mon iPod, que j'avais casé près des carnets. Je me souvenais parfaitement du temps où elles étaient remplies à craquer de conserves, bocaux, boîtes de céréales, plats cuisinés. Près de la porte étaient accrochés un panier de patates, que Papi appelait « tubercules », et un autre d'oignons qui sentaient encore, même s'il les avait rangés ailleurs – dans un tiroir de la cuisine, sans doute.

J'enfonçai les écouteurs et mis ma nouvelle playlist, celle d'un groupe que j'avais découvert au moment de notre départ d'Alexandria. C'étaient des jeunes du coin, et j'avais entendu des titres d'eux sur une radio universitaire. J'avais bien envie d'aller les voir en concert. Ce n'était même plus la peine d'y penser maintenant, à moins qu'ils deviennent célèbres et fassent une méga tournée. Et même comme ça, jamais ils ne viendraient dans ce trou paumé.

Je ne savais pas ce qu'étaient devenus les cartons de déco de Noël que Maman allait chercher à la cave tous les ans : les kilomètres de guirlandes, les boules, les grosses chaussettes en velours rouge et blanc, le calendrier de l'Avent avec ses toutes petites fenêtres.

Je ne m'attendais à rien de spécial, mais Papi m'offrit un beau canif au manche nacré, avec une lame qui devait bien faire huit centimètres. Il avait l'air vieux, mais il était bien entretenu et ultra coupant. Papa, qui n'avait pas été capable de penser à m'acheter un cadeau, me tendit quelques billets, que je fourrai dans mon portefeuille sans les regarder.

— Merci, dis-je à l'un puis à l'autre.

Sans transition, Papi sortit un gaufrier préhistorique du placard, un sachet de pâte toute prête et du sirop d'érable.

Premier Noël sans Maman : terminé.

J'avais encore grandi, mais n'étais pas allé m'acheter d'habits pour autant. Ni me faire couper les cheveux. En fait, j'avais plus ou moins oublié la touche que j'avais, jusqu'au jour où je dus retourner en classe.

Dans la petite ville de mon grand-père il y avait une école primaire, un collège et un lycée, tous au même endroit. Un peu comme ma petite école privée, *avant*. Ici, la plupart des élèves étaient amis depuis l'enfance, et je connaissais ça aussi. Les nouveaux étaient tenus à distance jusqu'à ce qu'ils s'intègrent ou au contraire deviennent des parias. Je savais tout ça, mais je n'y prêtai vraiment attention que le jour où je fus directement concerné.

Mes tee-shirts m'allaient encore mais mes jeans, c'était mort. J'étais serré dans mes chaussures. Engoncé dans mon blouson North Face. À force de tirer sur les manches, tous mes sweats bâillaient.

Je portais ma montre et mes bracelets tous les jours, soulagé qu'ils ne soient pas interdits ici parce que mes profs s'étaient déjà fait une opinion de moi, à savoir que j'étais un délinquant. Ils n'auraient pas fait d'entorse au règlement pour un ado introverti, peut-être instable, qui avait des habits trop petits, les cheveux trop longs et zéro envie de participer en cours.

La plupart de mes camarades étaient d'accord avec eux.

En classe, je me mettais là où le prof me disait de m'asseoir et j'en faisais le moins possible. Dans les couloirs je rasais les murs, les yeux rivés au sol, ignorant les insultes et les coups en passant qui n'étaient jamais faits « exprès ». Parfois, j'imaginais leur répondre. Je repensais aux bagarres qui éclataient sur le terrain de hockey : l'adrénaline qui montait quand un adversaire avait blessé un coéquipier ou nous avait un peu trop mal parlé, la bousculade qui s'ensuivait, les coups qui pleuvaient. Je n'avais plus de patins à glace aux pieds, mais j'aurais pu casser le nez ou déboîter l'épaule de la plupart de ces types avant même qu'ils comprennent ce qui leur arrive.

Seulement si je le faisais, ils croiraient que j'avais les boules d'être traité comme ça. Bref, ça n'en valait pas la peine.

Le midi, j'étais condamné à manger à la table des exclus, avec deux garçons de mon âge (Rick et Boyce) et une fille de douze ans (Pearl), qui passait tout le déjeuner à lire, affalée sur son siège, en se cachant derrière des grosses lunettes et une tignasse brune. Ils n'étaient pas plus disposés à me parler que les autres, mais au moins ils ne me balançaient pas de la purée ou des sales commentaires à la figure, ce qui fait que je mangeais en silence, et ensuite je sortais mon carnet. J'avais appris qu'il valait mieux garder mon sac avec moi, même s'il était lourd. Les casiers qu'on avait à disposition n'étaient pas du tout sécurisés : les codes censés être confidentiels ne changeaient jamais, du coup tout le monde les connaissait.

Le jour de mes quatorze ans, cela faisait deux semaines que je subissais ce traitement, et il restait encore quatre mois pleins avant l'été. À la rentrée, j'irais au lycée. Mais je ne voyais pas pourquoi ma situation s'améliorerait. Il m'arrivait d'observer l'océan depuis les marches du perron et de me demander combien de temps je mettrais à me noyer, et quel effet cela produirait.

Comme à Noël, je me réveillai avec la certitude que je n'aurais pas de cadeaux. Je n'étais même pas sûr que Papa et Papi se souviennent du jour qu'on était, et je n'allais certainement pas le leur rappeler.

En ouvrant la porte du garde-manger, je fus accueilli par une bonne odeur de cannelle et de viande en train de frire. Le plus souvent il n'y avait personne à la maison, à mon réveil. J'émergeais de mon cocon, allais me doucher à la salle de bains qu'on partageait à trois et partais à pied pour l'école. Il faisait frisquet, mais ce n'était rien comparé à Washington l'hiver. Papi avait bien ri quand je lui avais demandé s'il neigeait, chez lui.

— Tu parles, tous les trente-six du mois. Ne te fais pas d'illusions.

Le passage des saisons me manquait, tout comme la première neige immaculée que l'on découvre à la fenêtre un matin ; mais certainement pas le verglas, ni le froid mordant qui transperce les vêtements et fait pleurer les yeux.

Mon père était déjà parti mais Papi était en cuisine, en train de servir deux généreuses assiettes de saucisses, haricots à la tomate et pain perdu. Comme en général mon petit déjeuner se résumait à un bol de céréales ou du porridge industriel passé au micro-ondes, je ne perdis pas de temps, attrapai une fourchette, marmonnai un merci et attaquai.

— J'ai pensé qu'on pourrait aller à la friperie aujourd'hui, annonça-t-il et je levai le nez, la bouche pleine. T'as l'air d'un épouvantail, habillé comme ça. À moins que ce ne soit la nouvelle mode chez les jeunes. Je suis pas vraiment au courant de ce genre de choses.

Il repoussa bruyamment son assiette et attendit.

Pour toute réponse je secouai la tête en réfléchissant à quel jour on était. Jeudi.

— Et le collège ?

— Bah, répondit-il en balayant ce détail d'un geste. Ils peuvent se passer de toi pour une journée.

Ils pourraient se passer de moi tous les jours, tu veux dire.

— Je vais les appeler pour leur dire que t'es malade. On a des emplettes à faire pour ton anniversaire. (Il marqua une pause pendant que je continuais à m'empiffrer.) Je suppose que tu ne voudras pas faire un crochet chez le coiffeur ?

Je secouai de nouveau la tête, en essayant de réprimer le sourire que je sentais monter.

— Je m'en doutais, dit-il, résigné, tout en passant la main sur ses cheveux courts argentés. Remarque, si j'en avais autant que toi, je voudrais les montrer.

À notre retour, j'étais l'heureux propriétaire de trois jeans usés, de deux paires de baskets carrément grunge, de santiags flinguées et d'un sweat à capuche noir déchiré aux poignets. Rien n'avait coûté plus de cinq dollars. Tout m'allait.

Papa était repassé à la maison pendant qu'on était sortis et il avait laissé un petit coffret sur mon lit, contenant une dizaine de fusains de qualité supérieure, deux gommes tendres, du papier abrasif et un taille-crayon. Je reconnus aussitôt le coffret : il avait appartenu à ma mère. Dessous se trouvait un nouveau carnet aux pages finement perforées, comme celles que Maman me donnait pour les dessins qui me plaisaient particulièrement et que je voulais exposer.

Je sortis mon carnet habituel, qui était en piteux état, et retrouvai le croquis que j'avais fait d'une mouette perchée sur la poupe du bateau de Papi. Je passai le reste de ma journée d'anniversaire à tester les fusains, repassant sur le dessin et travaillant les ombres jusqu'à ce que la mouette ait l'air sinistre – un peu comme le corbeau dans ce poème d'Edgar Poe qu'on avait lu en classe à Alexandria, une semaine après mon retour.

Le corbeau en question venait tourmenter un type fou de chagrin après la perte de sa bien-aimée, à tel point qu'il finissait par vraiment perdre la raison. On nous avait donné une rédaction à faire là-dessus, mais ma prof avait fixé un point entre mes yeux et m'avait autorisé à prendre un autre sujet alors que je n'avais rien demandé.

Bref, j'avais choisi Emily Dickinson, un poème sur l'équilibre que l'existence doit maintenir, constamment, entre bon et mauvais. J'avais été bon pendant treize ans. Je me demandais si j'allais devoir le payer jusqu'à mes vingt-six ans. Et si j'aurais la force de survivre.

Lucas

En général, les étudiants commençaient à ne plus venir au bout de quelques semaines, surtout aux cours magistraux comme l'histoire ou l'éco. Cette fois encore, Heller n'y coupa pas. À part si un devoir était prévu l'amphi était plein de trous, qui variaient selon les jours. Mais Jackie ne séchait pas, et je dus bien admettre que son petit ami non plus. Pas une seule fois en deux mois, même.

Alors forcément, la première fois où elle ne vint pas, je le remarquai. Et quand je vis qu'elle était absente au cours suivant, je commençai à m'interroger.

Dès que j'eus une minute à moi, j'allai sur Facebook vérifier le statut de Kennedy Moore, qu'il avait changé en « célibataire ». Le profil de Jackie était introuvable. Soit elle l'avait désactivé temporairement, soit elle avait carrément fermé son compte.

Merde alors. *Ils avaient rompu.*

Je me trouvai salaud de ressentir une telle joie, mais ça ne me gêna pas de faire d'autres conjectures : elle avait cessé de venir en cours. Peut-être dans l'idée de carrément changer d'option... Si c'était le cas, elle ne serait plus mon étudiante et je ne serais plus son tuteur.

À sa troisième absence, Moore flirtait déjà ouvertement avec toutes les filles qui gravitaient autour de lui depuis la rentrée. La semaine suivante, Jackie rata le partiel.

Je pensais recevoir un mail du secrétariat m'informant que Mlle Wallace avait officiellement arrêté le cours de M. Heller, mais rien. Si elle ne faisait pas les démarches d'ici à la fin du mois, elle aurait automatiquement un F et son année serait quasiment ruinée. Je savais que ce n'était pas mes affaires... Mais ça m'emmerdait qu'elle fiche ses études en l'air parce qu'un crétin avait décidé de la larguer.

Le problème, c'est qu'après dix jours passés à scruter toutes les filles du campus qui ressemblaient vaguement à Jackie Wallace, je commençai à croire que je ne la reverrais plus jamais.

Francis me lança un regard qui signifiait « tu peux me dire comment ce machin est arrivé là ? » lorsque je soulevai ses fesses pour prendre mon portable en train de sonner.

C'était Joseph, un des techniciens d'entretien de la fac, qui me refilait des petits boulots quand il ne pouvait pas s'en charger. Souvent c'était réglo, avec contrat et tout ; mais parfois au noir. Du moment que j'étais payé, moi, tout m'allait.

— Salut, Joseph.

— Hééééé, mec... T'es occupé, là ?

Toi, t'es défoncé.

Sacré Joseph. Il ne pouvait plus se passer des médocs qui le faisaient planer, surtout après une semaine de merde où il avait dû se taper des universitaires condescendants, des secrétaires stressées et des petits chefs en plein délire.

— Je bosse mes cours. Qu'est-ce qu'il y a ?

Francis profita de cet interlude pour poser ses neuf kilos de poils roux sur mon bouquin et la moitié de mes notes. Quand je le repoussai mollement, il riposta en faisant tomber mon stylo par terre.

— Un vendredi soir ? Mec, faut vraiment que t'arrêtes avec ça. (Joseph me donnait régulièrement ce conseil. Il savait que je ne changerais pas, mais il se sentait obligé de me faire part de son avis.) Quand est-ce que tu vas te décider à *vivre* ?

— Dès que j'aurai mon diplôme, Joseph. Promis.

Il poussa un long soupir, puis changea de sujet.

— Je t'appelle parce que j'ai une... proposition à te faire.

Je n'avais pas vraiment de meilleur ami ici, et Joseph était sans doute celui qui s'en approchait le plus. Ce qui était curieux, vu qu'on avait seulement deux choses en commun : des goûts quasi identiques en musique et une tendance à cloisonner qui frôlait l'obsession.

On s'était connus six mois plus tôt, à un concert. Cela faisait plusieurs fois qu'il me voyait et j'étais toujours seul, alors il était venu me voir.

— Salut, je m'appelle Joseph Dill. Tu bosses sur le campus, non ?

— Si.

Tout en lui serrant la main, j'avais tenté de le remettre. Il n'était pas en cours avec moi, mais il paraissait un peu jeune pour être prof. Un des doctorants de Heller, peut-être ?

— T'es flic, c'est ça ? avait-il lancé d'un ton qui n'était pas moqueur, mais pas flatteur non plus.

Pour la centième fois j'avais maudit ce boulot, même si ces dix heures par semaine couvraient presque la moitié de mes frais de scolarité.

— En fait, pas exactement. Je mets juste des amendes aux gens mal garés. Je fais ça en plus du master. Mais je suis quand même obligé de porter cet uniforme à la con.

— Ah d'accord, avait-il fait en me toisant de la tête aux pieds. Alors comme ça, t'es étudiant.

Le personnel et les étudiants ont beau se côtoyer tous les jours, ce sont deux mondes à part. Il avait hésité une seconde, puis s'était décidé à franchir la frontière invisible.

— Entretien des bâtiments. Je te paie une bière ? J'aimerais bien que tu me dises pourquoi deux mecs sexy comme nous se retrouvent à aller seuls aux concerts.

Je lui avais rendu son sourire, mais d'un coup j'avais pensé que ce Joseph recherchait peut-être davantage qu'une simple conversation. J'avais une sorte de sixième sens pour repérer les gays, et il en était clairement un.

— T'es majeur, bien sûr ?

— Euh, ouais...

Et puis je m'étais dit que ce serait exactement pareil que de rembarrer une fille quand je n'étais pas intéressé – je l'avais assez fait ces trois dernières années pour savoir comment m'y prendre.

— Cool.

On avait commandé et trinqué avant de boire une longue gorgée. Puis j'avais attendu qu'il parle, ne voulant pas le cataloguer avant qu'il ouvre la bouche.

— Alors voilà. Mon copain est fan de comédies musicales. Mais je peux te dire que je préférerais encore me faire courser par des zombies que de me taper *Cats* encore une fois. Il trouve toujours un pote pour l'accompagner, c'est pas un problème pour lui. Mais dans notre cercle d'amis, il n'y a personne qui apprécie vraiment mes goûts musicaux, tu vois ?

Il avait marqué une pause, se demandant comment j'allais réagir.

Moi j'avais eu envie de rire : je voyais clairement plus ce gars dans un bar de *bikers* qu'à un spectacle de Broadway. Juste après, un souvenir que j'avais enfoui était revenu à la surface : celui de mon père au vernissage d'une expo de ma mère, tenant une flûte de champagne d'un air gêné, mais restant à ses côtés. Papa était plutôt du genre à regarder le sport à la télé le dimanche et à boire du whisky *on the rocks*. Mais il aimait ma mère, et la soutenait dans sa passion.

— Je ne vois pas vraiment, mais je peux imaginer, lui avais-je dit.

Joseph m'avait fait un sourire timide et depuis, on était amis.

— Et c'est quoi, ta proposition ? lui demandai-je à présent en me laissant aller en arrière dans le canapé.

— Tu t'y connais un peu en clim, si mes souvenirs sont bons ?

— Oui, pourquoi ?

J'avais bossé dans une petite boîte du nom de *Hendrickson Electric & AC* au lycée, et j'avais effectivement accompagné le vieux Hendrickson des centaines de fois pour des visites d'entretien et des réparations – mais je n'avais jamais été chargé de faire le diagnostic. Il disait toujours que j'en savais juste assez pour être dangereux, ce qui résumait bien mon cas.

— Je t'explique. Je viens de recevoir un appel pour aller réparer en urgence la clim dans une fraternité. Mec, j'avais carrément zappé que j'étais d'astreinte ce week-end… et je suis complètement stone.

— Sans blague, ironisai-je.

— Ouais… Le truc, c'est que ce serait pas prudent de conduire.

— T'as raison, mon gars.

— Alors du coup, je me suis dit que tu pourrais y aller, et moi je te paierais – c'est le tarif de nuit, en plus. Comme ça je me fais pas attraper, tu te fais du fric, et tout le monde est content.

Me pointer à une foutue fraternité pour faire une réparation qui allait sûrement bien au-delà de mes modestes compétences, ce n'était pas beaucoup mieux que de passer la soirée seul chez moi.

— C'est-à-dire, je n'ai pas les outils, ni l'équipement…

— Passe chez moi prendre la camionnette… Il y a tout ce qu'il te faut dedans. Ces blaireaux te demanderont pas de montrer patte blanche, t'inquiète. Ils veulent juste qu'on leur répare la clim. Pourquoi c'est si urgent, mystère. Il fait chaud dehors, mais quand même. Je te parie qu'ils ont prévu une soirée.

Bon. Je ne voulais pas que Joseph prenne le volant dans cet état, ou qu'il se fasse virer pour avoir pété un câble là-bas. Et puis, un peu d'argent de poche, c'était toujours ça de pris.

— OK, mec. Quand ?

— Euh, maintenant ?

Le stratagème impliquait de porter une des chemises de travail de Joseph, dont le prénom était cousu en bleu marine sur la poitrine.

— Probable que tu devras leur dire d'appeler un électricien, toute façon, dit-il en me fourrant les clés de sa camionnette dans les mains. Appelle-moi si tu sèches. Je suis peut-être stone, mais pas comateux.

Il avait vu juste sur toute la ligne. Ceux qui avaient appelé préparaient une fête, et personne ne sourcilla en me voyant, ni ne prit la peine de lire le nom sur ma chemise. Un type m'ouvrit et me fit une démonstration savante pour constater que le thermostat ne marchait pas. Heureusement pour moi, Joseph avait aussi raison de penser que c'était un problème électrique. L'appareil avait près de vingt ans et il faudrait bientôt songer à le remplacer – mais pas tout de suite.

— Ouah, mec, c'est *cool*, s'exclama D.J., le vice-président de la confrérie, en rejetant la tête en arrière de façon théâtrale. Avec le temps qu'il fait en ce moment, on préférait ne pas prendre de risque.

— C'est vrai que la météo est bizarre, dis-je en remettant les outils dans la caisse.

— Merci d'être passé si tard, Joseph.

Je mis un peu trop longtemps à piger qu'il me parlait *à moi*.

— Oh, euh, de rien.

À la porte, il me tendit un billet plié – que je refusai d'un geste.

— Pas de problème. Ça fait partie du boulot.

Le vrai Joseph me filerait cinquante dollars pour une heure de travail, et la supercherie me mettait déjà assez mal à l'aise comme ça.

D.J. en haussa les sourcils de surprise, sans doute peu habitué à voir un simple employé lui refuser un pourboire.

— Comme tu veux. J'y pense, si t'es libre demain soir, on fait cette soirée d'Halloween.

Sans déc'. Les meubles avaient été poussés contre les murs pour créer une piste de danse, et la baraque croulait sous les toiles d'araignée, les rubans orange et les bougeoirs en forme de citrouille.

— Normalement faut être étudiant pour entrer, mais je vois que t'es pas beaucoup plus âgé que moi, ça devrait passer. Alors hésite pas à venir, si ça te tente.

— D'accord. Merci...

Mais non merci.

C'est à ce moment-là que je vis Kennedy Moore traverser la pièce derrière nous. Merde, comment avais-je pu oublier : c'était *sa* fraternité, ici. Il y avait donc des chances pour que Jackie vienne le lendemain, même s'ils n'étaient plus ensemble.

Bon, ben, va pour une soirée d'Halloween.

Je repérai Jackie à la seconde où elle passa la porte. On n'y voyait pas grand-chose, et il y avait un tas de corps serrés entre elle et moi, mais il n'était pas question que je la perde de vue. Elle était en rouge de la tête aux pieds. En rouge vif. Dans les cheveux elle avait un serre-tête orné de deux cornes. Une fine queue se terminant en fourche était fixée au dos de sa jupe et se balançait derrière elle quand elle marchait.

Elle avait les jambes nues, et elles paraissaient plus longues que d'ordinaire. Mes notions d'arithmétique me faisaient dire que c'était dû à l'effet combiné de la minijupe et des talons aiguilles vertigineux, mais même le fait de penser aux maths en cet instant crucial n'atténua pas la réaction intense que j'eus en la voyant – dans ce costume à tomber, en plus. Le problème, c'est que je n'étais pas le seul à scotcher sur sa tenue : un nombre hallucinant de mecs l'invita à danser. Mais soit elle ne s'en rendait pas compte, soit elle s'en fichait, parce qu'elle déclina l'offre neuf fois sur dix.

Son ex et elle (plus de doute, maintenant) étaient comme les deux faces opposées d'un aimant. Il tenait salon dans un coin de la pièce, et elle déployait des trésors d'efforts pour l'ignorer à l'autre bout.

J'imaginai puis rejetai deux bonnes dizaines de phrases destinées à l'aborder.

Tu sais quoi, je te mate en cours d'éco, du coup je sais que tu ne viens plus. J'espère que ça va continuer, comme ça je pourrai sortir avec toi sans enfreindre le règlement. Génial. Pas du tout flippant.

Je crois bien que le rouge vient de devenir ma couleur préférée. Trop ringard.

Je suis capable de te donner la racine carrée de n'importe quel chiffre en moins de dix secondes. Et sinon, c'est quoi ton numéro ? Oh non, pitié.

Je n'ai jamais eu aussi envie d'aller en Enfer que ce soir. Non.

Il fait chaud ici ou c'est moi ? Non, non, NON.

Sur la piste, un couple faisait rire tout le monde avec leur version bourrée du twerk – la première fois que Jackie se déridait depuis une heure que je l'observais. Tout à coup, ma vue fut bouchée par une fille aux oreilles de chat et à la moustache crayonnée, qui se planta devant moi et me regarda en coin, par-dessus son verre. Voyant que je ne bougeais pas, elle finit par dire :

— Tu serais pas dans mon cours d'éco ?

Le fan de twerk lui rentra dedans sans faire exprès et la fille manqua s'étaler par terre, je la rattrapai au dernier moment. Se tournant, elle cria, « Dégage, sale peste ! » à la fille, même si c'était son mec qui l'avait poussée.

Quand elle se retourna vers moi, le rictus menaçant avait disparu. Elle me sourit avec grâce, comme si rien ne s'était passé. Flippant.

— Qu'est-ce que je disais ? reprit-elle en s'approchant, et je lui lâchai vite le bras. Ah oui. Le cours d'éco. Avec Machinchose, là...

Elle fit claquer ses doigts, tentant vainement de se rappeler, et j'en profitai pour regarder par-dessus sa tête. Jackie dansait à présent avec un mec vêtu d'une longue cape noire. Il éclata de rire, découvrant des canines d'un blanc luisant. Il y avait une bonne douzaine de vampires de sortie, ce soir.

— Keller ?

— M. Heller, rectifiai-je.

La fille me refit son beau sourire.

— C'est ça. (Elle m'enfonça un doigt orné de vernis argenté dans le torse.) Et toi, tu te mets toujours au dernier rang. T'écoutes pas le prof. C'est pas bien.

La vache. Je dois me sortir vite fait de ce bourbier.

— En fait, je suis rattaché à ce cours en tant que professeur vacataire.

— Hein ? Rien compris.

Je la regardai de haut, lèvres pincées.

— Je suis le tuteur.

— Ahhhh...

Puis elle me dit son nom, que j'oubliai instantanément, et se lança dans un monologue haineux contre la danseuse de twerk. Je ne les connaissais ni l'une ni l'autre, et je me foutais royalement d'apprendre les origines de leur discorde – même si je parierais volontiers que c'était soit un mec, soit une paire de chaussures.

Lorsque je retrouvai enfin Jackie dans la foule, elle avait son sac sur l'épaule et se dirigeait vers la porte de derrière, qui menait au parking. J'étais venu à cette fête dans l'espoir de la voir, mais je savais pertinemment que je n'aurais pas dû. Ça virait au harcèlement. C'était tout aussi bien que je n'aie pas eu le cran de lui parler. Je pouvais m'en aller, elle ne le saurait jamais. Je n'avais plus qu'à lui emboîter le pas et rentrer chez moi.

Sauf que j'avais garé ma moto devant la fraternité. Je n'avais vraiment aucune raison de sortir par la porte de derrière.

Je n'étais pas le seul à l'espionner : le vampire aussi. Soudain, il balança sa cape sur une chaise, fourra les dents en plastique dans sa poche et sortit à la suite de Jackie. Il n'avait pas l'air pressé, mais il n'était pas là pour flâner non plus – comme si on l'attendait quelque part. Ou qu'il avait quelqu'un à voir.

6

Landon

Sur la plaque en laiton, on pouvait lire « Mme Sally Ingram » gravé en lettres noires. Il n'avait pas l'air méchant, ce nom, et la proviseure de mon lycée non plus quand je l'avais entendue parler à la réunion d'orientation, la semaine précédente. Sauf que je me trompais.

Je me recroquevillai dans le siège en vinyle noir face à son bureau imposant. Ce truc était une espèce de bloc de bois massif clairement conçu pour empêcher les désaxés de se jeter sur la personne assise derrière. Je me demandais bien comment ils avaient fait pour le transporter jusqu'ici. Ils l'avaient forcément monté sur place, parce qu'il n'y avait pas moyen qu'ils l'aient passé par la porte.

Mme Ingram était en train de feuilleter le dossier ouvert devant elle, comme si je n'étais pas là et n'attendais pas qu'elle me dise pourquoi elle m'avait convoqué le jour de la rentrée. Ses lunettes perchées au bout de son nez me rappelaient celles de Papa quand il faisait les comptes – sa seule concession à son ancienne carrière depuis notre arrivée ici, huit mois auparavant.

Au début, cette manie avait déclenché pas mal de disputes. Mon père critiquait Papi pour son manque total de sens des affaires, et l'accusait de ne pas savoir gérer sa petite entreprise de pêche. Papi lui rétorquait que ça ne l'avait jamais empêché de subvenir aux besoins de la famille... Et il n'avait pas tort. Ils avaient fini par passer une sorte d'accord, et Papa s'occupait désormais des finances de la société. Quand il notait les chiffres dans le livre de comptes il lui arrivait encore de pousser un juron ou d'ôter ses lunettes pour se pincer le haut du nez, comme si sa frustration était telle qu'elle lui provoquait un mal de tête. Mais au moins il avait un « bureau » – même si ce dernier consistait en un placard où il mettait les registres, et la table de la cuisine où il bossait... Comparé à son espace de travail quand on vivait à Washington, le changement était radical.

Mme Ingram s'éclaircit la voix et m'observa longuement. Elle avait des petits yeux noirs et rapprochés. Si j'avais eu mon carnet sous la main, je l'aurais dessinée en dragon : un gros reptile aux yeux de fouine jaugeant sa proie avant de l'immobiliser au sol, et de la mettre silencieusement au défi d'essayer de fuir. On était le premier jour, merde. Je ne pouvais quand même pas la gonfler déjà. D'ailleurs, je ne cherchais à gonfler personne. Je voulais juste qu'on me laisse tranquille, et la plupart du temps, j'y arrivais.

— Landon *Maxfield*.

Elle prononça mon nom de famille comme si c'était un truc visqueux, et je ne pus m'empêcher de la regarder d'un air provocateur. Je n'aimais pas beaucoup qu'on insulte le nom de mon grand-père. Les coudes en appui sur son bureau, elle joignit le bout des doigts.

— J'ai entendu parler de vous, et j'ai pensé qu'on devrait faire connaissance, étant donné que maintenant, vous êtes élève dans *ma* maison.

Je clignai les yeux. Elle avait entendu parler de moi – par qui ? Et qu'est-ce qu'ils avaient dit ?

— Votre fâcheuse réputation vous précède, voyez-vous. (Elle se mit à tapoter le bout de ses doigts, comme s'il n'y avait rien de grave, qu'on avait juste une discussion constructive.) Et je me fais un devoir, en tant que proviseure de ce lycée exemplaire, de prendre note des... failles potentielles, afin d'éviter toute propagation parmi nos effectifs. Disons que je limite les dégâts préventivement. Vous me suivez ? ajouta-t-elle avec un sourire moqueur qui lui retroussait à peine les lèvres.

Ce vocabulaire condescendant au possible n'était pas là par hasard : elle s'attendait sans doute à ce que je ne pige rien de son petit discours. Mais c'était compter sans mes années passées dans le privé et ma famille cultivée. À vrai dire, j'aurais préféré ne rien piger. J'aurais préféré ne pas savoir ce qu'elle pensait de moi. Mon sang battait aux tempes, et j'enfonçai rageusement les ongles dans mes paumes pour empêcher les larmes de monter. Cela ne servirait à rien, à part montrer ma faiblesse.

— Vous pensez... que je vais contaminer les élèves, répondis-je d'une voix rauque, qui trahissait malgré moi l'émotion.

Elle ne parut pas le remarquer. Elle était trop surprise. Ses yeux de fouine s'agrandirent, et ça la rendait encore plus flippante. Je n'avais jamais eu autant peur d'une femme. Elle posa ses mains à plat sur le bureau.

— Allons, nous n'en sommes pas là. Je tiens juste à m'assurer que vous comprenez la notion de *tolérance zéro*, monsieur Maxfield. (Elle se leva et j'en fis autant. Je ne voulais surtout pas qu'elle me regarde de haut.) Contentez-vous de suivre mes règles lorsque vous êtes dans ma maison... Si vous ne voulez pas qu'on vous boute hors d'ici.

C'est mon premier jour de lycée et on me menace déjà de renvoi ?

Je décidai de me taire. À quoi bon répondre ? C'était le genre de personne qui tirait d'abord et posait les questions ensuite. Si elle les posait.

J'acquiesçai d'un brusque signe de tête et elle me congédia.

Cela faisait trois cent trente-neuf jours que ma mère était morte.

J'avais l'impression que c'était il y a des années.

Ou quelques heures à peine.

Lucas

Je restai figé, les yeux rivés sur la porte de derrière, laissant ma conscience découdre avec une obsession que je semblais incapable de dompter.

C'était peut-être ma dernière chance de parler à Jackie Wallace. Je ne l'avais pas revue une seule fois depuis qu'elle avait arrêté de venir en cours d'éco.

OK, et qu'est-ce que tu vas lui dire, gros malin ?

Et puis il y avait ce type qui l'avait suivie dehors. De toute évidence, elle le connaissait. Peut-être s'étaient-ils donné rendez-vous à l'abri des regards. Ou bien il avait attendu le bon moment pour la voir en tête à tête et, au contraire de moi, il était en train de saisir sa chance, au lieu de perdre son temps à tergiverser.

Ou elle avait simplement décidé de partir tôt, lui aussi, et il n'y avait aucun lien entre les deux actes.

Ou alors, j'étais en train de perdre un temps précieux à *ne pas* agir.

L'ado en moi commençait à être furieux de me voir rechigner à ce point. *Pose ce foutu gobelet et va lui dire un truc, bordel. N'importe quoi.*

La première idée qui me vint, ce fut de lui dire que j'étais le tuteur de M. Heller et que j'avais remarqué ses absences répétées, y compris le jour du partiel. *Juste après l'avoir suivie dans un parking sombre.* J'aurais du bol si elle ne me mettait pas un coup de genou aux couilles d'entrée de jeu.

Cela dit, la date limite pour changer d'option était dans trois petits jours. À défaut d'autre chose, je pouvais lui éviter de se faire recaler. M'obligeant à décoller du mur contre lequel j'étais adossé depuis deux heures, je laissai la nana à moitié bourrée continuer à geindre toute seule.

Je me dirigeai droit vers la porte et sortis, en me disant que si je trouvais Jackie Wallace et l'autre andouille en pleine conversation (ou pire), je tournerais les talons, irais chercher ma moto et oublierais jusqu'à son existence.

Bien sûr. Ça fait deux mois que tu la graves méticuleusement dans ta mémoire, et tout va disparaître comme par enchantement.

Ferme-la.

Pendant un instant, j'eus peur de l'avoir manquée. Ils avaient prévu des orages dans la nuit, et les nuages poussés par le vent cachaient la lune, accentuant encore la sensation de lieu mal éclairé. Je la repérai grâce à l'écran de son portable. Elle était en train d'envoyer un SMS en slalomant entre les voitures. Le faux vampire était sur ses talons. Ce crétin n'avait même pas l'idée de la héler pour l'alerter de sa présence. Il allait lui ficher une trouille bleue s'il débarquait derrière elle de nulle part.

J'inspirai un grand coup, descendis les marches et me dirigeai lentement vers eux, prêt à décamper si nécessaire.

La probabilité que je regrette cette soirée était d'environ 95 %.

Tout au fond du parking, elle ouvrit la portière d'un pick-up rutilant de couleur foncée. Intéressant. Je ne la voyais pas conduire ce genre de véhicule. J'aurais plutôt penché pour une petite voiture de sport ou une trois portes un peu racée. Le gars arriva à sa hauteur, et tout à coup ils disparurent, laissant la portière ouverte. Je ne les voyais plus du tout, et je n'avais aucune envie de les surprendre à se peloter.

Il était grand temps de partir. Sauf qu'un truc me chagrinait : il ne l'avait pas appelée pour lui dire de l'attendre, qu'il voulait lui parler ou je ne sais quoi. Au mieux, il trouvait ça drôle de faire peur aux femmes dans les parkings déserts. Au pire...

Elle poussa un cri. Un seul, brusquement interrompu.

Je m'arrêtai net. Et me mis à courir.

Depuis mon arrivée à la fac j'avais rarement laissé éclater ma colère, parce que je connaissais trop bien les conséquences de mes gestes. Mais lorsque je le vis allongé sur elle en travers de la banquette et que j'entendis Jackie sangloter et le supplier d'arrêter, je disjonctai. Même avec toute la volonté du monde, je n'aurais pas pu me retenir.

Le saisissant par le tee-shirt, je l'obligeai à se lever et à sortir du pick-up. Il était clairement ivre. Le niveau d'ivresse qui fait dire aux abrutis, « Ça va, je peux conduire, pas d'problème ». Juste assez pour mal articuler de temps en temps. Et se retrouver impuissant s'il devait se bagarrer contre quelqu'un qui savait ce qu'il faisait.

C'était mon cas.

J'allais le tuer, et je m'inquiéterais des conséquences après. Ce n'était pas un espoir, ni un avis. C'était un fait. Ce type était mort.

Mes premiers coups de poing le prirent totalement par surprise. Sa tête partit en arrière mais il resta planté là, interloqué de voir à quelle vitesse il était passé du statut de prédateur à celui de victime.

Bats-toi connard. Allez. Bats-toi, putain.

Enfin il riposta, mais rata ma tête de vingt bons centimètres, ce qui lui fit perdre l'équilibre. Je le frappai encore deux fois – je commençais à être chaud, avec toute cette adrénaline qui circulait dans mes veines. Un rayon de lune illumina la scène pendant un instant. À ma grande satisfaction, il avait le nez en sang.

Il passa sa manche dessus pour s'essuyer, et parut halluciner en voyant le résultat. Grondant brièvement, il baissa la tête et chargea.

Uppercut du poing droit dans la mâchoire. Coup de coude du bras gauche dans la tempe. Totalement ahuri, il alla s'écraser contre le pick-up – mais il avait trop bu pour avoir la présence d'esprit de se laisser choir ou de déguerpir. Il se rua sur moi en moulinant des bras, et je n'eus qu'à l'empoigner par les épaules pour lui donner un violent coup de genou sous le menton.

Il avait eu de la chance. J'aurais pu lui écraser la trachée. Il s'écroula et se mit en boule, se protégeant la tête des bras.

Lève-toi. Allez, debout. J'étais sur le point de le relever pour le cogner encore, mais dans ma rage j'entendis un gémissement.

Je me penchai vers l'habitacle pour regarder, et vis Jackie blottie contre la portière côté passager. Sa respiration était saccadée.

On aurait dit un animal sauvage. Elle était terrifiée, et semblait reculer encore devant lui. Devant moi, peut-être. Je sais que c'est impossible, mais je jure qu'en cet instant-là j'entendis les battements de son cœur et sentis l'odeur de sa panique. J'avais les poings recouverts du sang de son assaillant. Je les essuyai sur mon jean avec mille précautions, puis me postai devant la portière – surtout, ne pas faire de mouvements brusques.

Elle écarquilla les yeux en me voyant, mais resta paralysée.

— Ça va ?

Voilà les premiers mots que je dis à cette fille que j'avais matée et dessinée et désirée pendant tout ce temps. Celle qui peuplait tous mes fantasmes. Elle ne répondit pas – elle devait être en état de choc.

Très lentement, je sortis mon portable de la poche.

— Je vais appeler les secours.

Toujours pas de réponse. Avant de composer le numéro, je lui demandai si elle avait besoin d'un médecin, ou si la police suffirait. Je ne savais pas ce qu'il avait pu lui faire le temps que je traverse le parking en courant. Il avait toujours son pantalon, même si la fermeture Éclair était baissée – mais il avait aussi des mains. Je recommençai à voir rouge. Je voulais le voir mort, pas simplement en train de gémir à mes pieds.

— N'appelle pas, dit-elle, si doucement que je l'entendis à peine.

Je crus qu'elle ne voulait pas d'ambulance. Mais non, elle ne voulait pas que j'appelle *la police*.

Je n'en revenais pas.

— J'hallucine ou ce mec vient juste de tenter de te *violer*, et tu me demandes de ne pas prévenir les flics ? (Elle tressaillit, et j'eus envie de l'extirper pour la secouer un bon coup.) À moins que je ne vous aie dérangés en plein ébats amoureux ?

Foutu caractère de merde. POURQUOI j'ai dit ça ?

Ses yeux se voilèrent de larmes, et j'eus envie de me baffer. Je m'obligeai à inspirer, expirer. Il fallait que je me calme. Pour elle.

Elle secoua la tête et me dit que tout ce qu'elle voulait, c'était rentrer. Dans ma tête je trouvai une bonne dizaine d'objections à sa décision, mais j'étais à la fac depuis assez longtemps pour savoir comment ça allait se passer. La fraternité allait serrer les rangs et cet enfoiré ne serait pas inquiété. Quelqu'un dans le tas jurerait l'avoir vue partir de son plein gré avec lui. Son copain avait rompu avec elle, et c'était la manière qu'elle avait trouvée de se venger. C'était une menteuse, une allumeuse, une salope. Si elle allait se plaindre à l'administration, on lui répondrait qu'il ne fallait surtout pas que ça s'ébruite hors du campus. Ce salopard n'étant pas parvenu à ses fins, ce serait sa parole contre celle de Jackie. Une tape sur le poignet pour lui. L'exil forcé pour elle.

Bien sûr, je témoignerais… Mais j'avais déjà fait l'objet d'une plainte pour coups et blessures, et je venais de tabasser un type. Un avocat un peu malin me ferait arrêter pour voies de fait sur *lui*, et ma parole serait totalement discréditée.

L'ordure qui était étalée par terre se tourna sur le dos et commença à râler. Je m'étirai le cou, les épaules, et continuai à respirer lentement. J'essayais toujours de me convaincre de ne pas réduire sa tête en bouillie d'un bon coup de santiag. Il n'avait pas assez souffert pour rassasier le monstre qui était tapi en moi.

Elle cala sa respiration sur la mienne, et je me concentrai sur ce doux murmure. Elle tremblait comme une feuille mais ne pleurait pas, pas encore. Si elle commençait, je ne répondais plus de rien.

— Très bien. Je te ramène, me résignai-je.

Aussitôt elle refusa, affirmant qu'elle pouvait très bien conduire.

Mais bien sûr. Comme si j'allais la laisser faire. Je me baissai pour ramasser ses clés parmi les objets éparpillés sur la moquette. Son sac était coincé sous la pédale de frein – à tous les coups, il avait atterri là quand cette enflure l'avait poussée à l'intérieur.

Putain de MERDE. Je n'avais jamais eu autant envie qu'on m'insulte. N'importe quelle excuse pour en finir avec lui.

Elle s'avança et tendit prudemment une main pour que je lui donne les clés. Je baissai le regard vers ses doigts fins. Les doigts que j'avais observés de loin pendant des semaines. Ils tremblaient.

— Je ne peux pas te laisser prendre le volant, lui dis-je.

Cette réponse parut la déconcerter. Alors j'énumérai mes raisons : le fait qu'elle tremblait – en soi, c'était suffisant. Ensuite, elle ne s'en rendait pas compte, mais elle était peut-être blessée. Et puis je partais du principe qu'elle avait bu, même si je ne l'avais pas vue faire.

— C'est pas vrai, répliqua-t-elle d'un air outré. C'est moi qui étais chargée de conduire, ce soir.

Je n'aurais pas dû jeter un coup d'œil derrière moi et lui demander *qui*, exactement, elle était censée ramener. Ni la houspiller parce qu'elle se baladait seule sur un parking non éclairé, et qu'elle ne prêtait pas attention à ce qui se passait – même si c'était vrai. Et encore moins laisser entendre qu'elle manquait vraiment de maturité, ce qui revenait à dire que je la tenais pour responsable.

Alors que je savais très bien qui était le coupable dans cette histoire. Il était en vrac à mes pieds et geignait comme le lâche qu'il était.

— Donc, c'est ma faute s'il m'a agressée ? s'exclama-t-elle, furieuse. C'est ma faute si je ne peux pas retourner à mon véhicule à pied sans que l'un d'entre vous tente de me *violer* ?

— *L'un d'entre vous ?* Tu oses me mettre dans le même sac que cette merde ? Je n'ai rien à voir avec les types dans son genre.

Mes mots emplirent l'espace entre nous, hostiles. En les crachant, je vis ses yeux se poser sur ma bouche et le piercing. Je vis la peur qu'elle tenta de ravaler.

Je n'étais pas en colère contre elle ; elle n'aurait pas dû avoir peur de moi. Alors pourquoi je réagissais comme ça ?

Elle me redemanda ses clés d'une voix tremblante – mais en me regardant droit dans les yeux. Elle faisait preuve d'un courage hallucinant, après ce qu'elle avait subi ce soir. Et moi, je cherchais à la contraindre de faire une chose qu'elle n'avait pas envie de faire, exactement comme l'autre avant moi.

L'un d'entre vous.

Elle n'avait pas tort, finalement. De quel droit lui imposais-je quoi que ce soit ? Je me sentis vraiment minable, sur le coup.

— Tu vis sur le campus ? fis-je en me radoucissant. Laisse-moi te raccompagner. Je pourrai toujours revenir ici à pied.

Le soulagement m'envahit en la voyant hocher la tête, signe qu'elle capitulait. Elle se mit à ramasser les affaires tombées de son sac et je l'aidai, même si je dus réprimer une pointe de jalousie quand je tombai sur un préservatif neuf.

On aurait dit que je lui tendais un scorpion et non un inoffensif sachet en plastique. Elle eut un mouvement de recul et me certifia qu'il n'était pas à elle.

Alors comme ça, ce salaud avait prémédité son acte à ce point ?

Ne te retourne pas. Ne le regarde pas.

Je me retournai quand même, pour m'assurer qu'il était toujours à terre et cacher ma frustration. Il me semble qu'ensuite, je dis tout haut ce que je venais de penser, à savoir qu'il avait délibérément cherché à dissimuler les preuves. Elle ne répondit pas. Je fourrai le préservatif dans ma poche, en me demandant si cette chose passerait au destructeur de documents. J'avais bien l'intention de tenter l'expérience, une fois rentré. Et dans mon scénario, son propriétaire le portait.

Je me mis derrière le volant, fermai la portière et démarrai.

— Tu es vraiment sûre de ne pas vouloir prévenir les flics ?

C'était sa décision, mais je devais lui demander une dernière fois.

À travers le pare-brise, elle observa la fête qui battait toujours son plein.

— Oui, dit-elle après être restée silencieuse une bonne minute.

Soit. Je fis marche arrière, et dans la lumière crue des phares, je vis les dégâts que j'avais causés à son agresseur. Je me forçai à poursuivre ma manœuvre, parce que si je m'écoutais, j'allais l'écraser.

Cela faisait des années que je n'avais pas ressenti autant de haine bouillonner en moi.

Les yeux rivés sur la route, je fis semblant d'avoir retrouvé mon sang-froid, et petit à petit ça fonctionna. Au carrefour, elle me précisa le nom de sa résidence et je tournai à droite. Elle avait parlé d'une voix faible, chevrotante, maintenant que le danger était passé.

Je lui donnai autant d'intimité que possible, me contentant de la surveiller du coin de l'œil pendant qu'elle tentait de se ressaisir. Elle serrait fort les bras contre elle, comme si elle était gelée. Elle était prise de frissons à intervalles réguliers, son corps luttant contre le besoin primal de se défendre tandis que son esprit revivait sans cesse l'humiliation qu'elle avait subie.

J'aurais voulu tendre une main et la toucher, mais je m'abstins.

Toute cette histoire aurait pu être tellement pire.

Mais jamais je ne lui dirais ça.

Arrivé à destination, je me garai, fermai le pick-up, lui donnai ses clés et la suivis jusqu'à l'entrée. Elle grelottait toujours dans la nuit chaude, et j'eus le plus grand mal à ne pas l'enlacer pour la consoler. Mais la dernière chose dont elle avait besoin, c'était le réconfort d'un inconnu. Et si je savais tout d'elle, elle ne me connaissait pas.

Elle ignorait jusqu'à mon nom.

À la porte je lui demandai sa carte, songeant qu'elle aurait peut-être du mal à la passer dans la fente, vu comme elle tremblait. J'hésitais à la raccompagner à sa chambre : elle le ressentirait peut-être comme une menace. C'était déjà un miracle qu'elle m'ait fait confiance.

Soudain, je l'entendis pousser un petit cri. Elle fixait mes poings.

— Oh, mon Dieu, mais tu saignes !

— T'inquiète. C'est son sang, pas le mien.

Super. Tu ne vas pas du tout la faire flipper en disant ça.

J'ouvris la porte, lui rendis sa carte et profitai du halo de lumière dans l'entrée pour la dévisager. Je la touchai des yeux, puisque je ne pouvais le faire avec les mains, repassant sur les traces laissées par les larmes au niveau des joues, par le mascara qui avait coulé sous ses yeux. J'avais envie de lisser ces sourcils froncés d'angoisse, de l'attirer dans mes bras et de poser sa tête contre mon torse, afin que les battements de mon cœur la calment enfin.

— Ça va ? lui demandai-je de nouveau, et ses yeux se voilèrent.

Je serrai les poings. *Ne la touche pas*.

— Oui. Très bien, murmura-t-elle en baissant le regard.

Elle faisait une piètre menteuse.

Elle allait raconter ce qui lui était arrivé à quelqu'un. Sa coloc, peut-être. Quelqu'un qu'elle connaissait en tout cas, et en qui elle avait confiance. Je ne pouvais pas être son confident et je le savais. J'avais rempli mon rôle, et mon seul regret était de ne pas avoir fait mieux. De ne pas être intervenu plus vite. Je m'en voudrais toute ma vie d'avoir hésité à la suivre dehors.

Je demandai si je pouvais lui appeler quelqu'un mais elle secoua la tête, puis me contourna, en prenant garde d'éviter tout contact – pas même un frôlement. Une preuve de plus de mon statut d'étranger à ses yeux.

Je la regardai se diriger vers les escaliers, ses talons aiguilles claquant contre le sol en béton, sa queue de diablotin balançant d'une manière absurde derrière elle, malgré sa démarche raide. Elle avait perdu son serre-tête depuis longtemps.

— Jackie ? l'appelai-je doucement, ne voulant pas lui faire peur.

Elle se retourna, une main sur la rampe, et attendit.

— Ce n'était pas ta faute.

Elle se mordit la lèvre mais tint le coup, hocha la tête une fois et me tourna le dos pour grimper les marches en courant. Je la laissai, persuadé que je venais de lui parler pour la dernière fois de ma vie.

Au moins, c'était un bon message d'adieu.

7

Landon

Mon ancien camarade à la table des exclus au collège, Boyce Wynn, avait développé une profonde antipathie pour moi. Si je lui avais dit ça, il n'aurait rien capté et m'aurait traité de tapette, avant de préciser qu'il allait me mettre une branlée à la sortie. C'était sa réaction en toutes circonstances, même quand je ne lui parlais pas.

Contrairement à une idée reçue, si vous répondez à une brute épaisse – parce que vous n'êtes pas assez costaud pour la rétamer – vous ne faites que lui donner du pouvoir, car vous lui prouvez que vous n'êtes pas indifférent. Je n'avais pas l'intention de me laisser entraîner là-dedans. La proviseure avait été plus que claire sur sa tolérance zéro, et Wynn serait sans doute *capable* de me mettre une branlée, en plus de me faire virer du lycée. C'était une armoire à glace doublée d'un vicieux, mais les élèves de terminale le toléraient parce que le bruit courait qu'il pouvait leur avoir de la drogue, de l'alcool et même des pièces détachées volées. Et puis, eux, il ne les menaçait pas. Il faisait seulement chier ceux qu'il jugeait plus petits ou plus faibles que lui.

C'est-à-dire moi.

Il n'y avait pas de table des exclus au lycée, ce qui me compliquait sérieusement la tâche. Tous les midis, je devais me trouver une place au pied levé. Une mauvaise décision pouvait être fatale.

Quand le temps était pourri les pestiférés mangeaient dehors, dans la cour intérieure, mais quand il faisait soleil on laissait la priorité à des gars comme Clark Richards, le fils d'un promoteur immobilier que mon grand-père maudissait, et des filles comme Melody Dover, la petite amie blonde de Clark.

Le temps était rarement pourri, ici : bien sûr il pleuvait de temps à autre, mais le pire qui pouvait arriver, c'était une averse de grêle ou des vents violents. À part ça il faisait beau, même en hiver... En clair, je mangeais souvent dedans. L'option la moins risquée, c'était s'asseoir en bout de table après avoir vérifié qu'aucun élève populaire et/ou violent ne mangeait là.

Ça ne les empêchait pas de vous trouver, quand ils avaient envie de s'amuser un peu.

Exemple n° 1 : C'est étonnamment facile de donner un coup dans un plateau sans même ralentir le pas. Ni vu, ni connu, et neuf fois sur dix son contenu ira valdinguer par terre. Résultat, j'ai dit au revoir aux plats chauds et je suis devenu abonné aux sandwichs suspects.

Exemple n° 2 : Le petit génie qui a inventé les vestiaires (où les rangées de casiers en métal empêchent le prof de sport de voir ce qui se passe derrière) était un enfoiré. Grâce à lui, j'ai perdu des Converse et un super treillis. Mais je n'étais pas assez barge pour dénoncer les imbéciles qui avaient fait ça, alors le prof m'a proposé de piocher dans le carton où il stockait les fringues oubliées par les élèves. Ça empestait tellement là-dedans, on aurait dit qu'un animal était en état de décomposition au fond.

Au cours d'après je sentais littéralement la merde, et les filles froncèrent le nez en reculant le plus possible, tandis que les garçons me firent des commentaires incroyablement intelligents, du genre, « La vache, Maxfield, mais tu *pues*. Faut dire à ton garde qu'il te passe au jet de temps en temps. » Etc.

Je me désapai dès que j'arrivai à la maison, pris une longue douche et jetai tout sur le tas à brûler, dans le jardin.

J'empruntai cinq dollars à Papa et demandai à Papi de m'emmener à la friperie, où je dénichai une paire de Vans quasiment neuves à ma taille. Elles en valaient sept.

— Je sais où t'habites, petit, me fit Papi avec une voix de mafieux italien, en me donnant les deux dollars manquants.

J'arrêtai de me changer en EPS, ce qui me valut un point en moins à chaque cours jusqu'à ce que le prof, M. Patterson, se rende compte que la sanction n'avait aucun effet.

Reste que j'avais trois cours en commun avec Wynn : sport, géo et mécanique.

Quand M. Silva criait « N'oubliez pas de vous laver les mains ! » de sa voix tonitruante, tout le monde l'entendait malgré le bruit des machines, de la musique country et des conversations, qui en général tournaient autour des voitures et des filles. Bien sûr il y avait pas mal de fanfarons dans le tas, et autant de vantards, mais la plupart du temps ça restait inoffensif.

Parfois, en revanche, j'assistais à des échanges qui me donnaient l'impression d'être tout droit sortis de mes cauchemars, alors que je faisais tout pour oublier. Dans ces cas-là, je serrais mes poings graisseux en faisant la queue près des éviers, mais je me retrouvais prisonnier de la discussion qui se poursuivait derrière moi, et dans laquelle Boyce Wynn tenait souvent le premier rôle.

— Je te jure, mec, elle a des nichons gros comme des *pastèques*, s'exclama-t-il un jour d'une voix qui me fit froid dans le dos, et j'imaginai le geste qu'il était en train de faire.

— Ouais, je me la ferais carrément, répondit son copain, et ils s'esclaffèrent. Le problème, c'est qu'elle veut pas écarter les jambes.

— Pas encore, Thompson, pas encore. Mais je vais lui apprendre à les écarter, moi.

Je fixai un point droit devant, parce que ma vision commençait à se brouiller sur les côtés.

— C'est ça. Dans tes rêves, enfoiré. Elle te calculerait même pas, je suis sûr. T'es trop pouilleux pour elle.

— Qui a dit qu'elle devait me calculer ? Suffirait que je l'entraîne dans un coin sombre, et je te parie qu'elle en redemanderait.

— Sérieux, mec, elle te dirait, *Oh non, oh non*. Laisse tomber, elle est même pas si sexy que ça.

— T'es fou ? Sans mentir, je la violerais si vite qu'elle...

Sans réfléchir je me retournai, et mon poing alla se planter au coin de la bouche de Boyce Wynn. L'impact lui rejeta la tête en arrière, et je vis ses yeux s'écarquiller sous le choc. Je savais que je ne pouvais pas m'en tenir là, mais tout à coup on se retrouva au milieu d'un cercle où tout le monde criait, « Battez-vous ! Battez-vous ! ». Je sentis mon corps se figer et, impuissant, regardai Wynn se relever. Dans deux secondes, il allait me fracasser la tête contre le sol en ciment.

C'est là que Silva nous chopa tous les deux par un bras et nous sépara.

— On peut savoir ce que vous foutez, triples buses ? Vous voulez vous faire renvoyer, c'est ça ?

Je ne quittai pas Wynn des yeux, lui non plus, et il avait des envies de meurtre dans le regard. Un filet de sang lui coulait de la commissure des lèvres.

— Qu'est-ce que t'as encore fait, Wynn ? gronda Silva.

Notre prof faisait largement plus de cent kilos, et il était *furax*.

Wynn parut se résoudre à laisser tomber – en apparence. Il haussa les épaules, l'air dégagé.

— Rien, m'sieur Silva. Tout va bien.

Le prof se tourna vers moi, et Wynn leva son poing pour nettoyer le sang qu'il avait sur la figure. Je sentis comme une décharge d'adrénaline en le voyant faire.

— C'est aussi ce que tu vas dire, Maxfield, qu'il ne s'est rien passé ?

— Il ne s'est rien passé, répétai-je. Tout va bien.

Silva leva les yeux au ciel, comme si Dieu allait se manifester et lui dire quoi faire de nous.

Il nous emprisonnait toujours le bras et il tira dessus, fort, comme s'il cherchait à le déboîter.

— Pas de bagarres dans mon atelier. C'est clair, *messieurs* ?

Il cracha le mot, comme si on était tout sauf des hommes dignes de ce nom. On acquiesça mais il ne nous libéra pas pour autant.

— Tu veux que j'aille raconter ça à Bud ? fit-il à Wynn, qui secoua aussitôt la tête, visiblement apeuré.

Je ne savais pas qui était ce Bud, mais la seule évocation de son nom suffisait à faire flipper un gars qui lui-même faisait flipper la plupart des élèves au lycée.

La sonnerie retentit, et tout le monde se rua sur les grands bacs en aluminium. Silva nous lâcha enfin mais il ne bougea pas, se contentant de croiser des bras musclés sur son torse énorme et de nous regarder fixement, visage fermé, pendant qu'on se frottait. J'allai chercher mon sac et sortis par la porte latérale en voyant Wynn passer par l'autre.

Je m'en étais tiré. Mais le répit serait de courte durée et je le savais.

Ma prof de géo, la sadique, annonça juste après les vacances de Noël qu'elle avait décidé de nous faire travailler en équipe. Histoire de nous calmer, sans doute, car tout le monde était encore surexcité par la neige qu'on avait eu la surprise de voir tomber pendant les fêtes – quinze bons centimètres, qui avaient recouvert pendant quelques jours la plage, les palmiers et les bateaux de pêche.

À Alexandria, l'hiver correspondait vraiment à la saison : il débutait en décembre et se terminait en mars. Le temps variait entre neige, neige fondue, pluie, neige, et tout ça s'entassait sur les trottoirs et les parkings, passant de blanc immaculé à gris sale jusqu'à ce qu'un jour, enfin, ça commence à fondre. En février, les gens n'en pouvaient déjà plus de devoir gratter le pare-brise, d'entendre le grondement des chasse-neige, d'endurer le froid et l'humidité.

Ici, c'était différent. Il suffisait qu'il tombe trois flocons pour que tout le monde hallucine. Alors quinze centimètres, imaginez. Les gens n'en revenaient pas et étaient tous sortis de chez eux pour voir ça. Les enfants avaient dû mettre des chaussettes sur les mains de leurs bonhommes de neige parce que personne n'avait de gants chez soi.

— Après ce miracle de Noël, nous allons nous aussi *faire des miracles* en étudiant ensemble le réchauffement climatique !

Mme Dumont était bien trop enthousiaste pour une deuxième heure de cours le jour de la rentrée. Personne n'avait envie d'être là, et rien ne nous ferait changer d'avis après quinze jours de grasses matinées et d'oisiveté totale.

— Et pour démontrer comment les gens s'adaptent à tous ces changements, nous allons commencer par piocher chacun une lettre et former des équipes de deux !

Elle nous fit un sourire radieux, comme si laisser le sort choisir à notre place était l'idée du siècle.

On râla tous comme un seul homme. Imperturbable, elle tendit une casquette ornée de la mascotte du lycée (un poisson, comme c'est original) à Melody Dover, qui prit un papier et fit passer. Assis au dernier rang, j'observai la casquette s'approcher dangereusement de moi. Je tirai la lettre F, ce qui correspondait à peu près à toutes mes notes en ce moment.

Quand la distribution fut terminée, la prof cria pardessus le brouhaha :

— Et maintenant, trouvez votre partenaire et changez de place ! Vous resterez côte à côte pendant les trois prochaines semaines de cours, puis il sera temps de présenter vos trouvailles à la classe !

Elle plaisante, j'espère. On m'avait forcé une seule fois à faire un exposé, six mois plus tôt, et je m'étais ramassé un zéro. C'était le genre d'activité pénible à faire et pénible à entendre.

Je caressai l'idée de me lever et de prendre la porte. C'est là qu'à l'autre bout de la classe j'entendis dire, « OK, quelle charmante jeune fille a tiré l'autre F ? », et je restai cloué sur place.

Boyce Wynn.

Oh, merde.

Il se leva et commença à s'emparer des papiers les uns après les autres pour trouver qui était avec lui.

— Qui a le F ? Putain, vous allez le dire, oui ?

— Monsieur *Wynn,* fit la prof en le fusillant du regard.

— J'arrive pas à trouver ma partenaire, m'dame, dit-il d'un air niais, avant de poser les yeux sur Melody. C'est toi ? fit-il en lui arrachant le papier des mains.

— Certainement pas, lui sortit-elle d'un ton méprisant. J'ai eu Clark.

Son petit ami, donc, qui était *déjà* assis à côté d'elle. Ils n'avaient même pas besoin de quitter le premier rang pour bûcher l'exposé. En résumé, j'étais coincé avec le tyran de la classe et ce veinard de Clark Richards avec sa copine sexy. Logique.

— Oh, non, non, non – ça ne va pas, s'exclama Mme Dumont en se ruant vers Melody. Vous ne pouvez pas faire équipe avec votre... euh, ami. Je veux qu'on fasse tous l'expérience du changement, pas juste notre environnement ! Allez, hop, permutation en action ! (Personne n'ayant capté, elle échangea les papiers de Boyce et de

Melody.) Et voilà, Clark, tu es avec Boyce. Et maintenant, distribution des sujets !

Comme si cette annonce, parce qu'elle était faite sur un ton joyeux, allait suffire à calmer le jeu.

— Hé, c'est quoi ce..., râla Clark. Pourquoi je peux pas me mettre avec Mel ?

La prof lui donna une tape sur l'épaule, un sourire bienveillant aux lèvres.

— Et sinon, qui est tombé sur le F ?

Je levai la main de quelques centimètres, sans parler. Quatre paires d'yeux se tournèrent vers moi. Seule Mme Dumont souriait.

— Venez devant, Landon. Vous allez vous asseoir à la place de Clark pendant trois semaines.

Vu la tête de l'intéressé, on aurait cru qu'elle avait dit, « Vous allez vous taper la copine de Clark pendant trois semaines ».

— C'est ballot, Richards, commenta Boyce tout en me fixant d'un air impénétrable.

On aurait dit que je venais de signer mon arrêt de mort.

Je pris mon sac et remontai l'allée, me sentant comme le condamné prêt à recevoir l'injection, alors qu'au final on m'obligeait juste à bosser avec une fille qui était déjà apparue dans mes fantasmes. Une fois ou deux. Dumont passa dans les rangs avec les sujets, et Melody sortit son cahier pour noter le partage des tâches. Elle inscrivit *Melody* à gauche, *Landon* à droite, et souligna les deux prénoms. Ensuite elle prit son manuel pour tracer une ligne bien droite au milieu.

— Je m'occupe des cartes, proposai-je à voix basse.

Lèvres pincées, droite comme un piquet, visiblement irritée. *Génial.*

Elle commença à écrire « cartes » sous mon nom, mais tout à coup braqua ses grands yeux vert pâle sur moi.

— Tu dessines bien ? Parce que sinon, je peux m'en charger.

— Oui, répondis-je en la regardant dans le blanc des yeux.

Voyant que je n'avais pas l'intention de développer, elle poussa un soupir théâtral et marmonna :

— Bien. Mais on a intérêt à avoir une bonne note.

On échangea adresses et numéros de téléphone, puis elle me fit comprendre qu'il n'était pas question qu'on nous voie ensemble en dehors du lycée et de chez ses parents. La villa un tantinet tape-à-l'œil de la famille Dover n'était pas loin de chez Papi, à quelques centaines de mètres en passant par la plage.

— Ah oui, Maxfield. Clark m'a dit..., commença-t-elle, avant de se taire en voyant mon regard.

Clark était le fils cadet de John Richards, le plus gros promoteur immobilier de la ville, responsable de la construction d'un tas d'apparts de vacances monstrueux. Ça faisait des années qu'il harcelait mon grand-père pour lui racheter son terrain en première ligne. La situation avait atteint un point critique quelques années auparavant, lorsque Richards avait tenté de convaincre le maire de procéder à une expropriation au motif que la « bicoque » de Papi était hideuse, et que sa petite affaire de pêche lui servait sans doute à couvrir des activités illicites. Devant le conseil municipal au grand complet, Papi avait dit à Richards où il pouvait se carrer sa demande d'expropriation. Les tentatives d'intimidation s'étaient espacées depuis que Papa avait repris les choses en main, mais l'hostilité restait palpable.

Melody s'éclaircit la voix.

— Euh, bon. Appelle-moi à la maison ce soir, après mon cours de danse.

De la danse. Qu'est-ce qu'une fille comme Melody pouvait bien porter pour faire de la danse ? Des images apparurent spontanément dans ma tête. Je tripotai un de mes bracelets.

— OK.

— Vingt heures, c'est bon pour toi ?

— OK, répétai-je.

Elle soupira. Encore. La cloche sonna et elle fonça retrouver Clark, qui m'observa, les yeux plissés, tout en posant un bras protecteur sur les épaules de sa petite amie. Quand Boyce arriva à ma hauteur, il me poussa un grand coup en disant :

— Gaffe, débilos. Richards risque de te démonter, si tu la touches.

Je n'avais pas eu l'intention de la toucher. Mais c'est marrant, plus on me menaçait, plus ça me donnait envie.

Lucas

Mon cerveau avait dû se remettre en marche malgré le manque de sommeil, parce que le lundi matin ça me revint, enfin. Le truc qui me tracassait depuis un moment.

Il ne restait plus qu'un jour à Jackie pour ne pas être recalée – le mercredi, ce serait trop tard.

La probabilité que je tombe sur elle ce jour-là était faible, pour ne pas dire inexistante. Il me restait une seule option : lui envoyer un mail en tant que tuteur de M. Heller, un truc du genre, « Chère Mlle Wallace, je me permets de vous rappeler... ». Et tant pis si j'y allais avec mes gros sabots.

Il va sans dire qu'aucun étudiant n'avait jamais reçu d'avertissement comme celui-ci. Ce n'était pas le genre de l'administration. Quand il y avait une date butoir à communiquer, ils préféraient l'ajouter sur une page obscure du site Web en cours d'année, ou bien la dissimuler dans le dossier d'inscription – vous savez, la partie que tout le monde survole sans la lire, juste avant de cliquer sur le bouton *J'accepte*.

Leur idée étant que si les étudiants avaient décidé de se la jouer tactique, qu'ils assument jusqu'au bout. Puisque c'était des adultes. En théorie.

Mlle Wallace,

Je suis le tuteur du cours d'initiation à la macroéconomie auquel vous avez cessé de venir, d'après la feuille de présence de M. Heller et votre absence au partiel de la semaine dernière. À ce titre, permettez-moi de vous préciser que le professeur ne raye pas automatiquement de sa liste les étudiants qui ne viennent plus, mais que ce sont à eux de faire la démarche pour changer d'option. Le formulaire est disponible sur le site Internet de l'université ; vous trouverez ci-dessous le lien concerné.

Attention, la date limite pour retourner ce formulaire est DEMAIN.

L. Maxfield

J'enregistrai le brouillon, dans l'idée de l'envoyer plus tard, lorsque j'aurais retrouvé le lien en question. Je devais passer au *Starbucks* avant les cours, pour donner le certificat comme quoi j'étais habilité à manipuler les aliments, sous peine de ne pas pouvoir prendre mon service l'après-midi. Jackie avait sans doute cours, elle aussi. J'avais le temps.

— Salut, beau gosse, me dit Gwen tout en essuyant le comptoir. Tu me remplaces toujours cet aprèm ?

Le lundi matin, Gwen était capable de sourire comme personne – et surtout pas Eve, notre collègue, qui faisait à peu près tout le temps la tronche. Je le lui rendis et allai me servir un café à emporter.

— Dès que j'ai terminé mon tutorat. Je serai là vers 14 heures.

— T'es trop chou ! s'exclama-t-elle, et quand je poussai la porte réservée au personnel, elle me suivit. Promis, j'oublie pas que tu dois être au labo en fin de journée. Je serai de retour avant.

Je venais de poser la photocopie de mon certificat sur le bureau du manager quand elle m'annonça de but en blanc :

— Je crois que ça devient urgent de te trouver une copine.

Elle dut me donner une grande tape dans le dos parce que je faillis bien m'étrangler avec ma gorgée de café. « Ça va aller, merci », bafouillai-je.

— T'es un mec bien, Lucas, affirma-t-elle en me dévisageant d'un air qui en disait long. Crois-moi. Je suis experte en matière de salauds. Et toi, t'en es pas un.

Kennedy Moore était comme d'habitude le centre de l'attention, et rigolait sans savoir que son ex-petite amie, avec qui il était resté *trois ans*, avait subi un calvaire le week-end précédent. Je me demandai même s'il n'était pas copain avec l'autre fumier. Bon sang, dès que je pensais à lui, j'étais obligé de visualiser des prises de taekwondo pour me calmer.

Je m'installai au fond et sortis un bouquin pour réviser un devoir que j'avais à 11 heures. En attendant que Heller arrive et veuille bien dire à Moore de la fermer, je crayonnai rageusement dans la marge. Je me demandais souvent ce que mon successeur pensait quand il se retrouvait avec un de mes anciens manuels et tombait sur une page noircie de gribouillages. En général, ils ne signifiaient pas grand-chose, c'était juste l'illustration de ma rêverie du moment. Parfois, une façon bien à moi d'interpréter le chapitre concerné. Et très rarement, des visages ou des corps.

Heller entra dans l'amphi et d'un coup je revins à la réalité. Depuis que Jackie ne venait plus, son cours était encore plus barbant. Je connaissais toutes ses blagues, tous ses exemples un peu décalés. C'était cette touche personnelle qui faisait de lui un super prof – mais là, je frôlais l'overdose.

— Si tout le monde veut bien s'asseoir, nous allons commencer.

Bizarre. Tout le monde était installé, mais il s'adressait précisément à quelqu'un en disant ça...

Oh.

Je scotchai sur elle. Impossible de faire autrement.

Jackie – les joues rouges, les yeux hagards, la respiration haletante – se tenait à quelques mètres de moi, comme si elle venait juste de passer la porte de l'amphi. Tout à coup, elle dévala les marches et s'arrêta trois rangées plus bas, pour se glisser à la seule place qu'il restait... à part le siège voisin du mien. Dommage.

Peut-être qu'elle ne m'avait pas vu.

Ou au contraire, qu'elle *m'avait vu.*

Qu'est-ce qu'elle faisait ici ?

C'était une bonne chose que je sois capable de régurgiter le cours quasi mot pour mot en tutorat, parce que j'échouai lamentablement à me concentrer durant les cinquante minutes suivantes. Je n'entendis rien d'autre que *blablabla*, ne vis rien d'autre que des lignes noires sur un tableau blanc. Jackie ne s'en sortait pas beaucoup mieux, même si son inattention était due à un motif bien différent. Elle paraissait incapable de lever la tête sans fixer la nuque de son ex, et du coup s'obligeait à alterner entre le tableau (même quand Heller n'y écrivait rien) et la page de son cahier, qui resta blanche pendant toute l'heure.

Elle est venue pour son changement d'option, finis-je par me dire, et je me détendis. Elle était arrivée trop tard pour prendre Heller à part et lui demander de signer le formulaire, alors elle était restée pour le faire à la fin. Je fus conforté dans mon idée en la voyant descendre les marches à la fin du cours – une fois son ex parti, sans même l'avoir remarquée. Elle attendit que Charles termine avec deux étudiants, lui parla, puis le suivit par la porte qui menait à son bureau.

J'aurais dû être soulagé. Je n'avais plus à m'en faire, ni à lui envoyer le mail que j'avais écrit ce matin.

Ni à la revoir.

Alors d'où venait cette conviction que je perdrais une chose irremplaçable si je la laissais sortir de ma vie ?

La réponse était une autre question : est-ce que j'avais le choix ?

Comme à la soirée d'Halloween, je la vis à la seconde où elle entra et prit place dans la queue menant à la caisse que Gwen m'avait fait prendre. Cette fille ne le savait pas mais elle était puissante, une force invisible, et elle faisait remonter des choses profondément enfouies en moi. Je m'émerveillai du champ magnétique qu'on avait réussi à créer entre nous, et me demandai si Jackie allait ressentir cette attraction aussi, en s'approchant. Mais peut-être allait-elle dans un seul sens.

Une jolie rousse l'accompagnait. Il me semblait la reconnaître, de la soirée où elles étaient arrivées ensemble : Jackie dans son costume de diablotin sulfureux et sa copine déguisée en loup, grandes oreilles et queue touffue, sans oublier l'indispensable body moulant… et des lunettes de grand-mère sur le bout du nez. J'avais fini par tilter quand un basketteur portant une cape rouge rabattue sur les cheveux l'avait rejointe, prise dans les bras et déposée sur la piste de danse.

Les jours de pluie, personne n'avait le courage de sortir du campus entre midi et deux, et le *Starbucks* de la maison des étudiants était pris d'assaut. La file serpentait autour de deux présentoirs, empiétait sur la petite salle (où il n'y avait plus un siège de libre) et débordait dans le hall. Je n'avais vraiment pas le temps d'être distrait – et pourtant je l'étais, à force de voir Jackie approcher, centimètre par centimètre.

Sa copine se pencha sur le côté pour voir si ce serait encore long, et décida qu'elle ne pouvait pas attendre. Je crus qu'elles allaient partir toutes les deux, mais elle lui dit au revoir et tourna les talons.

Jackie ne m'avait pas remarqué, mais je ne le pris pas pour moi. Le regard dans le vague, elle papillonnait, passant des autres clients à la fenêtre, puis au menu au-dessus de ma tête. Elle avait le visage fermé, et une expression pensive à l'opposé du sourire que j'avais gravé dans mon carnet, le fameux jour où il pleuvait. Cela me fendait le cœur de la voir ainsi, comme si cet organe était désormais relié à ses émotions, en plus des miennes. Elle sortit son portable, fit défiler les messages, avança. Je bénis le type devant elle, qui lui bloquait la vue tant il était grand. Mon instinct me disait qu'elle se serait dirigée vers la sortie, si elle m'avait vu.

Enfin, ce fut à elle.

— Suivant, fis-je d'une voix apaisante, histoire de la sortir de ses pensées le plus doucement possible.

Elle ouvrit la bouche mais ses paroles s'évaporèrent dans l'air entre nous. Elle se mit à rougir. Je soutins son regard et remarquai, à présent que je la voyais de près, qu'elle avait les yeux injectés de sang, comme si elle avait pleuré récemment. Ce n'était quand même pas Heller qui l'avait fait fondre en larmes ? Il pouvait être une peau de vache quand ça le prenait, mais je ne le voyais pas pourrir Jackie juste parce qu'elle avait décidé de laisser tomber son cours.

Mon cœur se serra de plus belle, au diapason avec le sien. Elle m'associerait pour toujours à cette horrible soirée. Rien ne pourrait effacer ça. Je lui faisais peur, je lui rappelais des mauvais souvenirs. Dans tous les cas, elle n'avait qu'une envie : fuir. Et comment lui en vouloir ?

La nana derrière elle se racla la gorge d'impatience.

— Ta commande, s'il te plaît ?

Je la forçai à revenir au présent avec cette question. *C'est fini.* Bon sang, qu'est-ce que j'aurais aimé qu'elle lise dans mes pensées. *Il n'est pas ici. On n'est plus là-bas.*

Elle m'annonça son choix d'une voix déformée, comme cassée. Je notai la commande et son prénom sur un gobelet, que je passai à Eve. Le dimanche, j'avais réalisé que je l'avais appelée Jackie alors que je n'étais pas censé la connaître. Ce n'était plus le moment de feindre l'ignorance.

Tout à coup, je vis qu'elle fixait ma main droite, encore enveloppée dans une fine couche de gaze. J'avais peut-être un peu menti en disant que c'était exclusivement le sang de l'autre ordure. En fait, une fois rentré, j'avais constaté que je n'y étais pas allé de main morte : mes deux poings étaient écorchés. J'avais ressenti du plaisir en voyant ça. Pas étonnant qu'il soit allé si vite au tapis.

Je lui indiquai combien elle devait et elle me tendit sa carte – celle que j'avais utilisée pour la faire entrer dans sa résidence. Ça paraissait presque incongru de la voir sourire sur la photo, à présent.

— Comment ça va aujourd'hui ? lançai-je sans réfléchir.

Trop tard : ces mots lourds de sens étaient entre nous. *Merde.*

— Ça va bien, dit-elle d'une voix encore voilée.

En lui donnant le reçu, mes doigts effleurèrent les siens sans faire exprès. Elle retira aussitôt sa main, comme si je l'avais brûlée, et je me rappelai qu'elle avait tout fait pour que je ne la touche pas, l'autre soir.

La consigne s'appliquait-elle à moi ou bien aux mecs en général ?

Plus que tout, je voulais être l'homme qui allait l'apaiser en faisant preuve de douceur et de respect. À l'exact opposé de son violeur en puissance, et même, en toute franchise, de son ex.

Sauf que je ne serai jamais cet homme-là pour elle, et que c'était stupide de ma part de l'imaginer.

— Merci, fit-elle, désorientée.

La fille derrière elle commença à débiter sa commande alors que je ne lui avais rien demandé. D'instinct Jackie se déroba, comme si ce genre de contact lui déplaisait tout autant. Je ravalai ce que j'avais envie de dire à cette petite idiote, me rappelant que j'étais au boulot, que c'était le rush, et que j'aurais beau vouloir faire disparaître les gens autour de nous, je n'y arriverais pas.

Nos regards se croisèrent une dernière fois quand elle se posta devant le comptoir où Eve faisait des miracles, distribuant les boissons à un rythme frénétique et lançant un regard assassin dès qu'un goujat se permettait de râler. Son café en main, Jackie partit rapidement, et je commençai à me demander combien de fois j'allais la perdre de vue. J'étais certain que cette fois, c'était pour de bon.

8

Landon

La journée commença mal, et à partir de là ça ne fit qu'empirer. J'étais à mi-chemin du lycée quand l'orage éclata, comme prévu par la météo. L'air était tellement moite que je transpirais déjà, mais ce n'était rien comparé à la touche que j'avais en arrivant. J'étais trempé jusqu'aux os.

Je poussai les doubles portes en m'engueulant mentalement de ne pas avoir rebroussé chemin quand il s'était mis à pleuvoir. J'avais l'air d'un gros naze avec mes cheveux qui dégoulinaient, mon sweat tout mouillé, mon jean collé aux jambes. Mes Vans gorgées d'eau faisaient flic flac dans le couloir.

Je pestais contre mon erreur de jugement mais aussi mon *envie* de venir – une première depuis un an et demi – pour voir Melody Dover.

Pendant les deux premières semaines, on avait bossé ensemble en cours – par là, je veux dire qu'on était assis à côté. C'était à peine si on se parlait, mais en toute franchise ce n'était uniquement de son fait.

Comme j'avais un portable mais pas d'ordi, « *PowerPoint* » s'était retrouvé écrit sous son nom à elle. Chacun dans notre coin, on avait lu des articles sur les divers climats et leur répartition géographique, puis j'avais commencé à dessiner des cartes, et elle à chercher des images sur

Internet. Seulement, le temps était venu de mettre en commun ce qu'on avait fait, de rédiger et de s'entraîner à l'oral.

La veille au soir, elle avait fini par m'inviter chez elle du bout des lèvres. Après m'être douché et changé, je m'étais mis en chemin en prenant par la plage. Un vent sec déferlait sur la baie, emmêlant mes cheveux encore mouillés. Il soufflait sur les pages du carnet calé sous mon bras et menaçait de tout arracher. Rabattant la capuche de mon sweat, j'avais fourré les mains dans mes poches et maudit la prof, ma partenaire, et le con qui avait décidé de mettre géo au programme de seconde.

Melody était venue m'ouvrir en survêt rose et grosses chaussettes.

— Salut. Tu veux un Coca, ou autre chose ?

Sans attendre ma réponse, elle avait refermé derrière moi et s'était éloignée.

C'est là, dans le couloir, que j'avais découvert le mot *ROSE* écrit en gros sur ses fesses. Tout en me demandant si la précision était bien utile, j'avais reluqué sa taille fine et ses hanches qui balançaient en rythme, jusqu'à ce qu'on débarque dans une cuisine qui devait bien faire la taille de la maison de mon grand-père. Quand elle s'était penchée pour prendre des sodas en bas d'un frigo gigantesque, je m'étais arrêté net. *ROSE* était officiellement mon nouveau mot préféré.

Elle avait posé les canettes sur un plan de travail en granite, et ses fesses parfaites sur un tabouret de bar à l'assise en cuir. M'indiquant le siège à côté d'elle, elle avait tourné son ordi pendant que je ramais sérieusement pour reprendre mes esprits.

Des mots sortaient de sa bouche, mais je ne les comprenais pas. Le vent avait dû m'embrouiller la tête. Le vent, ou le mot *ROSE*.

— Landon ?

— Hein ?

— Tu me montres tes cartes ?

À en juger par le ton, cette perspective était loin de l'enchanter. Mais quand je m'étais exécuté, elle en était restée bouche bée.

— Ben quoi ?

Elle avait battu des cils vers moi, avant de reporter son attention sur les croquis.

— Ouah, je savais pas que t'étais… un artiste, avait-elle commenté en tournant page après page.

Soulagé, j'avais haussé les épaules, comme si ce n'était rien.

— Mince alors, c'est *génial* ce que t'as fait. Ces petits trucs, là, c'est des gens en miniature ? Et des arbres ? Ouah, avait-elle répété.

Arrivant à la fin, elle avait fait une chose à laquelle je ne m'attendais pas du tout : rouvrir le carnet à la première page.

J'avais tendu le bras d'instinct, ne voulant pas le lui arracher des mains mais réticent à l'idée qu'elle voie des dessins que je n'avais jamais montrés à personne. « Non, c'est tout… »

Mais elle avait continué, en secouant la tête comme si elle n'en croyait pas ses yeux. J'avais eu un coup de chaud en la voyant passer un doigt sur une mouette en gros plan, puis un portrait de Papi faisant la sieste dans son fauteuil.

Résigné, j'avais attendu qu'elle revienne à la première carte.

— Je veux que tu me dessines.

Je l'avais regardée d'un air interdit ; elle avait rougi.

— Euh, ouais. Pas de problème.

— Qui est-ce, je te prie ? avait-on entendu au même moment, ce qui nous avait fait sursauter.

Melody était visiblement vexée de cette interruption, mais elle avait dit à sa mère sur un ton dégagé :

— Landon, Maman. On fait équipe pour l'exposé de géo.

La femme m'avait inspecté de la tête aux pieds, et bien fait sentir que j'avais des fringues de seconde main, les cheveux trop longs et l'air d'un ringard avec ma montre en cuir bon marché à un poignet et un bandana décoloré à l'autre.

— Ah bon ? Je croyais que Clark était dans ce cours-là.

— C'est Mme Dumont qui nous a mis ensemble.

Une pointe de défi dans la voix. Une excuse, aussi – *ce n'est pas ma faute s'il est mon partenaire, je ne l'ai pas choisi.*

— Voyez-vous ça, avait répondu sa mère. Bien. Si vous avez besoin de moi, je serai dans le bureau.

Elle avait tourné les talons et disparu par la porte à côté du frigo.

Melody avait eu un soupir d'exaspération – mais cette fois, il ne m'était pas adressé.

— Tu peux pas savoir comme elle est chiante. C'est vraiment trop nul, les parents.

J'avais souri, elle m'avait souri, et ça m'avait fait comme un coup au cœur. *La vache.* Qu'est-ce qu'elle était jolie. Et tellement en couple avec un autre.

Pendant les deux heures suivantes on avait bossé, et dans cet intervalle deux copines avaient appelé, elle avait échangé cinq textos avec Clark et sa mère était venue nous espionner tous les quarts d'heure. En me raccompagnant à la porte, elle m'avait demandé d'une voix radoucie si elle pouvait venir chez moi dans la semaine.

Toujours cette pointe de défi, mais cette fois, c'était notre secret *à nous*.

— On ne va jamais y arriver si ma mère nous dérange toutes les cinq minutes. À moins que la tienne ne soit pire ? Mais ça m'étonnerait.

— Non, avais-je répondu en ravalant la boule qui se formait dans ma gorge. Je veux dire, *oui*, bien sûr, tu peux.

Mais j'étais con ou quoi ? Je venais vraiment d'inviter Melody Dover à la maison alors que je n'avais pas de chambre digne de ce nom ? Le pire, c'est que je ne pouvais pas me rétracter. Et que je ne pouvais pas non plus m'ôter de la tête une vision d'elle sur mon *lit*, puisqu'il n'y avait pas de place ailleurs.

Ce matin je m'étais réveillé à l'heure pour la première fois depuis belle lurette. Quand l'orage avait éclaté j'avais hâté le pas, ce qui fait que j'étais au lycée dix bonnes minutes avant la première sonnerie. Les élèves n'étaient pas censés entrer mais personne ne dirait rien, avec le temps qu'il faisait. Ils passeraient pour des salauds s'ils nous laissaient dehors.

Donc, mes tennis mouillées faisaient un bruit d'enfer sur le lino du couloir désert, et c'est ce qui causa ma perte parce que je ne l'entendis pas arriver derrière moi. Il faut dire aussi que j'étais trop distrait par mon cours de géo en deuxième heure pour penser instinct de survie.

— T'as fait un plongeon avant de venir, Maxfield ? Ou tu t'es juste pissé dessus ?

Je ne ralentis pas, ne me retournai pas, et me gardai bien de piquer un sprint. J'avais en tête cette réaction chez les animaux enragés – et les connards assoiffés de pouvoir – qui les pousse à vous courir après si vous avez le malheur de filer.

Il chopa mon sac et je faillis bien le lui laisser pour continuer mon chemin, mais je n'étais quand même pas une carpette à ce point-là. Alors je pivotai pour lui faire face et bien sûr, il était avec ses potes.

— Qu'est-ce que tu me veux, Wynn ? dis-je d'une voix étrangement calme.

Mon cœur battait à tout rompre, mais au moins je ne tremblais pas.

— Qu'est-ce que je veux ? (Il approcha, empoignant toujours mon sac par l'anse, et ses narines étaient tellement dilatées qu'on aurait dit un taureau prêt à charger.) Je veux te faire payer pour le cours de Silva. Te faire saigner et pleurer comme la tapette que tu es.

Je plissai les yeux. *Et puis merde.*

— T'arriveras peut-être à me faire saigner, mais jamais à me faire pleurer. Ça, c'est bon pour les lâches incapables de se battre sans *leurs* tapettes, fis-je en indiquant ses copains du menton.

Je les vis se hérisser. L'un d'eux poussa un grognement menaçant.

Sur ce, une prof débarqua dans le couloir. Elle ralentit le pas, comme si elle essayait de déterminer ce qui se passait.

Wynn lâcha mon sac et ricana un coup.

— Je t'ai à l'œil, tête de nœud. Y aura pas toujours quelqu'un pour m'empêcher de te casser la gueule.

Et il s'éloigna en me cognant l'épaule au passage.

Lucas

Je vérifiai mes mails, même si je n'attendais rien de spécial. Je pensais surtout effacer le brouillon du message pour Jackie, vu qu'il n'avait plus lieu d'être. C'est ce que je fis – mais pas pour la raison prévue au départ.

Il y en avait deux qui se détachaient dans ma boîte de réception parmi la demi-douzaine reçue, comme s'ils clignotaient de partout. Le premier venait de Heller et avait pour objet « Jacqueline Wallace ». L'autre *était* de J. Wallace.

Je lus celui de Charles en premier.

Landon,

L'étudiante en question est inscrite en éco. Elle a raté deux semaines de cours et le partiel. Elle a néanmoins l'intention de remonter sa note, et pour ce faire je lui ai proposé de me rendre un mémoire (cf. les infos ci-jointes). Je lui ai demandé de te contacter par mail pour que tu la guides. Avant de monter sur tes grands chevaux, sache que ce mémoire nécessitera beaucoup plus de travail que le partiel, donc elle ne s'en sort pas si bien que ça. Moi non plus, d'ailleurs, vu que je vais devoir lire et noter ce truc. Si j'ai bien compris, elle a vécu la même chose que Carlie récemment. Peut-être est-ce le fait d'avoir vu ma fille s'effondrer et mettre tant de temps à remonter la pente mais je l'avoue, je me suis laissé attendrir par le discours de cette étudiante.

Il y a de fortes chances pour qu'elle ait besoin de tutorat individuel si elle veut rattraper la totalité du cours avant l'examen. Si elle n'y arrive pas, elle aura la note qu'elle mérite à la fin du semestre. Je te demande simplement de l'aider dans la mesure du possible, mais j'insiste sur le fait qu'elle doit rédiger ce mémoire seule. Avec un peu de chance, la prochaine fois, elle accordera la priorité à ses études et non à un idiot.

CH

Je relus le mail. Deux fois.

Alors comme ça elle n'était plus avec Moore mais continuait l'éco ; elle était célibataire mais restait mon étudiante.

Elle avait aussi failli criser en me voyant au *Starbucks* – conclusion, elle ne savait pas que son sauveur et son tuteur étaient une seule et même personne. Mon adresse était ambiguë, vu qu'elle renvoyait à un simple « L. Maxfield ».

— Putain de merde, soufflai-je à Francis, ce qui me valut un bâillement suivi d'un miaulement.

Ça ne devrait pas m'atteindre autant. Pourquoi ça m'atteignait autant ?

Cher M. Maxfield,

M. Heller m'a demandé de vous contacter concernant un mémoire de macroéconomie qu'il souhaite que je lui rende. J'ai raté deux semaines de cours à cause d'une rupture aussi soudaine qu'imprévue, bien que cela n'excuse en rien mon comportement. Je vais faire de mon mieux pour rendre un bon mémoire et rattraper mon retard le plus vite possible. Merci de me faire savoir quelles sont vos disponibilités, et comment vous voudriez procéder.

Jacqueline Wallace

Je lui répondis sur-le-champ en lui précisant qu'elle n'avait pas d'explications à me donner, ainsi que les jours et les heures où on pouvait se rencontrer.

Liste des effets involontairement provoqués par mon message : 1) Je passais pour un salaud, insensible et arrogant. 2) Pire, un type qui n'en avait rien à faire de savoir qu'elle s'était fait briser le cœur par plus salaud que moi. 3) J'avais signé « LM », ce qui était encore plus salaud que tout.

Je rabattis l'écran et commençai à faire les cent pas. Le chat me lança un sale regard mais c'était facile pour lui qui n'avait jamais eu de problèmes de cet ordre-là : cela faisait bien longtemps qu'il avait accepté son statut de célibataire refusant de se lier avec quiconque. C'était ce à quoi j'aspirais aussi depuis l'âge de seize ans, et je pensais être devenu expert en la matière.

M'arrêtant net, je songeai qu'en fait, j'étais déjà foutu. Je n'avais pas juste envie de cette fille. Je m'étais *attaché* à elle. Le gars de samedi soir – j'avais voulu l'exterminer, le cogner assez fort pour qu'il ne se relève pas. Si elle ne s'était pas manifestée, je l'aurais vraiment fait.

Merde, merde, merde.

Je me rassis et rouvris l'ordinateur. Quelques minutes après, un mail arrivait dans ma boîte.

Je l'avais agacée. C'était on ne peut plus clair. Elle me disait qu'elle aussi était tutrice en collège, donc très occupée. « Je suis certaine de pouvoir rattraper le reste du cours par moi-même » me balançait-elle, avant de signer « Jacqueline » et non « Jackie ».

Tout en cherchant une ouverture dans son message, un angle me permettant de changer le cours des choses, je passai un short, laçai mes baskets et partis faire un footing. J'allais courir jusqu'à la chasser de mon esprit, ou bien jusqu'à trouver une solution.

Je ne pouvais pas lui révéler par mail que j'étais l'homme de samedi soir. Elle avait peur de lui – mais elle avait aussi besoin de moi si elle ne voulait pas échouer en éco. Et puis dès qu'on se verrait, elle saurait. Mon seul espoir était de la convaincre, en tant que tuteur, qu'elle pouvait avoir confiance en moi.

Passant à « Jacqueline » au lieu de « Mlle Wallace », je lui proposai un rendez-vous quelques jours plus tard et ajoutai en P-S, « Vous donnez des cours de quoi ? », histoire de détendre l'atmosphère.

Quand je vis sa réponse j'en restai baba : elle commençait par « Landon ». C'était Heller qui avait dû lui donner ce prénom. Personne d'autre ne m'appelait ainsi, pas depuis que j'avais quitté la maison. *Damned*.

Je lus attentivement le reste, et appris que c'était de la contrebasse qu'elle jouait. En pensant à ses doigts magiques, capables de produire une mélodie avec un instrument qui devait faire à peu près ma taille, je sentis mon corps tout entier se raidir.

J'allais devoir refaire le tour du pâté de maisons et terminer par une douche bien plus froide que celle que je venais de prendre.

Reprenons. Vu ce qu'elle me disait, ça allait être compliqué de trouver un créneau où on serait libres tous les deux. Pour ne pas la braquer (l'excuse du siècle, clairement), je proposai de lui envoyer le sujet du mémoire et d'en discuter par mail pour l'instant.

Je ne lui dis pas que je me faisais appeler Lucas à présent. Que je l'observais de loin depuis plus de deux mois. Que j'étais celui qui avait été témoin de son agression et y avait mis un terme. Et que le simple effleurement de ma main l'avait fait tressaillir – même par-dessus un comptoir de café, quarante-huit heures après.

Pendant les deux jours suivants, on poursuivit notre conversation virtuelle. Je lui envoyai les instructions de Heller et clarifiai les points où il s'était montré jargonnant. On échangea un tas de plaisanteries, et je lui fis même une mini leçon sur le système de troc comme étant l'ancêtre de l'économie moderne. Il me tardait de plus en plus de voir apparaître son nom dans ma boîte de réception. Et puis le mercredi matin arriva, et la réalité me tomba dessus sans crier gare.

9

Landon

À l'heure où Melody devait venir je serais seul, Papa et Papi ayant rendez-vous en ville avec le comptable, que mon père traitait d'escroc – quand il n'était pas carrément plus insultant.

— Tu portais encore des couches que Bob travaillait déjà pour moi ! ronchonna Papi ce matin-là.

— Donc, ça fait des décennies qu'il se sucre sur ton dos, rétorqua Papa. Il est grand temps que ça s'arrête.

— Pas question ! Si t'étais resté ici, tu saurais que la plupart des gens ne sont pas des criminels. Mais monsieur ne doit croiser que ça, à *Washington*.

À en croire Papi, Washington était « *un cloaque, grouillant de types louches qui font des trucs suspects* », et le fait que son fils ait choisi d'aller vivre là-bas lui laissait un goût amer. Je les laissai sur cette réplique. J'avais déjà entendu cette dispute. Un bon nombre de fois.

Après avoir piqué une barre de céréales et bu du jus d'orange à même la bouteille (ils étaient trop occupés à se donner des leçons pour remarquer), je partis pour le lycée – en restant sur le qui-vive, parce que cette brute épaisse de Wynn pouvait débarquer à tout moment. En passant devant l'école primaire, je vis un garçonnet descendre d'un SUV. Le pauvre calcula mal son coup, tomba en avant et se cogna contre le trottoir. Sa mère hurla. Je me précipitai pour aider, et en lui relevant la tête je vis qu'il était trop estomaqué pour pleurer mais que ça n'allait pas tarder. À part le nez qui saignait, il semblait aller bien. Il ne s'était pas ouvert le front, n'avait pas laissé de dents sur le bitume.

— Oh, mon Dieu, Tyler ! cria sa mère affolée en se ruant vers lui.

Elle prit un paquet de Kleenex dans son sac et en plaqua plusieurs contre le nez de son fils, ce qui déclencha comme prévu le concert de pleurs. Question poumons, il était en pleine forme.

— Tout ce sang ! Oh, Seigneur, j'aurais dû me garer plus près du trottoir ! se lamenta-t-elle, les joues baignées de larmes.

— Il y a des chances pour que son nez soit cassé – vous ne devriez pas appuyer aussi fort dessus.

— M-mais..., bafouilla-t-elle en écartant sa main tremblante.

Je pris un autre mouchoir dans le paquet, l'entortillai et l'enfonçai délicatement dans la narine droite du petit.

— Tu veux bien le tenir pour moi, s'il te plaît ?

Il m'observait d'un air hébété mais obéit, et bientôt il cessa de gémir.

— Ça va aller, t'inquiète pas. Moi aussi je me suis cassé le nez il y a quelques années, en jouant au hockey. Ça faisait bizarre de voir la glace toute rouge, et ma mère a failli faire une crise cardiaque, mais vraiment, c'était pas grand-chose. En un rien de temps, j'étais remis.

Le garçon tendit les bras vers sa maman, qui le serra fort.

— Merci, fit-elle. Votre mère doit être fière. Il n'y a pas beaucoup de jeunes de votre âge qui auraient fait ça.

— Pas de problème, marmonnai-je en me relevant.

Le reste de la journée fut moins mouvementé, et consista en gros à éviter Boyce Wynn dans les couloirs et à regarder partout en cours de géo sauf vers Melody Dover, qui me confirma discrètement sa venue. Je n'étais vraiment pas sûr pour les messes basses et le côté secret de la chose – on était binômes, après tout. Par précaution, je jetai un coup d'œil à Clark. Il me regardait d'un air furibond, et à côté Wynn souriait comme s'il savait une chose que j'ignorais. Le truc c'est que chez lui, c'était tout de suite menaçant.

Il était presque 16 heures quand Melody frappa à ma porte.

Je la fis entrer mais j'étais crispé, car je savais ce qu'elle allait penser de la maison : que c'était une horrible bicoque, comme le père de son copain le racontait sur tous les toits. Probable que les parents de Melody étaient du même avis. Et leur cercle d'amis aussi.

J'avais tout étalé sur la table de la cuisine, dans l'espoir qu'elle ne demande pas à visiter. Raté.

— Elle est où, ta chambre, tu me la montres ? fit-elle après que je lui eus proposé à boire.

Et merde, pensai-je en ouvrant la porte du garde-manger, prêt à être ridiculisé.

— Oh, trop mignon ! s'écria-t-elle. C'est tout petit ! Et très cosy...

Quand elle grimpa sur le lit, mon cœur se mit à cogner furieusement dans ma poitrine. Elle parcourut du regard les étagères où j'entassais mes bouquins, manuels scolaires et romans. Puis elle se tourna pour inspecter le mur d'en face, à moitié recouvert de dessins – comme ceux qu'elle avait vus dans mon carnet, mais en mieux.

— J'ai jamais vu une chambre aussi cool. On dirait... une grotte, comme celle de cet artiste, là. On peut bosser ici ? me demanda-t-elle avec un grand sourire.

Sans attendre ma réponse, elle me fit de la place et ouvrit la housse de son ordinateur.

— Euh, d'accord...

Quand Papa et Papi rentrèrent, on était assis côte à côte, adossés contre des oreillers, et on notait les références de nos citations. Ils se chamaillaient encore, comme s'ils reprenaient là où je les avais laissés le matin. Je piquai un fard en les voyant se planter devant la porte de ma chambre, aussi choqués l'un que l'autre. Pendant une éternité, personne ne parla.

— Je m'occupe du dîner, finit par dire Papi, avant de s'éloigner.

Papa répondit par un grognement et fila dans la direction opposée.

Melody avait assisté à la scène avec des yeux ronds.

— Et ta mère, elle est... ?

— ... morte, répondis-je en serrant les poings malgré moi.

— Mon Dieu, mais c'est horrible. C'est récent ? Est-ce que c'est pour ça que t'es venu habiter ici ?

Je hochai la tête, réticent à l'idée d'en dire plus. *Arrête de me poser des questions, s'il te plaît*. C'est là qu'elle posa une main douce sur mon avant-bras, par-dessus les bracelets que je portais ce jour-là. Je crus bien défaillir.

— Je suis désolée.

Comme les autres, elle s'excusait ; sauf que je ne pouvais pas la rassurer en disant « ça va », parce que ça n'allait pas et que ça n'irait jamais plus.

Heureusement, je fus bientôt incapable de penser – plus rien ne comptait hormis ces doigts au vernis bleu électrique sur mon bras. Mon corps tout entier était tendu comme un arc et je n'osais pas bouger, priant ardemment pour que ça ne se voie pas.

— Elle reste manger avec nous ? demanda Papi à la porte, et on fit tous les deux un bond de deux mètres, avant de s'écarter d'instinct.

— C'est gentil, mais je vais devoir y aller, dit-elle, son visage aussi cramoisi que le mien.

Sur ce, son copain envoya un texto pour savoir ce qu'elle faisait, et elle lui mentit en disant qu'elle était chez elle.

— Je suis sincèrement désolée pour ta maman, Landon.

Elle se pencha pour me faire un bisou sur la joue, et je m'embrasai. C'était à la fois gênant et saisissant. Je me sentais paralysé, comme si elle m'avait décoché une flèche empoisonnée, comme si mon corps était un brasier qu'elle avait attisé. J'avais le cerveau embrumé. Elle sortit du lit tant bien que mal, mit son ordi dans un sac. Je la suivis jusqu'à la porte d'entrée sans un mot, son baiser laissant une trace sur ma joue, telle une marque au fer rouge.

La baston que j'attendais depuis des jours finit par arriver. Pas de règles, pas de témoins. À l'heure du déjeuner il s'était mis à pleuvoir, mais comme je n'étais pas d'humeur à manger un sandwich mouillé, j'avais eu la bonne idée d'aller à la bibliothèque, histoire de regarder sur un ordi le PowerPoint que Melody avait fait. Notre exposé était pour le surlendemain.

Je tombai sur lui en tournant dans un couloir – sur lui et sa *clique*, dont Clark Richards faisait partie. Rick Thompson, meilleur ami de Wynn et sans doute le plus con de la bande, avait été nommé guetteur.

— L'heure a sonné, Maxfield, annonça Wynn avec autant d'émotion que s'il faisait le bulletin météo.

Aussitôt, il dirigea son poing vers mon visage, comme au ralenti, mais je ne fus pas assez rapide et me pris un direct dans la mâchoire. Je sentis mes dents s'entrechoquer et vis trente-six chandelles.

Je reculai de quelques pas en titubant. Il avança d'autant.

— Espèce de tocard, t'as osé me toucher devant tout le monde en mécanique. C'était carrément pas cool. Vas-y, enfoiré. J'suis prêt cette fois.

J'eus du bol de parer le coup suivant, mais deux secondes après il me cravatait, ce qui était pire. Déterminé à lui compliquer la tâche autant que possible, je me tortillai comme un beau diable, lui balançai mon poing sous le menton et enchaînai avec l'autre dans les reins. Sauf qu'il me coinça une fois de plus et me mit une baffe sur la tempe.

— Ben alors, qu'est-ce qui arrive au petit fils à sa maman ? Taré. Grosse merde. (Avec ce que je venais d'encaisser, j'entendais la moitié de ce qu'il disait, mais il continua à énumérer les insultes, comme s'il cherchait celle qui allait me faire sortir de mes gonds.) Ton papa t'a jamais appris à te battre ou quoi ? C'est une aussi grosse tapette que toi, alors.

Impossible de lui faire une prise digne de ce nom, alors que lui y arrivait les doigts dans le nez.

— Peut-être que ta maman a besoin d'un homme, un vrai. Je devrais passer la voir, un de ces quatre.

Là.

Poussant un hurlement, je sentis ma force se décupler et écartai les bras, ce qui l'obligea à me lâcher. Un crochet à la jambe et il alla s'étaler par terre. En un éclair j'étais sur lui et le martelais de coups. Je n'y voyais plus rien. Je n'entendais plus rien. La rage engloutissait tout. À force de le taper, je ne sentais plus mes poings. J'avais envie de l'aplatir mais son crâne était trop dur pour ça. Alors je l'empoignai par les cheveux et commençai à le cogner sur le carrelage.

Il finit par me repousser en moulinant des bras. Je roulai sur le côté, le souffle court, et au même moment Thompson souffla : « Profs ! ».

C'est là que je remarquai l'attroupement qui s'était créé autour de nous : la curiosité malsaine d'une poignée d'élèves allait peut-être nous sauver. On se releva lentement, sans se quitter des yeux, les poings toujours fermés mais au repos.

— Mais qu'est-ce qui se passe, bon sang ? s'exclama Mme Powell en jouant des coudes pour se frayer un passage. Si jamais vous vous êtes bagarrés, c'est le renvoi assuré !

M. Zamora obligea tout le monde à reculer et vint se poster derrière elle. Wynn, qui avait un œil violacé et à moitié fermé, prétendit le plus sérieusement du monde qu'on ne s'était pas battus.

— Chez la proviseure, et que ça saute, ordonna Zamora.

Je tentai de m'intéresser à ce qui allait m'arriver, de me dire que c'était embêtant, une exclusion, mais en réalité je m'en fichais. Tout ce que je voulais c'était réduire Wynn en bouillie, et je dus prendre sur moi pour garder le peu de sang-froid qui me restait.

Au bout de quelques instants, je commençai à avoir mal partout. J'avais les oreilles qui bourdonnaient. La tête qui semblait sur le point d'imploser. Le ventre aussi dur que si j'avais fait des abdos non-stop pendant quatre heures. J'y voyais trouble, sans doute à cause d'un vaisseau éclaté, mais à force de cligner les yeux cela finit par passer. La nausée me prit dès qu'Ingram s'assit en face de nous, derrière son énorme bureau où pas un dossier ne dépassait. Wynn semblait indifférent à la menace, mais je savais que c'était de la poudre aux yeux : il avait les ongles plantés dans les accoudoirs de son siège.

— Cet établissement a une politique de tolérance zéro concernant les bagarres. (Quand elle marqua une pause, pour l'effet, je pressai mes mains tachées de sang sur les cuisses pour m'obliger à garder le silence.) Vous le savez, n'est-ce pas ?

Je hochai la tête. Le crétin assis à côté de moi haussa les épaules.

— Vous venez vraiment de hausser les épaules en réponse à ma question, monsieur Wynn ? Peut-être ne l'avez-vous pas saisie et souhaiteriez-vous que je clarifie ?

— Non, merci.

Sans déconner. Ce type était encore plus bête que je le croyais.

Les yeux d'Ingram rétrécirent jusqu'à devenir deux fentes.

— *Pardon ?*

— Non, *madame*, bafouilla-t-il.

— « *Non, madame* », vous ne venez pas de hausser les épaules ; ou bien « *non, madame* », vous n'êtes pas au courant de la politique en vigueur dans cet établissement ? demanda-t-elle, tout en sachant parfaitement ce qu'il avait voulu dire.

Avec un peu de chance, il allait encore aggraver son cas.

— Non, *madame*, vous n'avez pas besoin de clarifier. Oui, *madame*, je suis au courant pour cette histoire de tolérance zéro. Le truc, c'est que j'étais pas en train de me battre.

Je n'en revenais pas. S'il croyait que j'allais trinquer pour nous deux, il se fourrait le doigt dans l'œil. Mes poings me démangeaient, mais je savais que ce genre de réaction me ferait virer définitivement – pour le plus grand plaisir de cette garce, qui n'attendait que ça depuis le début de l'année.

On aurait dit qu'Ingram venait de sucer un citron, tellement elle était crispée.

— Vous n'étiez pas en train de vous battre. (Elle dit cela d'un ton dédaigneux, mais c'était aussi clairement une mise en garde. Quelque chose me disait que Wynn n'allait pas en tenir compte.) Dans ce cas, d'où sortez-vous ces ecchymoses, je vous prie ?

Elle se pencha en avant, souriant d'avance à l'idée de le coincer.

— Je suis tombé dans l'escalier.

— Vous vivez dans un mobile home, monsieur Wynn.

— J'ai pas dit que c'était à la maison.

Elle se tourna vivement vers moi.

— Et vous ?

— Il est tombé dans l'escalier aussi.

Nom d'une pipe en bois, comme dirait Papi. Il avait répondu pour moi. J'étais foutu.

— On est tombés ensemble. Une sacrée gamelle. Je vous parie qu'elle est déjà sur YouTube.

— Monsieur Maxfield ? fit-elle, les yeux toujours fixés sur moi Et si vous me disiez *la vérité* ?

Indépendamment de ce que je pensais de Wynn, la proviseure ne me voulait pas du bien et je le savais. Je pris une profonde inspiration.

— Je crois bien qu'on nous a poussés.

Elle écarquilla les yeux.

— *Qui ?*

— Je ne sais pas. Ils étaient derrière nous.

Il y eut un long silence lorsqu'elle comprit que ni lui ni moi n'avions l'intention de cafter – ce qui n'arrangeait pas ses affaires.

— J'attends de vous, commença-t-elle avant de marquer une pause pour serrer encore plus les mâchoires, que vous suiviez *mes règles* lorsque vous êtes dans *ma maison*. Si je trouve un seul professeur affirmant vous avoir déjà vus échanger des coups ne serait-ce qu'une fois, je vous bouterai hors d'ici sans hésitation, espèces de petits mal élevés ! *Pigé ?*

Je me mordis la joue pour m'empêcher de rire, parce que primo, je ne doutais pas que son vœu le plus cher était de se débarrasser de nous (ce qui était tout sauf drôle), et deuzio, cet idiot m'avait fendu la lèvre en deux endroits et je savais que ça allait me faire un mal de chien si je souriais. Mais quand même, une femme de cinquante balais qui nous demandait si on avait *pigé* ?

Wynn se caressa le menton, puis répliqua :

— Hum, j'ai déjà entendu ça quelque part… Vous avez jamais pensé à en faire une brochure ?

Je fis semblant de tousser pour cacher l'éclat de rire qui montait – et grimaçai de douleur. *La vache, ça fait mal.* J'avais le cœur qui battait aussi fort que la première fois où je lui avais balancé un coup de poing.

Mme Ingram fulminait.

— Sortez d'ici. Vous êtes suspendus pour une semaine, et je téléphone de ce pas à vos parents pour leur annoncer la nouvelle. Attendez dehors que je vous appelle. Et interdiction de *parler*.

— Fait chier, dit Wynn dans sa barbe.

Par chance elle n'entendit pas, parce qu'au même moment je lançai d'une voix forte, « Oui, madame ».

On sortit pour se rasseoir aussitôt sur les sièges inconfortables du couloir, et la douleur dans mon dos s'accentua. J'espérais que Wynn souffrait encore plus que moi. On avait laissé une place entre nous et on fixait un point droit devant, comme si l'autre n'existait pas.

Impossible de savoir comment Papa allait réagir. Il communiquait si peu avec moi.

— Maxfield ?

Cela faisait une minute qu'on était là et Wynn transgressait déjà la consigne. Quelle surprise.

— Désolé pour ce que j'ai dit. Tu sais, à propos de ta mère.

Comme s'il avait besoin de préciser. Je l'ignorai, préférant gratter une tache de sang séché sur mon jean. Je me demandais si c'était le sien ou le mien.

— C'était dégueulasse de dire ça.

— C'est clair, répliquai-je cette fois, déconcerté.

Lucas

Je commençais presque à me considérer comme deux personnes distinctes à cause de Jacqueline. D'un côté, j'étais celui qu'elle avait envoûté pendant des semaines ; de l'autre, j'étais le prof sympa qui échangeait des mails plaisants tout en l'aidant à rattraper un cours.

Une partie de moi voulait qu'elle sache que les deux étaient un seul et même homme. Mais à choisir, j'aurais préféré être carrément un autre. Quelqu'un qui ne se sentirait pas pieds et poings liés par le règlement, et qui n'aurait aucun rapport avec la pire nuit de sa vie.

Au lieu d'entrer dans l'amphi dès mon arrivée, je m'adossai contre le mur à l'écart et l'attendis. Bien malgré moi, je fus témoin d'une discussion qui sentait la drague à plein nez entre Moore et Ivy. Je les entendis s'échanger leurs numéros, les vis se prendre en photo pour compléter leur profil, et la nana passa tout ce temps à pouffer. C'était vraiment le genre de fille avec qui il pensait remplacer Jacqueline ? Il y avait pourtant un tas de jeunes femmes intelligentes à la fac, et même au sein des confréries, puisque visiblement c'était son truc. Mais *elle* ?

C'était pathétique au possible.

Je détournai le regard et c'est là que je remarquai Jacqueline, plantée au milieu du couloir. Elle les observait. À la voir autant blessée par ce spectacle je comprenais combien cela avait dû être dur de se résoudre à revenir en cours. Non seulement il l'avait quittée sans crier gare, mais il était déjà passé à autre chose. Il fallait être maso pour vouloir subir ça trois fois par semaine au nom d'une foutue option.

Au même moment, un connard la bouscula - sans s'excuser, bien sûr. Je m'empressai d'aller ramasser son sac et le lui tendis. Elle me regarda de ses beaux yeux, et j'aurais tout donné pour la protéger de la moindre injustice, du moindre désagrément auquel elle pourrait être confrontée.

On peut toujours rêver.

— Il existe encore des hommes galants, tu sais, commentai-je en l'aidant à remettre la bretelle de son sac à l'épaule.

— Ah bon ?

Elle avait les joues roses. Certes on était en novembre et il faisait frais le matin, mais quelque chose me disait que c'était de la gêne.

— Non, je rigole. En fait, c'est juste un enfoiré. (En disant ça, je désignai d'un geste le type qui l'avait prise pour un punching-ball - et aussi son ex, j'avoue.) Ça va ?

Je vis qu'elle prenait acte de ma question récurrente, et m'en voulus de lui rappeler chaque fois cette nuit-là, alors que c'était la dernière chose que je voulais.

Peut-être était-ce inévitable qu'elle se rappelle, en définitive. Après tout, il suffisait d'un rien pour déclencher mes cauchemars. Ils revenaient toujours au moment où je m'y attendais le moins, même si je faisais tout pour les éluder.

— Ça va bien, je te remercie, répondit-elle du bout des lèvres, tout en lançant un regard vers l'amphi.

Moore et sa future conquête venaient d'entrer, elle les suivit.

Son « *Je te remercie* » me ramena à ce matin pluvieux où j'avais tenu la porte pour elle. La première fois où je l'avais approchée, où j'avais plongé dans son regard, où je m'étais avoué que je la désirais.

Elle ne se retourna pas, ne remarqua pas non plus que j'étais entré derrière elle. Affalé sur mon siège, je la regardai prendre des notes pendant que Heller remplissait le tableau de concepts qu'elle ne connaissait pas et devait encore moins comprendre, à en juger par ses sourcils froncés et les soupirs à répétition. Je n'aurais pas dû me réjouir à l'idée qu'elle ait besoin de Landon Maxfield, mais je savais qu'elle allait m'envoyer un mail dans la journée, et déjà je réfléchissais aux questions que je brûlais de lui poser.

Et puis elle se tourna pour prendre un truc dans son sac, et me fixa droit dans les yeux.

Donc, elle savait que j'assistais à ce cours, et où j'étais assis. Elle avait dû me repérer le lundi précédent, quand elle cherchait désespérément une nouvelle place. De toute évidence, elle avait fait le choix de ne pas prendre celle qui était libre à côté de moi, préférant enjamber un type qui faisait la sieste au lieu d'écouter Charles.

Sauf qu'elle savait où j'étais, et sa curiosité l'avait poussée à me regarder. Je tentai de rester impassible mais sentis mes lèvres se relever en un léger sourire. Elle se retourna brusquement et ne bougea plus.

Dès la fin du cours, je quittai l'amphi. Jacqueline était occupée à montrer les notes qu'elle avait prises à son flemmard de voisin.

À peine étais-je sorti qu'une nana m'arrêta. Elle avait pris éco au semestre précédent, capitulé, voulu retenter le coup, mais ne s'en sortait pas beaucoup mieux. Elle ne venait jamais en tutorat, et la seule fois où elle m'avait demandé de lui donner un cours particulier, c'était en dehors du campus ou rien. J'avais refusé catégoriquement parce que pour le coup, ce n'était pas déontologique *du tout*.

— T'es sûr qu'on peut pas faire ça chez moi ? me demanda-t-elle, comme si on n'avait pas eu cette conversation mot pour mot six mois plus tôt.

— Non, désolé. Les séances de tutorat doivent avoir lieu sur le campus. C'est comme ça.

Elle me dévisagea d'un air boudeur, et se mit à tortiller une longue mèche autour de son doigt. Ce genre de numéro devait marcher avec certains mecs, ses parents peut-être, mais sur moi cela produisait l'effet contraire. Je sentis mon portable vibrer dans la poche de mon jean. Jacqueline n'avait toujours pas quitté l'amphi et je tenais à être parti quand elle le ferait. Mais à cause de cette empotée, il y avait de fortes chances pour que ça n'arrive pas.

— Alors si j'ai bien compris, c'est une séance en groupe ? Et ça dure une heure ?

Tortillant toujours sa mèche, elle se mit à bouger lentement, ce qui me gonfla deux fois plus. J'avais envie de la prendre par les épaules, de la secouer un bon coup et de lui dire ce que j'avais à dire, un point c'est tout. Je donnais encore trente secondes à cette conversation.

— C'est ça. De une à deux.

Elle me demanda ce que j'avais prévu de faire là, maintenant. Je venais de lui expliquer qu'on ne pouvait pas se voir en dehors du campus… Mais dans sa petite tête, ça ne voulait pas dire que je n'étais pas partant pour autre chose. *Putain, tu vas me lâcher, oui ?*

— Je vais bosser.

— Tu bosses tout le temps, Lucas.

Je ne me rappelais pas avoir déjà eu la sensation qu'on m'observait, et au début, je ne fus pas sûr. Je savais qu'elle *pouvait* être là, et peut-être était-ce simplement ça. Mais j'aurais juré sentir ma peau devenir brûlante, mes muscles se contracter, ma respiration se bloquer. Je ne pus m'empêcher de lever la tête et de regarder droit vers Jacqueline Wallace dans la foule, comme si je savais exactement où elle se trouvait. Comme si elle était la seule autre personne présente dans ce couloir.

Elle n'était pas loin, en quelques pas j'aurais pu la toucher. Je savais qu'elle avait entendu mon prénom. Et voilà qu'elle me prenait pour *Lucas*, alors qu'elle échangeait des mails avec *Landon*. Il n'y avait aucune raison pour qu'elle fasse le rapprochement entre les deux. En une fraction de seconde, je me sentis soulagé comme jamais, puis totalement dégoûté par moi-même, puis déchiré par la tournure que les événements prenaient.

Je n'eus pas le temps de réagir qu'elle avait disparu dans le flot d'étudiants. Je sais que c'est dur à croire, mais je la *sentis* partir.

10

Landon

Je marchai jusque chez Melody pour lui donner les cartes et la page de citations que j'avais terminée. Je n'avais pas pensé à l'image que je devais renvoyer. J'avais réussi à enlever le sang sous la douche et Papi m'avait mis des pansements, mais ma lèvre était gonflée et les bleus allaient mettre des jours à s'estomper.

Son grand frère m'ouvrit, et je le reconnus du lycée. En terminale, délégué de classe. Populaire.

— T'es qui, toi ?

— *Evan*, le réprimanda sa mère en arrivant à son tour.

— Oh... Landon, c'est ça ? Qu'est-ce que tu veux ?

Evan ne bougea pas d'un iota, continuant à me scruter de son air hargneux. Sa mère se planta à côté de lui, comme si l'idée était de me barrer l'entrée. C'était même exactement ce qu'ils faisaient.

— Je, euh, j'amenais ça à Melody. Pour notre exposé.

J'aurais dû mieux m'organiser. Je ne l'avais pas prévenue par texto que je venais. Je voulais lui expliquer de vive voix que ce n'était pas mon intention de la laisser tomber, que ça m'embêtait vraiment. C'était même le seul aspect de cette exclusion qui me désolait, d'ailleurs.

— Tu ne peux pas lui donner en classe, tout simplement ?

— C'est-à-dire..., répondis-je en évitant soigneusement le regard de Mme Dover. Je ne serai pas au lycée vendredi.

— Je vois, grommela-t-elle comme si elle ne s'attendait pas à autre chose de ma part. Je lui ferai passer.

Prenant mon courage à deux mains, je levai la tête vers elle.

— Ce serait possible de la voir ? Elle va devoir lire ma partie de l'exposé. J'aimerais bien qu'on en discute ensemble.

— Je ne crois pas, non, rétorqua-t-elle d'une voix glaciale.

Le grand frère croisa les bras sur son torse et Mme Dover tendit la main, attendant que je me décide. Je n'avais jamais vu un sourire aussi hypocrite. Elle n'ajouta rien d'autre.

Je lui donnai le dossier et m'en allai.

Quand je revins au lycée une semaine après, tout le monde était retourné à sa place en cours de géo. Clark Richards me fit un sourire satisfait depuis son siège attitré. Melody ne me regarda pas une seule fois. Les exposés étaient terminés et j'avais eu zéro, comme Boyce Wynn. Mme Dumont nous donna une interro-surprise dans l'idée de « rattraper cette fâcheuse note », mais vu que je n'avais pas révisé, c'était mal barré. Elle nous mit dans le couloir pour la faire, assis de part et d'autre de la porte.

On n'était pas censés parler mais Wynn passa outre, bien sûr.

— Hé, Maxfield. On a prévu de se retrouver à la crique pour faire un feu de joie, ce soir. Le grand frère de Rick deale un peu, et comme sa mère l'oblige à participer aux tâches ménagères, il paie Rick pour le faire à sa place. En *joints*.

Il s'esclaffa. Je lui lançai un regard qui signifiait « Et ? ».

— On se retrouve tard, genre 23 heures. Les gens se couchent tôt dans cette ville de losers, personne pour nous dénoncer aux flics.

Sur sa figure les contusions en étaient au même stade que les miennes : jaunes. Ce serait bientôt de l'histoire ancienne. Son œil se remettait carrément moins bien en revanche, tout comme ma lèvre. Je me demandai si son invitation était un piège.

— Je pige pas. On est potes, maintenant ?

— Bah, pourquoi pas ? Je sais pas si tu sais... C'est Richards qui m'a payé pour te taper.

Alors là, je n'y comprenais plus rien.

— Non, je savais pas.

— Eh ouais. C'est parce qu'il a su que t'avais fait venir sa nana chez toi, et quand il lui a demandé où elle était par SMS, elle a répondu : à la maison. Il a cru que tu te la tapais, quoi.

— Et il t'a *payé* pour m'agresser ?

— Il est plein aux as, l'enfoiré. J'ai pas cherché à comprendre. J'ai pris le fric et basta. Toute façon, je t'avais déjà dans le collimateur. C'est vrai, mec. (Il pencha la tête vers moi, l'air pensif.) Ce fameux jour, en mécanique – le truc que j'ai dit à propos de Brittney Loper, juste avant que tu me files un coup de poing. Tu l'aimes bien, en fait ?

— Non, dis-je en fixant le sol. Je la connais même pas.

Je ne connaissais personne dans ce foutu lycée. J'avais cru nouer des liens avec Melody, mais c'était une illusion.

— Qu'est-ce qui t'a pris, alors ? Parce que *quand même*.

J'avais le cœur qui battait fort. Les mots étaient coincés dans ma gorge mais il fallait que ça sorte. Je me forçai à murmurer dans le couloir désert :

— T'as dit que tu la *violerais*.

— Quoi ? s'exclama-t-il, perplexe. C'est juste une expression – ça voulait pas dire...

— Pour moi, ça veut dire *quelque chose*, répliquai-je en le regardant droit dans les yeux. C'est comme une sorte de... déclic dans ma tête.

— Sans déconner, à ce point ? marmonna-t-il. OK, OK, désolé. Je me souviendrai que ça te fait péter un câble.

Il ne savait pas encore à quel point.

Je m'éclipsai de la maison vers minuit, quand je fus sûr et certain que Papa et Papi dormaient à poings fermés. Ce n'était pas plus mal de ne pas avoir à expliquer où j'allais. Il faisait assez froid pour que je voie des petits nuages blancs se former devant moi et s'évaporer à chaque pas que je faisais dans le sable. La crique n'était pas très loin, mais c'était devenu impossible de s'y rendre sans passer par des jardins ou des bouts de plage privée. Pas étonnant que le papounet de Clark Richards veuille à ce point racheter la maison de Papi.

Je venais de contourner un gros rocher quand j'entendis crier « *Maxfieeeld* ». Le feu de joie n'avait rien de spectaculaire, sans doute pour ne pas attirer l'attention. Mais comme ils n'étaient qu'une dizaine autour, ça allait. Se levant d'un bond, Wynn me tapa chaleureusement dans la main, comme si on était copains depuis toujours. Je poussai un soupir de soulagement. *Pas de piège*. Je me rendais compte que c'était ce à quoi je m'attendais depuis le départ.

Il y avait un croissant de lune, le ciel était dégagé et mes yeux s'adaptèrent vite à la pénombre. J'en reconnus quelques-uns, comme Thompson, qui se marrait comme une baleine en se donnant des tapes sur la cuisse, en réponse à une blague de son voisin.

Il y avait aussi des filles, et deux d'entre elles me regardaient avec curiosité. Ou alors elles étaient défoncées et me prenaient pour tout à fait autre chose.

Wynn me passa un bras autour de l'épaule.

— Tout le monde connaît Maxfield ?

— Hé, ça gaze ? dit Thompson en me saluant d'un coup de menton.

Comme s'il n'avait pas encouragé son pote à me foutre la raclée de ma vie une semaine plus tôt.

— Viens t'asseoir avec nous, me dit l'une des filles.

Elle et sa copine – qui s'avéra être Brittney Loper, celle aux nichons gros comme des pastèques – étaient blotties sous une couverture. De près, ça ressemblait à une couette qu'elles auraient prise sur leur lit : épaisse, à fleurs. Elle sentait l'herbe – mais *tout* sentait l'herbe, ici. L'odeur était omniprésente et un petit nuage stagnait en permanence au-dessus de nous. Si ça se trouve, je n'aurais même pas besoin de fumer un joint pour planer.

Les filles s'écartèrent pour que je m'assoie entre elles. Elles se collèrent contre moi en poussant un soupir de contentement, puis rabattirent la couverture sur nous trois. Je crevais de chaud, d'un coup. J'ouvris mon sweat, et la brune à ma droite m'aida à l'enlever.

— Ouah, t'es carrément brûlant.

Sa main se glissa sous la manche de mon tee-shirt et m'empoigna le biceps. Note pour plus tard : faire des pompes jusqu'à l'épuisement *tous les jours*, au lieu de trois ou quatre fois par semaine.

— Au fait, je m'appelle Holly, dit-elle en me tendant un joint, que je pris.

— Landon.

— Hmm, commenta Brittney d'un air gourmand.

Elle pressa la poitrine contre moi et mon corps répondit aussitôt, comme s'il savait quoi faire d'expérience. Ce n'était pas le cas. Je regardai Thompson prendre une taffe et l'imitai. Deux secondes après, mes poumons rendaient l'âme.

— Cool, Landon, dit Holly. Pas besoin de tout avaler d'un coup.

— Ça, c'est toi qui le dis, lança le gars à côté de nous, et le sang dans mes veines parut hésiter entre remonter au visage ou rester dans ma verge, qui était déjà dure.

— Dans tes rêves, Brad, lui rétorqua Holly.

Elle n'avait pas vraiment l'air insultée, et le type l'invita à venir sur ses genoux avec un grand sourire. Mais elle déclina, ajoutant qu'elle était très bien là où elle était. Le vent souffla dans ses cheveux et une mèche vint se coller à ma bouche. Elle l'enleva d'un geste sensuel.

Si ça durcit encore, je vais exploser.

Je repris une taffe, plus tranquillement cette fois, tout en l'observant.

— Voilà, c'est ça, m'encouragea-t-elle, avant de prendre le joint et de placer ses lèvres là où les miennes se trouvaient l'instant d'avant.

Pendant la demi-heure suivante on fuma à tour de rôle, et leurs mains s'aventurèrent sur mes bras, mon torse, mon dos. De temps en temps, une cuisse. Dès que les miennes étaient libres je les enfouissais dans le sable derrière moi, parce que je me méfiais de mes réactions.

Holly m'embrassa juste au moment où je commençais à sentir le sol se ramollir sous moi. Je n'étais plus sur une plage mais sur un gros oreiller moelleux, et on aurait dit que quelqu'un avait coupé le son – les éclats de rire autour de nous, les vagues qui venaient s'écraser sur le rivage à quelques mètres de là, tout disparut. Entre deux taffes je lui rendis son baiser, en espérant que je m'en sortais. Quand elle lécha ma lèvre inférieure, j'ouvris la bouche et nos langues s'emmêlèrent. Tout à coup elle me saisit par les épaules, s'allongea dans le sable et m'attira au-dessus d'elle. Brittney finit par se lever, nous jetant la couverture à la tête tandis que nos corps faisaient connaissance en dessous. Je commençai à perdre le fil, après ça.

Des heures après, je rentrai à la maison en titubant, dévorai tous les restes que je trouvai dans le frigo, m'écroulai sur le lit et fis un rêve torride se résumant à Holly, ses mains sur moi et sa bouche sur moi. J'éteignis mon portable quand l'alarme sonna le lendemain matin. Je n'avais jamais séché de ma vie, et je me sentis vaguement coupable pendant dix secondes. Mais j'étais vraiment trop crevé, et puis je me dis que c'était la première et la dernière fois.

Je bidouillai un mot d'excuse en imitant l'écriture de Papa et me pointai au dernier cours de la matinée, mécanique. Je ne voulais pas rater celui-là, c'était le seul qui me plaisait. À la fin, Wynn et Thompson vinrent me voir.

— Salut, Maxfield, fit le premier.

— Ramène-toi, dit le second. Il y a mon frangin qui veut bien nous emmener au fast-food, mon pote.

Comparé au nombre de règles que j'avais enfreintes ces dernières heures, quitter le lycée à l'heure du déjeuner (seuls les terminales pouvaient, normalement) était de la gnognotte. Randy Thompson nous attendait devant avec deux copains à lui. Je grimpai à l'arrière du pick-up avec Boyce et Rick et on se cramponna de toutes nos forces, mais en tâchant d'avoir l'air cool – alors qu'au moindre coup de frein, on risquait de finir sous les roues d'une voiture.

— La vache, j'ai la méga dalle, annonça Rick quelques minutes plus tard, avant d'engloutir son burger.

— Je te parie que Maxfield a besoin de se requinquer aussi après ce que Holly lui a fait, intervint Boyce. (En voyant que je restais muet comme une carpe, ils éclatèrent de rire.) Faut qu'on te dise, mec. Holly aime bien initier les petits nouveaux. C'est son truc, quoi. On est tous passés par là, tu vois ?

Ah.

— Ouais, Holly elle est cool, renchérit Rick en enchaînant sur les frites. Mais *surtout*, tombe pas amoureux d'elle. Elle déteste ça. Si tu la joues fine, elle sera ta charmeuse de serpent attitrée pendant un moment.

Ils s'esclaffèrent bruyamment et je les regardai, hébété.

— Elle est bonne, celle-là, fit Boyce.

Les fêtes sur la plage devinrent régulières – tous les week-ends et parfois même en semaine, avec un petit groupe d'habitués et de temps en temps des touristes de passage. En général on était déchaînés, surtout le samedi soir, mais tout le monde me répétait que je n'avais encore rien vu, que les vacances de Pâques, ça allait être la folie totale. Malgré l'avertissement, je m'étais un peu trop attaché à Holly, même si elle se comportait comme une simple amie au lycée.

Sur la plage, par contre, et quand elle avait fumé – *ouah*. Elle me fit tout connaître, tout.

Enfin, les vacances de Pâques arrivèrent. Un tas de nouveaux mecs commencèrent à venir, et ils étaient toujours pendus aux basques de Holly. Je me sentis blessé, quand bien même je savais qu'on n'était pas vraiment ensemble.

— Randy fait une ristourne à Holly quand elle lui achète de la beuh, m'expliqua Boyce. Tu comprends, elle attire vachement de touristes. C'est bon pour les affaires.

Je serrai les dents en entendant ça, mais Rick gloussa.

— Sérieux, mec. On te l'avait dit. Cette nana, elle est indépendante. C'est juste pas son truc, les histoires à l'eau de rose. L'engagement, tout ça. Mais si tu veux lui trouver une remplaçante, t'as *l'embarras du choix*, conclut-il en faisant un grand geste de la main.

Je regardai autour de nous et il devait bien y avoir une dizaine de filles en bikini qui dansaient autour du feu. Toutes étaient bourrées, défoncées, ou sur le point de. Et plus d'une m'avait lancé des regards prometteurs.

— À toi de jouer, mec.

C'est à ce moment-là que je repérai Melody, assise sur un rocher. Seule. Clark était cinq mètres plus loin, en train de boire une bière avec des potes. Il lui tournait le dos.

— Oh, oh, *mauvais plan*, grogna Boyce, mais c'était trop tard – je me dirigeais déjà vers elle.

Quand elle me vit grimper sur le rocher, elle hallucina. Elle jeta un coup d'œil à son copain, qui ne lui prêtait aucune attention, et j'en profitai pour la reluquer discrètement. Ses jambes, lisses et pâles au clair de lune, paraissaient interminables dans ce short bleu ciel, et son débardeur blanc laissait voir qu'elle portait un simple haut de bikini en dessous. Elle avait enserré ses épais cheveux blonds dans une natte qui lui allait jusqu'en bas du dos, mais quelques mèches s'étaient échappées avec le vent.

Comment Richards pouvait-il se permettre d'ignorer une fille comme ça ? C'était un mystère pour moi.

Je pris place à ses côtés et me mis à regarder la scène en contrebas avec elle.

— T'as pas l'air de t'amuser des masses, constatai-je au bout de quelques instants. Ça te dit, une balade ?

Elle lança un dernier regard à Clark, qui s'intéressait toujours aussi peu à elle.

— Oui, d'accord.

Je lui pris la main pour l'aider à descendre, et elle ne la lâcha qu'une fois sur le sable. Je vérifiai si quelqu'un nous suivait : personne. On commença à s'éloigner sur la plage, et au bout de quelques instants les bruits de la soirée n'étaient déjà plus qu'un souvenir. On passa devant chez moi, puis chez elle. On s'arrêta. Elle longea la maison sur un côté, en direction d'une structure en bois.

— Il est cool, ton fort.

Elle ouvrit un loquet, tira sur une corde qui fit descendre un pont-levis et me fit entrer. Il y avait une petite échelle qui menait à l'étage supérieur, mais pas de toit.

— Evan et moi, on aimait bien jouer aux cow-boys et aux Indiens avec les enfants des voisins, ou alors au chasseur de dragon qui venait sauver la princesse emprisonnée dans le donjon, expliqua-t-elle tout en grimpant les barreaux, et je la suivis.

— Qui est-ce qui faisait le dragon ?

Avec un petit sourire elle s'assit, cala une mèche rebelle derrière l'oreille et ramena les genoux à elle.

— Il était imaginaire, bien sûr. Remarque, ça m'aurait bien plu d'être le dragon. Ou le courageux chevalier. Mais Evan ne voulait jamais.

Je m'allongeai à côté d'elle, mains croisées derrière la tête.

— C'est pas très sympa. Je peux pas vraiment juger, vu que j'ai pas de sœur. Mais si c'était ton truc, je vois pas pourquoi t'aurais pas pu être le dragon.

Je pensai à Carlie Heller, qui n'avait que dix ans mais n'aurait pas hésité à pousser son grand frère du haut du château s'il avait eu le malheur de suggérer qu'elle fasse la princesse. Sauf si elle avait droit à une épée.

— C'est sûr, reprit Melody en observant les étoiles. Mais Evan a toujours été un clone de Papa, même quand on était petits. Et l'un comme l'autre, ils arrivent à leurs fins. À chaque fois.

Elle se tut, et j'eus envie de glisser mes doigts dans ses cheveux pour défaire sa natte. De guider sa bouche vers la mienne et de l'embrasser, pour lui faire oublier ce mec condescendant qui la traitait comme de la merde.

— Ma mère par exemple, c'est une femme vachement forte, mais dès qu'il s'agit de tenir tête à mon père, il y a plus personne. D'après elle, c'est comme ça le mariage. Chacun fait des concessions. Et en cas de désaccord, c'est le mari qui décide.

Je songeai à mes parents, à leur relation. Mon père n'avait jamais été très expressif, mais il était tellement dévoué à ma mère. Elle aurait pu lui demander n'importe quoi, il se serait débrouillé pour l'obtenir. *Tout ce que tu veux, Rose*. Combien de fois l'avais-je entendu dire ça ?

Il sait que je ne lui ferai jamais de mal, parce que je l'aime, m'avait dit Maman un jour. *Donc, je peux tout lui demander. Et l'inverse est tout autant vrai*.

— Le grand frère a le dernier mot aussi, du coup ?

— Oui, le grand frère c'est pareil, concéda-t-elle en s'allongeant près de moi. Et le père, aussi.

Je comprenais mieux la place que Clark prenait dans sa vie.

— En d'autres termes, l'homme.

Elle me regarda, fit la moue.

— Je suppose, oui.

Je fronçai les sourcils, sceptique. Ma mère était la personne la plus généreuse que je connaissais, mais jamais elle n'aurait toléré qu'on décide à sa place, même si c'était son mari. Ou son petit ami.

— Ben moi, je trouve pas ça normal.

— Peut-être, dit-elle en souriant. Mais c'est pas grave. Je ne suis pas obligée d'être une princesse si j'en ai pas envie. Demande à ma mère – je peux être un vrai dragon quand je veux un truc et qu'on me résiste.

Elle ne voyait même pas qu'elle était prisonnière de son petit ami. Qu'elle ne serait jamais l'héroïne de cette histoire : les rôles étaient déjà attribués.

Lucas

Comme prévu, Jacqueline m'envoya un mail pour demander de l'aide car elle ne s'en sortait pas. Elle me remercia aussi d'avoir décodé les instructions de Charles, qui sans ça auraient été du charabia. Les étudiants de master le suivaient sans trop de problème, mais il n'était pas rare qu'en licence ils soient largués. C'est là que j'intervenais.

Dans ma réponse, je lui précisai que l'éco n'était pas ma matière principale (comme elle l'avait cru), lui envoyai un tas d'exercices à faire et terminai en lui demandant comment ses élèves s'étaient débrouillés au concours de contrebasse. Sur un coup de tête, j'ajoutai « Et sinon, je ne veux pas dire, mais votre ex m'a tout l'air d'être un crétin » et appuyai sur *Envoyer*.

La vache. Je venais de faire une belle connerie. C'était super limite de parler comme ça d'un étudiant – dans un *mail*, en plus. Même si c'était vrai.

Et puis elle répondit, et je poussai un soupir de soulagement en voyant qu'elle ne faisait aucune référence à mon écart de langage. En revanche, elle avait l'air de croire que l'aider était une corvée pour moi. Alors que c'était tout le contraire ! Voilà bien longtemps qu'il ne m'avait pas autant tardé de voir un nom apparaître dans ma boîte de réception. Mais comment lui dire qu'elle s'immisçait dans mes rêves la nuit et peuplait mes fantasmes le jour ?

Elle me raconta une anecdote sur les élèves qu'elle avait emmenés au concours. Chacun l'avait prise à part en exigeant de savoir si elle avait un préféré et qui c'était. J'éclatai de rire devant mon écran en lisant la réponse qu'elle leur avait faite à tous les deux : « Toi, bien sûr. »

Je me dépêchai de corriger ses exercices pour les lui renvoyer. Elle avait fait très peu d'erreurs, et après l'en avoir félicitée, je lui avouai que je comprenais ses élèves : si à leur âge j'avais eu une prof de musique étudiant à la fac, comme elle, j'en serais resté pantois. Je fermai les yeux et imaginai la scène, Jacqueline telle qu'elle était maintenant et moi à quatorze ans, un ado renfermé, désespéré que quelqu'un *me voie*. Je serais forcément tombé amoureux.

« Et au cas où vous vous poseriez la question : c'est vous, ma préférée », ajoutai-je à la fin du message.

Je flirtais sans vergogne, c'était totalement déplacé, mais je m'en fichais. Je voulais qu'elle craque pour Landon, de sorte que le jour où elle découvrirait le pot aux roses elle me pardonnerait tout – comme par exemple, de lui rappeler des mauvais souvenirs.

C'était voué à l'échec. Et bien trop tard pour arrêter.

Le plus souvent, bosser au *Starbucks* un vendredi après-midi était ennuyeux à mourir : ce jour-là, ça faisait plus de dix minutes qu'on n'avait pas eu un seul client. Si Gwen avait été là, je l'aurais même écoutée avec plaisir me raconter pour la centième fois ses histoires de bébé – bébé fait ses dents, bébé commence à marcher, bébé a la diarrhée – pour faire passer le temps plus vite. Le problème, c'est que j'étais de service avec Eve, qui enchaînait texto sur texto en prévision du week-end et du coup me laissait seul avec mon dilemme.

Tout entières à leur conversation, deux filles entrèrent et se dirigèrent vers le comptoir. Je reconnus la rousse qui était venue avec Jacqueline le lundi précédent, et avait renoncé en voyant la queue.

À en croire leurs tee-shirts, elles étaient dans une fraternité. Je n'aurais jamais pensé que cela concernait Jacqueline, malgré sa présence à la fameuse soirée et ses fréquentations – mais c'était bien possible qu'elle en fasse partie aussi. En même temps, je traînais tellement peu avec ce genre de personne, comment aurais-je pu deviner ? Sans compter que je m'en foutais.

Jusqu'à maintenant.

Eve alla les servir pendant que je nettoyais la machine à expresso. J'écoutai d'une oreille distraite ce qu'elles disaient – mais les ouvris en grand quand je sus de qui elles parlaient.

— ... Si Kennedy se comportait pas comme un vrai connard.

— Oui ? lâcha Eve sans une once d'amabilité.

— Il est pas si horrible. Je veux dire, il a eu la décence de casser avec elle *avant*, dit la brune. On va prendre deux grandes limonades au thé vert sans sucre ajouté, s'il vous plaît.

Ma collègue tapa la commande et leur donna le total sur un ton vaguement agressif. Avec ses piercings aux oreilles et un nombre impressionnant de tatouages pour une fille de son âge, Eve n'était pas hyper fan des fraternités, pour le coup. Je ne savais même pas si elle avait une raison particulière de les détester. Elle ne parlait quasiment jamais. En revanche je savais qu'elle n'avait rien contre moi, et j'en avais déduit que c'était à cause des tatouages : elle devait me croire aussi asocial qu'elle. Ce qui n'était pas faux... J'avais simplement un faible pour une fille qui était tout le contraire.

Je me demandais bien comment Eve réagirait si un étudiant canon mais membre d'une confrérie s'entichait d'elle.

Quelque chose me disait qu'il passerait un sale quart d'heure.

— Alors là, je suis pas d'accord, protesta la rousse. C'est un parfait salaud. J'ai bien vu son petit manège, un tas de fois, et même devant elle. Il a juste fait les choses dans les règles parce que comme le crétin qu'il est, il s'est dit que s'il rompait avec elle *avant* de coucher à droite et à gauche, il ne faisait rien de mal. À part lui briser le cœur, mais ça, il s'en lave les mains. Ils sont restés ensemble pendant presque trois ans, Maggie. J'arrive même pas à imaginer comment c'est de sortir avec un mec aussi longtemps.

— C'est clair, renchérit Maggie. Sérieux, ça fait trois semaines que je suis avec Will, et s'il était pas gaulé comme un...

— Bon, vous payez ? la coupa Eve en prenant un air dégoûté, et je chassai vite fait de mon esprit ce Will machin chose.

— ... je me ferais chier comme un rat mort. C'est sûr, il est chou, mais dès qu'il se met à parler, je m'endors direct.

— Tu sais que t'es une salope ?

Je sortis la limonade du frigo et Eve s'occupa des glaçons.

— Ouais, ouais. Mais tu sais ce qu'on dit sur les gentilles filles. À propos, qu'est-ce qu'on fait pour Jacqueline ?

Sa copine soupira.

— Ben... On peut dire que la soirée d'Halloween a été un fiasco, vu comme elle est partie tôt – en même temps, comment lui en vouloir ? Kennedy a été assez classe pour draguer Harper sous son nez. Cette nana lui court après depuis plusieurs mois, tu savais ? Elle a dû grave se vanter d'avoir couché avec lui, après. Mais quelle mauvaise idée j'ai eu d'avoir forcé J à venir à cette putain de soirée...

Eve fit glisser leurs boissons sur le comptoir en levant les yeux au ciel – ce qui passa totalement inaperçu. Les filles s'apprêtaient à partir quand tout à coup elles se figèrent. Elles avaient eu une idée.

— On devrait lui mettre une tenue sexy et l'emmener quelque part où Kennedy ne risque pas de se pointer. Ça ferait vachement de bien à son ego.

Quand la rousse proposa d'aller dans une boîte de nuit connue pour passer de la musique merdique (le genre qui passe et repasse à la radio le week-end), je sus que j'avais touché le fond, parce que j'étais bien décidé à y aller. Il fallait que je la voie en terrain neutre, et j'étais prêt à tout pour ça. Même à endurer de la pop bidon toute une soirée.

Je l'avais empêchée de se faire violer sur un parking, mais j'étais aussi l'unique témoin de son humiliation. Je lui rappellerais toujours cette nuit-là. C'était une évidence le *lundi*, quand elle était venue boire un café ici et m'avait vu.

Et puis il y avait eu le *mercredi*, ce moment où elle m'avait reluqué en amphi, qui m'avait redonné espoir malgré moi. L'espoir bien maigre qu'on était destinés à être ensemble.

Il aurait été plus logique de prendre la fuite, mais dès que je pensais à elle, mon cerveau buggait. Je n'étais plus qu'un homme rempli du désir irrationnel d'être celui qu'on ne m'avait jamais laissé être.

D'être *entier*.

En voyant ses copines la faire boire et l'encourager à danser avec tous les types qui passaient par là, je devinai que Jacqueline ne leur avait pas parlé de son agression. Elles l'avaient emmenée ici pour se remettre d'une rupture, pas d'une tentative de viol. Dansant avec elle sur la piste déserte, elles faisaient tout pour qu'elle passe une bonne soirée. J'étais heureux de la voir se dérider, peu importent les moyens employés.

J'aurais dû la laisser tranquille mais elle m'attirait irrésistiblement, même si elle n'avait aucun moyen de le savoir. Tout comme elle ne pouvait savoir que j'avais vu sa relation avec Moore tomber en ruine. Ou que j'aimais son sens de l'humour et l'intelligence qu'elle déployait dans ses mails. Et ces moments magiques, où son esprit était tourné vers la musique, lui faisant tout oublier autour d'elle.

Je terminai ma bière et laissai ma place au bar, le moral dans les chaussettes. Je ne pouvais pas trahir la confiance de Charles. Elle était mon étudiante, et je le savais. OK. J'allais raser les murs et me diriger droit vers la porte. Ou peut-être juste dire bonjour et la laisser.

Je m'arrêtai derrière elle et remarquai qu'elle était plus grande – elle avait des bottes à talons. Quand je lui effleurai le bras, le temps se suspendit. Du coin de l'œil je vis ses copines, mais impossible de les saluer : plus rien n'existait hormis ces épaules nues.

Jacqueline se retourna, et mon regard fut aussitôt attiré vers son décolleté plongeant. *La vache*. Je dus faire un effort surhumain pour ne pas scotcher.

Mon manque de discrétion ne lui échappa pas mais elle semblait surtout retenir son souffle, et je plongeai dans ses yeux envoûtants. Je voulais qu'elle me fasse confiance. Je ne le méritais pas mais qu'est-ce que je le voulais, bon sang ! Ce n'était pas le moment de se laisser envoûter par sa sensualité débordante.

Je ne pus m'empêcher de repenser à ses mails : les anecdotes rigolotes sur ses amis, sa façon attachante d'évoquer ses élèves. Ces ados devaient être raides dingues de leur prof de contrebasse. Je lui souris bêtement, même si techniquement ce n'était pas moi qui avais eu cette discussion avec elle.

Elle n'aurait pas du tout la trouille, si elle savait ce que tu penses en ce moment.

Reprenant mes esprits, je me penchai vers elle pour lui dire « Salut » et m'en aller, comme prévu. Sauf que je me noyai dans son parfum – cette note de chèvrefeuille qui ne s'était jamais effacée de ma mémoire olfactive, depuis ce fameux matin pluvieux. Je sentis mon corps se crisper et lui murmurai à l'oreille :

— Tu danses avec moi ?

Puis je m'écartai pour observer sa réaction. Il fallut que sa copine la pousse fermement dans ma direction pour qu'elle se décide. Je la pris par la main et l'emmenai sur la piste, tout en me disant, « Une danse. Juste une ».

Je pouvais toujours rêver.

La musique était forte mais la chanson lente. J'avais bien vu qu'elle déclinait poliment toutes les invitations à danser un slow. Dès qu'un mec la touchait elle tressaillait, même si aucun ne l'avait remarqué. Peut-être avaient-ils trop bu. Ou bien ils ne ressentaient pas l'angoisse de Jacqueline, tout simplement. Ils ne savaient pas ce que je savais. Sans compter qu'après des années d'arts martiaux, j'étais capable de discerner la moindre réaction physique, même la plus furtive.

Je détestais l'idée que ce salopard ait réussi à lui faire peur comme ça. Je voulais la distraire, qu'elle n'y pense plus.

Doucement, je lui pris les deux mains et les ramenai dans son dos. Sa poitrine vint frôler mon torse, et je dus faire un effort suprême de volonté pour ne pas la plaquer contre moi. On dansait parfaitement en rythme, et quand elle ferma les yeux je sentis qu'elle s'abandonnait. J'aurais voulu que cet instant dure toujours.

Elle bougeait langoureusement, sans doute moins parce qu'elle était dans mes bras que parce que ses copines lui avaient fait boire une demi-douzaine de margaritas bon marché. Lorsque je lui libérai les mains pour la tenir plus fermement, elle s'agrippa à mes bras comme si elle craignait de tomber. Ses mains remontèrent lentement pour venir se croiser dans ma nuque, et j'attendis qu'elle ouvre les yeux. Elle leva le menton mais les garda fermés jusqu'à être tout contre moi – et puis d'un coup elle me regarda fixement.

Je la vis clairement déglutir, comme si elle rassemblait tout son courage, et elle se hissa sur la pointe des pieds pour me parler. En entendant sa question, je n'eus plus le moindre doute : elle ne savait pas qui j'étais.

— Si-sinon, tu fais des études de quoi ?

Fait chier.

Je n'étais pas prêt à voir ce rêve se terminer. Et il se terminerait dès que je lui avouerais être l'homme avec qui elle avait échangé des mails toute la semaine – son tuteur, qui n'était pas du tout censé la toucher comme je le faisais.

— T'as vraiment envie de parler de ça ? lui demandai-je, en sachant parfaitement que non.

C'était juste une façon d'ouvrir la discussion, d'en apprendre un peu plus sur moi. Exactement ce que je ne pouvais pas me permettre.

— Tu veux dire, plutôt que d'autre chose ?

Voilà ce qui arrivait quand on attachait trop d'importance à ses principes. À force d'être obnubilé par sa sacro-sainte intégrité, on finissait par tomber sur la seule chose qu'on ne pouvait pas avoir. Jacqueline Wallace n'était pas à moi, et il ne me revenait pas non plus de la rendre heureuse.

— Plutôt que de *ne pas* parler, répliquai-je, désirant plus que tout danser avec elle.

— Je ne vois pas ce que tu veux dire, fit-elle, rougissant légèrement.

Mais elle n'ôta pas ses mains sur ma nuque. Elle ne s'écarta pas de moi.

Alors je l'attirai encore plus près et me penchai pour sentir une fois de plus son parfum et le graver dans ma mémoire.

— Si, tu vois très bien, soufflai-je, et mes lèvres se posèrent toutes seules sur le lobe de son oreille.

Elle poussa un soupir satisfait, et j'aurais été bien incapable de dire si cette réaction était la chose la plus ravissante ou la plus frustrante qu'il m'ait été donné d'entendre.

— Danse avec moi, murmurai-je.

Je retins mon souffle, attendant sa réponse.

Une seconde chanson venait de commencer. Elle hocha la tête.

11

Landon

À force de collectionner les mauvaises notes et les heures de colle pour retards répétés, je m'attendais à un retour de bâton. Il n'est jamais arrivé. Je pensais que Papa allait m'interdire de sortir, me crier dessus. Qu'il demanderait à rencontrer la proviseure, supprimerait mon argent de poche. Mais rien ne changea.

Il arrivait que Papi rouspète, mais la plupart du temps c'était parce que j'avais laissé du bazar au salon ou que je rechignais à donner un coup de main. Alors je me suis entraîné à cuisiner et à mettre le lave-linge en route, et j'ai fait de la place dans ma mini chambre pour y fourrer un maximum d'affaires.

Un soir au dîner, Papi dit :

— Tu vas devoir apprendre un métier, fiston. Autant que ce soit la pêche puisque tu vis ici, maintenant.

Papa lui jeta un regard tout en servant les patates, mais ne le contredit pas – ce qui n'était pas normal. Fait et dit, je fus embauché au début de l'été sur le *Ramona*. Papi l'avait baptisé comme ça en souvenir de ma grand-mère. Le plus nul dans tout ça c'était de devoir se lever aux aurores, parce que je passais la plupart de mes soirées à faire la fête sur la plage et que je rentrais tard, sans me soucier de faire du bruit : j'avais arrêté de faire le mur. J'arrivais à grappiller trois ou quatre heures de sommeil avant que Papi ne me réveille en fanfare pour être sûr que je n'allais pas me rendormir. Rien de plus efficace qu'une cuillère tapée contre une casserole, surtout dans une chambre sans fenêtre.

Papa travaillait d'arrache-pied. Peu à peu, il transforma l'entreprise familiale en une attraction pour touristes proposant uniquement des sorties en haute mer et dans la baie. Il avait même créé un site Internet bidon, où il postait des photos de vacanciers friqués posant devant le *Ramona* avec la prise du jour – des types prêts à débourser mille dollars pour passer un après-midi à écluser des bières en attendant que ça morde. Tout l'été et jusqu'à la fin de l'automne, on emmena des pêcheurs amateurs, parfois chevronnés, aux meilleurs endroits pour attraper des vivaneaux, des thazards et autres stars du golfe du Mexique. Il y avait de tout dans la clientèle : des pères tentant de se rapprocher de leurs fils, des couples en osmose ou au contraire qui se faisaient la gueule, des hommes d'affaires qui venaient se ressourcer ou offraient ça à un client VIP, des étudiants qui passaient plus de temps à boire et faire bronzette qu'à pêcher.

Mon job consistait à m'occuper des hameçons, remplir le réservoir et le frigo si nécessaire, nettoyer et vider les poissons, laver le pont au jet et prendre les photos. À la rentrée, j'étais bronzé, affûté et je faisais trois bons centimètres de plus que mon grand-père – si on ne comptait pas sa touffe de cheveux blancs qui le faisaient paraître plus grand.

Papi faillit bien disjoncter le jour où Papa étendit notre activité aux croisières en soirée pour les amoureux, aux excursions en famille pour voir les dauphins, et aux matinées réservées aux vieilles dames pour admirer les grues blanches. Mais le fait est qu'il gagnait mieux sa vie tout en travaillant moins, alors il laissa faire.

— Au fait, j'ai réfléchi.

Houlà. Je n'avais pas envie d'entendre Boyce philosopher, j'étais trop crevé pour ça. Au bout d'une bière j'avais failli m'endormir comme un bébé dans les bras d'une nana pourtant sexy et occupée à me rouler des pelles, alors j'avais décidé d'arrêter de boire avant de m'écrouler pour de bon. Boyce en avait fait autant par solidarité, parce qu'on était les seuls de la bande à bosser la journée. Moi sur le bateau, lui au garage de son père. On venait de traîner deux chaises pliantes défraîchies au bord du rivage pour échapper aux autres, qui pouvaient être super soûlants quand ils s'éclataient et qu'on était sobres.

— Gaffe, c'est dangereux, Wynn.

— Ah, ah.

Je me concentrai sur l'eau fraîche qui léchait mes pieds et le bruit constant des vagues. C'était la marée montante. Si on ne bougeait pas d'ici minuit, on aurait de l'eau jusqu'à la taille.

— J'ai réfléchi, donc, et je me suis dit que j'avais jamais vu tes poignets. Ils sont toujours cachés.

Mes mains se cramponnèrent malgré moi aux accoudoirs de la chaise. J'avais beau être bronzé, les poignets restaient aussi blancs que mes fesses : jamais ils ne voyaient le soleil. Je les enserrais systématiquement dans un bandana, des bracelets, et plus rarement la montre, que je ne portais quasiment plus. Personne au lycée n'avait remarqué que je faisais ça pour camoufler autre chose. Du moins, c'est ce que je croyais.

— Et ? fis-je en le regardant.

Il tira machinalement sur sa lèvre.

— Et je me suis dit que tu pourrais te faire tatouer à cet endroit-là, histoire de… couvrir… Enfin, tu vois, quoi.

Il me jeta un dernier coup d'œil, puis ferma les yeux.

Je contemplai le reflet de la lune qui dansait sur l'eau et songeai au néant vertigineux qu'était ma vie. Je n'avais pas d'objectif à atteindre, aucun but pour lequel me battre – juste le besoin crucial de garder mon passé enfoui, assez profondément pour que je ne ressente rien. C'était la seule solution pour éviter la souffrance.

Je n'avais jamais pensé à me faire tatouer, et cette idée semblait anormalement géniale pour un gars comme Boyce.

— J'ai pas besoin d'être majeur pour ça ?

— Eh, t'as oublié à qui tu parles ou quoi ? Je connais une fille qui te le fera sans problème.

— Je sais pas. Peut-être.

— Quand t'es décidé, dis-moi. Je t'emmènerai la voir.

Elle s'appelait Arianna et devait avoir dans les vingt-cinq ans. Son bras gauche était totalement recouvert de tatouages colorés, mais le droit ne contenait qu'une phrase inscrite à l'intérieur de son avant-bras : « *La seule façon d'accomplir est d'être – Lao Tseu* ». On avait débarqué dans son salon une heure après la fermeture, vu que j'étais censé lui apporter une autorisation parentale.

— Si tu veux juste que le tattoo recouvre les cicatrices, je passe dessus et c'est tout. Une autre idée serait de les intégrer au dessin, en tatouant autour. Elles seront visibles et en même temps invisibles. Comme un camouflage, quoi.

Elle continua à examiner mes poignets, les tournant en tous sens, passant le doigt sur la peau rose mutilée. J'avais la nausée, je me sentais mis à nu, mais pas question de me défiler. Boyce gardait le silence, ce qui était très inhabituel chez lui.

— On pourrait aussi tatouer toute la zone, pour que ça ressemble à des bracelets de force.

L'idée me plaisait. Elle sortit son book pour me montrer quelques modèles, mais je finis par prendre une feuille pliée en quatre dans la poche de mon jean.

— Euh, sinon, j'ai dessiné deux ou trois trucs avant de venir… Je sais pas, peut-être que tu pourrais les utiliser.

Elle prit le temps de bien tout regarder et sourit.

— Je peux te faire ça sans problème, si c'est ce que tu veux.

Cool.

Elle repassa les contours des dessins sur le stencil, qu'elle transféra ensuite sur mes poignets. Puis elle prépara son matériel et enfila des gants en latex. La douleur fut intense mais resta toujours à la limite du supportable. De son côté, Boyce faillit bien tourner de l'œil en voyant le sang perler – marrant comme ça ne lui avait pas fait cet effet-là quand on s'était castagnés. Arianna finit par lui dire de s'asseoir dans l'entrée et de ne plus en bouger.

— Alors, pourquoi tu le fais ?

Elle était en train de passer et repasser sur un côté où il y avait très peu de chair et je serrai les dents. Mieux valait ne pas penser à cette aiguille qui me piquait la peau, encore et encore.

— Pour moi. Enfin, je veux dire...

Je savais que Boyce l'avait mise au courant. Elle n'avait même pas sourcillé en me voyant enlever les bandanas.

Elle reprit la parole, sans quitter son travail des yeux.

— Perso, c'était pour me réapproprier mon corps, et ça m'a sauvé la vie. (Elle essuya les gouttes de sang et inspecta le maillon qu'elle venait de remplir. Nos regards se croisèrent.) Certains se contentent de fuir pour guérir du mal qu'on leur a fait, mais chez d'autres, cela ne suffit pas. L'intérêt du tatouage, c'est de faire passer le message qui a besoin de l'être. Ou alors, de cacher une chose qui ne regarde que toi. Tes cicatrices, c'est des blessures de guerre, même si tu ne le vois pas. Ça viendra.

Elle appuya de son pied pour ranimer la machine et attaqua un autre maillon. La douleur cuisante reprit aussitôt.

— Ce tatouage est un premier pas nécessaire, il marque à jamais ta peau. Mais un jour, tu comprendras que cette peau n'est pas toi. C'est juste une enveloppe qui te sert le temps de ton passage sur terre. (Elle marqua une pause quand je commençai à trembler.) Tu es mûr pour ton âge, Landon. Assez pour prendre cette décision. Exactement comme moi à l'époque.

Je rentrai chez moi avec des bandages et des consignes à suivre.

— Pour l'instant, le tattoo est aussi fragile que tes cicatrices. Ce n'est pas le moment de prendre un coup de soleil dessus, OK ?

Je continuai à camoufler mes poignets comme d'habitude jusqu'à la fin du mois. Le jour où je sentis les rayons du soleil sur ma peau pour la première fois depuis presque deux ans, ça me fit tout drôle. La plupart de ceux que je connaissais me dirent un truc du genre, « Cool, tes tatouages ». Certains crurent qu'avant je ne les assumais pas, d'où les bandanas. Ce qui me fit bien rire. *T'es vachement perspicace, toi.*

Les filles trouvaient ça sexy. Parfois elles me demandaient : « Ça t'a fait mal ? ». Je haussais légèrement les épaules en répondant « Un peu ».

Papa et Papi eurent la même réaction en les découvrant. Coup d'œil discret, grognement de désapprobation, pas un mot prononcé.

Le tatouage suivant n'était pas là pour recouvrir une cicatrice – pas une cicatrice visible, du moins. Arianna me fit une rose en plein sur le cœur. Pas besoin d'ajouter *Rosemary Lucas Maxfield* pour savoir que c'était en sa mémoire. Papa fit aussitôt le lien. La première fois où il me vit torse nu dans la cuisine, son visage s'empourpra jusqu'à devenir violet. Il regarda fixement la rose, que je venais d'enduire de crème, et serra les poings. Puis il sortit en claquant la porte, et le sujet fut clos jusqu'à un après-midi, deux semaines plus tard, alors qu'on était sur le bateau.

Je venais de montrer à un môme comment mettre un hameçon. Il devait avoir une dizaine d'années, et m'avait assuré qu'il allait tomber dans les pommes si je l'obligeais à faire ça. Pauvre gosse. Il aurait sûrement préféré se baigner ou se taper une glace sur la plage. Au lieu de ça, il était coincé ici toute la journée avec son père et son oncle. Je savais ce qu'il ressentait.

Quand j'allai chercher d'autres hameçons, Papa me dit :

— Tu n'as pas le droit de faire ça sans mon autorisation, c'est illégal. Je me suis renseigné.

Il avait le regard baissé sur le pétale bordeaux qui dépassait de mon débardeur blanc. J'attendis en silence que ses yeux, presque argentés tant la luminosité était forte, aient le courage de croiser les miens.

— C'est *mon* corps, Papa. Est-ce que tu vas vraiment me dire que je suis trop jeune pour en faire ce que je veux ?

Ma réaction le surprit et il détourna la tête.

— Pour l'amour du ciel, Landon, grommela-t-il, mais ce fut tout.

Tous les deux ou trois mois, j'ajoutai quelque chose. Des flammes noires venant lécher mes deltoïdes et suivant les contours fermes de mes biceps. Une croix gothique entre les omoplates symbolisant mon héritage catholique, avec une phrase du psaume vingt-trois inscrite autour. Maman n'était pas une grande croyante, mais elle possédait un sens inné de la spiritualité, et j'étais allé suffisamment de fois à la messe pour me sentir autorisé à le faire. Je me demandais si ça me soulagerait de croire qu'elle était au paradis et non dans un cercueil sous plusieurs mètres de terre.

Quelque chose me disait que non.

Le jour du deuxième anniversaire de son enterrement, je me fis percer l'arcade sourcilière. Papa fulmina, à ma grande satisfaction ; quant à Papi, il ne comprenait tout simplement pas que j'enfonce un bout de métal dans mon corps *délibérément*.

— J'ai vu tellement d'hameçons se planter là où ils n'auraient pas dû... Franchement ça me dépasse, mon garçon !

Un jour, un empoté l'avait sans faire exprès harponné avec sa canne à pêche, lui laissant une belle cicatrice près de l'œil.

— Un centimètre de plus à gauche et ce couillon m'énucléait !

Il adorait raconter cette histoire, et je l'avais suffisamment entendue pour ne quasiment plus faire de grimace dégoûtée en imaginant la scène.

À l'automne, la famille Heller se retrouva tout à coup beaucoup plus près de nous, Charles ayant décroché un poste de titulaire dans une super fac à 400 km de là. On était loin des vingt minutes de route qui nous séparaient quand on vivait tous en Virginie, mais ça devenait faisable de se retrouver le temps d'un week-end. Sauf pour Papa, qui n'avait pas de temps à perdre pour voir ses meilleurs amis – trop de boulot, vous comprenez.

Quand il me sortit ça, je pris conscience que l'être humain était tout simplement incapable de forcer sa nature. Que ce soit dans la capitale ou une station balnéaire, mon père restait un bourreau de travail.

Le poste de Charles était une opportunité de carrière, mais Cindy dut quand même chercher un nouveau travail, et les enfants se faire de nouveaux amis. Je savais qu'ils avaient fait ce choix en pensant à nous, mais Papa ferma les yeux sur ce sacrifice plus que généreux.

Par son silence, il semblait les tenir responsables du malheur qui était arrivé, mais peut-être le simple fait de les voir lui rappelait-il trop de mauvais souvenirs. J'avais toujours soupçonné que c'était le cas pour moi – le problème, c'est qu'il ne pouvait pas se débarrasser de son fils aussi facilement.

Je n'avais pas besoin d'eux pour me rappeler. Je savais qui était à blâmer pour la mort de Maman. Moi et personne d'autre.

Les Heller nous invitèrent pour Thanksgiving, et surprise, Papa se défila au dernier moment. Comme je ne pouvais pas aller là-bas à pied, il me laissa à la gare routière à une heure beaucoup trop matinale. J'aurais pu refuser de faire le voyage seul juste pour l'emmerder, mais ça aurait vraiment été puéril. J'étais content d'y aller, même si pour cela je devais me taper des compagnons de voyage plus ou moins dégénérés. Ils n'eurent qu'à me regarder pour en conclure que j'étais le passager le plus hostile à bord. L'avantage, c'est que personne n'osa s'asseoir à côté de moi.

Avant d'arriver à San Antonio le car s'arrêta dans quatre autres villes merdiques, pour prendre d'autres losers fauchés comme les blés. Puis je montai dans un autre car, complètement interchangeable avec le premier, losers compris. Le trajet aurait pris moins de quatre heures en voiture, sans s'arrêter. Au lieu de ça, au bout de six heures de route, j'atterris dans une gare routière qui sentait aussi mauvais que les quartiers mal famés de Washington. Charles était déjà là.

— Joyeux Thanksgiving, fiston, s'exclama-t-il en me prenant tout naturellement dans ses bras.

Mon cœur se serra en prenant abruptement conscience que mon père ne m'avait pas touché depuis les obsèques. Même petit, je me rappelais toutes ces fois où je m'étais cramponné à son torse puissant pour déverser mon chagrin, mais je n'avais pas de souvenir de lui me faisant spontanément un câlin.

Et puis si on allait par là il ne m'avait jamais fait de reproches, mais je n'avais pas non plus entendu qu'il me pardonnait.

Je restai plus longtemps que nécessaire contre Charles, dans l'idée de refouler mes larmes, et aussi cette culpabilité qui ne me lâchait pas. J'aurais tout donné pour qu'elle le fasse rien qu'une journée. Une heure, même. Quelques minutes.

— Je crois bien que tu vas être plus grand que Ray, commenta Charles en reculant pour m'observer.

J'avais pas mal grandi depuis la dernière fois que je l'avais vu ; je n'avais plus besoin de lever la tête pour le regarder dans les yeux.

— Incroyable comme tu lui ressembles quand il était jeune. En revanche, tu as les cheveux de Rose. Et il y en a un paquet, ajouta-t-il en haussant un sourcil amusé.

Charles était dans l'armée avant ses études. Je ne l'avais jamais vu avec plus de deux centimètres sur le crâne. S'il avait le malheur de s'en approcher, il déclarait sur un ton très sérieux qu'il était en train de devenir un foutu hippie et allait directement chez le coiffeur. Pour rien au monde il n'aurait raté une occasion de faire une remarque sur la coupe de Cole comme sur la mienne.

— T'es juste *jaloux*, avait répondu son fils du tac au tac, la dernière fois que Charles avait râlé en disant qu'il avait les cheveux aussi longs que sa sœur.

C'était tellement drôle que j'en avais recraché mon lait par le nez.

Mes parents avaient rencontré les Heller à la fac. Charles et Papa faisaient une thèse d'économie – à des années-lumière de ma mère et de Cindy, qui étaient encore en licence et unies comme les deux doigts de la main. Personne n'aurait rencontré son futur époux si ma mère n'avait pas fait une apparition remarquée à un dîner organisé par son père, un grand professeur d'université qui suivait de près le travail de Charles et de Papa.

J'avais neuf ou dix ans la première fois que j'ai entendu cette histoire, mais la version dont je me souviens le mieux date de mon premier vrai béguin – la fameuse Yesenia, dans la même classe que moi au collège. D'un coup, je devais impérativement comprendre les concepts d'amour et de destin.

— En fait, j'ai aperçu ton père depuis la fenêtre de ma chambre et je l'ai trouvé mignon, m'avait expliqué ma mère, avant d'éclater de rire en voyant la tête que je faisais.

J'avais du mal à croire que mon père ait pu être *mignon* un jour.

— ... Je n'en pouvais plus de tous ces artistes prétentieux avec qui je sortais à cette époque-là, et je me disais que je serais peut-être mieux avec un homme comme mon père. Il écoutait ce que j'avais à dire et me parlait d'égal à égale. Il me gâtait, aussi. Le problème, c'est que les thésards qu'il suivait étaient tous plus ringards et coincés – jusqu'à ce que je rencontre Ray Maxfield. Je me suis dit que si j'arrivais à lui parler, le tour était joué. Il tomberait aussitôt amoureux de moi et m'emmènerait dîner quelque part.

Elle avait plissé les yeux en souriant. Elle se souvenait.

— ... J'ai bien dû essayer une dizaine de tenues avant de me décider. Et puis je suis descendue et j'ai traversé le salon d'un air dégagé, en prétendant être très occupée. Mon plan diabolique a marché, bien sûr. Il faut dire que j'étais plutôt mignonne moi aussi, à l'époque.

Cette fois c'est moi qui avais éclaté de rire, parce que ma mère était une très belle femme. Parfois, je surprenais mon père à la regarder, comme s'il n'en croyait pas ses yeux de la voir s'activer dans sa maison. Comme si c'était trop beau pour être vrai, et pourtant elle était là, et le plus curieux dans tout ça c'est qu'il l'avait épousée.

— Il m'a suivie dans la cuisine sous prétexte que son verre de thé glacé était vide. (En voyant mon air perplexe, elle confirma ce qu'elle venait de dire. Il aurait fallu payer Papa sacrément cher pour qu'il boive ce genre de boisson.) J'ai appris bien plus tard qu'il *détestait* le thé glacé. Il s'est accoudé au plan de travail où je me préparais un en-cas, et il m'a demandé avec le plus grand sérieux si j'étais la fille de M. Lucas. Je lui ai répondu, « Oh, non, je passais dans la rue et je me suis dit que j'allais entrer me faire un sandwich ». Mais quand j'ai levé la tête pour le regarder, mon cœur a bondi. Je n'avais jamais vu d'aussi beaux yeux.

Comme j'avais les yeux de mon père – d'un gris très clair, presque transparent, ce compliment valait pour moi. Je ne savais pas encore que j'allais aussi hériter de sa carrure, de ses capacités analytiques, et de cette manie de se fermer complètement.

— Sur ces entrefaites, Charles a débarqué dans la cuisine. Ton père l'a fusillé du regard, mais il m'a fait un grand sourire et s'est présenté. Ensuite il m'a demandé ce que je faisais dans la vie, je le lui ai dit. « Une licence de quoi ? », ton père a demandé. « Arts plastiques », j'ai répondu. Et c'est là, Landon, que tu as bien failli ne jamais naître.

En entendant ça, j'en étais resté comme deux ronds de flan. Et moi qui croyais connaître l'histoire par cœur !

— Figure-toi qu'il m'a regardée d'un air incrédule et m'a demandé ce que je comptais faire avec un diplôme qui ne valait rien.

Alors là – *j'hallucinais*.

— On est d'accord, Landon. J'avais envie de lui flanquer une bonne gifle pour effacer cet air arrogant. Mais tu sais quoi, je ne me suis pas laissé démonter, et je lui ai répliqué que j'allais rendre le monde plus beau, avec mon art – et *bam* ! Et que je n'étais pas impressionnée par ce que lui allait faire avec son diplôme. Devenir riche ? C'était d'un vulgaire. Je les ai plantés là et je suis remontée dans ma chambre. J'étais bien décidée à ne plus jamais poser les yeux sur les étudiants de mon père. J'en ai même oublié d'emmener mon sandwich.

Le reste de l'histoire : elle l'avait invité sur un coup de tête au vernissage de sa toute première exposition, après être tombée sur Charles dans la rue. Sa meilleure amie Cindy était là pour la soutenir, au cas où Ray Maxfield aurait le malheur de se conduire en goujat. Sauf qu'il avait observé les tableaux de Maman et était impressionné.

Elle disait toujours que c'était pour sa peinture qu'il avait craqué, et non son charme ou son sens de la repartie.

Lui disait que c'était le culot de Maman qui l'avait attiré.

Mais moi, je savais la vérité. Il était tombé amoureux de toutes ces choses en même temps, et le jour où elle était morte, c'est comme si quelqu'un avait éteint le soleil dans son univers.

Lucas

J'avais quitté la boîte de nuit depuis longtemps, mais impossible de m'ôter Jacqueline de la tête – son corps contre moi, emprisonné dans mes bras. Ses yeux, d'un bleu foncé sous les lumières tamisées. Sa nervosité évidente, ses questions hésitantes. Comme si les autres danseurs avaient disparu à l'instant où je l'avais enlacée, je n'avais plus senti que son doux parfum – finis les effluves de transpiration et d'eau de toilette flottant sur la piste. Finis la musique, les cris, les éclats de rire. Je n'avais plus ressenti que ce rythme vital qui pulsait à travers nos corps réunis.

J'étais allongé sur mon lit, fixant le plafond sans le voir. D'un coup, je laissai libre cours à mes fantasmes. Je me représentai Jacqueline à califourchon sur moi, son corps répondant à mes coups de reins (lents, pour le moment), sa bouche ouverte, prête à recevoir ma langue. Mes mains commencèrent à caresser mes cuisses, puis à les malaxer, et toutes mes terminaisons nerveuses s'enflammèrent. Je sentais sa peau nue contre la mienne. Ses cheveux soyeux qui m'effleuraient le visage. Sa confiance totale en moi.

Je me flanquai un oreiller sur la tête et poussai un grognement, parce que je savais que tout ce que je pourrais faire pour soulager la pression qui montait inexorablement serait *beaucoup* moins bien. Elle ne pouvait pas être à moi, pour tellement de raisons. Elle était mon étudiante. Elle se remettait d'une rupture. Elle avait peur de moi.

Peut-être moins, maintenant, murmura une voix dans ma tête.

Pas moyen de contenir le frisson de joie qui me parcourut, alors je laissai faire.

Ensuite, je m'accordai ce soulagement de seconde zone, parce que sinon je n'allais pas dormir.

Le dimanche soir, j'allai retrouver Joseph dans un bar où jouait un jeune groupe de rock alternatif de Dallas qu'on aimait bien tous les deux. J'avais à peine fermé l'œil la nuit précédente, et même après deux heures d'entraînement au dojo je me sentais tendu. Et aussi, bizarrement, d'humeur contemplative.

Maître Leu avait accepté d'être mon partenaire étant donné qu'il n'y avait personne d'autre à la salle, et on peut dire qu'il m'avait botté le cul. Il était petit mais drôlement teigneux. Une fois, je l'avais vu mettre au tapis un adversaire aussi bon que lui avec une cravate qui aurait fait perdre connaissance à n'importe qui dans la vraie vie. La trachée aurait même pu être broyée.

L'agresseur de Jacqueline ne se rendait pas compte de la chance qu'il avait : je n'avais pas encore atteint le niveau où on m'autoriserait à apprendre ce mouvement.

— Ben dis donc, t'es dans la lune, ce soir, entendis-je la voix de Joseph s'exclamer.

Je m'arrachai à ma rêverie et lui fis un sourire.

— Tu disais ?

— Sans blague, à quoi tu penses comme ça ? Je t'ai jamais vu aussi distrait. Ça fait trois fois que je te demande si tu passes Thanksgiving en famille et tu ne m'as même pas snobé, tu m'as juste pas *entendu*.

— Désolé. Je rentre, oui. Et toi ?

— On va chez les parents d'Elliott, précisa-t-il après avoir bu le reste de sa tequila cul sec. Sa mère m'adore. Je peux pas en dire autant de la mienne, ajouta-t-il en faisant la moue.

Joseph avait déjà fait allusion à ce sujet, mais il ne m'en avait jamais parlé ouvertement. Je ne savais pas quoi lui répondre.

— Tu veux dire que tu n'as pas le droit d'emmener Elliott chez eux ?

— C'est pire, mec. J'ai pas le droit de me pointer là-bas tout court. C'est *défense d'entrer aux homos*, chez mes vieux.

— La vache. Ça craint.

— Bah, c'est comme ça. Les parents d'Elliott sont très contents qu'on soit en couple. Tu verrais la chambre d'amis que sa mère nous prépare à chaque fois, on se croirait à l'hôtel. Mais quand même, ça n'a pas été simple pour eux d'accepter que le copain de leur fils soit un simple employé. C'est qu'ils sont super instruits, tous. En ce moment, la sœurette cartonne en fac de médecine. Le truc, c'est qu'Elliott leur avait juste dit que je travaillais sur le campus. T'imagines la tête qu'ils ont faite quand ils ont su que je m'occupais pas de maths ou d'histoire, mais de plomberie. (Il eut un rire amer.) J'ai quand même pas de bol. Je suis trop gay pour être péquenaud, et trop péquenaud pour être gay.

Peu importe ce que mon père pensait de moi, ou ce que j'avais pu faire pour l'emmerder, il ne m'avait jamais dit que je n'étais plus le bienvenu chez lui. Je savais que je pouvais me réinstaller là-bas le soir même, si je voulais. Jamais je ne ferais un truc pareil, mais en tout cas, je pouvais.

Le groupement monta sur scène et pendant l'heure suivante, on savoura de la musique qui n'était ni de la pop sucrée, ni une comédie musicale, tout en décrochant un tas de regards intéressés parmi les spectatrices.

— Ouaip, fit-il en voyant trois étudiantes surexcitées nous mater. Ça marche toujours, même à mon corps défendant.

Je m'esclaffai et indiquai au barman de nous remettre une tournée. Je m'abstenais de draguer quand j'étais de sortie avec Joseph, mais tout de même. Je sus qu'il se passait vraiment quelque chose d'anormal quand je vis que je me foutais royalement de savoir si ces filles étaient jolies ou pas. Il n'y avait qu'une raison possible pour ce soudain désintérêt.

Tout ce que je voulais, c'était que Jacqueline Wallace se retrouve dans mes bras, et y reste. Il fallait que je trouve un moyen, coûte que coûte.

Le lundi matin, en amphi, j'avais un sacré mal de crâne. J'avais aussi revu mes ambitions à la baisse. Dès que je voyais Charles, je me sentais coupable. Dès que je pensais à Jacqueline, c'était pire. Elle ne m'avait pas envoyé de mail pendant le week-end. Mon petit doigt me disait qu'elle avait pigé pour Landon Maxfield, et je songeai pour la énième fois à mettre un terme à la supercherie. Si possible, tout de suite.

C'est là qu'elle se glissa sur le siège à côté de moi.

J'hallucinais tellement que je me contentai de la regarder.

— Salut, dit-elle, ce qui m'obligea à sortir de ma stupeur.

Persuadé que mon pressentiment allait se vérifier, je fixai le sourire discret que je vis apparaître sur ses lèvres.

— Salut, répondis-je en ouvrant mon bouquin pour cacher le dessin que j'étais en train de faire.

— Dis, je viens de me rendre compte que je ne me rappelais plus ton prénom, depuis l'autre soir. J'avais bu trop de margaritas, sûrement.

Elle était nerveuse. Pas agacée – nerveuse.

Juste avant le cours d'éco : c'est l'occasion parfaite de dissiper ce... malentendu au sujet de ton prénom.

Sauf que je plantai mon regard dans ses yeux bleus et lui répliquai :

— C'est Lucas. Et je ne crois pas te l'avoir dit.

Merde.

Au même moment, Heller manqua se vautrer en entrant dans l'amphi, ce qui la fit sourire un peu plus.

— Sinon, euh, tu sais l'autre fois, quand tu m'as appelée Jackie ? En fait, c'est Jacqueline.

Je l'ai appelée Jackie ? Mais quand ça... ? Oh. Cette nuit-là.

— OK, répondis-je simplement.

— Ravie de te connaître, en tout cas, dit-elle gentiment, et elle fonça s'asseoir avant que Heller ne commence à parler.

Elle ne se retourna pas une seule fois pendant le cours, même si elle avait l'air distraite – vu le nombre de fois où elle se tortilla sur son siège, quand elle ne bavardait pas avec son voisin. Ils rirent sous cape à deux reprises, et j'eus un pincement au cœur en la voyant. Ce n'était pas la première fois que je l'entendais rire ; mais maintenant, j'étais connecté à elle, et je ressentis sa joie jusqu'au bout de mes bottes. Moi aussi, je voulais la faire rire – Landon, lui, y était arrivé.

C'était ridicule d'être jaloux de moi-même, et pourtant je l'étais. Leurs échanges étaient souvent drôles. Quand il lui avait dit qu'il faisait des études d'ingénieur, elle avait répliqué : « Pas étonnant que vous ayez l'air d'être une grosse tête. » Si elle ne s'était pas adressée à son tuteur, on aurait pu penser qu'elle flirtait. Dans un autre contexte, c'était des mots bien innocents... Mais là, oui, ça pouvait passer pour du flirt.

Un truc de fou. J'étais jaloux de Landon. De toutes les réactions stupides dont j'étais capable, c'était quand même la plus ridicule.

À la fin du cours, je n'avais pas eu le temps de prendre mon sac qu'elle fonçait déjà vers la porte. Une sorte de pulsion primitive me poussa à la rattraper, comme si c'était la chose la plus sensée au monde. Je m'obligeai à ralentir le mouvement, déconcerté.

Elle me rendait dingue. Et j'adorais ça. Bon sang, j'étais dans un sacré pétrin.

J'avais accepté de remplacer Ron pendant deux heures pour qu'il puisse voir son prof d'architecture, qui ne recevait les étudiants qu'une fois par semaine entre midi et deux. Ensuite j'allais devoir enfiler mon costume d'auxiliaire chargé du stationnement – mais ça, ce serait après mon tutorat et mes deux heures de TP. Je ne serais pas chez moi avant dix heures du soir, et il faudrait encore que je révise pour le lendemain. À l'exception notable de la conversation initiée par Jacqueline le matin, je sentais que la journée allait être pénible.

Je jetai un coup d'œil à mon portable entre deux commandes. Encore une demi-heure avant de terminer, et il y avait du monde. Je remarquai que le niveau de grains de café commençait à baisser dangereusement. Dès que j'eus un instant de répit, je fermai ma caisse. Coup de bol : un troupeau d'étudiants débarqua à ce moment-là.

— Eve, je vais dans la réserve chercher du café. Je me dépêche.

— Ramène-moi une bouteille de vodka, tant que t'y es.

Eve était encore plus ronchon quand on était débordés. En d'autres termes, 90 % du temps.

— Tu seras gentil de m'en prendre une aussi, Lucas ! s'exclama une Noire aux cheveux blancs.

C'était Vickie Payton, secrétaire de mon département, magicienne de l'organisation et source inépuisable d'informations pour les étudiants.

— Il n'est pas un peu tôt pour ça, madame Payton ? plaisantai-je en poussant la porte de la réserve.

— On a commencé les inscriptions pour le prochain semestre, expliqua-t-elle. J'en peux déjà plus.

— Bon, si c'est ça, dis-je en lui faisant un clin d'œil. Deux vodkas et un mélange kenyan, c'est parti !

— Des promesses, toujours des promesses, grommela Eve tout en prenant la commande de la secrétaire.

Je ramenai le lourd paquet et l'ouvris. La queue commençait à s'allonger, mais sous ses airs de râleuse, ma collègue gérait. Machinalement, j'observai les clients qui venaient d'arriver, en quête de Jacqueline. Pendant les deux semaines où elle n'était pas venue en cours, la chercher sur le campus était devenu un réflexe, même si la probabilité qu'elle soit à tel ou tel endroit était quasi nulle.

Au *Starbucks*, c'était déjà plus vraisemblable. Pour autant, je n'en revins pas quand je l'aperçus avec sa copine rousse, en bout de queue. Je pris le temps de l'observer, savourant chaque détail, comme si elle était mon dernier repas et que j'avais autant envie de la dévorer que de la déguster.

Sa copine me regardait. Jacqueline semblait résolue à *ne pas* me regarder. Mais elles parlaient avec animation, et Jacqueline rougissait tellement que je le vis à cinq mètres. J'eus le plus grand mal à me retourner pour faire un café, et je sentis les poils de mes bras se hérisser. Mon corps me prévenait qu'elle avait posé les yeux sur moi.

J'étais en manches courtes et elle n'avait pas encore vu mes tatouages. Le soir de son agression, elle n'avait eu qu'à regarder mon piercing à la lèvre pour que je comprenne : elle faisait partie de ces filles qui évitaient les gars comme moi par principe. J'étais l'incarnation du jeune qui avait fait des mauvais choix dans la vie. À sa façon de s'habiller je savais que c'était une fille plutôt classique, tout comme ses amis. Et son ex. Je parie que si on m'avait mis à côté de son salopard d'assaillant et qu'on avait demandé aux passants qui, selon eux, était le violeur, j'aurais récolté vachement plus de votes.

Malgré cela, elle était en train de me reluquer. En boîte, elle s'était abandonnée dans mes bras, comme si elle se sentait en sécurité. Tout en sachant qu'elle ne devrait pas. Elle était désorientée mais intriguée. *Intéressée*. Je le sentais, et c'était à la fois excitant et troublant. Je voulais son attention pleine et entière. Et j'allais tout faire pour l'obtenir.

Je fis couler le café, puis me retournai vers ma caisse, que j'ouvris, en gardant les yeux rivés sur la machine. Dès qu'Eve s'occupa du client précédant Jacqueline, je levai la tête et la regardai dans les yeux.

— Suivante.

Elle sursauta, comme si je l'avais surprise à faire une bêtise, mais approcha.

— Jacqueline, fis-je, comme si je venais à peine de la remarquer. Ce sera encore un américano, aujourd'hui ?

Elle parut étonnée que je me souvienne de sa commande. Alors que j'aurais pu faire la liste de tout ce qu'elle aimait et n'aimait pas, de la façon dont elle prenait son café à la zone où elle préférait être embrassée, en passant par la caresse qui allait la faire frissonner des pieds à la tête.

Quand elle acquiesça, j'attrapai un gobelet et un marqueur - mais je préparai moi-même sa boisson.

Eve haussa un sourcil doublement percé, parce qu'elle savait ce que je venais de faire.

— Alors comme ça, on refile son numéro aux étudiantes qui font partie d'une confrérie ? murmura-t-elle. Comment c'est trop minable...

— Faut bien un début à tout.

Tout en secouant la tête d'un air dégoûté, elle balança une tasse sur la grille et fit couler un double expresso.

— Je crois pas, non.

— C'est pas faux. Est-ce que c'est plus acceptable si je te dis qu'elle ne fait partie d'aucune confrérie ?

Sa bouche se tordit, et j'eus la nette impression qu'elle faisait un gros effort pour ne pas sourire.

— Tu veux rire ? Là, c'est carrément inadmissible.

Je me concentrai sur les commandes pour essayer de réduire la queue, et du coup m'obligeai à ne pas regarder Jacqueline se diriger vers l'autre comptoir pour prendre ses trois sachets de sucre et sa goutte de lait. Je savais exactement où elle se trouvait, à chaque seconde, mais je l'ignorai jusqu'à ce qu'elle passe la porte – ensuite, bien sûr, je scotchai dessus.

— Ben dis donc, j'en connais un qui est mordu, se moqua Eve, ce qui fit sourire le client face à elle.

Il portait un tee-shirt aux couleurs de la fac.

— Qu'est-ce t'as ? aboya-t-elle en le fusillant du regard.

— Rien, dit-il en levant les deux mains, paniqué. C'est juste… Ça m'a fait marrer. C'est tout.

Elle le planta là pour aller chercher du lait de soja.

Le type me regarda sans comprendre, mais je ne savais pas quoi lui dire. Je ne connaissais pas l'histoire de cette fille, mais tout le monde marchait sur des œufs avec elle. C'était tout juste si elle ne m'insultait pas la moitié du temps, et je faisais partie de ceux qu'elle *aimait bien*.

12

Landon

Après les vacances, je me retrouvai en cours de biologie avec Melody Dover et Pearl Frank – anciennement Pearl Torres, ma voisine à la table des exclus au collège, qui était en quatrième quand j'étais en troisième. Et puis sa mère avait épousé le Dr Thomas Frank, un éminent chirurgien, accessoirement célibataire endurci. Mais c'était compter sans Esmeralda Torres, qui s'était fixé comme but d'avoir un gros caillou au doigt et d'offrir un avenir à sa fille.

Elle avait obtenu les deux.

Pearl, qui était l'exemple parfait de l'intello coincée à l'époque où je l'avais connue, avait bûché tous les cours au programme pendant l'été, ce qui lui avait permis de carrément sauter une classe, parallèlement elle s'était relookée et acheté une flopée de fringues de marque, ce qui fait qu'elle était arrivée en première plus canon et plus riche qu'elle ne l'avait jamais été.

Melody ne perdit pas de temps à faire d'elle sa nouvelle meilleure amie.

Elles échangèrent un regard plutôt dépité quand le prof leur indiqua la seule table où il restait de la place : celle où j'étais avec Boyce.

— Comment ça se fait que vous venez à ce cours, maintenant ? Vous vous êtes fait virer de l'autre parce que vous étiez trop sexy ?

Elles levèrent les yeux au ciel en entendant Boyce dire ça, et moi je fixai un point au mur pour garder mon sérieux. Il était raide dingue de Pearl depuis la rentrée. Dommage qu'il n'ait pas fait l'effort de lui parler au collège, quand elle n'avait pas d'amis ; elle lui rendait la pareille, et à raison.

— T'es con, répondit Melody. On a été prises en danse, mais l'entraînement du jeudi tombe sur notre ancienne heure de bio, alors on a dû changer. C'est bien notre veine.

Ses yeux se posèrent sur moi et firent un rapide inventaire : les tatouages qui dépassaient de mon tee-shirt, la barre à mon arcade sourcilière, le diamant à mon oreille. L'espace d'un instant, nos regards se croisèrent. C'est elle qui détourna la tête.

— Nan mais t'as vu comment tu me parles, Dover ? fit Boyce.

Elle lui lança un regard courroucé, sans doute parce qu'elle n'aimait pas qu'on l'appelle par son nom de famille. Boyce m'avait avoué qu'il l'avait surnommée « *Rover Dover* » pendant toute la primaire. Ce mec avait le don de se brouiller avec tout le monde. Notre amitié était une sorte d'anomalie dans sa vie.

Notre table était tout au fond de la classe et on avait pris l'habitude de pencher nos tabourets pour s'adosser au mur, au mépris total du règlement. Soit M. Quinn était bigleux, soit il n'avait pas envie de nous dire d'arrêter. Melody et Pearl devaient se retourner pour regarder le prof, et donc laisser leurs affaires à la merci de Boyce.

Depuis un petit moment, les filles écrivaient chacune à leur tour dans le cahier de Melody. Dès qu'elles eurent le dos tourné, il le fit glisser vers nous pour lire.

— Arrête, qu'est-ce tu fous ? chuchotai-je en tentant de repousser le cahier, mais il me retint.

Les yeux écarquillés, il pointa du doigt une écriture tout en rondeur, que je reconnus comme étant celle de Melody. Je lui fis non de la tête ; il insista.

— Lis, mec. *Sérieux.*

À contrecœur, je m'exécutai : « *C'est moi ou bien Landon Maxfield est carrément ULTRA sexy, cette année ??? LA VACHE.* »

« *Et CLARK qu'est-ce que t'en fais ?* », Pearl avait écrit en dessous.

Et la réponse de Melody : « *J'ai bien le droit de mater, non ? Change de place avec moi. Je veux être assise en face de lui.* »

Je scrutai le dos de Melody et son épaisse chevelure blonde, si longue qu'elle touchait la table. Elle les avait détachés aujourd'hui, je ne voyais donc pas son visage, même de biais. Elle ne bougeait pas et je la sentais crispée. Un peu plus tôt j'avais vu Pearl secouer la tête en fronçant les sourcils – probablement en réponse à la requête de sa copine.

« *Tu fais c****, Pearl. T'es mon alliée ou pas ?* » Melody avait contre-attaqué.

Ce à quoi Pearl avait répliqué : « *Je suis ton alliée, et c'est pour ça que je vais t'empêcher de faire une grosse boulette.* »

Les pensées se bousculaient dans ma tête lorsque je remis le cahier en place. Boyce me fit la totale, mimant le geste de se branler, avec grimaces d'extase et tout. Quand je lui donnai un coup dans le bras, il perdit l'équilibre, se vautra par terre et tous les yeux se tournèrent vers nous. Se relevant aussitôt, il tenta de me faire pareil, mais je m'écartai à temps et me rassis normalement.

— On dirait que M. Wynn a décidé de nous montrer ce qui arrive lorsqu'on enfreint les règles de *sécurité* en faisant des acrobaties avec son tabouret, s'exclama le prof d'une voix forte.

Toute la classe éclata de rire et Boyce ramassa son tabouret pour se rasseoir, la mine renfrognée.

— Bouffon, marmonna Melody.

— Doit-on appeler une ambulance, monsieur Wynn ? insista le prof, qui buvait du petit lait.

Jamais il n'arrivait à faire rire ses élèves avec une leçon de biologie.

— Non merci, m'sieur. Mes fesses vont bien, et le reste aussi. C'est juste qu'il fait carrément ULTRA chaud, ici. *La vache.*

La classe rit de plus belle, et le prof tenta de calmer le jeu.

Melody avait braqué ses yeux pâles sur Boyce, et ils s'écarquillèrent tout seuls quand elle comprit. Elle se tourna vers moi, bouche ouverte, et piqua un fard. J'en profitai pour reluquer ses lèvres pulpeuses. Elle attrapa son cahier et se retourna en le gardant cramponné contre elle.

Je redonnai un coup à Boyce, il retomba de son tabouret, et le prof nous renvoya de cours avec une heure de colle à la clé.

— Tu fais chier, Wynn, grommelai-je dans le couloir, en me passant une main dans les cheveux.

— Quoi, tu vas pas me dire que ça t'intéresse pas de savoir ce que pense de toi la nana qui a le plus beau cul du lycée...

Quand je tapai dans le casier le plus proche, il leva les mains en signe d'apaisement.

— Eh, calmos. Faut pas péter un câble pour une fille comme...

— Parce que c'est pas pareil pour toi et Pearl Frank, peut-être ? pestai-je en me dirigeant vers le bureau de la proviseure, qui allait être ravie de nous revoir.

Il soupira et me suivit, le bruit de nos pas résonnant dans le couloir désert.

— Je suis réaliste, mec. J'aimerais juste me la faire. Je sais que j'obtiendrai jamais plus d'elle.

Je le regardai d'un air incrédule.

— En revanche, *te la faire,* c'est complètement envisageable.

— Carrément, même, s'exclama-t-il avec un grand sourire. Je suis Boyce Wynn, putain. Tout est possible avecmoi.

Je ne pus m'empêcher de m'esclaffer. Il n'avait même pas réalisé ce qu'il venait de dire : d'un côté, il était persuadé que pour des filles comme Melody et Pearl, on ne serait jamais rien d'autre qu'un bon coup, et de l'autre, il affirmait que tout était possible.

Moi, je prenais l'option n° 2.

— T'as pas bientôt seize ans, toi ? me demanda mon grand-père la veille de mon anniversaire.

— Si, Papi.

J'attendis la suite, parce qu'il y en avait toujours une quand il posait ce genre de question.

— Je savais pas si ça te plairait d'avoir une robe rose à volants pour aller avec ta boucle d'oreille, dit-il en pouffant, et je lui fis un sourire complice.

— Le rose ne me va pas vraiment au teint. Mais merci quand même.

Il était en train de me montrer son secret pour réussir les brownies quand on n'a qu'une pâte toute prête sous la main : il suffit de mettre un œuf de moins.

— Ta grand-mère n'a jamais compris comment les miens pouvaient être meilleurs que les siens.

— Comment ça, tu ne lui as jamais révélé ton astuce ?

Je n'avais pas connu la mère de mon père, qui était morte jeune.

— Tu penses, elle a tenté de me séduire pour que je crache le morceau, mais j'ai tenu bon. Ils doivent bien s'amuser avec elle, au paradis. (Quand son regard se fit vague, je commençai à battre les ingrédients pour lui laisser un peu d'intimité. Il approcha avec un air de conspirateur.) Les femmes adorent le chocolat. N'oublie jamais ça, mon garçon. Si t'es capable de faire un gâteau, c'est encore mieux. Y a pas meilleur moyen pour se faire pardonner, je te le garantis.

— On ne peut pas vraiment dire qu'on *fait* les brownies.

— Bah, c'est tout comme ! s'écria-t-il en prétendant s'offusquer.

Je versai le mélange onctueux dans le moule qu'il m'avait obligé à beurrer avec les doigts – *beurk*.

— Avec ça, ils vont être bien croustillants. N'oublie pas les coins, surtout, m'avait-il averti.

Il mit le tout au four et me dit :

— De quoi on parlait, déjà ? Ah, oui. De ton grand âge.

Il ricana doucement, et je croisai les bras, dans l'attente. *Alors, elle vient cette suite ?*

— Bref, je me disais que demain, on devrait commencer à t'apprendre à conduire.

Je le regardai d'un air ahuri. Comme je ne répondais pas, il ajouta :

— Sauf si ça ne te dit pas, bien sûr.

— Si, ça me dit ! hurlai-je presque. C'est juste... J'aurais pas cru que Papa et toi, vous...

— T'emballe pas trop quand même. Je suis pas en train de te dire qu'on va t'acheter une voiture de sport. Mais je veux bien te prêter mon pick-up quand je m'en sers pas. Comme ça tu pourras trimbaler une petite copine – ou qui tu veux, du moment que c'est pas Boyce Wynn. T'es trop bien pour ce gars-là.

Cette fois il éclata franchement de rire, et j'en fis autant.

— Merci, Papi. C'est génial.

Dans un tiroir que personne n'ouvrait jamais, il prit un code de la route qu'il me tendit. Décidément, il était plein de secrets, ce soir-là.

— Commence à apprendre les règles, et j'alerterai la populace pour qu'ils ne s'aventurent pas sur les petites routes ce week-end.

Il me donna une tape chaleureuse sur l'épaule et j'allai m'affaler sur mon lit pour étudier le manuel, tout en guettant la sonnerie du four.

M. Quinn passait de table en table pour nous distribuer un papier sur lequel était inscrit le nom d'une maladie.

— Chaque groupe devra identifier les causes de sa maladie. Est-elle d'origine génétique, virale, bactérienne, chimique ? Je veux savoir s'il existe une prévention efficace. S'il y a un traitement reconnu, ou bien controversé. Si elle est contagieuse ou pas.

Nos voisins eurent droit à l'anthrax. Nous, à l'intolérance au lactose.

— Comment c'est trop pourri...

— Monsieur Wynn, je vous saurais gré de garder la pauvreté de votre vocabulaire pour vous.

— Mais m'sieur, c'est quoi c'te maladie, l'intolérance au lactose ? Des gens qui se chient dessus quand ils boivent du lait ?

La classe explosa de rire. Melody regardait Boyce avec des envies de meurtre et Pearl se couvrit carrément les yeux pour ne pas voir ça. Quant au prof, il était à deux doigts de criser – ce qui bien évidemment n'empêcha pas Boyce de poursuivre.

— Vous êtes intolérant au lactose ? Arrêtez de boire du lait, dit-il en imitant une voix de pub à la radio. Problème résolu ! On pourrait pas avoir autre chose de mieux, genre, Ébola ?

Quinn retournait au tableau quand la cloche sonna.

— Commencez vos recherches ce soir, et demain vous mettrez en commun vos découvertes ! cria-t-il par-dessus le brouhaha ambiant.

— Comment tu peux être copain avec ce gros naze ? me demanda Melody pendant qu'on se dirigeait vers la sortie.

Je lui fis un sourire contrit et la devançai pour lui tenir la porte.

— Parce qu'il est rigolo ?

— Mouais, si on aime les clowns ! pouffa-t-elle.

Mais le sourire mourut sur ses lèvres. Elle avait à peine mis un pied dans le couloir que son mec passait un bras lourd autour de son cou et la maintenait ainsi, bien serrée. En général, il l'attendait après les cours et ils allaient manger ensemble.

— Salut, bébé, fit-il avant de me zieuter d'un air mauvais. Salut, débilos. Alors, tu t'es fait percer la bite ou pas encore ?

— Clark, *arrête !* s'écria Melody, rouge de colère, tout en se laissant bousculer par le flot d'élèves pressés de sortir du lycée.

— Je me demande bien pourquoi ma bite te fascine tant, Richards ? rétorquai-je.

Il se planta devant moi, mais aussitôt fixa un point par-dessus mon épaule. Je savais que Boyce était derrière moi.

— Je t'emmerde, débilos, cracha-t-il, avant d'entraîner sa copine en direction du parking.

— Il devrait changer de disque, fis-je en regardant les fesses de Melody s'éloigner de moi. Quel connard, ce mec.

— Bah, ça date pas d'aujourd'hui, répliqua-t-il en saluant un pote par-dessus la tête d'une fille. Je t'ai dit qu'il a voulu me payer pour que je te recasse la gueule ?

Je me figeai sur place. Un petit me rentra dedans et se retrouva les quatre fers en l'air. Je lui tendis la main pour le remettre debout, et devinai à son poids anormalement lourd qu'il était encore au stade où il apportait tous ses bouquins en cours.

— Et qu'est-ce que tu lui as dit ? demandai-je à Boyce pendant que le môme bafouillait des remerciements et se carapatait.

— D'aller se faire foutre, bien sûr, répondit-il avec un grand sourire.

Lucas

Jacqueline ne m'envoya pas de texto, ne m'appela pas non plus et j'en conclus que (a), elle n'avait pas vu que j'avais noté mon numéro sur son gobelet ; ou (b), qu'elle l'avait vu et n'était pas intéressée.

Pourtant, je savais qu'elle n'était pas indifférente, puisqu'elle était venue me voir exprès en début de cours pour demander mon prénom.

Elle envoya un mail très pro à Landon, elle n'y parlait que d'éco. Ou presque : à la toute fin, elle mentionnait le fait qu'elle était sortie en boîte avec des copines, le week-end précédent. Dans ma réponse, j'y fis d'entrée référence : « J'espère que vous avez passé une bonne soirée entre filles », même si je savais que jamais elle ne raconterait ça à *Landon*... J'aurais bien voulu, pourtant. À chaque échange avec elle je creusais un peu plus ma tombe, sans pouvoir m'arrêter.

Ensuite je fis allusion à sa rupture et au fait que je lui avais sûrement paru mal élevé en lui demandant de m'épargner les détails, dans mon tout premier mail. Entre les lignes il fallait lire « *Dis-moi tout* », mais je savais qu'elle ne se confierait pas à moi sur un sujet aussi sensible.

Je me trompais.

En un paragraphe, elle m'ouvrit son cœur. Les trois longues années où ils étaient restés ensemble. Le fait qu'elle l'avait suivi ici pour faire ses études, au lieu de tenter le conservatoire, qui aurait été trop loin. Combien elle s'en voulait d'avoir été aussi bête. D'avoir trop cru en lui.

Elle avait l'impression d'être coincée à la fac, de n'avoir rien à faire là, tout ça à cause d'une mauvaise décision.

Je ne croyais pas au destin ni à l'intervention divine, même si j'aurais bien voulu. Cependant, je croyais à l'importance de prendre ses responsabilités, et clairement Jacqueline pensait comme moi. Loin de moi l'idée de la critiquer pour avoir suivi un garçon par amour – ça prouvait seulement qu'elle était loyale, chose qu'elle ne reconnaissait pas assez. La meilleure chose à faire, maintenant, c'était de ne pas se laisser abattre. De reprendre le contrôle de sa vie, et de tirer parti de la situation.

C'est exactement ce que je lui dis.

Le mercredi, elle arriva en avance au cours, et je pris une décision sur un coup de tête – apparemment, je n'étais pas capable d'autre chose avec Jacqueline Wallace. Je m'assis à côté d'elle et lui dis bonjour. Elle sursauta en me voyant, sans doute parce qu'elle s'attendait à son voisin habituel. Mais elle n'eut pas de mouvement de recul.

— Alors comme ça, t'as pas remarqué que j'avais noté mon numéro sur ton gobelet, lui fis-je.

— Si, si, j'ai remarqué.

Elle faisait la maligne. Pourtant elle avait parlé d'une voix douce et son regard était l'innocence même.

Je lui demandai si je pouvais avoir le sien, et elle voulut savoir pourquoi : avais-je besoin d'aide en éco ? Je faillis m'étrangler, tiraillé entre ma culpabilité et l'envie de rire en pensant au piège dans lequel j'avais foncé, tout seul comme un grand. Je lui demandai ce qui lui faisait croire ça, soudain persuadé qu'elle savait et se foutait de moi.

Si c'était le cas, je l'avais bien mérité.

— Après tout, c'est pas mes affaires, répliqua-t-elle d'un air vexé.

Je devais redresser la barre, et vite fait. Je lui dis la vérité : je voulais son numéro pour des raisons qui n'avaient rien à voir avec la macroéconomie.

Elle prit son portable et m'envoya un texto disant « Salut ».

Sur ce, son voisin se pointa et exigea que je lui rende sa place. (Benjamin Teague, d'après la feuille de présence. J'avais vérifié tout ce que je pouvais sur lui : son adresse, ses notes, s'il avait eu des problèmes de discipline. À vrai dire il paraissait inoffensif, si on mettait de côté sa passion pour les tee-shirts moyennement drôles, et le fait qu'il la faisait rire – un bon point pour lui, mais cela me donnait aussi une furieuse envie de l'envoyer au tapis.)

Je m'exécutai en évitant de sourire comme un crétin. Elle ne m'avait pas appelé... mais elle avait entré mon numéro dans son portable.

Et maintenant, j'avais le sien.

Pendant le cours je la surpris à me regarder, une première. J'écoutais d'une oreille plus que distraite, parce que je réfléchissais au projet de M. Aziz sur les matériaux du futur. Je ne tenais plus en place depuis que j'avais reçu son mail la veille, m'annonçant que j'étais pris dans l'équipe. J'allais avoir la chance de bosser avec deux des plus grands profs de mon département, et les frais de scolarité pour mon dernier semestre de fac seraient couverts par la bourse dont Aziz avait parlé. Du coup, je gardais les séances de tutorat, et je mettrais encore quelques prunes de temps en temps, mais la bonne nouvelle c'est que j'allais pouvoir démissionner du *Starbucks*.

Pendant la dizaine de secondes où on se regarda, tout disparut – Heller, les étudiants. Je fus incapable de retourner à mes croquis, et les idées qui se bousculaient dans ma tête une minute plus tôt s'étaient envolées. Mon passé s'évapora. Mes plans pour l'avenir devinrent flous. Chaque cellule de mon corps était tournée vers elle et elle seule.

Il faudrait être prudent ; sa confiance ne serait pas facile à gagner, parce qu'elle aurait peur de souffrir, mais j'y arriverais. Je savais par ce simple regard et les quelques instants où je l'avais tenue dans mes bras que son corps répondrait juste comme il fallait à mes caresses. Que je lui ferais atteindre des sommets de plaisir comme elle n'en avait jamais connu avec son égoïste d'ex.

Mais je savais aussi que je ne pourrais lui offrir autre chose. À la fin de l'année universitaire, j'avais l'intention de chercher un travail loin d'ici. De quitter l'État pour échapper à mon père. De me construire une carrière et une vie, et pour ce qui était de l'amour, on verrait après.

J'avais envie de cette fille, mais il n'était pas question que je craque pour elle.

Jacqueline méritait d'être aimée totalement. D'être avec un homme honnête et loyal. Et je n'étais pas cet homme, quand bien même j'aurais aimé.

Landon,

Soirée fajitas à la maison demain soir : viens, si tu es libre. Je voulais aussi te dire que j'ai programmé une interro-surprise sur le thème de l'IPC vendredi matin, peut-être voudras-tu faire des exercices là-dessus en tutorat.

Ça prendra quinze à vingt minutes en début de cours, alors n'hésite pas à aller prendre un café avant de venir.

CH

Je n'avais pas fait réviser ce chapitre à Jacqueline, alors dès que ma fiche d'exercices fut prête, je la lui envoyai par mail. En P-S, je repris notre conversation sur sa décision de suivre Moore à la fac et la provoquai avec un « Pouvez-vous prouver que vous auriez été mieux ailleurs ? »

Je lui demandai quel cursus elle suivait, en espérant qu'elle n'ait pas totalement laissé tomber la musique pour son ex.

Sa réponse me soulagea – elle était en musicologie –, mais elle se lamentait à l'idée de devenir prof, comme si ça l'empêchait de jouer dans un orchestre. Je ne voyais pas le rapport. Malheur à ceux qui affirmaient à Heller qu'il ne *faisait* pas d'économie juste parce qu'il l'enseignait. Il leur expliquait par le menu tout ce qu'il *faisait* d'autre : la publication d'articles dans des revues respectées, les recherches pour se tenir au courant des tendances mondiales, les conférences prestigieuses auxquelles il participait.

Je terminai mon message en lui *ordonnant* de faire les exercices que je lui avais envoyés avant vendredi.

Elle me traita d'esclavagiste.

Je rabattis l'écran et allai courir un long moment, mais rien n'atténua l'effet ravageur que ses réponses aussi pétillantes qu'impertinentes avaient sur moi. Je fis les cent pas dans l'appart pendant une demi-heure et me décidai enfin à lui envoyer un texto. Ravalant mes doutes, j'écrivis : « Salut :) ».

Elle répondit la même chose. Je lui demandai ce qu'elle était en train de faire, puis lui proposai de passer au *Starbucks* le vendredi après-midi, vu qu'il n'y avait jamais personne, et ajoutai : « La maison t'offre un américano, ça te dit ? »

Elle accepta et pendant une minute ce fut l'euphorie totale, jusqu'à ce que monte l'envie irrépressible de me baffer.

— Pourquoi tu m'as laissé faire ? marmonnai-je à Francis, qui me regarda le plus sérieusement du monde. T'aurais au moins pu tenter de m'arrêter.

Il se lécha une patte, la passa sur ses oreilles, me regarda encore.

— Tu crois que c'est comme ça qu'on devient schizophrène ? On drague une fille en prétendant être deux mecs différents, ensuite on se met à parler aux animaux de compagnie. Mon Dieu, je suis tombé bien bas.

— Miaou, répondit-il en se mettant en boule.

Ce qui était bien, quand j'étais invité à dîner chez les Heller, c'est que je n'avais pas besoin d'heure : quand les bonnes odeurs de cuisine commençaient à monter chez moi, c'était bon.

Je pris les brownies que j'avais faits pour l'occasion et descendis.

La conversation tourna autour de Cole, qui allait rentrer pour la première fois deux semaines après, et grimperait aussitôt en voiture avec nous pour se rendre sur la côte. Si Raymond Maxfield ne voulait pas venir pour Thanksgiving, Thanksgiving viendrait à lui.

— Cole va être de sale humeur, et en plus il va puer – trois heures d'avion plus quatre dans la voiture ? Génial, râla Carlie.

— Il se reposera, comme ça, répondit son père.

— Bonne idée. Drogue-le pour qu'il dorme, renchérit Carlie en mettant une montagne de guacamole sur sa chips de maïs.

Son appétit était revenu en force depuis qu'elle s'était remise de son chagrin d'amour. Au dessert, ses parents échangèrent un sourire en la voyant mettre deux brownies dans son assiette.

— Encore meilleur que de prendre son pied, commenta-t-elle en se léchant le doigt, ce qui pétrifia littéralement Charles.

— *Carlie Heller*, intervint Cindy. Tu vas provoquer une crise cardiaque à ton père si tu continues à parler comme ça.

— Ben quoi ? Tu sais bien que je fonce droit vers l'âge adulte, mon papounet, expliqua-t-elle en mastiquant. T'es entouré d'étudiants toute la journée. Dans deux ans, ce sera moi ! Faut t'y faire, je suis plus une gamine.

Caleb regardait tour à tour sa sœur et ses parents. On n'avait pas parlé de lui une seule fois pendant le dîner. En tant que bébé de la famille, c'était tout simplement impossible.

— Stephen Stafford a embrassé un serpent, dit-il de but en blanc.

— J'espère bien que c'est un euphémisme, rétorqua Carlie.

— C'est quoi un eu...

— Tu parles du serpent que vous avez étudié en sciences ? intervint sa mère, et Caleb confirma. Mais comment est-ce arrivé ?

— C'est Dale Gallagher. Il lui a dit qu'il serait pas cap.

— Je vois, fit Cindy. Pauvres M. et Mme Stafford.

Caleb fronça les sourcils.

— Pourquoi tu dis ça ? Ils savent sûrement pas qu'il a embrassé un serpent.

— J'ai pas fini de manger, *je vous signale*, grogna Carlie.

— Même que Dale Gallagher lui a donné cinq dollars pour le faire.

— Dans ce cas, je pense qu'on peut dire aussi pauvres M. et Mme Gallagher, conclut Charles. Si leur fils est bête au point de *payer* quelqu'un pour faire une bêtise...

Le jour où j'avais emménagé dans l'appartement au-dessus du garage, je ne savais pas à quoi m'attendre – ni à quelle fréquence je verrais les Heller, ni même à quoi ressemblait mon nouveau chez-moi. C'était la première fois que l'endroit était habité. Mais je m'étais dit que j'avais déjà vu pire avec ma chambre dans le garde-manger.

Carlie avait accouru dans l'allée en voyant le SUV de son père arriver. À sa naissance elle était prématurée, alors elle avait toujours été petite pour son âge. À côté de moi, grand gaillard de dix-huit ans, elle m'avait paru minuscule. Elle avait quand même bien failli me renverser en se jetant sur moi, le visage aussi radieux qu'une petite fille le matin de Noël.

— Landon, faut *absolument* que tu voies ça !

Elle m'avait pris par la main et obligé à la suivre. Après ce long trajet, j'avais surtout envie de prendre une douche, manger un bout et faire la sieste, sans compter qu'ensuite j'avais tout mon bazar à décharger. Mais quand Carlie était lancée, il était impossible de l'arrêter.

Ses parents et ses frères avaient monté l'escalier à notre suite, et sur le palier Carlie m'avait tendu une clé. Le porte-clés auquel elle était attachée représentait le logo de la fac où je serais officiellement étudiant une semaine après. Même si j'avais encore du mal à le croire. En entrant j'avais découvert un intérieur, disons, spartiate. Mais je ne m'attendais pas à des meubles. Ni à des murs fraîchement repeints, des stores neufs, des assiettes dans les placards et des serviettes à la salle de bains. Un mur entier de la chambre était recouvert de liège, prêt à recevoir les dessins que j'aurais envie d'y punaiser. Des draps étaient empilés au pied du lit.

Une boule s'était formée dans ma gorge. Je ne pouvais pas les regarder. Je ne pouvais pas parler. C'était beaucoup trop.

Pour me donner une contenance j'étais allé ouvrir le store, et la pièce s'était retrouvée inondée de lumière. La nouvelle vue de ma chambre était de vénérables chênes et le ciel. Du salon, je verrais la cour des Heller, un bout de piscine, la maison. Ils seraient à quelques mètres de moi. À quelques pas, vraiment.

Charles et les enfants s'étaient éclipsés, et Cindy était venue près de moi pendant que je regardais dehors sans rien voir.

— Je suis tellement contente que tu sois là, Landon, avait-elle dit en posant une main sur mon épaule. Tes efforts ont payé. Charles et moi sommes fiers de toi.

Les Heller faisaient quasiment partie de la famille, et le resteraient toujours. Mais toute la nuance était dans ce « *quasiment* ». Ils n'étaient pas vraiment à moi, et je le savais.

13

Landon

— La grenouille est morte. Elle ne va pas te mordre.

Melody battit des cils derrière ses lunettes de protection.

— Ce truc est dégoûtant. Je refuse de le toucher.

Le tablier taille unique distribué par le prof lui allait aux genoux et elle avait dû faire plusieurs tours pour l'attacher. Elle se tenait bras en l'air, coudes pliés, pour que les gants ne glissent pas de ses mains menues. On aurait dit une petite fille jouant à l'infirmière.

C'est pas le moment de penser à ses mains.

Je haussai un sourcil amusé – celui qui était percé, et qu'elle fixait tellement la semaine précédente que Pearl avait dû claquer des doigts devant son visage pour la ramener sur terre.

— T'aurais dit la même chose si t'avais été avec Pearl ?

Elle se contenta de regarder mon piercing. Moi j'étais absorbé par son pull vert foncé, qui faisait ressortir ses yeux pâles et contrastait avec la mèche blonde qu'elle venait de rabattre sur son épaule.

— Parfaitement, m'assura-t-elle.

Ne pense pas à ses yeux. Ni à ses cheveux.

— OK, capitulai-je. Je dissèque, tu t'occupes des épingles et des étiquettes.

Elle me gratifia d'une moue qui aurait dû paraître ridicule sur une nana de son âge, mais qui la rendait encore plus sexy.

Merci mon Dieu pour ce tablier en coton épais. Et cette table plus haute que la moyenne.

— D'accord, je dissèque *et* je mets les épingles. Tu vas quand même bien arriver à coller les étiquettes ?

Elle attrapa son stylo et me sourit – ma récompense pour avoir cédé si facilement.

— Alors, on commence par quoi ?

La vache, ça me démangeait de trouver l'interrupteur. Celui sur lequel je n'aurais qu'à appuyer pour qu'elle refasse ce sourire, encore et encore.

— Attends, je regarde..., fis-je en lisant les instructions. Euh, d'abord, on est censés déterminer le sexe.

Melody mordit une lèvre inférieure pulpeuse de ses dents blanches parfaites, et je ressentis la morsure à un endroit bien précis, comme si toutes mes terminaisons nerveuses convergeaient là. En clair, mon membre se contracta aussi sec. *Sans déc', t'as onze ans ou quoi ?*

Foutu Boyce avec sa mononucléose à la noix. Et maintenant, Pearl l'avait attrapée aussi. Ça faisait déjà une semaine qu'ils étaient absents. Sans mon pote pour agacer Melody et sans sa copine pour refroidir mes ardeurs, on avait commencé à se parler tous les jours, bien plus qu'on ne l'avait fait en un an. Depuis le fameux exposé de géo. Depuis que son petit ami avait payé Boyce pour me tabasser.

Melody se pencha au-dessus du pauvre batracien, qui donnait l'impression d'être mort en dansant, avec son sourire béat et ses doigts écartés comme un artiste de music-hall.

— Je vois pas de machin qui dépasse. Du coup, c'est une fille ?

— Les grenouilles ont pas de *machin qui dépasse*, m'esclaffai-je.

Elle me lança un regard vexé et porta une main gantée à son nez pour ne pas sentir l'odeur puissante du formol.

— C'est écrit que le mâle a un pouce plus gros et atrophié.

Côte à côte, on examina la bête un long moment.

— Me dis pas qu'il fait ça avec son pouce ! pouffa-t-elle.

Houlà. Je la dévisageai. Elle rougit. Et on éclata tous les deux de rire, ce qui nous valut un regard réprobateur de M. Quinn. Visiblement, l'exercice de dissection n'était pas censé être amusant.

— On n'a qu'à laisser ça de côté pour l'instant, proposai-je.

Tu vas quand même pas te mettre à penser à ton foutu pouce, bordel.

De son écriture appliquée, Melody rédigea les étiquettes tandis que je faisais une incision de haut en bas pour dégager les organes internes. Elle finit par s'habituer à l'odeur et fit de moins en moins sa dégoûtée. Elle alla jusqu'à transpercer d'une épingle les parties que j'avais ôtées, même si elle continua à refuser de prendre son scalpel, sauf quand le prof faisait sa ronde pour s'assurer que tout le monde participait.

— Ouah, tout est si petit, commenta-t-elle le plus sérieusement du monde, puis elle examina la feuille d'instructions. Oh, je crois bien que j'ai trouvé ses couilles. Non ?

Elle tendit l'étiquette où elle avait inscrit *testicules*.

— Si, répliquai-je, suprêmement amusé. Félicitations ! C'est un garçon.

— Sauf qu'il a pas de… dit-elle en fronçant les sourcils.

Dans ma tête, je terminai sa phrase : *pénis, bite, phallus, queue, verge, colosse*.

Le dernier, c'était de Boyce.

Hésitant entre le regret et un immense soulagement à l'idée que Boyce ne soit pas là, je lus la feuille et lui fis un résumé.

— Eh ben non. Pour fertiliser les ovules de la femelle, le mâle… euh (*La vache !*)… donc il monte sur la femelle, il la saisit avec les pattes avant pour l'immobiliser et il fait gicler le sperme sur les œufs à mesure qu'ils sortent.

On se regarda dans les yeux, derrière nos lunettes de protection. J'étais étonné que les miennes ne soient pas déjà pleines de buée.

— C'est un peu nul pour lui, tu trouves pas ? dit-elle.

Ne pense pas à saisir Melody Dover avec les bras. Par-derrière.

Non, non, non.

Boyce étant malade, j'avais recommencé à rentrer du lycée à pied. Sa vieille Pontiac était moche, bruyante et accidentogène – mais elle avait le mérite d'exister. Tandis que je devais tenir encore quatre mois avant de passer mon permis. Papi avait trouvé des chemins de terre peu fréquentés de l'autre côté de la baie, et tous les dimanches après-midi on prenait le ferry, puis il m'emmenait là-bas pour que je m'exerce. Il n'était pas loin de décréter que j'étais prêt à conduire sur une vraie route.

Je m'étais bien gardé de lui dire que Boyce m'avait déjà laissé prendre le volant à plusieurs reprises, quand il avait trop bu ou trop fumé. Il m'aurait repris les clés de son pick-up sur-le-champ, et ne me les aurait sans doute jamais redonnées.

Mais si je voulais conduire seul, c'était pour une bonne raison.

Tu parles, comme si Melody allait accepter de monter dans ma guimbarde rouillée après avoir connu la jeep blanche flambant neuve de Clark Richards – celle qu'il avait eue pour ses seize ans, un an plus tôt. Je l'avais entendu se vanter de ce que Melody avait fait avec lui sur le siège arrière de cette jeep, et ses confidences m'avaient autant horripilé que donné une érection d'enfer. J'avais les boules parce qu'il n'aurait pas dû raconter ça à une bande de crétins affalés autour d'un feu sur la plage. Et j'étais furieusement excité parce que je voulais que Melody fasse ces choses avec moi.

Je donnai un coup de pied dans un cactus au bord de la route et sentis une épine se planter à travers le fin tissu de mes tennis noires.

— Aïïïeuh !

C'est à ce moment-là que je remarquai le pick-up de Papi garé devant la maison. À côté du 4 × 4 de Papa.

La porte d'entrée n'était pas fermée, mais c'était peut-être juste un oubli. C'était fréquent. Combien de fois Papa avait-il répété à Papi que ce n'était pas prudent – Papi répondait qu'il n'avait jamais fermé cette *foutue maison* depuis qu'il vivait ici. Ce à quoi Papa rétorquait qu'on n'était plus en 1950.

Le jour où le père de Boyce s'était fait voler un tas d'outils dans son garage parce qu'il le laissait ouvert à tous les vents, Papi avait fini par abdiquer. Mais la consigne n'était pas encore rentrée, apparemment.

— Papi ? appelai-je en refermant derrière moi.

L'intérieur de la maison était sombre en comparaison du temps radieux qu'il faisait dehors, même en enlevant les lunettes de soleil. Au début, je ne réalisai pas que Papa était assis sur le canapé, les mains serrées entre ses jambes, fixant un point sur la moquette élimée.

Il ne rentrait jamais aussi tôt, et les rares fois où cela arrivait je le trouvais occupé à bosser sur la table, mais sûrement pas à scotcher sur le canapé. Je fronçai les sourcils.

— Papa ?

Il ne bougea pas un muscle. Ne me regarda pas.

— Viens t'asseoir, Landon.

Mon cœur battait la chamade et à chaque seconde le rythme accélérait un peu plus, comme quand on fait chauffer un moteur.

— Où est Papi ? Papa ? insistai-je en balançant mon sac par terre.

Enfin, il leva les yeux vers moi. Ils étaient secs mais rouges.

— Ton grand-père a fait une crise cardiaque ce matin...
— Quoi ? Où il est, à l'hôpital ? Il va bien ?
— Non, fils. (Il parlait d'une voix douce et calme, mais on aurait dit qu'il m'avait giflé avec ces mots aussi brusques qu'irrévocables.) Ça a été foudroyant. Il est parti très vite...
— Non, m'écriai-je en ravalant les sanglots qui montaient. Putain, NON !
Je m'enfermai dans ma chambre et n'en ressortis que lorsque Papa fut au lit.
À pas feutrés, j'allai dans la chambre de Papi. Les rideaux étaient ouverts et un rayon de lune l'éclairait. Mes doigts effleurèrent les objets qui encombraient sa table de chevet : une paire de lunettes pliées sur une bible reliée en cuir, un exemplaire de *Feuilles d'herbe* de Walt Whitman, un verre à moitié rempli d'eau, une montre au cadran rayé posée à plat. Sur la commode il n'y avait qu'une pile de chemises soigneusement pliées et une vieille photo de ma grand-mère tenant un bébé – mon père. Le cadre était vieillot et abîmé à un coin.
De retour à la cuisine je pris un reste de macaronis au fromage dans le frigo et le mangeai comme ça, sans le faire réchauffer.
L'enterrement fut rapide et eut lieu en petit comité : il y avait Papa, moi, des amis de longue date et quelques voisins que Papi appréciait. Ce jour-là Papa porta le seul costume qu'il avait gardé – il lui allait toujours bien, mais on voyait qu'il était plus ample. Il avait perdu du poids depuis la dernière fois qu'il l'avait porté, aux obsèques de Maman. Il avait gagné en muscles mais avait aussi les traits plus émaciés. Quant à moi, je n'avais pas de costume et n'eus pas le temps d'en acheter un, alors je me rabattis sur un pull et un jean noirs pour la cérémonie.
Mon grand-père fut enterré à côté de sa femme, morte vingt ans avant lui. Sur sa pierre tombale il avait fait écrire : « *Ramona Delilah Maxfield – À ma femme bien-*

aimée, à ma mère bien-aimée ». Je me demandais ce que Papa avait commandé comme épitaphe pour son père, mais gardai cette question pour moi.

Le lendemain, il me donna deux objets qui lui avaient appartenu : un lourd pendentif en argent, dont le symbole celtique était censé représenter la lignée des Maxfield avant le XIIe siècle, et la clé de son pick-up.

Je fis un croquis du symbole, en l'agrandissant. J'avais décidé de me le faire tatouer sur le flanc, au niveau de la cage thoracique. Quant à la clé, je l'ajoutai à l'anneau en métal où je gardais celle de la maison, avec une boussole.

Je possédais un véhicule en état de marche, un symbole millénaire de mon héritage familial, une recette secrète de brownies, un canif et des souvenirs de mon grand-père que je n'aurais jamais eus si ma mère n'était pas morte.

Aucune de ces choses n'avait de sens pour moi, et je ne voyais pas leur valeur non plus – pas quand elles étaient toutes liées à la perte de quelqu'un que j'aimais.

Lucas

J'entrai dans l'amphi au moment où Heller ramassait les interros. Je venais de m'installer quand il demanda à me voir après le cours.

— Oui, monsieur, répondis-je en faisant un effort suprême pour ne pas regarder Jacqueline, qui était occupée à m'espionner sans aucune discrétion, la tête penchée et l'air rêveur.

J'arrêtai de respirer, car il suffisait que Charles prononce un mot – *Landon* – pour qu'elle découvre la supercherie.

J'avais envie qu'elle sache. En même temps, je n'en avais pas envie.

Ensuite il n'y eut plus d'échange de regards jusqu'à ce que je descende vers l'estrade à la fin du cours. Heller était en pleine conversation et j'en profitai pour essayer de trouver Jacqueline dans la foule d'étudiants qui sortaient de l'amphi. Elle était toujours assise à sa place. Et avait les yeux braqués sur moi.

Ils étaient plus sombres que d'habitude, à cause de la distance et des ombres projetées par les néons. Je n'arrivais pas à distinguer cette nuance parfaite de bleu que je connaissais si bien, ni à sentir son parfum. Elle ne riait pas, ne souriait pas ; c'était juste une fille très mignonne.

Et pourtant, je ne voyais plus qu'elle dans l'amphi.

— On y va, fiston ? me fit Heller en rangeant ses notes.

Je dus me faire violence pour me tourner vers lui.

— Euh, ouais, quand tu veux.

Il m'interrogea du regard puis se dirigea vers la sortie.

— Tu travailles trop, ces temps-ci, non ? Tu as l'air préoccupé.

Il ne se doutait pas à quel point.

C'était vraiment pas ma journée.

Pour commencer, Gwen arriva de mauvaise humeur – je ne l'avais jamais vue comme ça. On aurait dit une autre personne. On aurait dit… Eve.

Qui était aussi de service cet après-midi-là.

Je ne savais pas à quelle heure Jacqueline allait venir, mais je me souvenais qu'elle donnait un cours à ses collégiens le vendredi en fin d'après-midi : elle l'avait dit à Landon. En toute logique elle n'allait donc plus tarder. Quand Heller se pointa et s'installa dans un coin avec un grand *latte*, je priai pour qu'il l'avale d'un trait et rentre chez lui.

Mais il sortit le *Wall Street Journal* et commença à lire les titres un à un. Évidemment.

Moins de cinq minutes après, j'entendis Eve dire « *Oui* ? » d'un ton qui frisait l'impolitesse. C'était Jacqueline, et elle se mordait la lèvre comme si elle hésitait à repartir sur-le-champ.

Je courus à son secours en disant à Eve que je m'en occupais.

Je lui préparai son américano, refusai de la laisser payer, et elle alla s'installer à l'opposé de Heller pour travailler. Pendant tout ce temps, mes collègues la fusillèrent du regard. Alors *là*, ça me dépassait.

— C'est quoi votre problème ? finis-je par demander en me plantant devant elles. Pourquoi vous la matez comme si vous vouliez la réduire en bouillie ?

Gwen croisa les bras d'un air de défi.

— Ne nous dis pas que tu aimes bien cette fille, Lucas.

Je jetai un coup d'œil en direction de Heller, qui n'avait pas bougé d'un poil hormis pour tourner sa page de journal.

— Qu'est-ce qui vous fait penser que je l'aime bien, d'abord ?

— Tu crois peut-être le contraire, mais on lit en toi comme dans un livre ouvert. Et on pense qu'elle joue à un sale petit jeu avec toi.

— *Quoi ?*

Heureusement que Jacqueline était trop loin pour entendre cette conversation barrée.

— C'est vrai, renchérit Eve. Ses copines sont revenues l'autre jour. Tu vois de qui je parle ? Les deux nanas membres d'une confrérie ?

Au ton qu'elle employa, on aurait dit qu'elle parlait de prostituées et/ou de lépreuses. OK... Je lui donnais cinq secondes pour s'énerver et j'allais me faire un plaisir de la calmer.

— Figure-toi que je les ai entendues, enfin pas tout à cause de la foutue machine qui faisait de la vapeur, mais en tout cas elles ont dit ton nom, son nom à elle, et elles ont parlé du fait que cette nana se servait de toi pour... son opération *bad boy*, dit-elle en mimant des guillemets. Putain, j'ai jamais entendu un truc aussi *bidon*.

Une opération *bad boy*. Mais bien sûr.

— Vous êtes graves, les filles.

Eve croisa les bras à son tour.

— Je t'assure. C'est elles qui ont tout manigancé, et ta copine se contente de suivre. T'es censé être... son plan cul, celui qui va l'aider à se remettre d'une déception amoureuse. Alors maintenant tu nous réponds : tu *l'aimes bien* ou t'as juste envie de te la faire ?

Elles étaient plantées là, les yeux écarquillés comme deux cinglées.

Un plan cul.

— C'est pas vos affaires.

— Oh que si, rétorqua Eve en enfonçant un doigt verni de noir dans mon torse. Tu es notre ami, et on ne va sûrement pas te laisser tomber dans le piège d'une pétasse doublée d'une snob.

— Je t'interdis de parler d'elle comme ça, m'insurgeai-je.

Elles se regardèrent. « Et merde », commenta Gwen. « J'en étais sûre », renchérit Eve.

Une heure plus tard, Jacqueline et Heller partirent à quelques minutes d'intervalle. En se dirigeant vers la sortie, il s'arrêta pour lui dire qu'il était très satisfait de la façon dont elle s'était reprise en main. Je le savais parce que c'était ça dont il voulait me parler dans son bureau, en fin de matinée.

Puis il vint au comptoir pour *me* parler d'*elle* – sous son nez ! –, et je me rappelai cette citation que mon grand-père aimait : « *Oh, quelle inextricable toile nous tissons lorsque nous commençons à nous exercer au mensonge*[1]. » Je comprenais de mieux en mieux ce qu'il entendait par « inextricable ».

Le reste de l'après-midi fut tellement calme que le manager proposa à l'un d'entre nous de rentrer. Quand je levai la main, les filles échangèrent un regard lourd de sous-entendus. Ce n'était pas mon genre de jouer aux tire-au-flanc.

Gwen me suivit dans la réserve. J'étais en train de m'habiller quand elle posa une main sur mon bras.

— Lucas ?

— Ouais ?

— Je sais qu'Eve peut être dure des fois...

— Sans blague ? rétorquai-je, narquois. J'avais pas remarqué.

---

1. Poème de Walter Scott, *Marmion*.

De petites rides apparurent au coin de ses yeux quand elle sourit – enfin je retrouvais la Gwen que je connaissais.

— Mais on tient à toi. Et on ne veut pas que tu souffres.

Je remontai la fermeture Éclair de mon blouson à moitié. Il était d'un beau cuir marron foncé, et je n'aurais jamais pu me le payer avec ce que je gagnais. C'était Charles et Cindy qui me l'avaient offert pour mon anniversaire, l'année où j'avais commencé la fac. Il était ample, à l'époque ; maintenant il m'allait super bien.

— Je suis un grand garçon, Gwen. Je sais me débrouiller. Depuis un bail.

— Bien sûr, simplement... sois prudent. Des fois ça ne vaut juste pas le coup, surtout quand on sait qu'on va s'en mordre les doigts. Crois-moi.

Elle n'évoquait presque jamais le père de son bébé mais clairement, elle parlait en connaissance de cause. Il n'y avait rien de comparable entre Jacqueline Wallace et un connard trop égoïste pour assumer ses responsabilités, mais je gardai cette réflexion pour moi.

— Merci du conseil, Gwen. Promis, je ferai attention.

C'est pas beau de mentir.

En rentrant je me préparai un sandwich et partageai avec Francis, comme je l'avais fait le jour où il s'était pointé à ma porte, trois ans plus tôt. Cela faisait seulement un mois que j'avais emménagé et le chat s'était incrusté sans me demander mon avis. Les Heller avaient beau vivre à côté je me sentais isolé, à l'époque. On se parlait rarement avec mon père quand on habitait ensemble, mais il était là. Il me manquait une présence, et c'était grâce à Francis que je l'avais compris.

— Qu'est-ce que t'en penses ? lui demandai-je en jetant un dernier morceau de dinde dans son bol. Tu crois que je devrais devenir son *bad boy* ? Le rôle m'irait comme un gant, on est d'accord. (Je pris le portable et allai dans les contacts.) Parle maintenant ou tais-toi à jamais.

Il finit son dîner et entama sa toilette.

— D'accord, tu l'auras voulu, fis-je en tapant un SMS à Jacqueline pour m'excuser de ne pas lui avoir dit au revoir.

« C'était un peu gênant avec Heller dans les parages, j'imagine », répondit-elle aussitôt.

C'est le moins qu'on puisse dire.

Je lui avouai que j'aimerais la dessiner et fixai l'écran, attendant sa réponse. *T'as envie d'un* bad boy, *Jacqueline ? Je suis tout à toi.*

« OK », fit-elle.

Je lui dis que je pouvais être là dans deux heures et me fis préciser son numéro de chambre.

Ironie du sort, elle avait envoyé un mail à Landon *pendant* qu'elle était au *Starbucks*, pour le remercier de lui avoir conseillé ces exercices sur l'IPC. J'étais convaincu qu'elle avait cartonné à l'interro-surprise de Heller et je brûlais de le lui dire, mais je me retins. Elle n'entendrait pas parler de Landon ce soir-là.

Ce fut bien trop simple d'entrer dans sa résidence : un étudiant qui sortait retint la porte pour moi. Je montai par l'escalier de service, le corps en feu.

Je ne lui avais pas menti : j'avais vraiment envie de la dessiner. Si possible, c'est tout ce que je ferais. Ce soir.

Je frappai doucement à sa porte, ignorant les étudiantes qui discutaient dans le couloir. Elle ne répondit pas, et je n'entendis pas non plus de mouvement à l'intérieur. Mais quand j'insistai elle m'ouvrit brusquement, comme si elle attendait derrière la cloison depuis le début, hésitant à me laisser entrer.

Son pull était d'un bleu plus clair que ses yeux, ce qui les mettait en valeur. Il était décolleté mais pas trop, moulant juste comme il faut, et la laine douce ne demandait qu'à être caressée. Je me promis d'y arriver.

Quand elle referma derrière moi, ce fut comme si elle avait claqué la porte au nez de ma conscience. Cela n'empêcha pas celle-ci de tambouriner contre les parois de mon crâne, pour délivrer toujours le même message : cette fille était une étudiante d'Heller qui sortait d'une histoire douloureuse. Ce qui la rendait vulnérable… mais moi aussi, quelque part.

Le pire, dans tout ça, c'est qu'elle ne se doutait pas de mon dilemme intérieur. Je balançai mon carnet sur son lit.

Les mains dans les poches, je fis mine d'être fasciné par la déco de sa chambre – tout en sentant son regard sur moi. Elle commença par les chaussures fatiguées, remonta au sweat, s'attarda sur le piercing à la lèvre. J'avais un look bien à moi – un peu surfeur, un peu grunge, un peu « T'as pas intérêt à me faire chier » (celui-là, je le perfectionnais depuis des années). Rien à voir avec son ex tiré à quatre épingles, même si dans une autre vie j'aurais pu être lui. À l'époque, je ne pensais pas aux fringues que je portais, ni combien ça avait coûté. Les marques exhibées par ce bourge de Kennedy Moore n'auraient pas impressionné mes camarades du collège privé d'Alexandria. Leurs parents étaient tous sénateurs, lobbyistes ou P-DG de multinationales.

Jamais je ne me laisserais intimider par quelqu'un qui faisait étalage de la richesse de ses parents. Je savais que tout ça pouvait disparaître en un claquement de doigts. J'avais appris cette vérité à mes dépens : si tu veux un truc dans la vie, ne compte que sur toi pour l'obtenir.

Pendant que Jacqueline continuait son inspection, je repensai au hasard qui avait fait que j'étais devenu son protecteur d'un soir. Comme le proverbe chinois qui dit que celui qui sauve une vie en est responsable à jamais, je n'arrivais pas à me défaire de ce rôle. Comment aurais-je pu, alors qu'elle ne savait pas se défendre ? Je ne lui avais peut-être pas sauvé la *vie* cette nuit-là, mais j'avais empêché qu'on lui vole son âme. Cela me donnait le droit de mieux la connaître.

Du moins, c'est ce que je me racontais.

Je me tournai vers elle, accrochai son regard, puis mes yeux se posèrent sur deux petites enceintes diffusant de la musique. Elle écoutait un groupe que j'avais vu en concert avec Joseph le mois précédent. Je lui demandai si elle y était et fus surpris de l'entendre dire oui. Je ne l'avais pas vue dans la salle – en même temps, je ne l'avais pas cherchée. Je marmonnai une excuse comme quoi j'avais trop bu et qu'il faisait sombre. Si j'avais su qu'elle était là, il m'en aurait fallu beaucoup plus pour ne pas la repérer dans la foule.

Mais il valait mieux garder ça pour moi.

J'avais chaud, et il devenait urgent de mettre de l'ordre dans mes pensées. J'enlevai mon bonnet, mon sweat, et me plantai résolument devant elle.

— Dans quelle position tu me veux ? demanda-t-elle, et mon cerveau bugga, avant d'être inondé d'images toutes plus indécentes les unes que les autres.

Elle rougit, comme si elle les voyait aussi et ne savait comment rattraper une question qu'elle avait posée en toute innocence.

D'une voix rauque je lui suggérai le lit – histoire d'en rajouter une couche, tant qu'à faire. Pendant qu'elle s'installait, je rappelai à mes hormones déchaînées que Jacqueline Wallace n'était pas pour moi, et ce pour un million de raisons, par exemple que les filles comme elle ne tombaient pas amoureuses de garçons comme moi.

Mais qui parlait d'amour, si elle voulait juste coucher avec moi ? Si j'étais juste un *bad boy* à draguer ? J'étais à fond pour, en tout cas.

Elle me regardait avec appréhension et j'aurais voulu la calmer, l'apaiser de mes mots et de mes mains. À la place, je m'entendis dire qu'on n'était pas obligé de le faire si elle n'en avait pas envie. Je m'attendais à ce qu'elle pousse un soupir et confirme qu'elle n'aurait jamais dû me proposer de venir. Une part de moi espérait qu'elle le dise, parce qu'alors je pourrais faire marche arrière et mon intégrité serait sauve.

Mais je ne partirais pas, sauf si elle l'exigeait. J'étais si proche d'elle, trop proche pour m'y résoudre.

— J'en ai envie, répliqua-t-elle au même moment d'une voix douce.

Son corps était au contraire tendu, comme ce mannequin en bois articulé avec lequel je m'entraînais à dessiner – flexible, et pourtant inflexible. Sa déclaration ne collait pas avec sa posture, et je ne savais laquelle des deux croire.

— Quelle serait la position la plus confortable pour toi ? demandai-je et elle rougit encore plus que la première fois.

Voyant qu'elle ne répondait pas, je finis par aller m'asseoir par terre, contre le mur, aussi loin d'elle que possible. Je pliai les genoux pour caler mon carnet dessus, inspirai par le nez – et me maudis d'avoir envoyé ce texto, car je ne m'étais pas rendu compte à quel point cette soudaine intimité allait être un supplice. Je ne pouvais plus me voiler la face : j'avais envie d'elle comme je n'avais jamais eu envie de personne. Ce désir montait en moi depuis des semaines et je n'avais rien fait pour le refouler, parce qu'elle était en couple, indirectement mon étudiante, intouchable, un fantasme et rien de plus.

Je serrai mon crayon en pensant que je ne pouvais pas me targuer de l'avoir sauvée des griffes d'un violeur et ensuite faire d'elle mon trophée, pas sous un faux prétexte en tout cas.

Mais elle aussi avait usé d'un faux prétexte pour me voir, si je ne m'abusais. Je lui suggérai de se mettre à plat ventre, face à moi, et elle s'exécuta.

— Comme ça ?

En la voyant faire, j'en eus le vertige. *Bon sang* – mais pourquoi je m'infligeais ça ? J'étais obligé de la toucher, maintenant.

Elle ne bougea plus, se contentant de me regarder poser le carnet, puis m'approcher. Elle ferma les yeux quand je passai les doigts dans ses cheveux, les arrangeant de façon à révéler la courbe de sa mâchoire. Je découvris un minuscule grain de beauté sous son menton et me retins de passer le doigt dessus. Quand elle ouvrit les yeux, je me demandai si elle percevait la bataille qui faisait rage dans mon crâne et sous la surface de ma peau.

Je me mis à dessiner, et le silence se fit. Je savais qu'elle m'observait mais je me concentrai sur le croquis. Quelques instants après, elle ferma les yeux. Une fois terminé, ne sachant pas quoi faire, je m'approchai du lit, m'accroupis et la contemplai pendant plusieurs minutes. Sa respiration était régulière et profonde. Je posai le carnet et luttai pour m'empêcher de la toucher.

— Tu t'endors ? finis-je par murmurer, et elle ouvrit les yeux.

— Non, fit-elle, même si ce n'était pas vrai.

Je ne dis rien. Elle voulut savoir si j'avais fini et malgré moi je lui demandai si ça ne l'ennuyait pas que j'en fasse un autre. Elle accepta ; je lui proposai de se tourner sur le dos, ce qu'elle fit, et j'arrangeai de nouveau quelques détails. Je sentais le sang pulser à travers mes veines, comme si je me réveillais d'un coma long de dix ans. Tout était si brillant autour de moi. Les contours nets, ma sensibilité exacerbée. J'avais tellement envie d'elle que j'en souffrais, physiquement.

Au début, j'eus l'idée de lui faire prendre la pose comme si elle était tombée du ciel et avait atterri sur le dos : un ange attiré sur terre après avoir eu le cœur brisé. Mais quand je lui pris le poignet pour le mettre au-dessus de sa tête, je la visualisai dans mon lit. Le cœur battant à tout rompre, je pris son autre bras et le plaçai – d'abord sur son ventre, puis par-dessus l'autre, croisé. Et là, je jure que je la vis éclater de rire et me mettre au défi de l'attacher, comme si ce n'était pas un fantasme mais un *souvenir*.

J'allais devenir dingue si je continuais comme ça, alors je la dessinai dans cette position, en me concentrant sur les lignes et les angles, les ombres et les reflets. Mon rythme cardiaque finit par redevenir normal. Ma respiration aussi.

Je passai à son visage. À ses yeux. Ils étaient grands ouverts et ils me regardaient.

Elle serra les poings instinctivement, puis s'obligea à les rouvrir. Mais je voyais bien que le pouls dans son cou s'accélérait. Que sa poitrine se soulevait et retombait plus vite. L'espace d'un instant, je me perdis dans le bleu infini de ses yeux. Elle semblait presque effrayée, et cela me mit en colère – mais pas contre elle.

— Jacqueline ?

— Oui ?

— Le soir où on s'est rencontrés... Je ne suis pas comme ce type-là.

— Je sais qu...

Je posai un doigt sur ses lèvres pour l'empêcher de parler. J'avais beau être un imposteur, je pensais ce que je disais. J'avais besoin qu'elle me fasse confiance ; j'avais aussi besoin d'autre chose.

— Je ne veux pas que tu te sentes forcée, ou que t'aies l'impression de me céder, mais j'ai vraiment, vraiment envie de t'embrasser. Maintenant.

J'étais le plus craintif des deux, parce que je savais qu'elle allait refuser. Et je lui prouverais qu'elle pouvait se fier à moi en quittant les lieux sur-le-champ. Mon doigt s'attarda sur son cou en attendant son *non*.

Mais une fois de plus, elle me surprit.

Sa voix était à peine plus forte qu'un murmure quand elle dit « OK ».

14

Landon

La première fois que je conduisis seul, ce ne fut pas vraiment comme je l'avais imaginé. Je pensais que ç'aurait été un samedi soir et que j'aurais emmené Boyce en vadrouille, ou une fille au ciné. Que Papi m'aurait envoyé chercher du lait.

Au lieu de ça, je roulai jusqu'à l'embarcadère et pris le ferry, comme je l'avais fait d'innombrables fois avec Papi – sauf qu'avant, c'était lui qui s'occupait des manœuvres délicates, comme monter et descendre la rampe. Ensuite j'allai jusqu'au cimetière, et je me rendis compte en chemin que j'avais oublié les fleurs et même où on l'avait enterré. Soixante-douze heures plus tôt. Ce jour-là resterait toujours flou dans ma tête. Irréel.

Je finis par retrouver la pierre tombale de ma grand-mère et le tas de terre fraîchement retournée à côté.

Le dimanche précédent encore, je m'exerçais avec lui non loin de là. Il m'avait raconté qu'il avait appris à conduire à quatorze ans, alors qu'il travaillait déjà avec son père et son frère.

— J'ai bien failli arracher la boîte de vitesses de la vieille Dodge avant d'y arriver, avait-il commenté en rigolant.

Je tentai de me rappeler la dernière chose qu'on s'était dite, mais en vain. Sûrement une remarque banale à propos du dîner, du ménage à faire ou du temps prévu pour le lendemain.

Maintenant que j'étais au pied de sa tombe, je ne savais pas quoi faire. Étais-je censé lui parler ? Pleurer un bon coup ? Il n'était pas là. Il ne m'entendrait pas. Tout me paraissait tellement futile. Sauf si j'avais envie de m'apitoyer sur mon sort – ce qui n'était pas le cas.

Regardant alentour je vis quelques visiteurs esseulés, comme moi, et un peu plus loin ce qui avait l'air d'être un gros enterrement. Sous une grande marquise abritant des dizaines de compositions florales, des gens se serraient les uns contre les autres, assis sur des chaises rembourrées. La personne à qui ils étaient venus rendre un dernier hommage était clairement fortunée. Je passai en revue les voitures garées à l'entrée du cimetière et mon intuition fut confirmée : Cadillac, Mercedes, plusieurs Audi, une Jaguar même… Et la Jeep blanche de Clark Richards.

C'est quoi ce bazar ?

Je me mis à inspecter les gens éplorés et le trouvai facilement : là, au premier rang. Il avait plaqué ses cheveux en arrière avec du gel et portait un costume noir, une chemise blanche et une cravate bordeaux. Le visage impassible, il tenait par l'épaule Melody, qui était assise à sa gauche, en noir elle aussi. Même de là où j'étais, je voyais bien qu'elle était effondrée, affalée contre Clark. Elle tremblait, et j'avais beau ne pas voir son visage ni ses larmes, je ressentis son chagrin comme si on m'avait donné un coup de poing dans le ventre.

Son frère Evan était à sa gauche. Je reconnus leur mère, et à côté c'était sans doute le père. Ils étaient tous là et placés au premier rang. Ils avaient perdu quelqu'un de très proche.

J'observai le monticule de terre à mes pieds. *Car tu es poussière et tu retourneras à la poussière*. Ma gorge se serra.

— Adieu, Papi. Et merci pour le pick-up.

Plus tard ce soir-là, allongé sur mon lit, j'envoyai un SMS à Melody : « Ça va ? J'étais au cimetière aujourd'hui, je t'ai vue. »

Elle répondit aussitôt : « Ma grand-mère est morte vendredi. Je déteste ma famille. Tout ce qui les intéresse, c'est son fric. »

« Ça craint », écrivis-je.

Au bout d'une demi-heure, j'eus enfin une réponse : « Je suis dans le fort. J'avais besoin de voir les étoiles. Tu peux venir, si tu veux. »

Je lui envoyai « OK » et attrapai le sweat accroché à la patère.

Papa leva le nez de la table où il avait étalé livres de comptes et dossiers. En me voyant chaussé il ne dit rien, mais je reconnus la déception que j'avais si souvent lue sur son visage. Je claquai la porte sans me retourner. S'il croyait que la mort de mon grand-père allait me transformer en jeune homme modèle, il ne me connaissait pas.

Il n'y avait quasiment pas de vent – curieux, pour un mois de mars. Il faisait même plus chaud que dans l'après-midi. J'entrai dans le fort, grimpai à l'échelle et en oubliai de respirer quand je vis Melody adossée contre le mur en débardeur, les jambes sous une couverture.

— Salut, dis-je.

— Salut.

Sa voix était éraillée, un peu comme sur les vieux disques. Elle avait beaucoup pleuré, et récemment.

Je m'assis à côté d'elle, assez près pour la toucher mais sans le faire pour autant. Je savais d'expérience ce qu'il ne fallait pas lui dire : « Je suis désolé ». Non pas qu'il y avait quelque chose de mal à cela, ni même d'hypocrite ; cette phrase était juste ultra frustrante parce qu'il n'y avait aucune bonne réponse à faire.

— Elle était comment, ta grand-mère ? demandai-je à la place.

Un sourire imperceptible apparut sur ses lèvres. Elle posa la tête sur les genoux, de côté, et me regarda.

— Elle avait un sacré tempérament, et des idées bien arrêtées. Mes parents ne supportaient pas ça. Ils trouvaient qu'elle manquait de *retenue* – c'est ce qu'ils disaient tout le temps. Elle était tout sauf discrète, et si elle avait un truc à dire tu pouvais courir pour la faire taire. Ils auraient bien aimé, des fois, mais ils n'ont jamais osé parce que c'était elle qui tenait les cordons de la bourse.

Avec un modèle pareil, comment Melody avait-elle pu laisser son frère et son copain la dominer comme ça ?

— Elle a eu un tas de petits-enfants, ajouta-t-elle, mais j'étais sa préférée. Elle me l'a dit.

— Mon grand-père n'a eu qu'un seul petit-fils, alors je suppose que j'étais son préféré aussi, dis-je en souriant à mon tour.

— Je suis sûre que tu l'aurais été même s'il en avait eu dix.

Mon cœur se serra.

— Qu'est-ce qui te fait croire ça ?

On était assis dans le noir, à trente centimètres l'un de l'autre. Mon corps brûlait de me rapprocher d'elle physiquement, et voilà qu'elle me prenait aux sentiments.

— Ben… T'es intelligent, déterminé. Tu te soucies des gens.

— Intelligent ? répétai-je, estomaqué.

— Je sais que tu l'es, mais que tu le caches. Peut-être parce que tu traînes avec des mecs comme Boyce ?

Je remontai un genou pour y poser mon coude et allongeai l'autre jambe. J'aurais quasiment pu toucher le mur d'en face avec mon pied. Ce fort n'était vraiment plus de notre âge.

— Non, c'est pas le genre de Boyce de me chambrer pour ça. (*Il me chambre uniquement sur la manie que j'ai d'être attiré par des filles que je ne peux pas avoir.*) C'est juste que je ne vois pas l'intérêt – le lycée, les notes, tout ça. Dans ma famille, c'est carrément le grand écart : mon grand-père a arrêté l'école à quatorze ans et mon père a fait une thèse en économie. Quelle différence au final ? Ils se sont tous les deux retrouvés à bosser sur un bateau.

Elle me regarda d'un air surpris.

— Ton père a soutenu une thèse ? Mais alors pourquoi il... Je veux dire, pourquoi il fait pas quelque chose de plus...

Je détournai la tête, gêné. C'était un sujet que je n'avais jamais abordé avec personne, pas même avec Boyce.

— ... De plus prestigieux ? Ou lucratif ?

Elle fit la grimace, désolée de s'être montrée impolie mais quand même curieuse de savoir.

— C'était le cas, avant. Et puis ma mère est... morte, dis-je en scrutant les étoiles dans le ciel. On est venus habiter ici. Et tout ce qu'il avait fait jusque-là est devenu complètement dérisoire. Une putain de perte de temps.

— Tu veux dire que t'as pas envie d'aller à la fac ?

— Je sais pas. Toute façon, même si je voulais, je me demande bien comment je paierais mes études.

Je me sentis devenir rouge comme une tomate, mais heureusement on était dans le noir. Je venais de balancer tout ça à Melody Dover, bon sang. Ne pas avoir d'argent revenait à être faible, pour les gens comme elle. Et je ne voulais surtout pas qu'elle ait cette opinion de moi.

— Tu pourrais peut-être demander une bourse.

J'étais trop fier pour lui avouer que je m'étais sûrement grillé et que mon dossier ne susciterait pas l'admiration des universités. Il y avait toutes les chances pour qu'on ne m'accepte pas, alors une bourse, ce n'était même pas la peine d'y penser.

Quand je passai la main dans mes cheveux, elle tendit un bras et toucha le tatouage que j'avais au poignet avec son doigt. Ma main retomba lentement et je la laissai là, entre nous.

— J'aime ça, dit-elle avant de remonter vers les flammes qui recouvraient mes biceps, et jusque sous la manche de mon tee-shirt. Et ça, aussi.

— Merci, dis-je d'une voix qui n'était plus qu'un murmure.

Nos regards se croisèrent, éclairés seulement par la lune. Elle retira sa main.

— Merci de m'avoir envoyé ce texto, Landon. Et d'être venu. J'avais pas envie d'être seule après la journée merdique que j'ai passée. Les parents de Pearl l'obligent à rentrer avant 22 heures, et Clark a dû se coucher tôt, je suppose, parce qu'il ne m'a pas répondu.

Je savais de source sûre que Clark Richards retrouvait Thompson ce soir pour acheter de l'herbe, et qu'en ce moment même il planait quelque part.

— Pas de problème.

Lucas

Elle a dit oui.

Je posai mon carnet par terre et vins rejoindre Jacqueline sur le lit, sans la brusquer mais sans hésitation non plus. Quand j'effleurai du doigt les veines pâles de ses poignets, son pouls palpita d'anticipation. Je suivis les sillons bleus jusqu'au pli de ses coudes tout en hallucinant d'avoir le droit de toucher cette peau si douce et fragile.

— Tu es tellement belle.

Je ne saurais dire si je le pensai ou le dis tout haut. Ma bouche se referma sur la sienne avec mille précautions, tant j'étais terrifié de lui faire peur. De la voir se replier sur elle-même, et me mettre dans le même sac que cet enfoiré qui lui avait fait du mal, et aurait pu lui en faire tellement plus.

Je le chassai de mon esprit. Il n'avait rien à voir avec cette scène.

Je promenai ma langue sur ses lèvres – une requête respectueuse, et la promesse d'arrêter si telle était sa volonté. Mais elle les entrouvrit et mes sens s'embrasèrent. Nos langues se rencontrèrent – ce que je n'aurais pas imaginé, et qui me donna envie d'en avoir encore plus. Quand je l'embrassai fougueusement elle trembla sous mes mains, puis poussa un soupir de plaisir.

Comme si je pouvais la retenir, retenir le moment, je plaquai une main sur ses poignets et l'autre sur sa taille.

Explorer ce corps devenait tout à coup l'unique but de ma vie. Je me mis à sucer sa lèvre inférieure et faillis bien me pâmer tant elle était douce et sucrée. Elle haleta. Ma langue s'enfonça dans sa bouche, plus loin, plus fort, et elle serra les poings sous mes doigts. Aussitôt j'arrêtai, craignant de la faire flipper tant ce que je ressentais était intense – mais elle ouvrit les yeux, et je n'y lus rien d'autre que de l'émerveillement.

Je nous relevai sans attendre puis l'attirai sur mes genoux, tandis qu'elle enfonçait les doigts dans mes cheveux avec un plaisir visible, et bon sang, elle aurait pu me demander n'importe quoi à ce moment précis, j'aurais accepté.

Sa tête s'adapta parfaitement à ma main quand je la penchai en arrière pour pouvoir embrasser ce grain de beauté qui m'intriguait. Mes lèvres descendirent le plus lentement possible mais toujours plus bas, mon corps tout entier à l'affût du moindre signe m'indiquant que j'allais trop loin. Elle pantelait doucement, mais le son se réverbérait dans la chambre et recouvrait mes propres halètements, reléguant la musique à un bruit de fond. Je connaissais les chansons qui passaient, mais j'aurais été bien incapable d'en citer les titres. Ma main libre était trop occupée à se faufiler sous son débardeur.

Mes doigts avides lui caressèrent le ventre, puis passèrent sur le soutien-gorge soyeux, relevant toujours plus son pull. Je sentis son souffle saccadé sur mon visage quand je fis courir la langue sur ses rondeurs, juste à la lisière du tissu.

L'agrafe était située devant. Il suffisait d'une pression entre pouce et index pour l'ouvrir, mais cette fois la raison l'emporta : là, pour le coup, ce serait aller trop loin. Ma conscience, cette sournoise, me chuchota que je me faisais des illusions si je pensais être galant avec elle. La soirée entière était allée trop loin, et je le savais pertinemment.

Je ferais mieux de partir.

C'est là qu'elle se mit à rire. Ce n'était même pas un rire, en fait. On aurait presque dit qu'elle s'étranglait, et c'était d'autant plus incongru maintenant.

— Chatouilleuse ? demandai-je, ne voyant pas d'autre explication.

Elle se mordit la lèvre, bien trop fort à mon sens. J'avais envie de lui dire qu'elle était en train d'abîmer une zone sur laquelle j'avais prévu de me pencher pendant l'heure suivante. Après tout ce temps passé à fantasmer sur sa bouche, ce n'était pas le moment qu'elle déclare forfait. Elle secoua la tête fermement et je lui demandai :

— T'es sûre ? Parce que soit c'est ça... soit tu trouves mes techniques de séduction... marrantes.

Elle éclata de rire pour de bon, et se couvrit même la bouche pour limiter les dégâts.

Elle était craquante, mais il n'était pas question qu'elle me cache ces lèvres plus longtemps. Alors je lui proposai de la chatouiller, histoire d'en avoir le cœur net ; c'était juste pour la calmer, mais d'un coup ses yeux s'agrandirent.

— S'il te plaît, pas ça, m'implora-t-elle le plus sérieusement du monde.

Les caresses que j'avais l'intention de lui faire étaient bien différentes, et je prenais le pari qu'elle n'aurait plus envie de rigoler, après.

Je lui pris la main pour la poser sur mon torse et emprisonnai sa bouche dans la mienne – ne lui laissant pas le temps de s'alarmer, ni à moi de réfléchir. Quand elle se mit à gémir, j'en eus le vertige.

Je remis son pull en place, car je n'avais pas besoin de la voir pour la sentir : mon imagination avait déjà pris le relais. Une main caressa son ventre, puis remonta langoureusement vers ses seins, jusqu'à ce que j'en tienne un dans ma paume, rond et parfait. Elle poussa un petit cri quand je passai le pouce sur son mamelon, et je le sentis durcir instantanément à travers le soutien-gorge. Je le pinçai en douceur et savourai sa réaction, puis m'attaquai au second.

J'aurais été capable de la dessiner au seul toucher, sans même voir son corps nu. Ses aréoles devaient faire la taille d'une pièce de vingt-cinq *cents*, à vue de nez – elles étaient roses et ma bouche aurait pu s'en rapprocher si je l'avais penchée. Je les aurais léchées chacune à leur tour une fois, puis j'aurais soufflé sur sa peau pour la faire frissonner de plaisir.

Putain.

Comme si elle avait lu dans mes pensées, elle gémit plus fort et ma langue plongea plus avant, explorant chaque recoin de sa bouche brûlante, caressant sa langue en rythme. Je grognai de plaisir et lui enserrai la taille. Je dus faire appel à toute ma volonté pour ne pas lui enlever son pull, puis son soutien-gorge, et la prendre dans ma bouche pendant qu'elle frotterait son entrejambe enflammé contre mon érection dure comme un roc. Quelle exquise torture ce serait.

Elle vibrait dans mes bras et m'embrassait avec passion, ne se doutant pas une seconde, sûrement, que j'imaginais faire tant d'autres choses avec elle. Traçant un sillon sur sa gorge, j'eus l'impression d'y voir des rails et d'entendre le grondement d'un train au loin, arrivant à grande vitesse. Abandonnant sa bouche un instant, je me frayai un chemin de baisers jusqu'à la base de son cou en appliquant une légère pression – pas assez pour laisser des marques, mais suffisamment pour lui donner le tournis. Et un avant-goût de ce dont j'étais capable.

Pendant que ma main lui retenant la taille s'aventurait dans son jean, je recommençai à l'embrasser, passant d'un rythme lent à empressé, pour revenir à un baiser plus tendre, puis vorace – tout ça dans le seul but de la ramener dans mes filets.

Sa main caressait mon torse de plus en plus fébrilement. La peau en dessous me brûlait et mes muscles saillaient sous sa paume, comme s'ils se soumettaient à elle entièrement. Je menais la danse, mais seulement parce qu'elle m'y autorisait. Si elle me disait d'arrêter, j'arrêterais. Si elle me chuchotait à l'oreille *Prends-moi, maintenant* je le ferais, même en sachant qu'il était trop tôt et que c'était une erreur. Je ferais tout ce qu'elle me demanderait, sans hésitation. Je serais son *bad boy* si tel était son vœu. Ou son besoin.

Je voulais lui donner du plaisir. *Beaucoup de plaisir*. Mais pas ce soir. Pas encore. Assis sur son petit lit, sans même l'avoir déshabillée, je nous avais emmenés au bord du précipice – un pas de plus et on tombait. Sa posture et ses paupières lourdes m'indiquaient que je l'avais enivrée de baisers. Et c'était le plus beau des cadeaux pour moi.

— Je ferais mieux de partir, murmurai-je.

Son front se plissa.

— Tu as envie de partir ?

Non, ma belle. Ce que j'ai envie de faire, c'est te clouer au matelas et te satisfaire de toutes les façons possibles et imaginables jusqu'au bout de la nuit.

Je déposai un baiser au coin de sa bouche. Elle avait les lèvres gonflées et humides, et si je n'arrêtais pas de les regarder tout de suite je n'allais pas y arriver.

— J'ai dit que je *ferais mieux* de partir… C'est pas pareil, dis-je tout contre son oreille.

Pour toute réponse, elle soupira.

— Je peux voir tes dessins, avant ?

Mon corps protesta quand je l'écartai de moi et la redressai. Si elle était restée alanguie sur ce lit avec ses cheveux en bataille et ses fringues en désordre, je n'aurais pas donné cher de mon self-control.

J'allai chercher mon carnet et m'assis à côté d'elle pour lui montrer les croquis – des esquisses, vraiment, il fallait les retravailler. Malgré tout, elle parut impressionnée. Je lui expliquai que j'allais sans doute les reproduire au fusain et les punaiser au mur de ma chambre. La tête qu'elle fit était très drôle, et je ne pus m'empêcher d'ajouter « Qui n'aurait pas envie de voir ça le matin au réveil ? » en me mordant l'intérieur de la joue pour ne pas éclater de rire.

Un peu tard, je me rendis compte que je ne m'étais pas lavé les mains après l'avoir dessinée. Elle devait être couverte de traces grises sous ce pull, comme si j'avais marqué mon territoire sur elle. À cette pensée je sentis mon corps se raidir et me levai pour me diriger vers la sortie. Elle me suivit. Le dos appuyé contre la porte de sa chambre, je l'attirai à moi et l'embrassai une dernière fois. Quand elle se mit sur la pointe des pieds pour se coller à moi, elle faillit bien se retrouver sur ce lit, à ma merci.

— Il faut que je m'en aille, tout de suite. Sinon je ne pars pas, grognai-je.

Elle ne dit rien – ni approbation, ni protestation. J'oubliai aussitôt ce que je vis dans ses yeux : un moment d'hésitation qui me fit dire que je pouvais être davantage qu'un moment de plaisir imaginé par ses copines. Je l'avais sûrement rêvé. Je l'embrassai sur le front, le bout du nez, mais pas la bouche – trop tentant. « À plus tard », dis-je, et je partis vite fait.

C'était le chaos dans ma tête, et dans mon corps, cela frôlait la révolution.

15

Landon

S'il y a bien quelque chose que je sais à propos des petites villes, c'est qu'il est impossible d'avoir des secrets. Tout finit par se savoir, et quand ça arrive, ce n'est que le début des problèmes.

Pendant les vacances de Pâques, quatre étudiantes louèrent une maison sur la plage : elle appartenait à la famille Richards. Le père de Clark lui demanda d'aller leur remettre les clés à l'arrivée. D'après la rumeur, il débarqua avec deux potes du lycée et n'en ressortit qu'au bout d'une heure. Cela aurait pu en rester là – sauf qu'il eut la bonne idée de revenir le soir même, avec un autre. Et cette fois, ils restèrent jusqu'au lendemain matin.

Au moins un des deux ne résista pas à l'envie de se vanter au sujet de sa nuit d'orgie – et comment lui en vouloir ? Des parties de strip-poker avec quatre minettes plus âgées, la tequila qui coule à flots, des chambres à quelques pas et des partenaires échangeables à volonté ? C'est clair que la grande majorité va parler. Et parler. Et parler encore.

Mais pour certains, ce n'est pas encore assez. Ils veulent prendre photos et vidéos pour avoir des preuves, qu'ils pourront ensuite envoyer à leurs contacts, en général quand ils planent trop pour se rendre compte qu'on reconnaît clairement dessus leur super pote, celui qui a une petite amie depuis longtemps. Il est assis sur un fauteuil, une fille nue à califourchon sur lui, et les gémissements qu'on entend ne laissent pas de place au doute sur ce qu'ils font.

Dès le lendemain, Boyce me montrait la vidéo.

Melody l'avait vue aussi quand Clark alla chez elle pour s'expliquer, ce soir-là. Sauf que la conversation dégénéra, et Mme Dover dut menacer d'appeler le père de Clark s'il ne partait pas immédiatement. Il faillit emboutir sa jeep dans le muret au bout de l'allée et leur laissa en cadeau deux belles traces de pneus.

En le voyant se pointer sur la plage trois heures plus tard, j'eus envie de lui éclater la tête. Il se comportait comme si c'était anodin de rompre avec Melody, un peu embêtant mais sans plus. Boyce me révéla qu'il n'en était pas à son coup d'essai – c'était simplement la première fois qu'il se faisait prendre.

— Pour certains ça compte pas, les coups d'un soir. Du moment que ça dure pas, ils se tapent n'importe qui.

Comme pour illustrer son propos, Clark se mit à draguer une fille cinq minutes après. Elle devait avoir treize ans grand maximum et respirait la naïveté.

— Oh-oh. Regarde qui arrive, me fit Boyce en s'allumant une clope.

Melody avançait d'un pas lourd mais déterminé, suivie de Pearl qui portait une boîte en carton. Elle se posta devant Clark, et dans la faible lueur du feu on la vit plonger la main dans la boîte pour lui jeter tout ce qu'il y avait dedans à la tête : des photos déchirées, un ours en peluche mutilé.

— Non mais ça va pas, Melody ? râla Clark en se mettant debout.

Sa nouvelle conquête, qui était sur ses genoux, tomba dans le sable et se carapata vite fait.

— Espèce de *salaud* ! cria Melody en jetant à ses pieds un bracelet, qui rebondit et se mit à rouler vers le rivage.

— C'est des *diamants*, sale garce ! T'es tarée ou quoi ! hurla-t-il en courant après le bijou.

— Tu croyais pouvoir m'acheter, hein !

— Tu parles ! Qui voudrait de toi ? lança-t-il, plein de hargne.

Melody éclata en sanglots et quitta les lieux. Avant d'emboîter le pas à son amie, Pearl balança la boîte vide et Clark l'évita *in extremis*.

Je pénétrai dans le fort en ouvrant grand les oreilles. Il me semblait vaguement entendre renifler, mais c'était peut-être mon imagination.

— Melody ? chuchotai-je.

Son visage apparut au-dessus de moi et ses cheveux brillaient de mille feux sous le clair de lune, comme une auréole au-dessus de sa tête. Elle plissa les yeux pour mieux voir et dit en hoquetant :

— Landon. Qu'est-ce que tu fais ici ?

Plus de deux heures s'étaient écoulées depuis la scène sur la plage mais elle pleurait encore.

— Je suis venu voir comment tu allais. Je peux monter ?

— Oui, bien sûr.

On resta assis un moment en silence, puis elle posa la tête contre mon épaule.

— La moitié de mes amis disent que je dramatise, et l'autre moitié est prête à dissimuler le cadavre de Clark pour moi. Je ne sais plus quoi penser.

— Tu dramatises ? Alors qu'il t'a trompée ?

Elle se blottit contre moi et je l'enlaçai pour la réconforter.

— Il est venu s'excuser. Il a dit qu'il était seulement allé voir ces filles parce que ses copains ont insisté – ils sont tous célibataires. Il a dit que je n'aurais jamais dû l'apprendre, qu'il avait bu. Que c'était une erreur.

— Et tu le crois ?

— Bien sûr que non, sinon j'aurais pas estropié Beauregard.

Je faillis m'étrangler.

— L'ours en peluche s'appelait *Beauregard* ?

Elle gloussa, puis se remit à hoqueter quand on éclata franchement de rire. Mais les larmes finirent par revenir, et elle sanglota contre mon torse.

— Pourquoi il irait coucher avec une traînée alors qu'il m'a, moi ?

Elle me posait une question dont elle ne voulait pas entendre la réponse ; je me tus. Je soupçonnais que rien ni personne ne serait jamais suffisant pour un type comme Clark Richards. Comme son père, il ne se satisferait jamais de ce qu'il avait. Tout ce qu'il voyait, c'était ce qu'il ne possédait pas encore. Dans son esprit tordu, c'était juste inconcevable.

Elle se calma au bout de quelques minutes, et prit deux profondes inspirations.

— Comment t'as su que je serais là ?

— Je t'ai envoyé un texto mais comme t'as pas répondu, j'ai pensé au fort.

Elle se redressa pour me regarder.

— T'es un mec bien, Landon.

C'est pas vrai, pensai-je automatiquement.

Elle se pencha tout près, en me fixant toujours, et pressa ses lèvres contre les miennes. Mais juste un frôlement - pour voir. Puis elle se recula. Je me rapprochai, centimètre par centimètre ; elle ne bougea pas. Alors je l'embrassai, aussi prudemment et lentement qu'elle, juste sur la bouche, et on garda les yeux ouverts tout le temps que ça dura.

— Melody ? Melody ?

On sursauta tous les deux - la voix de sa mère était proche, elle devait être devant le fort.

Je m'aplatis et elle se mit à genoux en gardant une main posée sur ma poitrine, pour mieux sentir mon cœur battre fort.

— Oui, Maman ?

Sa mère poussa un soupir exaspéré.

— Rentre, maintenant. Je n'aime pas que tu restes dehors toute seule. Tu pourrais faire de mauvaises rencontres. (Melody me lança un regard complice pendant que sa mère poursuivait.) Et puis Clark n'arrête pas d'appeler sur le fixe, vu que tu ne lui réponds pas sur le portable.

Elle releva le menton d'un air de défi.

— J'espère bien que tu lui as dit d'aller se faire *foutre* !

— Melody Ann Do...

— Tu sais ce qu'il m'a fait, Maman ? À quel point il m'a *humiliée* ?

Un autre soupir.

— Rentre, Melody.

— Oui, mère, dit-elle d'un air moqueur en se dirigeant vers la petite échelle.

Avant de descendre, elle me chuchota :

— Attends cinq minutes avant de partir. Et merci.

Je devais bosser avec Papa le lendemain – une famille avait réservé une excursion à la journée, avec partie de pêche en prime. Ils nous attendaient à l'embarcadère quand Papa se gara. Les parents avaient deux filles : une qui devait avoir mon âge et faisait déjà la tronche, les bras résolument croisés sur la poitrine ; et l'autre, à peu près l'âge de Carlie, qui était excitée comme une puce et sautait partout.

— Fait chier, grommelai-je à voix basse.

— Ferme-la, répondit Papa en saluant poliment les gens de la main.

Vu son caractère bourru, on ne peut pas dire qu'il se transformait au contact des touristes, mais je le trouvais étonnamment courtois et patient, même quand il répétait la même chose pour la millième fois.

Je vérifiai mon portable une dernière fois : pas de message de Melody. Après tout, cela ne faisait pas si longtemps que j'étais sorti en douce du fort, et je planais tellement après ce baiser que je n'avais quasiment pas fermé l'œil. Elle dormait sûrement encore.

Mon seul problème c'est que je n'aurais pas de réseau jusqu'à ce qu'on revienne au port, et que dans l'intervalle j'allais devoir me taper une ado grincheuse *plus* une enfant hyperactive. La journée promettait d'être pénible. Pour ne pas dire cauchemardesque.

J'avais vu juste, mais pas pour les raisons que j'aurais crues. Contre toute attente, la gamine écouta attentivement mes instructions et pêcha même le plus gros poisson de l'année – bien sûr, dans ces cas-là, c'est surtout une question de chance et de placement du bateau, pas parce que celui qui tient la canne a un réel talent. Mais pas la peine d'aller le lui dire. Papa avait une devise : « Le client doit toujours penser que c'est lui qui a tout fait. » Il l'aida à remonter sa prise et tout le monde l'applaudit.

Dès qu'elle m'avait vu descendre du 4×4, l'ado était allée s'arranger dans la voiture de ses parents. Elle s'était mis des boucles d'oreilles, avait lissé les franges de son short en jean et n'arrêtait pas de tripoter ses cheveux – les remontant avec un élastique, les relâchant. Son petit manège dura *toute la journée*. Elle ne me lâcha plus la grappe, me posa des questions stupides sur mes tatouages (comme si j'allais raconter ma vie à une totale inconnue) et se servit de ce prétexte pour me toucher. Elle me demanda ce que les ados d'ici faisaient le soir pour s'amuser, et s'attendait manifestement à ce que je l'invite à me suivre. J'aurais pu lui dire n'importe quoi, elle aurait été partante. Beaucoup plus gênant, par contre : elle prit des photos de moi avec son portable. J'étais à peu près sûr qu'elle allait les poster sur les réseaux sociaux, et j'eus la bizarre sensation qu'on violait mon intimité.

Je ne m'étais jamais autant senti à l'étroit sur le bateau, et je songeai aux gens qui se retrouvaient coincés sur des canots de sauvetage pendant des jours entiers avant qu'on vienne les sauver. Je crois bien que j'aurais sauté plutôt que de rester avec elle – si ça se trouve, je l'aurais poussée avant par-dessus bord.

Dès que je posai le pied sur la terre ferme, j'allumai mon portable. Melody avait envoyé un SMS pour me demander ce que je faisais ce jour-là. Il y avait plusieurs heures de ça.

Je topai là avec la gosse sympa, snobai royalement la nana branchée harcèlement sexuel, saluai les parents d'un « Super journée, bye ! » et grimpai dans le 4×4.

Moi : Salut. J'étais sur le bateau, je bossais. Pas de réseau, désolé. Je viens de rentrer.
Melody : J'avais peur que tu sois fâché contre moi pour ce que j'ai fait.
Moi : Qu'est-ce que t'as fait ??
Melody : Je t'ai embrassé ?
Moi : Je suis tout sauf fâché. On se retrouve au fort ce soir ?
Melody : Je peux pas, je dors chez Pearl. Demain, tu bosses ?
Moi : Non. Mais mon père ne sera pas là de la journée. Viens chez moi.
Melody : OK.

Dès que Papa partit le lendemain, je lavai la salle de bains, rangeai la cuisine et cachai les fringues que je fourrais d'habitude dans un coin ou empilais sur les étagères. Je fis même mon lit.

En fin de matinée, Melody donna quelques coups hésitants à la porte. Je passai les mains sur mon short décoloré pour me calmer, respirai un bon coup et allai lui ouvrir.

— Salut, dis-je, l'invitant à entrer.

Je refermai derrière elle. À clé.

— Salut, fit-elle en calant une longue mèche derrière l'oreille.

Elle me suivit à la cuisine, où on but un truc frais tout en se faisant des sandwichs, qu'on grignota sans les manger vraiment. Quelques phrases échangées et c'est tout.

Au bout d'une éternité, elle s'éclaircit la voix.

— T'avais dit que tu me dessinerais, tu te rappelles ? Ça te dit de le faire là ?

— D'accord, cool. (Je bazardai la vaisselle dans l'évier, ouvris la porte du garde-manger et allumai la lumière.) Où tu veux te... ?

— Dans ta chambre, c'est bien. Si ça te va.

Si j'avais pu répondre *vraiment* à cette question, je lui aurais dit oui et trois fois oui, parce que tout dans cette journée de ouf m'allait.

Elle enleva ses tongs et se mit sur le lit. Quand je revins avec mon carnet elle était allongée sur le dos, en appui sur les coudes.

— Tu veux m'arranger ou je prends la pause ? C'est quoi le mieux ?

Si je mettais les mains sur elle maintenant, je ne la dessinerais pas.

— Vaut mieux te mettre à l'aise, il y en a pour un moment. Je ne veux pas t'obliger à tenir une position inconfortable.

Comme celle dans laquelle elle se trouvait en ce moment, avec ses seins parfaits qui frottaient contre son haut moulant, obligeant le tissu à s'écarter entre les boutons et à remonter au niveau du short, juste assez pour que je voie un bout de peau bronzée.

Elle se tourna pour choisir ses accessoires, et j'allai m'adosser au mur opposé. Elle se mit sur le côté, moitié couchée sur mes oreillers, et laissa sa chevelure retomber en une cascade dorée. Elle ramena un genou à elle et tendit l'autre jambe jusqu'à toucher mon pied. J'attendais qu'elle ne bouge plus pour commencer. Le regard braqué sur moi, elle défit les deux premiers boutons de son haut, révélant un soutien-gorge en dentelle blanche.

— C'est bien, comme ça ? demanda-t-elle d'une petite voix.

Mes mains tremblaient. *Merde*. Je respirai lentement, une fois, deux fois, pour ressaisir un peu.

— C'est parfait, dis-je, et elle me sourit.

Après cela, on ne parla plus. Il n'y avait même aucun bruit, hormis un raclement de gorge de temps en temps et, bien sûr, le frottement de mon crayon sur la feuille. Quand son pied appuya sur le mien, je le retirai d'instinct. Enfin, je contemplai ce que j'avais fait et lui tendis le croquis.

— Oh, mon Dieu, s'exclama-t-elle, son regard allant et venant entre le carnet et moi. Je savais que t'étais bon, mais là... C'est... c'est magnifique. (Elle s'inspecta rigoureusement, en quête de défauts.) Je suis quand même moins bien en vrai.

Je lui pris le carnet des mains et le posai sur l'étagère la plus proche.

— Crois-moi. Tu es bien mieux, dis-je en m'allongeant à côté d'elle.

Évitant mon regard, elle tendit une main pour la passer sur mes tatouages. Son contact n'avait rien à voir avec le pelotage en règle de la nana de la veille, qui semblait penser qu'elle avait le droit de tâter puisque son père avait payé.

— Ça te dirait de m'embrasser encore ? fit-elle, toujours sans me regarder.

Je me mis au-dessus d'elle et passai une main sur sa taille nue jusqu'à ce qu'elle lève la tête vers moi. Répétant l'expérience du baiser échangé deux jours plus tôt, on garda les yeux ouverts et on y alla prudemment, presque à reculons. Et puis sans crier gare, elle me saisit par le tee-shirt et m'attira violemment à elle. Je lui écartai les jambes d'un genou et pressai mon membre déjà dur contre sa cuisse. Elle ferma les yeux, entrouvrit les lèvres sensuellement – et je ne perdis pas de temps à peser le pour et le contre, parce que je n'arrivais plus à penser. Enfonçant la langue dans sa bouche, je fermai les yeux et laissai mes mains toucher tout ce qu'elles purent atteindre.

Je défis les trois derniers boutons de son haut et on se redressa pour qu'elle l'enlève, tout en continuant à s'embrasser goulûment. Mon tee-shirt alla valser au pied du lit. Quand elle entreprit de dégrafer son soutien-gorge, je la dévorai des yeux. Je lui enlevai les bretelles pour aller plus vite, et elle frissonna quand je la caressai avec mes pouces. Son corps athlétique de danseuse contrastait avec la rondeur souple de ses seins. Jetant le soutif, je me rallongeai et lui indiquai de se mettre sur moi, assez haut pour que je puisse lui lécher les mamelons tout en prenant ses fesses à pleines mains. Les bras tendus de part et d'autre, elle se cambra de plaisir.

Quand les bruits de Melody se transformèrent en gémissements hébétés, je pris un mamelon en bouche et suçai avidement. Elle cria et se crispa. Alors je la fis rouler sous moi, me cognant au passage, et pressai ma cuisse contre son entrejambe. Elle planta ses ongles dans mes bras et m'embrassa sauvagement.

Quand sa main se faufila dans mon short, je me relevai juste assez pour lui faciliter la tâche, ne sentant plus qu'une douce et chaude pression sur mon sexe. Je me mis sur un coude pour accéder plus aisément à sa culotte.

— Tu me rends dingue, Melody, haletai-je au moment où mes doigts plongeaient en elle le plus naturellement du monde.

Quelques secondes après elle tremblait contre moi, et ce fut à mon tour de jouir.

Lentement on revint à la réalité, et nos mains ressortirent toutes seules. J'attrapai mon tee-shirt pour sécher ses doigts, puis les miens. J'aurais voulu sucer ceux que j'avais enfoncés en elle pour savoir quel goût elle avait, mais je me sentais bizarrement intimidé. Je rabattis la couette sur nous, et on s'observa jusqu'à ce qu'on s'endorme.

À mon réveil, elle était partie. Elle avait emporté le dessin.

Lucas

J'attendis le dimanche soir pour envoyer un mail à Jacqueline : quatre phrases concises qui concernaient toutes l'éco, sans la moindre trace de flirt. Elle répondit sur le même ton mais fit référence à mon week-end. Je ne pus m'empêcher de lui écrire que oui, j'avais passé une bonne fin de semaine – *surtout vendredi.* « Et vous ? », ajoutai-je.

Deux choses me frappèrent dans sa réponse : elle s'était sentie un peu seule, mais du coup elle avait pu avancer sur son mémoire.

On a tous besoin de solitude parfois, mais je ne voulais plus jamais que ça arrive à Jacqueline Wallace.

Je pris une feuille et mes fusains, ouvris mon carnet à la page où elle avait posé allongée – sur le dos, bras au-dessus de la tête – et commençai à reproduire son corps svelte. Chaque trait me rappelait nos caresses et nos baisers, qui avaient laissé mon corps comme accro, en manque d'elle. En estompant les ombres sous ses seins je me souvins combien sa peau était douce, et tout ce qu'elle m'avait permis de faire. Le mur nécessaire que j'avais érigé entre nous n'arrêtait pas de s'écrouler, et je n'allais plus assez vite pour le reconstruire.

Dans ma chambre je punaisai le dessin au mur, à hauteur d'oreiller.

À la fin du cours le mercredi suivant, j'étais déchiré entre mon envie de révéler la vérité à Jacqueline et celle de continuer notre petit jeu – celui où j'endossais le rôle du mercenaire sexuel pour lui remonter le moral. Sur le papier, ça paraissait idéal : je pouvais être avec la première fille qui retenait mon attention depuis longtemps, et elle avait l'occasion d'oublier son ex et de reprendre possession de son corps.

Je fis taire la voix dans ma tête qui disait que ce serait loin de suffire.

Jacqueline semblait avoir des scrupules, elle aussi. Elle n'envoya pas de mails à Landon de toute la semaine – ni de textos à Lucas. Elle ne passa pas au *Starbucks*, et ne me regarda que deux petites fois en amphi. Le vendredi, Kennedy vint lui parler à la fin du cours. Il était tout sourire, décontracté, persuadé de son charme.

À voir la posture de Jacqueline, elle était tendue. Ayant une furieuse envie d'arranger le portrait de ce tocard, je partis avant de faire une bêtise.

Le vendredi après-midi, je reçus un mail de Ralph Watts, l'adjoint du chef de la police du campus. Deux fois par semestre, Ralph animait un cours d'autodéfense financé par la fac. J'avais découvert cela un an plus tôt, après avoir vu un flyer sur le panneau d'affichage, et je lui avais dit que ça m'intéressait. Il m'avait fait faire une formation, et je m'étais déjà porté volontaire deux fois pour l'assister – en clair j'acceptais de me prendre des coups de poing et de pied par toutes les femmes (étudiantes, profs et secrétaires) prêtes à sacrifier trois samedis matin pour apprendre à se protéger.

Lucas,

C'est l'agent Netterson qui était censée animer la prochaine session avec moi, mais figure-toi qu'elle s'est fait une fracture de la clavicule en cours d'escalade, hier. Je sais que je te préviens tard, mais si tu es libre ce serait vraiment super que tu viennes demain matin. Il y aura deux autres cours après Thanksgiving, pour info. Mais si tu pouvais déjà venir demain, ça m'aiderait beaucoup. Réponds-moi vite.

Merci,

R. Watts

Pour une fois, je n'étais pas de service de 10 à 15 heures au *Starbucks*. Je répondis que j'étais dispo les trois samedis.

Peu après, je reçus un message de Jacqueline. C'était à son tour de jouer à la pro : elle me parlait uniquement du mémoire qu'elle venait de terminer, et auquel j'avais promis de jeter un œil.

Je ne pouvais quand même pas être contrarié, puisque je ne voulais pas qu'elle flirte avec *Landon*… Si ? Je lui répondis que je regardais ça et le lui renvoyais le dimanche soir au plus tard.

Dix minutes après, *Lucas* reçut un SMS d'elle : « J'ai fait quelque chose de mal ? »

Je pris le temps de réfléchir, puis répondis que j'avais été pas mal occupé et ajoutai « Quoi de neuf ? », en espérant passer pour le mec cool. Sauf que cela donnait l'impression que j'étais indifférent, alors que c'était tout le contraire. Elle ne se vexa pas pour autant et me demanda même avec une curiosité sincère si j'avais eu le temps de refaire les croquis au fusain. Je lui dis qu'il y en avait un de prêt et que je voudrais le lui montrer ; elle répondit qu'elle aimerait bien le voir.

Alors je bottai en touche en disant que je n'étais pas chez moi et qu'on se recontactait plus tard.

— Et merde, râlai-je en balançant le portable sur le plan de travail.

J'allai m'asseoir sur le canapé et m'enfonçai la paume de mes mains dans les yeux, mais il n'y avait pas moyen d'effacer le souvenir du vendredi précédent, quand elle s'était si joliment abandonnée dans mes bras. *Elle me fait confiance*, pensai-je, mais je n'en ressentis aucune satisfaction parce que j'étais devenu un cliché ambulant, à souffler le chaud et le froid comme ça avec elle – et je ne parlais même pas du fait qu'elle pensait communiquer avec deux hommes différents.

— Je suis un salaud de menteur, affirmai-je à Francis, qui me bâilla au nez.

Le lendemain, à 9 heures pétantes, j'étais dans la salle glaciale où le cours allait se dérouler et je n'en crus pas mes yeux en voyant qui allait être mon élève. Ralph était occupé à distribuer les livrets, son collègue Don à faire signer la feuille de présence, et moi j'étais en train d'aligner les tatamis quand je remarquai une jolie rousse à la porte. Je ralentis mon geste – et me figeai complètement en voyant Jacqueline entrer à sa suite en legging bleu marine et tee-shirt blanc.

J'avais bien pensé à lui parler de ce cours mais quelque chose me disait que c'était trop tôt, surtout si elle n'avait parlé à personne de ce qui lui était arrivé cette nuit-là. Si elle n'était pas prête, elle ressortirait d'ici intimidée et bouleversée, et ne reviendrait sans doute pas la prochaine fois.

Mais elle avait dû se confier à son amie, parce que celle-ci ne la quittait pas d'une semelle, lui passant une main dans le dos ou l'agrippant fermement par le coude dès qu'elle faisait mine de vouloir s'éclipser. Quand elle me vit sur l'estrade à côté de Ralph, elle se décomposa. Détachant le regard de moi pour lire le livret qu'elle cramponnait de toutes ses forces, elle chuchota un truc à sa copine, qui répondit en lui posant une main rassurante sur le genou.

Watts commença son speech destiné à détendre l'atmosphère en nous présentant, moi et Don, le roi de la muscu, avec son humour habituel :

— Le gringalet à ma gauche est l'inspecteur Don, et le moche à ma droite s'appelle Lucas. C'est un de nos auxiliaires chargés du stationnement.

Quand la douzaine de femmes eut fini de s'esclaffer, il les félicita d'avoir renoncé à leur grasse matinée pour apprendre à se défendre.

Après avoir énuméré les principes de base de l'autodéfense, on passa à la pratique, avec une démonstration des différentes attaques et comment les bloquer, pour que les participantes se fassent une idée des mouvements qu'on allait leur enseigner. Don m'agressa au ralenti et je me défendis, pendant que Ralph passait en revue les points faibles de l'assaillant – certains évidents, comme l'aine, mais d'autres moins, comme le dessus de l'avant-bras. Il insista tout au long sur l'objectif premier de la victime : *fuir*.

Tout le monde se mit par deux pour s'exercer et on commença à circuler dans les rangs pour conseiller et corriger si nécessaire. Ne voulant pas stresser Jacqueline encore plus, je laissai Don s'occuper de son côté de la salle mais la gardai toujours dans mon champ de vision. Je guettai les signes de détresse communs à toutes les participantes ayant subi une agression. Je savais quel scénario allait déclencher le souvenir de son agression à *elle*, et je redoutais le moment où elles allaient devoir le simuler.

Grâce à son amie, qui s'appelait Erin, elle réussit parfaitement les mouvements avec la main, hurlant « Non ! » chaque fois et souriant largement quand elle vit qu'elle avait compris.

Enfin, on aborda la dernière partie de la session. Impossible de voir la réaction de Jacqueline pendant que je faisais la présentation, mais quand je me relevai elle avait le corps crispé et la respiration saccadée : la panique n'était pas loin. Erin lui tint la main et lui parla doucement. Jacqueline secoua la tête, sans lâcher son amie. Il y eut d'autres murmures, puis elles allèrent au tatami.

Erin s'allongea sur le ventre et Jacqueline s'accroupit sur elle, mains tremblantes : elle faisait l'agresseur. Elles refirent les mouvements une fois, puis deux. Incapable de détourner le regard, j'observai à peine le duo que j'étais venu voir. Quand il fut temps d'échanger les rôles, je ressentis l'angoisse de Jacqueline de l'autre bout de la pièce, et j'eus peur qu'elle fasse de l'hyperventilation ou pire, qu'elle tourne de l'œil.

Allez, Jacqueline, l'implorai-je dans ma tête. *Tu peux y arriver*.

Une immense fierté m'envahit en la voyant faire : elle était au supplice, clairement, mais s'obligea à reproduire la série de gestes avec sérieux et précision. Quand elles eurent terminé, Erin la félicita et l'embrassa, et moi je poussai un soupir de soulagement, même si Jacqueline ne regarda pas une seule fois vers moi en rassemblant ses affaires, puis en partant.

Par-dessus tout, je ne voulais pas que sa peur, ou ma présence, l'empêche de revenir. Je devais m'assurer que ça n'arriverait pas.

Ce soir-là, avant de me dégonfler, je lui envoyai un SMS pour lui demander si elle avait toujours envie de voir ce dessin au fusain. Elle me répondit par l'affirmative, alors je lui dis de s'attacher les cheveux et de s'habiller chaudement, puis je sautai sur ma Harley pour aller la chercher.

Arrivé à sa résidence, je me garai devant la porte et mis la béquille. On était samedi soir et c'était l'effervescence, mais je ne voyais plus personne, n'entendais plus rien. Quand elle sortit je fus une fois de plus frappé de voir combien on était différents. Je gagnais assez bien ma vie pour ne plus m'habiller dans les friperies, mais mon style n'avait guère changé. Celui de Jacqueline variait entre branché et classique, et manifestement elle y mettait le prix : ses fringues paraissaient aussi confortables qu'une seconde peau. Elle ralentit le pas, me cherchant des yeux tout en boutonnant un petit manteau noir qui aurait pu figurer dans un film des années 1960, le genre d'habit que ma mère aurait adoré.

Tout à coup, elle me vit.

Son pas se fit hésitant et je me demandai pourquoi. J'avais envie de la prendre dans mes bras et de l'embrasser, comme si cinq minutes à peine s'étaient écoulées depuis la dernière fois où j'avais eu ce privilège. J'avais aussi envie de lui faire oublier que ses copines m'avaient rabaissé au rang d'étalon de service, d'interlude sans conséquence avant retour à la normale, le jour où elle rencontrerait le successeur de Kennedy Moore.

— Je comprends mieux les instructions capillaires, commenta-t-elle en observant le casque que je lui tendais comme si c'était un ovni.

L'idée qu'elle n'ait jamais fait de moto était curieusement excitante. Comme si j'avais besoin de ça.

Elle me laissa lui ajuster le casque sur sa tête, puis serrer les lanières. Je pris tout mon temps, goûtant mentalement ces lèvres pulpeuses dont le souvenir ne me quittait pas et plongeant le regard dans le sien, d'un bleu aussi profond que l'océan.

Les précautions que je pris sur le trajet lui échappèrent sûrement, étant donné qu'elle enfouit la tête dans mon blouson et s'accrocha à moi comme si sa vie en dépendait – je n'allais pas m'en plaindre.

Le temps qu'on arrive elle avait les mains gelées, alors je les pris dans les miennes pour les réchauffer. Je me demandais bien comment elle arrivait à jouer d'un instrument aussi grand que la contrebasse avec de si petites mains, et je dus me mordre la langue pour ne pas faire la remarque à voix haute.

Il n'y avait qu'à Landon qu'elle avait parlé de ça.

Elle me fit culpabiliser encore plus en me demandant si c'étaient mes parents qui habitaient dans la maison d'à côté.

— Non, je loue l'appart aux propriétaires, répondis-je en montant l'escalier.

Francis n'eut pas l'air du tout impressionné, ni concerné d'ailleurs, que je ramène une fille à la maison. Il se contenta de se diriger d'un pas raide vers la porte et de sortir, comme s'il daignait m'accorder quelques instants d'intimité. Jacqueline éclata de rire quand je le lui présentai, et prétendit qu'elle l'aurait plutôt vu s'appeler Max, ou King. Je lui répondis qu'il se sentait assez supérieur comme ça, pas besoin d'en rajouter une couche avec un nom macho.

— Les noms, c'est important, me fit-elle en ouvrant son manteau.

Un frisson me remonta le long de l'échine en entendant ces mots et leur double sens possible, mais j'oubliai tout en voyant ses doigts gracieux faire passer les boutons dans la boutonnière à un rythme hypnotisant. Plus elle allait lentement, plus mon cœur battait vite. Quand elle eut enfin terminé, ma patience était à bout. Je fis glisser le manteau de ses épaules, effleurant son pull au passage.

— C'est doux, murmurai-je.

— Cachemire, répondit-elle sur le même ton, comme si je lui avais posé une question.

Je voulais l'attirer à moi et l'embrasser jusqu'à en perdre haleine. Je voulais passer ma langue sur le lobe de son oreille, prendre son beau visage dans mes mains et savourer sa bouche au goût de fruits mûrs. Ses yeux s'agrandirent légèrement dans la lumière tamisée et elle m'observa, dans l'attente. Tous les muscles de mon corps tendaient vers elle, la désiraient. Mais j'avais quelque chose de plus important à lui dire, et je parlai avant d'oublier mes nobles intentions.

— En fait, j'avais une arrière-pensée en t'amenant ici.

16

Landon

Ceux qui n'aiment pas trop la foule sont gâtés pendant les mois d'hiver, ici – une météo clémente, peu de touristes. Mais dès les vacances de Pâques, les plages désertes ne sont plus qu'un souvenir.

Après avoir terminé le lycée de justesse, le grand frère de Rick Thompson se mit à dealer et à se défoncer de plus en plus, et Rick en profita pour reprendre la branche marijuana, pilules et cachets violets de l'entreprise familiale. Son gagne-pain variant du simple au double selon la quantité d'acheteurs, il était bien content de voir revenir les touristes, lui.

— Sauf que ce gros naze fume la moitié de ses bénéfices, se moqua Boyce.

Assis sur des rochers, on regardait Rick aller de groupe en groupe. Il vendait du bon temps en sachet, et les affaires marchaient du tonnerre.

— Et quand il fume pas son herbe, il la donne.

Comme pour illustrer ce que je venais de dire, Brittney Loper vint l'enlacer par-derrière pour lui dire un truc à l'oreille, tout en pressant sa généreuse poitrine contre lui. Sans prendre la peine d'interrompre sa discussion avec deux clients potentiels, il la fit venir devant lui d'une main, et de l'autre prit un sachet qu'il glissa dans la poche de Brittney.

Quand elle l'embrassa, les deux mecs se regardèrent, médusés. Le premier demanda un truc à Rick, qui secoua la tête et retourna Brittney vers eux en l'enlaçant par la taille. Les types ne se privèrent pas de reluquer son décolleté. Elle tendit la main, ils la serrèrent. Rick conclut son deal et Brittney partit avec les deux touristes.

— La vache, cette fille aime vivre dangereusement, commenta Boyce en tirant une taffe.

— C'est clair.

Je réfléchis en finissant ma bière. Au bout d'un instant, j'annonçai :

— J'ai bien envie de me faire percer la langue.

Boyce me regarda, horrifié.

— Bon sang, Maxfield, mais pourquoi tu ferais un truc pareil ?

Boyce avait zéro piercing et un seul tatouage – sur son épaule, l'emblème de l'aigle, du globe, de l'ancre et « *Semper Fi* » écrit au-dessus, en souvenir de son frère mort au combat en Irak.

— Je savais pas à quel point je détestais les aiguilles avant de le faire, m'avait-il raconté une fois. Putain, qu'est-ce que j'ai eu mal ce jour-là. Si je l'avais pas fait pour Brent, j'aurais dit à Arianna d'arrêter tout de suite, et tant pis si elle n'en était qu'à la moitié.

— J'ai entendu dire que c'est encore meilleur pour la fille quand tu lui fais un cunni, répondis-je.

Il approchait la bière de sa bouche mais se figea.

— Ah ouais ? dit-il, avant de boire une gorgée. Mais quand même. Je serais plus partant si c'était meilleur pour *moi*...

— Si ça l'est pour elle, ça l'est aussi pour toi, non ? répliquai-je avec un sourire en coin.

— C'est louche ce que tu dis, Maxfield. On dirait que tu te tapes quelqu'un à qui tu tiens. (Je me tus et au bout d'un instant il se tapa le front en poussant un grognement.) Oh, merde – c'est vrai ? Pourquoi t'as pas écouté Papa Boyce ?

insista-t-il, et je m'étranglai de rire. Mon pote, si c'est *moi* qui suis obligé de te raisonner, c'est que t'es vraiment dans la mouise. Elle est où, là ? ajouta-t-il en scrutant la plage.

— À Houston pour quelques jours. Chaque année pendant les vacances, elle se fait une virée shopping avec sa mère.

Boyce fit glisser le mégot dans sa bouteille vide.

— Fais gaffe. Tu sais que Richards est un salopard de première.

— J'aurais tendance à dire qu'il s'en fout royalement.

— D'elle ? Probable. Mais ce dont il se fout pas c'est des apparences, et il déteste perdre.

— Moi aussi.

Je sentis mon portable vibrer. J'avais reçu un message de Melody, accompagné de deux *selfies* pris dans la cabine d'un magasin de lingerie. Sur l'un elle portait un ensemble en dentelle noire, sur l'autre le même en rouge. Je m'adossai contre un rocher, les yeux rivés sur l'écran.

Melody : J'arrive pas à me décider. Celui-ci ? Ou celui-là ?
Moi : LES DEUX. Celui que tu veux. C'est une question piège ou quoi ??
Melody : J'en porterai un vendredi, si t'es toujours partant pour sortir.
Moi : A) Bien sûr que je suis partant. B) Tu ne peux pas sortir dans la rue avec ça, sauf si tu veux que je zigouille le premier qui te touche.
Melody : Sous mes fringues, t'es bête. Tu seras le seul à savoir. ;)
Moi : Tu me tortures, là. Comment je vais faire pour attendre la fin du dîner ?

— Quoi ? Elle t'envoie des SMS coquins ? fit Boyce en tentant d'attraper mon téléphone. Laisse-moi voir.

— Pas question, m'écriai-je en le fourrant dans ma poche. C'est que pour moi.

— T'as du bol, enfoiré.

— Je croyais que tu pouvais pas la blairer ?

— Qui a dit que je devais bien l'aimer pour l'apprécier au pieu ? dit-il en ouvrant grand les bras.

— T'as plutôt intérêt à ce que ça arrive pas, grognai-je en plissant les yeux.

Il leva les mains en signe de reddition.

— D'accord, d'accord – on se calme.

Je respirai un bon coup, tout en gardant une main sur mon portable dans la poche. Ça me démangeait de ressortir ces photos pour les étudier. En détail.

— Va me falloir quelques bières.

Boyce sauta dans le sable.

— Ça marche, mon pote. Allez, viens.

Les parents de Melody étaient loin d'être ravis quand ils me virent arriver le vendredi soir et aperçurent le pick-up bleu et blanc stationné au bout de leur allée de gravier. Je portais des santiags, un jean et une chemise western aux boutons nacrés que j'avais prise dans les habits de Papi avant que Papa ne donne tout aux bonnes œuvres. La chemise était bleu décoloré et deux fois plus âgée que moi. Les poignets étaient élimés, alors j'avais roulé les manches à hauteur des coudes. J'avais complètement oublié mes tatouages jusqu'à ce que Mme Dover pose le regard dessus après m'avoir ouvert – et avoir remarqué la vieille guimbarde devant sa porte.

Tout en tripotant son collier de perles nerveusement, comme si elle craignait que je ne le lui arrache et décampe de là, elle marmonna entre ses dents :

— Landon. Bonsoir. Melody sera là dans un instant.

Son père fut moins subtil. Un regard vers moi et il dit à sa femme, « Barb, je peux te parler dans la cuisine ? ».

— Attends ici, je te prie, me dit-elle, et je hochai la tête sobrement.

Melody descendit juste après en mini robe rouge avec des bottes. Je restai interdit, imaginant aussitôt les dessous de la même couleur qu'elle avait promis de porter. Je savais tout d'eux à part l'effet que ça ferait quand je les toucherais, parce que j'avais tellement regardé ces photos qu'elles étaient gravées à vie dans ma mémoire.

— Super cool, ta chemise vintage, commenta-t-elle en passant une main sur mon torse.

Mon corps répondit à sa caresse en se contractant d'un coup. Bon sang, cette fille me rendait dingue.

Pendant ce temps, ses parents se disputaient dans la cuisine.

— C'est toi qui l'as autorisée à sortir avec ce garçon ?

— Bien sûr que non...

— Mais bon Dieu, à quoi tu pensais ? Et Clark, alors ?

Sa mère répondit, mais pas assez fort pour qu'on l'entende.

Melody leva les yeux au ciel.

— Ils me saoulent *grave*. Allez viens, on se tire ici.

Pas besoin de me le dire deux fois.

On alla prendre le ferry, puis je la conduisis dans une gargote tenue par un Péruvien qui faisait des super *ceviches* et tacos de poisson.

— Alors comme ça, t'es branché voitures ? demanda Melody en sirotant son thé glacé.

Il m'était arrivé de passer voir Boyce quand il aidait son père au garage. Il aimait bien avoir de la crasse sous les ongles, sentir l'odeur des pots d'échappement et se salir les mains en plongeant dans les profondeurs d'un moteur. Mais moi, ce n'était pas mon truc.

— Ouais, mais pas dans ce sens-là. En fait, ça me plairait plus de *dessiner* des voitures. J'aime comprendre comment les objets fonctionnent, mais uniquement si je peux faire autre chose avec. Une fois que j'ai pigé le truc, c'est moins intéressant. Quand j'étais gosse, je démontais tout le temps quelque chose à la maison, une radio, un réveil, un grille-pain, une sonnette...

— Une sonnette ? s'esclaffa-t-elle.

— Ouais, ma mère a pété un plomb, cette fois-là. Je l'ai remontée, mais elle a toujours dit que la sonnette faisait un bruit de cerf à l'agonie, après ça.

— Je comprends mieux les dessins sur les murs de ta chambre. Tous ces trucs de mécanique. Je me disais que t'étais peut-être, genre, fan de littérature *steampunk*.

— Ah ouais, je vois ce que c'est. Mais non, ce que j'aime vraiment, c'est dessiner les nouvelles technologies.

— Et tes tatouages ? reprit-elle en me saisissant le poignet. Qu'est-ce qu'ils veulent dire ?

Quand elle voulut retourner ma main, j'entrelaçai mes doigts dans les siens. Je n'étais pas prêt à lui montrer les cicatrices que j'avais si habilement dissimulées.

— Assez parlé de moi. Et toi ? Qu'est-ce que t'aimes faire dans la vie ? À part m'envoyer des photos qui m'empêchent de dormir la nuit, bien sûr.

La bouche fermée chastement, elle me fit un sourire puis se mit à observer son assiette, et finit par hausser une épaule nue.

— Je sais pas trop. J'aime bien la mode. Faire de la danse. (Relevant la tête vers moi, elle se mordit la lèvre.) J'aime bien l'histoire, aussi. Genre, l'histoire de l'art, tu vois ?

— C'est cool, ça.

Elle n'avait pas l'air convaincue.

— Tu trouves ?

— Carrément, mais on s'en fiche de ce que je pense, ajoutai-je en pressant la main que je tenais. Si t'aimes bien, c'est tout ce qui compte. C'est ce que tu voudrais faire comme études à la fac ?

— Ça me dirait bien, soupira-t-elle. Sauf que mes parents préféreraient que je devienne comptable ou dentiste. Tu les aurais vus quand je suis devenue copine avec

Pearl, ils étaient tout excités, parce que Pearl veut faire médecine depuis qu'elle est toute petite. Mais je ne suis pas comme elle.

Je ne pus m'empêcher de sourire.

— Quoi ? s'exclama-t-elle en commençant à retirer sa main.

Je la serrai plus fort et ris franchement.

— Rien ! Je me rappelais juste à quel point t'étais ravie de disséquer cette grenouille. C'est clair, je te vois pas faire médecine.

— Sérieux, j'aurais tout donné pour pas avoir à découper ce truc, et tu sais quoi ? Pearl était dégoûtée d'avoir raté ce cours-là. Par contre tu t'en es bien sorti, toi.

— Tout ce qui m'intéressait, c'était de voir comment c'était à l'intérieur, admis-je.

— Un peu comme la sonnette et les radios, c'est ça ?

— En parlant de radio, ça te dirait d'aller se garer dans un coin tranquille pour écouter de la musique ?

Laissant les fenêtres ouvertes pour qu'on entende le son, j'allai à l'arrière du pick-up et sortis deux sacs de couchage, une couverture et un oreiller de la boîte à outils.

— Au cimetière, carrément. (Melody regarda autour d'elle pour essayer de s'adapter à la pénombre. Les seules lumières qu'on avait à disposition, c'était la lune et les étoiles.) C'est plutôt flippant. Et si on réveillait les morts ?

Je l'observai à travers ma frange.

— Tout le monde est sur la plage, en train de se bourrer la gueule. Personne nous dérangera, ici. Sauf si ça t'embête qu'un fantôme me voie t'embrasser.

— Non, c'est cool, dit-elle en enlevant ses bottes.

Elle grimpa à l'arrière du pick-up et je la suivis.

Cinq minutes après, assis sur les talons, je regrettai de ne pas avoir répété la scène avant de venir. Je n'avais pas prévu que les stries métalliques passeraient à travers le tissu. En même temps, le plateau du pick-up était fait pour porter des trucs lourds, pas pour se peloter.

— C'est pas très confortable...

Il n'y avait pas moyen qu'elle s'allonge là-dessus. *Et merde*.

— Ça ira.

Je secouai la tête résolument, mais d'une main sur le torse elle m'obligea à me coucher, puis s'assit à côté de moi.

— Ça ira, je te dis.

Je décidai de ne pas la contredire, surtout quand elle ouvrit ma chemise – pas tous les boutons à la fois mais un par un, jusqu'à me rendre fou. Ensuite elle me caressa les pectoraux, s'attarda sur la rose, puis descendit vers mes abdominaux, qui se contractèrent aussitôt. Comme le reste de mon corps.

Elle défit les nœuds qui retenaient sa robe aux épaules, révélant le soutien-gorge rouge qui avait hanté mes rêves depuis qu'elle m'avait envoyé ces photos. Merci mon Dieu pour cette pleine lune et ce ciel dégagé. Je me calai sur un coude et avançai une main vers la chair palpitante, à peine recouverte par la dentelle.

— Je peux te toucher ici ? demandai-je en la regardant dans les yeux.

Elle hocha la tête.

— Et là ? fis-je en me rasseyant brusquement, avant de poser les deux mains sur sa taille et de tirer sa robe vers le bas.

Elle acquiesça de nouveau et sa respiration se fit irrégulière. Sans transition, elle se leva, laissa la robe glisser à ses pieds et la balança plus loin d'un coup de pied. La bouche sèche, je contemplai son soutien-gorge push-up et sa culotte, trop transparents pour cacher grand-chose. Même dans la pénombre, c'était mieux que les photos sur mon portable. Elle s'agenouilla, me poussa doucement pour que je me rallonge et se mit sur moi. Je posai mes mains sur ses cuisses.

— Tu trouves toujours que c'est pas assez confortable, Landon ?

— Euh, *non*. Je crois que même si j'étais sur un tapis de fakir, ça me ferait rien. L'arrière d'un pick-up, à côté, c'est de la gnognotte.

Une de ses bretelles de soutien-gorge tomba toute seule et je tendis la main pour faire glisser l'autre. Ses seins étaient à deux doigts de déborder du carré de tissu minuscule.

— Putain de merde, soufflai-je.

Elle fit glisser la fermeture Éclair de mon jean.

— Tu l'as dit.

Ce soir-là, elle garda ses dessous. Je sentis la dentelle frotter contre mon torse quand elle se pencha pour m'embrasser. Je la sentis aussi quand je lui pris les fesses à pleines mains, le bout de mes doigts caressant la peau nue en dessous. Mais ensuite je ne sentis plus rien du tout, à part un plaisir absolu. Quelques minutes après elle répétait mon prénom en haletant, je donnai un dernier coup de reins et ce fut un feu d'artifice autour de nous.

— Je crois que je suis en train de tomber amoureux, Melody, chuchotai-je quand elle se fut assoupie, le visage posé sur la rose tatouée au-dessus de mon cœur.

Lucas

Quand j'exposai mon idée à Jacqueline elle flippa sérieusement, comme je l'avais craint. Je voulais lui enseigner la défense au sol, le mouvement qu'elle n'avait pas réussi à faire ce matin-là sans trembler, jusqu'à ce que ça devienne automatique pour elle.

Savoir qu'elle pouvait y arriver lui donnerait un certain pouvoir. Si elle en avait été capable cette nuit-là, elle aurait pu s'échapper du pick-up et l'autre aurait sûrement été trop dans le cirage pour se lancer à sa poursuite. Avec ou sans moi, elle s'en serait sortie.

Je ne pouvais toujours pas visualiser le monstre avachi sur elle sans voir rouge – et me sentir terriblement coupable de ne pas l'avoir suivi dès qu'il avait quitté cette foutue soirée. Je m'étais laissé submerger par le doute au point de ne pas remarquer ce qui se voyait comme le nez au milieu de la figure : il y avait un truc louche chez ce type. Une putain d'erreur, que je m'étais juré de ne plus jamais refaire.

Concentre-toi.

— Fais-moi confiance, Jacqueline. Ça marche vraiment. Tu veux bien que je te montre ?

Je lui pris les mains (qui s'étaient refroidies) et observai la vague d'émotions qui déferla sur son visage. La peur prédominait, et je priai pour que ce ne soit pas dirigé contre moi. Si elle ne réussissait pas à me faire confiance, je ne pourrais pas l'aider. *S'il te plaît.*

Elle me fit un signe de tête quasi imperceptible.

Je la guidai vers l'espace vide au centre du salon et la fis asseoir à côté de moi sans jamais la quitter des yeux. Si je me méprenais sur elle… Je ne devais pas y penser. Je connaissais cette fille, et je me fiais à mon instinct.

— Allonge-toi sur le ventre, lui dis-je, et elle s'exécuta.

Je commençai par lui répéter ce que Ralph Watts avait dit pendant le cours, parce que je savais qu'elle avait fait un blocage et n'avait pas tout entendu.

— Ton objectif, c'est de prendre la fuite, insistai-je.

Je lui demandai ensuite si elle se souvenait des gestes à faire, et elle secoua la tête en fermant les yeux, comme si elle avait honte. J'inspirai profondément et desserrai les poings. Clairement, ma colère ne l'aiderait pas. Et l'aider, c'était tout ce qui comptait.

— Si tu te trouves dans cette position, tu dois être en mesure de reproduire ces gestes sans y penser. Sans perdre de temps à te dire « qu'est-ce qui m'arrive », ou « qu'est-ce qu'il est moche, beurk ».

Elle se raidit d'un coup. Je lui demandai quel était le problème, m'interrogeant sur ce que j'avais pu dire pour causer une telle réaction.

— Buck… Il s'appelle Buck, répondit-elle d'une voix blanche.

Encore une fois je dus prendre sur moi, et je songeai qu'il valait mieux pour *Buck* que je ne tombe jamais sur lui à la fac – ou ailleurs. Il y avait toutes les chances pour qu'il ne survive pas à cette rencontre.

— Je saurai m'en souvenir.

Le premier mouvement consistait à faire levier, un truc simple et très logique – pour moi, mais pas pour la majorité des gens. Pour déloger un agresseur plus grand et plus fort que soi, il faut d'abord qu'il n'ait plus de prise. Je la fis s'exercer seule, puis lui proposai d'essayer avec mon poids sur elle, en précisant qu'elle n'avait qu'un mot à dire et je me relevais aussitôt.

Sa respiration s'accéléra sous mes mains, que j'avais posées sur ses épaules, et je la vis refouler des larmes. Elle paniquait. *Bon sang*, j'avais envie de le buter, ce salopard.

On s'entraîna et je fis attention, puis augmentai la pression en voyant qu'elle prenait de l'assurance, jusqu'à finalement appuyer de tout mon poids sur elle. Je sentis que ça la troublait et elle me repoussa en levant le bassin au lieu de rouler sur le côté – alors qu'elle y était très bien arrivée juste avant. Je lui expliquai qu'elle devait absolument oublier ce réflexe, que ça ne marcherait pas.

— Oui. D'accord.

Elle dit ça d'une voix nettement plus ferme, ce qui m'encouragea.

— Prête à essayer pour de vrai ? fis-je en scrutant sa réaction. Je ne vais pas te faire mal, mais je vais mettre beaucoup plus de force qu'avant. Ça va être rapide et difficile – t'es sûre de toi ?

Elle acquiesça vivement. Je vis son pouls palpiter et priai pour qu'elle réussisse. Je devais savoir qu'elle en était capable. Elle aussi.

Je l'attrapai par les épaules pour la bloquer au sol et aussitôt elle leva un bras au-dessus de sa tête, mais eut du mal à libérer l'autre, qui était coincé sous elle. Elle se débattit et je pensai qu'elle allait me dire d'arrêter, mais non. Elle prit appui dans le sens opposé, poussa un grand coup et m'envoya valdinguer.

Je restai allongé face à elle, stupéfait.

— Merde alors ! T'as changé de bras sous mon nez !

Elle me sourit, et je ne pus m'empêcher de regarder ses lèvres.

Grosse erreur.

J'ajoutai que c'est à ce moment-là qu'elle devrait prendre ses jambes à son cou, mais elle n'y vit aucun sous-entendu.

— Il ne cherchera pas à me courir après ? s'inquiéta-t-elle, et je lui fis la réponse que Ralph faisait toujours en cours.

En fait, la plupart des violeurs n'ont pas envie de prendre en chasse une nana qui se sauve en hurlant. Ils ne veulent pas se compliquer la vie. Je savais d'expérience qu'un type comme *Buck* ne faisait sans doute pas partie de cette catégorie, mais je n'allais pas lui dire ça. De toute façon, il y avait des chances pour qu'elle ait deviné.

— J'étais censé te montrer ton portrait, je crois, dis-je en lui prenant la main, alors qu'on était toujours allongés et qu'on se regardait.

D'une voix taquine, elle rétorqua :

— Pour que je n'aie pas l'impression d'être venue sous un faux prétexte ?

J'admis que je voulais qu'elle voie ce dessin au fusain mais que ma priorité, c'était ce qu'on venait de faire. Je lui demandai ensuite si elle se sentait plus assurée, ce qu'elle me confirma.

Sa main serrait fort la mienne. Mon pouce touchait l'intérieur de son poignet, et je me sentais étrangement apaisé par le rythme régulier de son pouls. L'expression dans ses yeux, un mélange de confiance et d'espoir, était frappante. Je craquai et posai l'autre main sur sa joue.

— J'avoue que j'avais une autre idée derrière la tête en t'amenant ici.

Et lentement, tout doucement, j'approchai sans la quitter du regard.

Quand nos bouches se touchèrent elle ferma les yeux et m'embrassa, ouvrant les lèvres, m'invitant à entrer. De ma langue je la caressai, prenant mon temps pour explorer. Plus rien n'avait d'importance hormis lécher sa lèvre inférieure, qui avait si bon goût, puis l'autre, avant de plonger à l'intérieur pour lui chatouiller les dents.

Elle haleta et je lui libérai la main pour l'attirer tout contre moi. On était quasiment collés des épaules aux hanches, mais elle n'était pas encore assez près. Elle pressa son corps contre le mien pendant que mes doigts s'aventuraient dans le creux de ses reins.

D'un coup, je sentis une main sur la peau nue de mon abdomen, et elle s'écarta pour demander à voir mes tatouages.

Quand je découvris qu'elle avait déboutonné ma chemise sans que je m'en rende compte, je ris doucement et elle rougit un peu. J'envoyai valser la chemise, puis le débardeur, et me rallongeai pour qu'elle puisse me reluquer à sa guise.

Mes premiers tatouages avaient déjà sept ans. J'en avais fait d'autres ensuite mais très peu depuis que j'avais quitté la maison, et aucun ces deux dernières années. Les tatoueurs, c'est comme les médecins, il faut pouvoir leur faire confiance. Non seulement ils doivent être habiles avec une aiguille, mais ils doivent aussi vous comprendre intimement. Savoir mieux que vous ce dont vous avez besoin, et au contraire ce qu'il vaut mieux oublier. Je n'avais jamais trouvé quelqu'un d'aussi bien qu'Arianna.

J'attendais des questions qui ne vinrent pas, comme si Jacqueline savait que c'était bien plus que des tatouages pour moi. Comme si elle savait que leur signification était plus profonde.

Ses doigts finirent par effleurer les poils sous mon nombril et j'étais plus que prêt à répondre à cette caresse – mais peut-être ne le voyait-elle pas comme une invitation. Je me redressai.

— À ton tour, je crois.

Je voulais lui enlever ce pull. Je voulais voir mes mains sur elle, partout.

— Mais je n'ai pas de tatouage, répliqua-t-elle, déconcertée.

Sans blague, Jacqueline. Je lui fis un sourire en coin. Elle n'avait pas saisi l'allusion et je n'allais sûrement pas la lui expliquer de but en blanc, allongé sur la moquette du salon.

— C'est ce que j'avais cru comprendre. Tu veux voir mon dessin, maintenant ?

C'était fou, je lisais en elle comme dans un livre ouvert. De la confusion dans les sourcils froncés, du désir dans les pupilles dilatées. Un soupçon d'indignation, aussi – mais là, je ne savais pas pourquoi. Quand je la relevai et que je sentis sa poigne ferme, je fus certain d'une chose, en revanche. Elle m'avait accepté comme le *bad boy* fourni sur un plateau par ses copines, et j'aurais été bien bête de m'y opposer.

Je la précédai dans la chambre et allumai la lampe de chevet pendant qu'elle examinait le mur en liège. Je n'avais pas ramené beaucoup de filles à l'appart, et encore moins dans cette pièce – les rares fois où ça m'était arrivé, je n'avais pas pris la peine d'allumer. Je la connaissais par cœur. L'emplacement de la bibliothèque et du bureau. De la table de chevet, où je mettais des crayons et un petit carnet, une paire de lunettes quand je voulais lire avant de dormir et les préservatifs. Et enfin le lit, on ne peut plus simple à trouver, même dans le noir complet. Je les guidais, elles me suivaient.

Sinon, on ne prenait pas la peine de quitter le canapé.

Mais ça, ce n'était pas pour Jacqueline.

— Ces dessins sont incroyables, murmura-t-elle, et j'attendis qu'elle trouve le sien car je savais qu'elle le cherchait.

Enfin elle le repéra et s'assit sur le lit, les yeux rivés dessus. Je l'imitai, pleinement conscient d'être déjà à moitié déshabillé.

À ton tour, Jacqueline, pensai-je quand elle se tourna vers moi, tout en me demandant jusqu'où elle accepterait d'aller. Loin de moi l'idée de pousser trop loin. Ou de m'arrêter trop tôt.

Je commençai par promener ma langue le long de son oreille, puis aspirer son lobe et sa boucle en diamants. Quand je lui léchai la chair tendre derrière l'oreille, elle gémit doucement. J'écartai ses cheveux et l'embrassai avidement dans le cou, en descendant toujours plus bas, jusqu'à rencontrer l'échancrure de son pull.

Un genou à terre, j'enlevai ses bottes, puis me déchaussai aussi. Je la soulevai pour la déposer au centre du lit, restant au-dessus d'elle jusqu'à ce qu'elle ouvre les yeux. Elle cligna lentement les paupières, posa une main alanguie sur mon bras. Elle semblait droguée par mes baisers. Parfait.

— Tu me dis stop dès que t'as envie d'arrêter. D'accord ?

Elle acquiesça.

Je lui demandai si elle voulait arrêter maintenant et remerciai Dieu quand elle secoua la tête vivement. Elle se cramponna à moi quand j'enfonçai ma langue dans sa bouche, et me prit au dépourvu en l'aspirant encore plus avidement que moi. Je m'écartai juste assez pour lui enlever le pull et passai aussitôt mes doigts, puis mes lèvres, sur le magnifique renflement de chair au-dessus du soutien-gorge en satin noir.

Je me figeai en sentant qu'elle me repoussait brusquement et tentai de reprendre mes esprits. *Stop*.

Mais avant de comprendre ce qui se passait elle me faisait basculer sur le dos et se mettait à califourchon sur moi. Alors je l'attirai pour l'embrasser à pleine bouche, tout en lui caressant le dos et les épaules furieusement. Elle se frotta contre moi et je poussai un grognement, ce qui l'incita à continuer. Entre deux baisers intenses, mes doigts se frayèrent un chemin jusqu'à son soutien-gorge, que je fis disparaître en deux temps trois mouvements. La saisissant par la taille, je la décalai vers le haut du lit pour prendre un sein dans ma bouche. *Bon sang*, je n'avais jamais rien goûté d'aussi doux et sucré.

La sentant défaillir de plaisir, j'en profitai pour la faire rouler sous moi et passer la langue sur l'autre sein, jusqu'à ce qu'il soit dur et tout entier à ma merci. Je lui pris la nuque pour offrir sa bouche à mes baisers, et de l'autre main la caressai. Quand elle se cambra contre moi, je déboutonnai son jean et voulus défaire la fermeture Éclair.

C'est là qu'elle s'écria, « Attends » et je m'arrêtai pour la regarder. Les yeux rivés sur moi elle haletait, le front plissé d'inquiétude.

— Stop ? demandai-je, et elle hocha la tête en se mordant la lèvre. On arrête tout, ou je ne vais juste pas plus loin ?

Elle hésita un instant et j'eus envie de lui dire que j'irais exactement où elle voudrait – que je ferais, ou ne ferais pas, tout ce qu'elle me demanderait.

— Non, juste... pas plus loin, répondit-elle d'une voix inaudible.

Mon corps se prépara à être brimé mais mon esprit se réjouit. « Marché conclu », fis-je en la reprenant dans mes bras. Je surveillai que mes mains et ma bouche restent toujours au-dessus de son jean et l'empoignai par les hanches pour frotter son entrejambe contre ma cuisse. Ce qui n'eut pas l'air de la déranger, au contraire.

Ensuite je la retournai sur le ventre et lui écartai les cheveux pour l'embrasser dans la nuque. Je la sentis se détendre et elle poussa un soupir de plaisir. Agenouillé au-dessus d'elle, j'entrepris de passer la langue le long de sa colonne vertébrale en descendant, tout en la massant longuement – des cuisses jusqu'aux mollets et des mollets jusqu'aux cuisses. Sans crier gare elle éclata d'un rire nerveux – j'avais dû la chatouiller –, alors je déposai un baiser sur son dos et la retournai une fois de plus pour m'occuper des tétons. Elle arrêta net de glousser et plongea deux mains tremblantes dans mes cheveux pour me retenir.

Je m'allongeai près d'elle et elle ne se fit pas prier pour me suivre – elle me fit face et cala aussitôt un genou entre mes jambes, tout en m'embrassant. De la main j'imprimai un mouvement à son corps, l'implorant intérieurement de continuer. Elle s'écarta légèrement et je glissai mes doigts entre ses cuisses. « Oui ? » demandai-je, et elle acquiesça fébrilement.

Je la caressai à travers le jean et bientôt elle se mit à gémir. *Vas-y bébé, jouis*, pensai-je en l'embrassant fougueusement. La chaleur de son corps passait dans ma main, et je savais que son imagination avait pris le relais. Mes doigts avaient trouvé l'endroit exact pour faire des cercles rythmés, et exercer la pression idéale pour l'emmener loin, très loin.

Quand elle s'abandonna, elle étouffa un cri contre mon épaule et ses ongles s'enfoncèrent dans mes biceps. Sa respiration se fit moins saccadée. Elle tressaillit une dernière fois quand je retirai ma main.

Quelques instants après, elle s'affairait sur la fermeture Éclair de mon jean. Sans lever la tête, elle dit :

— Je devrais, euh...

Je lui relevai le menton et plongeai dans le bleu de ses yeux.

— Laisse-moi quelque chose à attendre, murmurai-je en déposant un baiser sur sa joue.

17

Landon

— Elle a couché avec toi pour m'oublier, m'annonça Clark Richards le lundi de la rentrée, juste avant la sonnerie. Tu piges, Maxfield ? OK, j'ai merdé – mais je me suis ressaisi. Elle est à moi. Les filles comme Melody, c'est pas fait pour être avec des mecs comme toi, débilos.

Des mecs comme toi.

Accrochée à son bras, Melody fixait le sol en silence. Pas de réaction. Pas de « *À plus tard* » chuchoté. Rien.

— Tu veux que je lui botte le cul ? me demanda Boyce dix minutes après, dans les toilettes pour hommes, quand il me vit lancer une poubelle contre la porte d'une cabine et la cabosser au passage.

Les mains agrippant le bord du lavabo, je m'obligeai à ne pas pleurer, ni vomir, ni hurler les obscénités qui déferlaient dans ma tête. Je lui dis non. Richards se comportait en enfoiré comme il l'avait toujours fait.

Melody, c'était Melody que j'avais laissée entrer. Si quelqu'un devait se faire botter le cul, c'était bien moi.

Le lendemain, je me réveillai dans mon lit en ne sachant absolument pas comment j'y avais atterri. Mon portable était déchargé et je ne savais pas l'heure qu'il était, mais la lumière du jour filtrait sous la porte et la maison était silencieuse. La journée de la veille était déjà floue dans ma tête, mais j'avais carrément un trou de mémoire s'agissant de la soirée. Je fermai les yeux et me concentrai.

Après la mécanique, j'avais séché avec Boyce et il m'avait emmené sur la plage, où les fêtards avaient laissé quelques souvenirs. Le sable était jonché d'emballages, de sachets d'herbe, de canettes, de temps en temps une serviette abandonnée ou un haut de bikini. Le ciel était couvert. On avait grimpé sur un rocher pour contempler l'eau.

Des bateaux à moteur passaient dans mon champ de vision mais j'étais incapable de les suivre du regard. Une famille s'était installée pour pique-niquer. Le frère et la sœur faisaient la même taille, ils devaient être jumeaux. Quatre ou cinq ans, peut-être. Ils jouaient à cap ou pas cap d'aller se baigner dans la mer froide. Chacun à leur tour ils y allaient, mais dès qu'ils avaient de l'eau aux chevilles ils repartaient dans l'autre sens.

— Ma proposition tient toujours, mec, avait dit Boyce en tirant une taffe.

— Non. Elle n'en vaut pas la peine.

C'était un mensonge, mais ça n'avait plus d'importance.

Je n'arrivais tout simplement pas à comprendre pourquoi elle était sortie avec moi. Est-ce que c'était juste pour rendre son mec jaloux ? Le récupérer ? Ou avait-elle eu envie d'échapper à sa vie proprette mais s'était dégonflée au dernier moment ? C'était peut-être moins compliqué que ça. Je m'étais fait des idées en pensant qu'il y avait un truc entre nous. Je n'étais pas assez bien pour elle. J'étais un bouche-trou, rien de plus.

— Toujours envie de te faire percer la langue ?

Une bourrasque venue du golfe avait chassé la fumée de sa clope et plaqué mes cheveux sur le visage. J'écartai une mèche d'un geste sec. Avec sa coupe en brosse, Boyce n'avait pas ce problème.

Près de l'eau, les jumeaux poussaient des cris stridents en se courant après. J'avais du mal à croire que j'avais eu le même âge, un jour. Que j'avais été aussi heureux et innocent. Plus tard, ils allaient souffrir, avoir le cœur brisé, perdre les gens qu'ils aimaient. Ils ne le savaient pas encore et c'était mieux comme ça – mais en même temps, j'avais vraiment les boules qu'on ne m'ait rien dit à *moi*. Quand j'étais petit, tout dans ma vie allait de soi : ma mère, mes copains d'Alexandria, le hockey. J'avais rêvé d'un avenir, parce que c'est ce que les gens vous incitent à faire quand vous êtes gosse, mais c'est le plus grand mensonge de tous – penser qu'on peut faire des projets. La réalité, c'est que personne n'a la moindre idée de ce qui va arriver.

À peine quelques semaines plus tôt, Papi m'apprenait à conduire le dimanche après-midi. Il était là tous les soirs pour préparer le dîner et faire tampon entre Papa et moi. Pas plus tard que la veille, je pensais tomber amoureux de Melody Dover. Et maintenant elle n'était plus là, tout comme ce sentiment stupide et naïf que j'avais eu pour elle. J'aurais dû le savoir. J'avais l'impression d'être le plus grand couillon de la terre parce que *j'aurais dû le savoir*.

— C'est clair que non, putain, avais-je répliqué à Boyce en buvant le reste de mon soda. Mais peut-être à la lèvre.

Mon idée l'avait fait flipper. C'était drôle de voir ce grand gaillard qui n'avait peur de rien, sauf des aiguilles.

— T'as vu la tête que tu fais ? avais-je ricané en le montrant du doigt. C'est exactement pour cette raison que je vais le faire. Tous ceux qui verront ce piercing auront la même réaction.

— Alors comme ça, tu le fais pour dire au monde entier que t'es chtarbé et que t'aimes souffrir ?

— Oui.

Je lui avais tendu ma canette vide pour qu'il jette son mégot dedans. Curieusement, Boyce était écolo : un reste de l'époque où il avait été scout. Avant que sa mère ne les quitte, son père, son frère et lui. Et que Papa commence à se servir de ses fistons comme de punching-balls.

— Chelou, mais quelque part ça a du sens. Ouais, j'aime bien l'idée.

Il avait reçu un SMS de Rick, qui s'était démerdé pour piquer de la came à son frère et nous proposait de faire la fête le soir même, gratos.

— Thompson en a tellement qu'il sait plus quoi en faire. Il demande qu'on amène de la bière. Ça te dit ?

— Carrément.

C'était fascinant de voir Boyce taper des messages avec ses pouces d'homme de Neandertal, mais il y arrivait parfaitement.

— Voilà, c'est réglé. On a encore du temps. On va aller chercher ton pick-up et manger un bout.

J'avais complètement oublié le pick-up. À notre arrivée il n'y avait plus que lui sur le parking du lycée, et quelqu'un avait gravé *DÉBILOS* avec une clé sur la portière du conducteur.

— Cette fois il va l'avoir, sa raclée, avait commenté Boyce en observant les dégâts.

Je me fichais bien de ce que Richards pouvait me dire ou me faire. Ce pick-up était un prolongement de mon grand-père, et il lui avait manqué de respect.

— Débrouille-toi pour le faire inviter ce soir, Wynn.

Boyce m'avait fait ce sourire maléfique que je connaissais pour l'avoir vu en première année de lycée – s'il lui était poussé des cornes d'un coup, je n'aurais pas été plus surpris que ça.

— T'as bien raison, Maxfield, avait-il dit en recommençant à jouer des pouces sur son portable. C'est comme si c'était fait.

À en croire le miroir de la salle de bains, j'avais passé une sacrée nuit. Un œil au beurre noir. Le nez gonflé. Une joue couverte de bleus. À la pendule je vis qu'on était en début d'après-midi, ce n'était donc plus la peine de se pointer au lycée. Je mis le portable à charger, bus un verre de Coca, fis du café et allai prendre une douche.

Mes côtes me faisaient un mal de chien et mes poings étaient tout éraflés. Je mis de la pommade sur ce qui saignait encore après m'être séché, puis passai un bas de jogging et un maillot de base-ball, en grimaçant de douleur. C'était une torture de respirer, et si j'avais le malheur de tousser c'était pire. Je m'étais peut-être bien cassé une côte. Accoudé à la table de la cuisine, la tête dans les mains, je fixai ma tasse vide et tentai de me rappeler comment j'en étais arrivé là.

En allant acheter la bière, l'employé qui nous servait d'habitude n'était pas là. La nana à la caisse n'avait clairement pas envie de nous accorder le bénéfice du doute : on ne faisait pas assez majeurs.

— Fichez-moi le camp, avait-elle bougonné en prenant le pack de douze pour le mettre derrière le comptoir.

À la place, on avait piqué une bouteille de bourbon au père de Boyce.

— T'es certain de vouloir faire ça ? lui avais-je demandé, parce que c'était lui qui allait le payer, d'une façon ou d'une autre.

— Si ça se trouve, il se souviendra même pas qu'il l'avait.

— Mouais.

Bud Wynn était un alcoolique particulièrement vicieux. Et il n'oubliait jamais rien.

Mateo Vega, un copain de Boyce, était venu nous accueillir sur la plage. On avait un peu discuté et Boyce lui avait demandé si Richards était là.

— Ouais, mec. Je l'ai vu il y a cinq minutes.

Je n'avais pas entendu la question suivante de Boyce, mais j'étais à peu près sûr qu'il cherchait à savoir si Melody était là aussi : non.

— En revanche, il a rameuté deux potes de son équipe, nous avait avertis Vega.

— Pigé.

En échange de la bouteille, Thompson nous avait filé assez de shit pour qu'on plane sérieusement.

— Je commence pas avant d'avoir trouvé Richards.

C'est en m'entendant prononcer ces mots que j'avais compris : j'avais *besoin* de lui casser la gueule, et pour cela il me fallait toute ma rage.

Dix minutes après, mon souhait était exaucé. Richard était assis sur une glacière, un gobelet à la main. J'avais occulté tout le reste. Ses potes, les miens, je ne voyais plus personne.

Boyce : T'es debout ?
Moi : Ouais. J'essaie de me rappeler ce qui s'est passé hier soir. T'es au lycée ?
Boyce : Oui. Richards est pas là non plus aujourd'hui. Je te jure, mec, tu l'as DÉFONCÉ. Je savais que t'avais ça en toi, mais la vache.
Moi : Tu crois que j'ai pu me casser une côte ?
Boyce : Merde. Ouais, carrément. Je passe te voir après les cours.

Je me versai un autre café, puis allai dans la chambre de Papi. Elle sentait déjà le renfermé. Le soleil filtrait à travers le store rouillé à plusieurs endroits, et des particules de poussière dansaient devant moi. Le mobilier était nu : il n'y avait plus de draps sur le matelas ni de verre sur la table de chevet. Papa avait empilé contre un mur plusieurs boîtes d'archives, sur lesquelles il avait gribouillé une année de son écriture illisible.

Je n'avais même pas pensé que j'aurais pu prendre sa chambre. Papa non plus, manifestement.

Je m'assis sur le lit, et peu à peu mes idées s'éclaircirent. Après ma première bagarre avec Boyce, Papi m'avait montré comment me battre correctement.

La veille au soir, j'étais allé voir directement Richards et je l'avais chopé par le col. Lâchant son gobelet, il s'était libéré de mon étreinte avant de reculer. Ses potes faisaient mine de vouloir le défendre, mais Boyce et Mateo les avaient convaincus de rester en dehors de ça.

— Q-Qu'est-ce qui te prend, Maxfield ?

J'avais avancé d'autant, histoire de bien envahir son espace vital.

— T'es qu'un lâche, Richards. Une putain de gonzesse.

Se dressant de toute sa hauteur, il avait jeté un coup d'œil à notre auditoire et éclaté de rire.

— C'est quoi le problème, débilos ? T'as les boules parce que ma copine a pas voulu te sucer ? avait-il craché en me repoussant des deux mains, du moins en essayant.

Un sourire moqueur s'était dessiné sur mes lèvres.

— Oh, mais elle m'a sucé. Et plutôt deux fois qu'une.

Ses yeux avaient lancé des éclairs et il m'avait balancé une droite à la joue, que j'avais évitée. Prenant de l'élan, je lui avais donné un coup de poing en plein dans la bouche, en espérant bien lui péter une dent. Il avait tenté de viser plus bas, mais je l'avais bloqué du coude et frappé à l'estomac, lui arrachant un « Ouf ! » des plus satisfaisants. Il avait retenté le coup de la droite, avec le même résultat. Ensuite on s'était écartés, et on avait commencé à tourner en rond.

— T'es qu'un mauvais perdant, débilos. Tu ferais bien d'apprendre à pas convoiter ce qui est pas à toi.

En entendant cela, j'avais ri jaune.

— Tu crois que je fais ça pour *Melody* ?

Je ne m'attendais pas à ce que ce soit aussi dur de prononcer son prénom. Profitant de ce moment d'inattention, il m'avait cogné – en s'appliquant, cette fois. Mon nez avait craqué et j'avais vu trente-six chandelles. Avant qu'il ne recommence, j'avais plongé tête baissée et l'avais étalé dans le sable.

— Bien sûr que c'est pour *Melody*. Tu veux un truc mais tu peux pas l'avoir, parce que tu seras jamais assez bien pour elle, avait-il dit en se remettant debout.

C'est là que j'avais eu le malheur de me précipiter. Il en avait profité pour me plaquer sur la glacière, mais je l'avais embarqué avec moi et m'étais servi de sa force pour lui faire faire un vol plané. Avant qu'il puisse se relever, je lui avais sauté dessus pour le bourrer de coups, jusqu'à voir le sang couler.

— J'en ai rien à *foutre* d'elle, espèce de connard prétentieux !

Au bout d'un moment, j'avais remarqué qu'il avait les yeux dans le vague. On nous avait séparés juste avant qu'il ne tourne de l'œil, et ses copains l'avaient entouré. Une main sur le côté, à bout de souffle, j'avais pointé un doigt vers lui et ajouté :

— Mais si jamais tu retouches à mon pick-up, je te *bute*.

Quand Boyce se pointa, il était avec Pearl. Comme par hasard. Je ne savais même pas qu'ils se parlaient.

— T'es au courant que je serai pas médecin avant une dizaine d'années ? dit-elle en lui lançant un regard noir. Il ferait mieux d'aller aux urgences. Je ne vois pas où est le problème. C'est pas comme s'il avait subi une initiation pour entrer dans un gang.

— T'es là. Tu peux regarder, nan ? rétorqua Boyce.

— C'est bon, d'accord, râla-t-elle en se tournant vers moi. Allonge-toi sur le canapé.

Après avoir appuyé en plusieurs endroits du corps (douloureux, mais supportable) et écouté ma respiration avec un stéthoscope emprunté à son beau-père, elle annonça qu'a priori je n'avais rien de cassé.

— En revanche, tu t'es peut-être fracturé une côte et là, il n'y a rien à faire. Ça se remet tout seul, mais tu en as pour six semaines. Ce qui veut dire *pas de bagarres*, ajouta-t-elle en jetant un regard courroucé à Boyce.

— Quoi ? C'est pas moi qui lui ai fait ça. Et puis d'abord, on devrait pas lui mettre un bandage ou un truc dans le genre ?

— Je suis sûre que tu l'as encouragé. Et pour répondre à ta question, non. (Elle me regarda.) Inspire profondément le plus possible et oblige-toi à tousser plusieurs fois par jour, pour bien dégager les poumons. (Elle rangea le stéthoscope dans son sac et se tourna vers Boyce.) Si on lui mettait un bandage ça l'empêcherait de le faire, et c'est important. Il peut mettre du froid, pour la douleur. Tu prends un sac congélation et tu le bourres de glaçons – avec de la glace pilée, c'est encore mieux.

— OK chef, s'exclama Boyce avec un salut militaire, avant de disparaître dans la cuisine.

— Merci d'être venue, fis-je, toujours perplexe.

Pearl et Boyce ne se parlaient pas en cours sauf s'ils y étaient obligés, et même s'il lui courait après depuis un moment, elle n'avait pas l'air du tout intéressée. Et puis j'avais quand même tabassé le copain de sa meilleure amie.

Elle s'assit à côté de moi et plongea ses yeux noirs dans les miens.

— Si tu veux tout savoir, je trouve que Clark est un abruti et j'arrive pas à croire qu'elle s'est remise avec lui. (Elle poussa un soupir et regarda la vue par la fenêtre.) Mais elle le connaît par cœur. Ça doit la rassurer.

Lucas

En raccompagnant Jacqueline à sa résidence, je ne voyais qu'elle. Jusqu'à ce qu'elle monte les marches – en haut desquelles se trouvait son ex, qui nous regardait tous les deux d'un air surpris. Jacqueline ne l'avait pas remarqué non plus et faillit bien lui rentrer dedans.

Je ne bougeai pas, les observant de près.

Tout en parlant il jeta un œil vers moi à plusieurs reprises, jusqu'à ce qu'elle se tourne et me fasse signe de la main pour dire qu'elle allait bien. Mais il n'était pas question que je parte, parce que si j'interprétais bien le langage de son corps, elle était sur la défensive : les poings sur les hanches, les bras croisés.

Ils étaient trop loin pour que j'entende ne serait-ce que des bribes de conversation, mais au ton de leurs voix je devinai que Jacqueline était furieuse et qu'il tentait de la calmer.

Je la connaissais assez pour savoir qu'en faisant ça, il allait encore plus l'énerver.

Elle finit par hausser le ton et je l'entendis clairement dire : « Je m'appelle *Jacqueline.* »

C'est là qu'il s'approcha. Jacqueline ne bougea pas, mais quand il leva une main vers son visage et qu'elle recula, je me dirigeai vers eux. Elle allait reprendre la parole mais s'arrêta net en me voyant.

— Tout va bien, Jacqueline ? demandai-je en me mettant à côté d'elle et en cherchant chez Moore des signes d'agression.

Mais il suintait surtout la condescendance par tous les pores, et ça ne s'arrangea pas quand il reconnut en moi le technicien qui était venu réparer la clim à sa confrérie.

— Qu'est-ce qu'ils en penseraient, à l'administration, s'ils savaient que tu rôdes autour des étudiantes ? dit-il d'un ton méprisant, et je dus faire appel à tout mon sang-froid pour ne pas réagir.

Je me tournai vers Jacqueline, le snobant royalement – le genre de chose que les mecs comme lui ont du mal à avaler, et la seule réponse un tant soit peu satisfaisante pour moi.

Elle me confirma qu'elle allait bien, et du regard m'indiqua qu'un attroupement avait commencé à se former autour de nous. Une fois de plus, je n'avais rien vu. Cette fille avait le don de faire tout disparaître autour d'elle. Par moments c'était idéal, mais à d'autres dangereux.

Sur ce, Moore me montra du doigt et dit pile ce qu'il ne fallait pas.

— Tu te tapes *aussi* ce mec ?

— Comment ça, aussi ? demanda-t-elle d'une voix si vulnérable que j'eus envie de lui déboîter la mâchoire pour qu'il ne prononce pas ce sale nom.

— En plus de Buck.

Jacqueline en resta bouche bée. Moore la prit par le bras pour l'emmener à l'écart et je lui chopai le poignet pour l'obliger à la lâcher. Si je m'étais écouté, je le lui aurais cassé.

— C'est quoi ce bordel ? grogna-t-il d'une voix gonflée d'orgueil.

Je sus à ce moment-là qu'il n'en avait pas terminé avec elle. Il pensait pouvoir la reconquérir – peut-être même en était-il convaincu.

Mais Jacqueline posa une main ferme sur son avant-bras et lui demanda de partir. Il protesta, insistant sur le fait que j'étais *le type de l'entretien* – et même si je brûlais de m'expliquer, je ne voulais pas que Joseph perde son boulot à cause de moi.

— C'est aussi un *étudiant,* Kennedy, rétorqua-t-elle sèchement.

Il changea de tactique, disant qu'ils se parleraient la semaine suivante, quand ils seraient à la maison. Elle garda le silence et un visage impassible.

Je savais que le commentaire au sujet de Buck l'avait désarçonnée, mais pas pour les raisons que l'autre croyait. Il avait sorti ça comme si elle aurait dû s'inquiéter de sa réputation, ce qui était n'importe quoi. En pensant que la rumeur courait sur le campus que Jacqueline couchait avec un type qui l'avait *agressée,* j'eus envie de trouver cet enfoiré pour lui casser la gueule à nouveau.

Moore me regarda d'un air qui se voulait intimidant. J'espérais qu'il n'allait pas faire un truc stupide, parce que j'aurais bien moins de mal à le battre que son copain violeur. Il avait l'air de croire que son animosité était menaçante, sauf qu'il ne faisait manifestement pas ça tous les jours et que je l'aurais mis K.-O. en deux coups de poing bien placés. Il ne s'était sans doute même jamais bagarré. Je soutins son regard jusqu'à ce qu'il tourne les talons et s'en aille.

Quand Jacqueline me toucha, je sentis mon corps se détendre d'un coup. Elle me taquina au sujet de mes jobs multiples, alors je lui expliquai que les réparations sur le campus c'était pour aider un ami, et que j'étais bénévole au cours d'autodéfense.

— Je crois qu'on peut en rajouter un, non ? dit-elle, et je me raidis en pensant *tuteur,* tout en luttant pour rester de marbre. Garde du corps personnel de Jacqueline Wallace ? précisa-t-elle.

J'hésitai entre soulagement et déception. Je n'avais pas envie de lui dire, mais je voulais qu'elle sache.

— Tu te portes volontaire pour ce job-là aussi, Lucas ? insista-t-elle, l'air espiègle. Mais où vas-tu trouver le temps d'étudier dans tout ça ? Ou de t'amuser ?

Brusquement, je l'attirai à moi. *Bon sang*, cette fille m'avait *envoûté*.

— Je trouverai toujours le temps pour certaines choses, Jacqueline, murmurai-je en l'embrassant dans le cou – cette zone sensible près de l'oreille qui la faisait défaillir dès que j'y posais les lèvres.

Elle ronronna presque quand je léchai et aspirai la peau délicate, en prenant soin de ne pas laisser de marque. Cette fille était sensuelle mais secrète. Je savais qu'elle ne serait pas contre un suçon, seulement il faudrait qu'il soit caché, qu'elle seule puisse le voir.

Je l'embrassai une dernière fois et la quittai.

J'envoyai un mail à Jacqueline pour lui parler de son mémoire, qui était excellent, et lui annoncer qu'elle n'avait plus besoin de moi mais que je lui enverrais les fiches d'exercices encore quelque temps. Je terminai en lui disant que j'allais dans ma famille pour Thanksgiving et qu'il n'y aurait pas le Wifi, donc que je serais injoignable du mercredi au dimanche suivant. Et je signai « Landon », bien sûr.

Si Papi pouvait me voir, il secouerait la tête en poussant un lourd soupir. Et s'il pouvait me toucher, il me donnerait une bonne gifle sur l'oreille en me traitant d'imbécile heureux.

Elle me répondit que ses parents allaient au ski mais qu'elle rentrait quand même chez eux et y resterait seule. J'étais étonné : je n'aurais jamais imaginé les parents de Jacqueline lui faire un truc pareil.

Charles avait proposé de m'emmener pour que je ne fasse pas les quatre heures de route tout seul. Il avait loué une maison sur la plage et prévu d'y fêter Thanksgiving avec Cindy, Carlie, Caleb et mon père.

Cole s'était trouvé une copine à la fac et avait décidé d'aller dans sa famille à elle, en Floride, au lieu de rentrer. Quand il avait appris ça son père n'avait pas arrêté de le taquiner par texto, lui racontant que les belles-mères de Miami avaient très mauvaise réputation et qu'il n'avait pas intérêt à se marier sur un coup de tête. Chaque fois Cole se défendait vivement, pour le plus grand bonheur de Charles, qui était plié de rire quand il recevait un énième SMS furieux de son fils aîné.

Comme j'aurais aimé raconter ça à Jacqueline.

Sans surprise, l'altercation de samedi soir n'avait fait que raviver mon antipathie pour Kennedy Moore. Le cours du lundi matin fut une véritable torture et je tentai – en vain – de l'ignorer, ou au moins de refréner les insultes qui me venaient dès que je le regardais. Quand il se tourna vers Jacqueline à la fin je sortis vite fait, avant de lui effacer son sourire ultrabrite pour de bon.

Adossé au mur près de la porte qu'elle empruntait d'habitude, je la regardai sortir de l'amphi avec son voisin, Benjamin. Je me souvenais qu'il avait assisté à quelques tutorats au début du semestre. Ils parurent me remarquer en même temps, et j'aurais juré qu'ils parlaient de moi en marchant. Après lui avoir souhaité de bonnes vacances il se dirigea vers la sortie opposée et je scrutai le visage de Jacqueline, à la recherche de signes indiquant qu'elle savait que j'étais le tuteur. Mais je ne parvins pas à déchiffrer son expression, même si je notai que son front était légèrement plissé.

Je lui emboîtai le pas et quand j'ouvris la porte pour elle je sentis son parfum, reconnaissable entre tous. Aussitôt je repensai à samedi, quand elle était chez moi.

— On peut se voir, ce soir ? demandai-je en marchant à ses côtés.

— J'ai un devoir en astronomie, demain.

Elle m'expliqua qu'elle avait prévu de le bûcher avec ses copines après dîner. Rien de bizarre là-dedans – à part le bref temps d'arrêt, donnant l'impression qu'elle me servait un prétexte.

Troublé à l'idée de m'être fait démasquer, je cherchai la source de mon malheur en scrutant la foule autour de nous. Oh, bon sang, non.

— Demain soir, alors ?

— J'ai répète avec l'orchestre, répliqua-t-elle, et le bourdonnement s'accentua dans mes oreilles.

Elle me raconta qu'elle n'avait pas pu y aller le dimanche matin et qu'elle allait aussi devoir emballer son instrument pour l'emmener – OK, là on était en terrain connu – sauf que je flippai en prenant conscience que c'était un terrain connu pour *Landon*, pas pour *Lucas*.

Je fonçai droit dans le mur, et le pire c'est que je savais que ça allait faire très mal. Heureusement qu'il y avait Thanksgiving. J'avais besoin de contempler la mer et de sentir la présence silencieuse de mon père. J'avais besoin de voir si j'étais capable d'endiguer cette obsession.

En la regardant droit dans les yeux, je lui demandai de m'envoyer un texto si elle changeait d'idée. Avec un effort suprême de volonté, j'ajoutai « À plus, Jacqueline » et m'en allai sans la toucher, ni même l'embrasser.

18

Landon

Je croyais que passer Clark Richards à tabac m'aiderait à me sentir mieux – et ce fut le cas. Je me sentais même trop bien, si tant est que ce soit possible. Chaque coup porté et encaissé m'engourdissait, transformant un peu plus le minable que j'étais en un salaud sans cœur.

Ma bagarre avec Boyce l'an passé l'avait réveillé, mais celle avec Richards constitua un tournant. J'avais trouvé quelque chose d'encore mieux que l'herbe et l'alcool pour faire taire les voix dans ma tête – parce que même quand ces substances faisaient leur œuvre j'entendais *ma* voix, et elle ne me laisserait pas oublier. Jamais.

— Je serai parti trois petits jours, avait dit Papa en prenant le visage de sa femme bien-aimée dans les mains. Charles et Cindy viennent bien le week-end prochain, n'est-ce pas ? On va pouvoir organiser ce fameux voyage à Rio pour Noël, qu'est-ce que tu en dis ? Et peut-être que vous arrêterez de nous rebattre les oreilles avec cette histoire.

Croisant les bras, Maman avait fait mine de se vexer.

— Tiens donc, je rebats les oreilles de monsieur ? Si tu préfères rester seul à la maison, vas-y.

Il lui avait décroisé les bras pour les poser sur son torse, puis lui avait relevé le menton avec tendresse.

— Tu ne peux pas me faire ça, Rosie, avait-il chuchoté. Pas après la nuit dernière.

Et il s'était penché pour l'embrasser, comme si je n'étais pas assis à cinq mètres d'eux.

— Raahhh, vous pouvez pas faire vos trucs ailleurs ? Mince, à la fin !

Serrant la manette des deux mains, je m'étais concentré sur l'écran, où mon skateur enchaînait les figures impossibles à faire dans la vraie vie, sauf si on voulait se casser le cou. Mais pas de bol : mes parents n'en avaient toujours pas fini de leurs au revoir baveux.

— C'est pour ça qu'on t'a acheté une télé et une console, fiston. Comme ça, tu restes dans ta chambre et ta mère et moi, on peut profiter... du reste de la maison.

— Non mais *sérieux* ?

Je m'étais jeté sur les coussins pour me cacher, tellement j'avais honte. Maman avait éclaté de rire.

— Arrête de l'asticoter, Ray.

— Je peux pas. C'est trop tentant.

Elle avait poussé un soupir, puis resserré son nœud de cravate.

— Je me disais justement qu'on devrait aller voir ton père, à Noël. Il est si seul...

Les rapports entre Papa et Papi étaient tout sauf simples, même à l'époque.

— C'est lui qui a choisi la solitude. Il aime ça.

— Mais chéri, il est si content de nous voir, chaque fois. Il adore Landon, et il n'est pas éternel.

Les parents de ma mère avaient tous deux plus de quarante ans à sa naissance – c'était un bébé surprise, qu'ils n'attendaient plus depuis longtemps, et ils l'avaient beaucoup gâtée. Quand j'avais cinq ou six ans ils n'étaient déjà plus là. Je savais qu'ils manquaient à Maman, mais de mon côté c'était à peine si je m'en souvenais.

Mon Papi qui vivait sur la côte était le seul qui me restait.

— Il pense surtout avoir trouvé une bonne poire pour reprendre l'affaire familiale, comme il dit, parce que Landon aime bien faire du bateau avec lui. (Il avait beau râler, j'entendais déjà à sa voix qu'il avait capitulé. Quand Maman voulait quelque chose, c'était rare qu'elle ne l'obtienne pas.) J'ai quitté cette ville dans l'idée de ne plus y retourner, et voilà que tu m'obliges à y aller tous les étés. Et maintenant, à Noël aussi ?

— Oui, parce que c'est normal. Et que tu n'es plus un ado boudeur, mais un homme.

Il l'avait enlacée virilement, puis avait grogné :

— Ça, c'est bien vrai.

— Je vous signale qu'il y a un mineur innocent dans la pièce. Et qu'il est en train de se faire dépraver *par ses propres parents*.

— Va te préparer pour l'école, mon lapin.

Elle savait que je tolérais ce surnom affectueux uniquement devant Papa. Quand on a treize ans, on ne peut tout simplement pas laisser sa mère dire des trucs pareils en public, ou pire, devant des copains.

— Avec plaisir, avais-je marmonné en me faisant une visière des mains pour ne pas les voir s'embrasser *encore*.

— Mais viens faire un câlin à ton papounet d'abord.

J'étais revenu sur mes pas et l'avais étreint rapidement. Encore quelques centimètres et je serais aussi grand que lui, avais-je constaté en m'écartant.

Pas plus tard que la veille, j'avais soulevé Maman pour prouver que j'en étais capable, et elle avait éclaté de rire.

— Et dire qu'il n'y a pas si longtemps, je changeais tes couches !

— M'man, franchement, t'as pas d'autres souvenirs que ça de mon enfance ?

— Quoi ? Tu veux que je raconte comment je t'ai nourri ?

Je l'avais reposée illico.

— Euh, *non merci*.

À présent Papa me regardait, une main posée sur mon épaule.

— Travaille bien en classe et entraîne-toi dur pour le match contre ces bouffons d'Annandale, dimanche. Je reviens jeudi, avait-il ajouté en m'ébouriffant les cheveux, alors qu'il savait pertinemment que je détestais ça.

— Ces *bouffons* ? Pas mal pour un vieux croûton comme toi, avais-je répliqué en me tortillant pour lui échapper.

— Vas-y, moque-toi, avait-il dit avant de poser son autre main sur mon épaule et de me regarder dans les yeux. Landon, tu es l'homme de la maison pendant mon absence. Prends bien soin de ta mère.

— Pas de problème. Salut, P'pa, avais-je baragouiné avant de filer dans ma chambre, l'esprit tout entier tourné vers le match de hockey et Yesenia, à qui j'avais bien l'intention de demander de sortir avec moi ce jour-là, si je ne me dégonflais pas.

Lucas

Il faisait doux sur la côte, plus de vingt degrés, comme souvent à cette période de l'année. Les Heller me déposèrent chez Papa, puis continuèrent leur route vers la maison de vacances, avec dans le coffre une dinde en train de décongeler et un sac rempli de patates douces, de haricots verts, de chapelure et de cranberries.

— À demain, nous dit Cindy. Venez pour 13 heures. Et si la dinde nous donne du fil à retordre, on passe direct aux cocktails.

Boyce : T'es arrivé ?
Moi : Ouais. Laisse-moi deux heures, le temps de me poser.

Je balançai mon sac de couchage sur le lit. Ma chambre ne m'avait jamais paru si petite. J'avais émergé de ce cocon trois ans plus tôt, pour prendre mon envol. À présent ce n'était plus qu'une pièce où je me sentais à l'étroit, à la fois familière et étrangère.

Les murs étaient criblés de trous à cause des dessins que j'y avais punaisés, et les étagères tristement vides. Papa ne s'était pas embêté à remettre la suspension dans la cuisine – elle pendait toujours du plafond et éclairait toujours aussi mal. Deux ou trois manuels étaient empilés sur un côté, avec la Bible de Papi et un almanach datant du lycée.

Au-dessus était posée une enveloppe. Elle contenait une douzaine de clichés que je n'avais jamais vus de ma vie.

L'un d'eux avait été pris le jour de ma rentrée en quatrième, devant notre voiture. Je portais un nouvel uniforme – j'avais tellement grandi durant l'été que plus rien ne m'allait. Je souriais à ma mère d'un air satisfait, et derrière moi un garçon tapait l'incruste dans la photo en tirant la langue. Tyrell. Les profs l'aimaient ou le détestaient, mais je n'avais jamais connu quelqu'un d'aussi drôle. À l'arrière-plan, près de l'entrée, trois filles discutaient. L'une d'elles faisait face à l'objectif, cheveux noirs tirés en queue de cheval et yeux noirs braqués sur moi. Yesenia. Elle était sans doute en master de droit à l'heure qu'il était, ou bien de cinéma ou de sociologie. Je ne l'avais pas assez fréquentée pour connaître ses ambitions dans la vie. Tout ce qui comptait à l'époque, c'était l'intérêt qu'elle me portait.

Je passai en revue les autres photos et m'arrêtai sur un portrait de Maman en train de peindre, et une autre de nous deux occupés à faire les pitres dans le jardin. J'occultai la sensation d'oppression dans ma poitrine et les rangeai pour les examiner plus tard, en méditant sur le fait que Papa les avait laissées là pour moi. Peut-être ces images se trouvaient-elles sur la carte mémoire d'un vieil appareil qu'il avait eu l'idée d'allumer avant de le jeter.

Passant à la cuisine, je découvris une botte d'épinards dans le frigo et une corbeille de fruits sur la table. Impossible de savoir si Papa avait changé de régime alimentaire ou s'il s'était dit que ce serait plus simple de suivre le mien pendant quelques jours.

— Comment ça va à la fac ? me demanda-t-il en prenant une bière dans le frigo, les cheveux encore mouillés après la douche.

Il avait fallu qu'il fasse une sortie en mer, bien sûr. Je supposais qu'il avait pris un jour de congé le lendemain, mais je redoutais de lui poser la question. Cindy serait ultra vexée s'il se désistait.

— Bien. J'ai décroché une place dans une équipe de recherches en janvier. Un super projet, avec un prof que j'avais l'an dernier. Il y a une bourse à la clé.

— Félicitations, me dit-il en prenant place à la table vétuste. Quel domaine ? Mécanique ? Conception de voitures de sport ?

Je fis la grimace. Mes passions avaient un peu évolué depuis le lycée – mais comment aurait-il pu le savoir ? Ce devait être la plus longue conversation qu'on avait eue au sujet de mes études depuis la mort de Maman.

— Non, c'est pour développer les matériaux du futur, dont on se servira en médecine, par exemple.

— Ah oui ? Intéressant.

Il regarda par la fenêtre de la cuisine, qui avait la plus belle vue sur le golfe après celle de la chambre de Papi – où personne n'entrait. J'étais sur le point d'aller sortir mes affaires quand il me demanda :

— Tu dînes ici ou dehors ?

— Je dois retrouver Boyce plus tard, répondis-je en prenant à mon tour une bière et en la décapsulant à l'aide de mon couteau suisse.

— T'as toujours ta clé ?

Je le lui confirmai et il hocha la tête, les yeux toujours rivés sur la fenêtre, avant de retomber dans son silence habituel.

Boyce choisit la banquette près de la fenêtre. Il y avait *un* bar à peu près digne de ce nom dans cette ville et c'est là qu'on s'était retrouvés. La musique était trop forte, ça puait la clope, et je ressentis une certaine nostalgie de nos soirées sur la plage. D'après lui il n'y avait plus que des voyous qui allaient là, maintenant. On éclata de rire, parce qu'il n'y a pas si longtemps que ça c'était *nous*, les voyous.

— T'as toujours ton Sportster ?

Les derniers mois avant mon départ, on avait retapé ensemble la moto en piteux état que son père avait accepté comme paiement pour des réparations de la part d'un camarade de beuverie. Quand j'avais été obligé de vendre le pick-up de Papi pour financer mon premier semestre de fac, Boyce s'était débrouillé pour le convaincre de me céder la Harley à un prix modique.

— Eh oui. Ça fera l'affaire jusqu'à ce que je décroche mon diplôme. (Je songeai à Jacqueline cramponnée à moi, ses mains croisées sur mon bas-ventre. Sa poitrine pressée contre mon dos.) Mais probable que je le garderai même quand j'aurai acheté une voiture.

La serveuse nous apporta les boissons et une assiette de machins à grignoter. Boyce trempa un oignon frit dans la sauce.

— T'as vu Pearl, récemment ?

— Ça fait quelques mois, déjà. Ses études de médecine lui plaisent toujours autant. Mais t'as plus de chances de tomber sur elle que moi. Il y a dix fois plus d'étudiants sur le campus que d'habitants ici, et je sais qu'elle vient souvent voir ses parents.

— C'est vrai, dit-il d'un air mystérieux, tout en sirotant sa tequila.

— Ça veut dire quoi, ça – vous vous êtes vus ?

— Deux ou trois fois, ouais, répliqua-t-il avec un petit sourire.

— Vous avez vraiment une relation bizarre, tous les deux. Un de ces quatre, va falloir m'expliquer.

— Enfin *bref*, s'exclama-t-il, et je compris que le sujet Pearl Frank était clos. Des nouvelles aventures, de ton côté ? Des plans à trois, des orgies ? Une prof couguar qui te poursuit de ses assiduités ?

Il frétilla des sourcils, le regard plein d'espoir.

Je m'esclaffai et jouai machinalement avec mon piercing à la lèvre.

— Tu sais bien que je bosse tout le temps, entre les cours et mes différents jobs.

— J'avais oublié, t'es l'homme aux cent boulots. Mais me dis pas que t'as pas quelques plans cul sous le coude, histoire de casser la routine. Dommage que tu sois trop difficile pour que je te propose une fille dans ce bar. Et les cours que tu donnes en tant que tuteur ? Y a pas des petites minettes qui te supplient de leur expliquer les lois du marché en jouant du décolleté ? (Quand je fixai ma bière un poil trop longtemps il tapa un grand coup sur la table, l'air joyeux.) Maxfield, espèce d'...

— Disons que j'essaie d'oublier quelqu'un, expliquai-je en me prenant la tête dans les mains. Et c'est pas facile.

Il resta silencieux un instant.

— C'est une de tes étudiantes ?

Merde alors, mais comment il avait deviné ? J'oubliais que Boyce devinait toujours. J'acquiesçai.

— Hum. Te connaissant – et je te connais – ça craint grave. Si c'était moi, je serais dans tous mes états. Heureusement que je serai jamais le prof de personne. Ou le chef. (Il avala le reste de sa tequila et fit signe à la serveuse de nous apporter une autre tournée.) Perso, pour que ça marche, faudrait que je me fasse embaucher par une nana sexy, comme ça c'est *moi* qui me ferais harceler.

Brièvement, je m'imaginai échanger ma place avec Jacqueline : elle la prof, moi l'étudiant. Si j'avais été collégien et qu'une jolie étudiante me donnait des cours trois fois par semaine... Tous les muscles de mon corps se contractèrent d'un coup. *Bon sang*, je lui aurais fait tellement de gringue qu'elle en aurait eu le tournis.

La serveuse posa bruyamment nos verres et Boyce éclata de rire en trinquant avec ma pinte de bière.

— À la fille de tes pensées, mec. T'as la tête de celui qui va choper. Si je peux aider, surtout, hésite pas.

Je ne répondis pas, déstabilisé par l'intensité de mon fantasme.

C'est ce que c'était, de toute évidence. Un fantasme.

Plus que deux semaines d'éco, deux cours d'autodéfense, et ce serait terminé.

Quand Boyce m'avait ramené la veille au soir, j'avais vu que le magasin de matériel de pêche avait ajouté « Café & Wifi » à la liste des services offerts à la clientèle. Je visualisais parfaitement le vieux Joe rajoutant ça à la peinture sur sa vieille enseigne – c'est l'effet que ça faisait, en tout cas. Je me disais que je pourrais y passer et ouvrir mes mails pour voir si Jacqueline avait écrit à *Landon*.

Quand je commençai à penser à elle, seule chez ses parents, sans même le chien pour la protéger, mon inquiétude grandit. Je dus me rappeler qu'on était à plusieurs centaines de kilomètres de distance jusqu'à la fin du week-end prolongé. Si elle avait des ennuis, je ne pourrais pas l'aider.

Mais si elle allait bien, je me détendrais. Tout ce que je voulais c'était vérifier.

Le problème c'est que je l'avais plantée devant le bâtiment de langues trois jours plus tôt, quand j'avais pris la décision de réprimer cette obsession, au moins temporairement. Si je lui envoyais un texto maintenant, tout allait recommencer. Et ce ne serait pas juste, ni pour elle, ni pour moi.

J'en étais à ce stade de mes pensées quand Caleb partit faire la sieste pour digérer toute la dinde qu'il avait engloutie. Papa, Charles et Cindy étaient scotchés devant un match de foot américain sur lequel je n'arrivais pas à me concentrer, et Carlie s'était déjà plainte deux fois qu'elle s'ennuyait « à moooort ».

Mes résolutions s'évanouirent et je proposai à Carlie d'aller faire un tour en ville. Son père me confia volontiers les clés de son SUV. On baissa les fenêtres, et en échange d'un arrêt au « Hameçons & Cannes à pêche & Café & Wifi », j'acceptai de mettre une radio pop.

— Trop naze comme nom de magasin, s'exclama-t-elle avec l'air supérieur que seules les filles de seize ans savent prendrc.

Une fois sur place, elle commenta : « C'est délire, on dirait un décor de film. Sans déc', des fauteuils à fleurs ? » Et donna bien sûr son opinion sur le café : « *Beurk*. Il a goût de poisson. »

Elle alla regarder les souvenirs pendant que je me connectais. Je fis défiler une bonne dizaine de mails sans intérêt, mais rien en provenance de Jacqueline. Landon n'avait aucune excuse pour lui écrire. Il n'y avait pas de fiches d'exercices à envoyer. Pas d'interro à préparer. Alors je lui parlai de ma découverte de ce magasin de pêche nouvelle génération, et avant de signer « LM » j'ajoutai, l'air de rien : « Vous vous enfermez bien à double tour tous les soirs, n'est-ce pas ? Je ne veux surtout pas vous offenser, mais comme vous avez dit que vous alliez rester seule… »

J'attendis quinze bonnes minutes mais elle ne répondit pas.

Carlie, qui avait épuisé son stock de remarques lapidaires, s'acheta un tee-shirt rose bonbon avec « *Appât* » écrit en travers de la poitrine – neuf chances sur dix que sa mère le lui confisque sur-le-champ – et une boule à neige montrant le magasin originel, à l'époque d'avant le café et le Wifi.

— Tu viens, Lucas, on va s'asseoir sur la plage. S'il y a des mecs mignons dans cette ville, c'est clair qu'ils sont pas *ici*.

Cela ne servait à rien de lui préciser qu'elle avait très peu de chances de se faire aborder par un mec si j'étais avec elle.

Six heures après, dans le cocon du garde-manger, je sortis mon portable. Ma volonté avait perdu la bataille contre moi.

Moi : Quand est-ce que tu reviens ?

Quelques secondes après, Jacqueline répondait : « Dimanche, sûrement. Et toi ? » Je soufflai longuement. Elle allait bien. Je lui répondis que je serais là le samedi puis écrivis : « Il faut que je fasse de nouveaux croquis de toi ». Je lui demandai de m'envoyer un texto quand elle serait rentrée.

Le vendredi Papa emmena Charles, Caleb et moi faire du bateau pendant que Carlie et Cindy prenaient le soleil en sirotant des daïquiris sans alcool. Une fois rentré, j'empruntai le 4×4 pour retourner au magasin de pêche. Jacqueline avait répondu au mail de Landon quelques minutes après les SMS échangés. Mon soulagement en lisant qu'elle se barricadait tous les soirs fut de courte durée.

« J'ai passé la journée chez mon ex », avait-elle écrit. Il voulait absolument la voir le samedi soir pour *parler*. Je voyais d'ici ce qu'il avait à lui dire. Je refermai l'ordi sans répondre.

Quand Caleb annonça qu'il avait un exposé de sciences à terminer pour le lundi – et qu'il n'avait pas encore choisi le sujet, les Heller décidèrent de repartir plus tôt. Papa avait accepté une réservation pour la journée de samedi, de toute façon, alors on se dit au revoir à l'aube et j'étais de retour chez moi à midi.

Je relus le mail de Jacqueline en m'imaginant qu'elle allait passer la soirée – sinon plus – avec Moore. Il l'avait traitée comme un objet, un accessoire remplaçable, alors qu'elle était tellement plus que ça. Elle était forte, mais en restant si longtemps avec ce type elle s'était affaiblie. Elle avait accepté cette vision qu'il avait d'elle. Elle avait suivi ses rêves à *lui*. Elle l'avait laissé changer son prénom.

J'appuyai sur « Répondre » et dis que manifestement, il essayait de la reconquérir. Puis je lui demandai : « Qu'est-ce que vous voulez, *vous* ? » J'aurais été curieux de savoir si on lui avait déjà posé la question.

Les Heller avaient décidé de dîner au resto, puis de participer à une retraite aux flambeaux organisée dans les quartiers chics de la ville. Ils me proposèrent de venir mais je déclinai parce que j'avais du ménage à faire, et puis j'avais envie d'être seul. Je préparai une marinade à la coriandre et au citron vert pour le vivaneau que j'avais pêché la veille, mis le tout au frigo et allai courir. Des images de Jacqueline passaient en boucle dans ma tête. Quand je pensais à elle avec Moore, l'homme violent se réveillait en moi, alors que je croyais avoir définitivement tourné cette page. C'était normal d'en venir aux poings pour la protéger, mais je ne pouvais pas botter les fesses d'un gars juste parce qu'elle le préférait à moi. Même si j'en avais *foutrement* envie.

Joseph : Alors, t'as survécu à Thanksgiving ? T'as regardé les Cowboys de Dallas à la télé ? Moi aussi, et comme punition, j'ai dû me taper Céline Dion en mode repeat *depuis Cleveland. Je peux te dire que c'est un putain de long trajet.*
Moi : Survécu. Rentré. Allez les Cowboys. Ton copain est carrément dominant, mec.
Joseph : M'en parle pas. Tu sais qu'il me fouette, des fois ? ☺

Quand mon portable vibra de nouveau, je crus que c'était encore Joseph ; raté. C'était Jacqueline me disant qu'elle était rentrée plus tôt que prévu. Alors, bien sûr, je l'invitai à dîner.

Cuisiner pour moi était devenu si habituel que je n'y pensais même plus. Enfant, j'avais adoré aider ma mère, qui considérait cette activité comme une autre forme d'art. À la mort de Papi, je m'étais mis aux fourneaux par nécessité, pour la santé de Papa et moi. C'était ça ou j'attrapais le scorbut avant la fin du lycée.

En revanche, je ne me souvenais même plus quand j'avais cuisiné pour quelqu'un. Carlie, cette petite maligne, m'avait percé à jour : je ne recevais jamais. Je n'avais pas le temps pour un cercle d'amis, et les vrais rencards ne me disaient rien. J'arrivais déjà à peine à caser les coups d'un soir.

En résumé, j'avais la pression. J'étais loin d'être un grand chef ; je ne lisais même pas une recette jusqu'au bout quand elle était trop complexe. Et je n'avais aucune idée de ce que Jacqueline aimait ou n'aimait pas.

— C'est la première fois qu'un mec cuisine pour moi, dit-elle en s'accoudant au plan de travail pour me regarder émincer les poivrons et verser un filet de vinaigrette au basilic dessus.

Cette confidence était de bon augure pour mes papillotes de poisson aux légumes. Quand elles furent dans le four, je mis le minuteur et lui proposai d'aller sur le canapé.

Je brûlais de savoir ce qui s'était passé avec son ex, mais je n'allais sûrement pas le lui demander. Elle était là, et je ne pouvais pas croire qu'elle allait se remettre avec lui.

Prenant sa main magique dans les miennes, j'en examinai chaque recoin. Je traçai les contours de sa paume, ses tendres vallées et ses sommets fuselés. Elle gardait les ongles courts, sûrement pour pouvoir pincer les cordes de sa contrebasse aisément.

C'est Landon qui sait ça. Lucas n'est pas au courant.

J'allais devoir lui dire. Et vite.

L'attirant sur moi, je lui penchai la tête pour mieux l'embrasser dans le cou. Je tremblai de désir en la voyant respirer plus fort et mes lèvres s'attardèrent sur ses muscles palpitants. Je commençai à défaire sa chemise – un bouton, puis deux, marquant chaque centimètre de peau gagné avec ma bouche mais m'arrêtant à la lisière du soutien-gorge. Si je m'aventurais plus loin, j'allais faire cramer le dîner.

Sa main était coincée entre nous, je la sentais frissonner contre mon torse. L'autre agrippait mon biceps, qui se contractait tout seul sous sa paume. Quand de la langue je me mis à caresser les rondeurs de ses seins, elle se mit à me malaxer le bras comme le font les chats, et je jure que je l'entendis ronronner. Son poids appuyait pile au bon endroit dans mon entrejambe. Je luttais pour faire taire les pensées qui se déchaînaient dans ma tête. J'avais envie de la retourner, de sentir ses fesses pressées contre mon sexe…

Le minuteur retentit et Francis en rajouta une couche. Je savais qu'il ne cesserait pas de miauler tant qu'il n'aurait pas eu sa part.

Je n'avais jamais été aussi excité de ma vie, ni prêt à mourir de faim de mon plein gré.

— Il est temps de manger, soufflai-je, et ces mots déclenchèrent une seconde vague d'images intensément érotiques ayant pour point commun le corps nu de Jacqueline Wallace.

Le gémissement frustré qu'elle poussa fut une douce musique à mes oreilles : elle avait envie de moi. *Du peu qu'elle connaît de toi,* corrigea mon cerveau. Même vautrée dans la luxure, ma conscience ne me lâchait pas.

Pendant le dîner, je lui expliquai que j'étais habitué à cuisiner depuis le lycée.

— C'est toi qui te faisais à manger ? Pas ta mère ou ton père ? me demanda-t-elle, sincèrement surprise.

— Ma mère est morte quand j'avais treize ans.

Je tournai ça à la plaisanterie, en prétendant que j'avais juste appris pour éviter de manger des toasts et du poisson à tous les repas.

— Je suis désolée.

Sa voix était empreinte d'une compassion sincère et je me sentis déchiré par une envie contradictoire : m'en tenir à la réserve qui me submergeait dès qu'on parlait de ma mère ou tout lui raconter. Mais comme toujours, les mots se coincèrent dans ma gorge. Je hochai la tête et gardai le silence.

Quand Francis eut terminé sa gigantesque portion, il miaula à n'en plus finir pour que je le laisse sortir. En refermant derrière lui, je songeai qu'il ferait mieux d'aller faire un jogging pour éliminer tout ça, au lieu de son habituelle promenade nocturne.

Je retournai auprès de Jacqueline et lui pris la main. Elle me suivit jusqu'à mon lit et on resta allongés longtemps les yeux rivés l'un sur l'autre, comme si c'était un de nos rituels. Je tendis le bras pour m'assurer qu'elle était bien réelle, et non une invention de mon cœur cruel. Sa peau était douce et son visage plus beau chaque fois que je le voyais. Cette fille me fichait une trouille bleue, mais j'étais incapable de garder mes distances.

Je finis de déboutonner sa chemise, lentement, prêt à m'arrêter dès qu'elle me le demanderait, sans me soucier de ce qu'on avait fait la fois précédente. Elle poussa un soupir de contentement quand je dégageai son épaule pour la goûter. Elle passa ses mains froides sous mon tee-shirt et commença à s'aventurer, d'abord sur mon abdomen, puis plus haut. Je me dépêchai de l'enlever.

Glissant une jambe entre ses cuisses, j'appuyai fermement et enfonçai au même moment la langue dans sa bouche, histoire de décupler la passion. Elle me gratifia d'un gémissement subtil et se cambra contre moi, sa main caressant le poème que j'avais fait tatouer sur mon flanc gauche – et que je comprenais enfin pleinement. Dans ma tête ça fusait en tous sens. Je n'avais jamais été aussi terrifié de mes propres désirs, parce qu'ils allaient bien au-delà du corps de Jacqueline. Je ressentais le cataclysme dans les tréfonds de mon âme, et l'enlaçai de mes bras protecteurs pendant que mon cerveau englué cherchait désespérément une solution pour la faire mienne. C'était une chimère mais je voulais tout autant être à elle, sinon plus.

Je la calai sur moi et aussitôt elle se mit à bouger, ses cheveux qui retombaient en cascade venant m'effleurer le menton, et je fis glisser le reste de sa chemise, puis sa bretelle de soutien-gorge, en poussant un grognement admiratif. Faisant fi de mes doutes, je m'abandonnai à ce moment fugace et vénérai ce corps à coups de prières murmurées et de tendres caresses. J'aurais juré que mes terminaisons nerveuses s'étaient démultipliées en une semaine, parce que chaque zone qu'elle touchait de ses doigts et de ses lèvres s'embrasait.

N'ayant pas l'intention d'aller plus loin que la fois précédente, le long moment qu'on passa dans mon lit se révéla plus excitant que dans mes rêves les plus fous, et je découvris que l'embrasser était un concert des sens. Plus mon corps acceptait cet état de fait, plus c'était bon. Je lui emprisonnai les mains pour qu'elle ne me touche pas et m'attardai sur chaque coup de langue. Elle se tortilla sous moi, enroula ses jambes, et ses petits cris de plaisir me disaient que son corps était l'instrument sur lequel je savais jouer.

Quand enfin je la libérai, elle plongea les doigts dans mes cheveux et je la submergeai de baisers sur les seins et le ventre, passant la langue autour de son nombril et l'agrippant fermement à la taille, comme si mon corps luttait pour ne pas lui enlever son jean. Elle enfonça ses ongles dans mes omoplates et je sus que si je m'y prenais bien, elle dirait oui. Chaque provocation de ses mains, de sa bouche, de sa langue à la fois m'excitait et me comblait. Cela n'avait pas de sens, et je m'en fichais éperdument.

Lentement je revins à ses lèvres, m'occupant au passage de toutes les parties de son corps requérant mon attention. Elle trembla et se cramponna à moi quand je nous rallongeai sur le côté.

— Je ferais mieux de te ramener.

Elle acquiesça, mais ses doigts emmêlés dans les miens me serrèrent fort et elle resta immobile dans mes bras un long moment. Je ressentis le besoin impérieux de graver ce moment dans ma mémoire, comme si les derniers grains tombaient du sablier et que je désespérais de le retourner pour grappiller quelques précieuses minutes.

On se rhabilla en silence et je lui remis sa chemise, en m'attardant volontairement sur chaque bouton. Je l'embrassai une dernière fois.

J'étais sur le point de mettre la moto en marche quand Charles sortit de chez lui avec un sac-poubelle. Pétrifié, je le regardai aller au container, puis revenir sur ses pas. Je l'implorai en silence de rentrer sans se retourner, mais je savais que ça n'arriverait pas. La main sur la poignée, il fit volte-face et braqua le regard sur moi.

— Landon ? Jacqueline ? s'exclama-t-il comme s'il n'en croyait pas ses yeux – ou regrettait amèrement de ne pas se tromper.

Il me demanda de passer le voir à mon retour, puis rentra chez lui.

Jacqueline ne dit rien. Impossible de savoir si elle était trop estomaquée pour parler ou si, comme moi, elle avait toujours senti que tout ça se terminerait ainsi. Le trajet pour la ramener passa en un éclair, mais il me permit au moins de clarifier une chose : elle savait que Lucas et Landon ne faisaient qu'un.

19

Landon

Après les vacances de Pâques, j'atteignis de nouveaux records de je-m'en-foutisme. M. Quinn était très déçu – c'est ce qu'il me disait chaque fois que je lui rendais un devoir plus que limite ou qu'il me mettait une heure de colle pour avoir séché le cours. Mais certains jours, il n'y avait tout simplement *pas moyen* que je reste assis à la même table que Melody Dover.

Au bout d'un moment, je fus exclu mais avec obligation de venir au lycée. Le principe est simple : on vous isole dans une salle à l'écart et on vous donne une tonne de boulot que personne ne peut vous obliger à faire. Quelqu'un du secrétariat se dévoue pour vous baby-sitter. On vous secoue les puces régulièrement, histoire de, mais sinon vous pouvez pioncer toute la journée. Tout ça, évidemment, *pour votre bien*.

La dernière fois qu'elle me sanctionna de cette manière, la proviseure me prévint : une seule absence non justifiée et c'était le renvoi définitif. Et même si je lui fournissais une excuse en béton, elle veillerait personnellement à ce que je redouble. Il n'était pas question que je reste coincé là un an de plus. Pendant un mois, jusqu'aux vacances d'été, je vins à tous les cours. J'avais les boules mais je passai de justesse en terminale.

En juillet je travaillai tous les jours sur le bateau, mais comme je ne gagnais pas assez à mon goût, je pris un autre job. Rick Thompson était devenu le mec le plus demandé en ville. Sa popularité tenait à la liste longue comme le bras de drogues qu'il pouvait se procurer, mais aussi aux « avantages en nature » qu'il proposait. Puisque ça marchait d'enfer avec Brittney Loper, il demanda à d'autres filles de s'occuper des clients en échange d'un sachet d'herbe ou de ce qui leur chantait. Entre les lycéens avides d'expériences, les étudiants en goguette et les adultes assez cons pour être attirés par des jeunettes, Thompson gagnait un paquet de fric.

Il commença à faire crédit à certains gars du coin. Bien sûr, il arrivait qu'un crétin tarde à rembourser, ou bien revende la came en oubliant de filer une commission à Rick.

C'est là qu'on entrait en jeu, Boyce et moi.

Boyce avait à peu près arrêté d'emmerder les filles et les plus petits que lui, mais pas parce qu'il avait mûri. S'agissant des premières, sa seule motivation était de pouvoir s'en taper plus ; pour les seconds il le faisait par égard pour moi, parce qu'il savait que je n'aimais pas ça. Par contre, sa réputation d'ancien tyran le précédait, et depuis que je m'étais imposé contre Richards j'étais devenu presque aussi menaçant que mon meilleur ami. Heureusement, Thompson n'avait pas trop de problèmes à gérer, et la plupart du temps on était juste là pour s'assurer que les clients sortaient bien le portefeuille.

En contrepartie, il nous payait. Parfois en joints, parfois en billets. Boyce, qui était plus costaud que moi, se chargeait d'intimider. Moi, de cogner si nécessaire – et le pire, c'est que j'y prenais du plaisir.

— T'es pas obligé de rester, dis-je. On a pas super envie que tu tombes dans les pommes, espèce de chochotte.

Boyce leva les yeux au ciel, comme s'il n'avait pas couiné en voyant Arianna préparer la grosse aiguille incurvée.

— Tu veux pas de moi ? OK.

Je l'observai sans rien dire. Il râla mais alla m'attendre à l'entrée.

Cinq minutes après, j'avais un anneau à la lèvre.

— Ouah, le beau gosse, commenta Boyce pendant que je payais.

Dès qu'il n'y avait plus d'aiguilles dans les parages, tout allait bien.

— T'en veux un, Wynn ? Je te l'offre.

— Tu-peux-te-bro-sser, chantonna-t-il en faisant un pas de danse. J'suis trop sexy pour m'trouer la peau, *coco* !

Arianna le regarda d'un air accablé en me tendant la monnaie.

— Tu vas arrêter, oui ?

Il me fit un sourire qui ne s'excusait pas du tout.

Lucas

— T'avais deviné, n'est-ce pas ? dis-je en regardant ailleurs.

— Oui.

J'avais envie de savoir depuis combien de temps et comment, mais tout cela n'avait plus d'importance. Je m'obligeai à affronter sa colère.

— Pourquoi t'as rien dit ?

— Et toi, alors ?

J'acceptais ses reproches ; mais cette question était sans réponse.

Elle voulut que je lui explique l'histoire des deux prénoms.

— Mon vrai prénom, c'est Landon, mais je me fais appeler Lucas… maintenant. Charles, enfin M. Heller, me connaît depuis longtemps et il m'appelle toujours Landon.

Ma gorge se serra quand je voulus lui expliquer la raison qui m'avait poussé à opérer ce changement, alors je me tus. Ça n'enlevait rien au fait que j'aurais pu le lui dire et que je ne l'avais pas fait.

— Tu m'as *menti*, constata-t-elle, et ses yeux crachaient du feu.

Je descendis de la moto et la saisis par les épaules, prêt à tout pour qu'elle comprenne que je n'avais pas voulu la blesser. Je lui rappelai que je ne m'étais pas présenté comme étant Landon – c'était elle qui avait fait cette supposition. *La vache,* je n'avais jamais sorti d'excuse aussi minable. Depuis le début je savais qu'elle se trompait, et je n'avais rien fait pour la corriger.

Elle se dégagea de mon étreinte et je la regardai dans les yeux. La trahison que j'y vis me fendit le cœur. *Sois un homme. Laisse-la partir.*

— Tu as raison, c'est ma faute. Et j'en suis désolé. (Mes mains se mirent à trembler et je m'obligeai à les garder sur les côtés, serrées.) Je te voulais mais en tant que Landon, c'était impossible. Une relation avec toi revenait à enfreindre le règlement. Ce que j'ai fini par faire.

Je devais tout raconter à Charles : c'était le plus urgent, pour qu'elle conserve sa note. Elle avait fait le travail et ne pouvait pas être sanctionnée à cause de ma supercherie. Bien sûr, je voulais retrouver la confiance de l'homme qui m'avait sauvé au pire moment de ma vie, mais c'était secondaire. Et je ne devais pas penser non plus à ce que je ferais s'il refusait de me pardonner.

— Alors, c'est fini, murmura-t-elle, et je revins à la réalité.

— Oui, répondis-je, agonisant à ses pieds.

Mes oreilles bourdonnaient. Je savais que j'avais prononcé le mot mais je ne l'avais pas entendu.

Jacqueline, si.

Elle tourna les talons, et quand elle fut entrée dans sa résidence, je rebroussai chemin pour assumer les conséquences de mes actes.

Je te voulais... Je te voulais... Je te voulais. Ce refrain ne me quitta pas sur le chemin du retour, comme un disque rayé dans ma tête. Et aussi ses mots à elle : *Alors, c'est fini... Fini... Fini.*

Il n'était pas loin d'une heure du matin quand je franchis la porte de derrière. Heller était assis à la cuisine avec une tasse de thé, son carnet de notes et le mémoire de Jacqueline. La seule source de lumière provenait de la hotte et d'une petite lampe. La maison était silencieuse.

Je m'assis face à lui et attendis. J'avais eu beau le faire un tas de fois dans le bureau de cette mesquine d'Ingram, je n'avais jamais autant ressenti le poids du remords, ni été autant déçu par moi-même.

Il ne perdit pas de temps pour me cuisiner.

— Est-ce que tu l'as aidée à rédiger ce mémoire ?

— Non. Je lui ai donné quelques pistes au début, et je l'ai relu avant qu'elle te le rende. Mais c'est elle qui l'a écrit.

— Donc, tu as fait ce que tu aurais fait pour tout autre étudiant.

Je soupirai.

— Oui, seulement...

— Fiston, je veux bien te tirer d'affaire mais il va falloir coopérer, s'énerva-t-il. Si j'avais donné ce sujet à quelqu'un d'autre, aurais-tu procédé de la même manière ?

— Oui.

— T'a-t-elle demandé de monter sa note sous prétexte que vous vous... fréquentiez ? poursuivit-il en ne me quittant pas des yeux.

Je jouai avec mon piercing à la lèvre.

— Elle... elle ne savait pas que j'étais le tuteur.

Il fronça encore plus les sourcils si c'était possible et m'observa, perplexe.

— J'ai rencontré Jacqueline en dehors de ton cours, bien avant que tu lui donnes mon adresse mail pour qu'elle rattrape son retard. Elle me connaissait sous le nom de Lucas, seulement tu lui as dit que je m'appelais Landon. Je ne l'ai jamais vue en chair et en os, tout s'est passé par mail, parce qu'elle ne pouvait pas venir en tutorat. Et on n'a pas réussi à se mettre d'accord pour se retrouver en dehors.

J'eus droit à un regard interrogateur et piquai un fard.

— Je veux dire, aux horaires habituels, quoi.

— Donc, tu ne savais pas qu'elle était dans mon cours jusqu'à ce que je te demande de la prendre en tutorat...

— Si, je savais.

Il poussa un soupir.

— Je vois. Elle croyait que tu suivais le cours, comme elle, mais ne se doutait pas que tu étais le tuteur.

Quand je le lui confirmai d'un signe de tête, il enleva ses lunettes et se frotta les yeux. Longtemps.

— Si j'ai bien compris, tu t'es embarqué dans cette relation en lui mentant tout seul comme un grand. Et elle a découvert le pot aux roses ce soir.

— C'est ça.

Je déglutis mais ne me débarrassai pas de ma culpabilité pour autant. Je n'avais pas eu l'intention de mentir *aussi* à Charles, mais en lui répondant ainsi je protégeais Jacqueline. Je ne savais pas pourquoi elle ne m'avait rien dit puisqu'elle avait des soupçons. Je ne savais même pas depuis combien de temps elle était au courant. Mais ça la fichait mal pour elle si elle connaissait la vérité et qu'elle avait quand même continué à me voir.

Je devais la protéger. C'était devenu une nécessité, comme respirer.

— Landon..., fit-il avant de lever une main agacée pour se corriger. *Lucas*, tu veux bien m'expliquer pourquoi ?

Combien de fois m'étais-je posé cette question ?

— Au début, c'était parce qu'elle se méfiait de moi – de Lucas. Mais pas de Landon. À force d'échanger des mails, elle m'a vu tel que tu m'avais présenté : comme un étudiant de master sérieux qui allait l'aider en éco. Elle était drôle et intelligente, et en tant que Landon je ne... (Je baissai la tête vers mes mains.) Je ne lui faisais pas peur.

Il s'éclaircit la voix.

— Sans vouloir te contredire... Elle n'avait pas l'air d'avoir exactement *peur* de toi, tout à l'heure.

Je ne répliquai rien pour ne pas aggraver mon cas.

— As-tu une autre confession à me faire avant que je prenne ma décision ?

Merde, pensai-je quand ça me revint.

— L'interro surprise que tu as donnée il y a quelque temps – je ne lui ai pas *dit* qu'il y en avait une... Mais je l'ai laissé entendre.

Il se couvrit le visage des mains et soupira encore.

— Très bien. Je lui parlerai lundi...

— Charles, l'interrompis-je en serrant les mains devant moi, comme pour le supplier. Tout est ma faute. Elle n'a fait aucun écart, elle a vraiment bossé dur pour combler ses lacunes. Elle a fait ce mémoire toute seule, comme tu le lui avais demandé. Si elle avait eu du mal, c'est sûr, j'aurais peut-être été tenté de franchir la ligne rouge. Mais ça n'a pas été le cas. Je t'en prie, ne la sanctionne pas pour mon erreur de jugement.

Son regard s'adoucit.

— On dirait que tu admires beaucoup cette fille. Je me trompe ?

Je me hâtai de hocher la tête.

— Tu l'as mise dans une mauvaise posture, fiston. Si je ne t'avais pas connu toute ta vie... J'aurais sûrement pris des mesures contre vous. Les apparences ont parfois davantage de poids que la vérité – mais tu le sais déjà. (Il marqua un temps d'arrêt et posa la main sur mes poings serrés.) Bon. Je peux compter sur toi pour te limiter aux échanges strictement nécessaires entre un tuteur et son élève jusqu'à la fin du semestre ? Tu dois me donner ta parole.

De nouveau je hochai la tête, sentant les larmes monter. J'étais indigne de son pardon.

— Oui, je te le promets. Je suis désolé de t'avoir déçu, Charles. Et elle aussi.

Il me tapota gentiment la main, puis rassembla ses affaires.

— Je reconnais que je me trompe souvent au sujet des femmes, mais il me semble que ce n'était pas une très bonne idée de lui mentir pour t'éviter des problèmes. En agissant comme ça, tu n'as fait que les repousser – et ils te sont revenus en plein dans les *coucougnettes*, comme dirait Caleb.

On s'esclaffa en chœur.

— Pour une fois, je suis d'accord avec lui.

— Oh, il fait le malin, mais attends un an ou deux. Quand la puberté le frappera de plein fouet, il va perdre la moitié de ses neurones d'un coup.

Je ne regardai pas Jacqueline quand elle arriva, le lundi. Je ne la regardai pas du tout pendant le cours, sauf si je ne pouvais faire autrement. Je ne la regardai pas non plus quand Heller lui dit : « Mademoiselle Wallace, vous viendrez me voir à la fin, je vous prie. »

Benjamin me jeta un coup d'œil discret, en revanche. Puis il posa une question à l'oreille de Jacqueline ; elle secoua la tête mais ne se retourna pas.

Je continuai à lui envoyer les exercices, limitant mes mails à : « Ci-joint la nouvelle fiche, LM ». Elle ne me répondit pas, mais je ne m'attendais pas à ce qu'elle le fasse. Je ne la suivais pas des yeux quand elle sortait de l'amphi, mais ne pus m'empêcher de noter que Moore l'escortait à présent, et la suivait même dehors. Elle mit un point d'honneur à ne pas me regarder non plus, et je ne pouvais pas lui en vouloir.

Je m'autorisai quelques moments d'inattention pendant le cours du mercredi et du vendredi. Elle écoutait attentivement Charles, sans gigoter. À part quand elle prenait des notes, ses mains ne bougeaient pas. Elle était comme un petit être enchanté qui se retrouvait tout à coup sur terre, privé de ses pouvoirs magiques – alors que rien n'était plus éloigné de la vérité. Elle avait réussi à faire naître l'amour dans le cœur d'un homme qui pensait ne plus en avoir, anesthésié comme il l'était par le chagrin et la culpabilité depuis des années.

Jacqueline et Erin se mirent dans le groupe de Don pour s'entraîner aux coups de genou et de pied. Je me concentrai sur ce que je faisais mais restai toujours connecté avec elle. J'aurais reconnu sa voix entre mille, même quand elle criait aussi fort que les autres ou plaisantait discrètement avec son amie.

Quand Ralph annonça une pause, je ne pus m'empêcher de la chercher, puis de la dévorer des yeux. Elle me regarda à son tour et tout disparut autour de nous. Il n'y avait plus que Jacqueline, à quelques mètres de moi, ses yeux aussi bleus qu'un ciel sans nuage et son visage rosi par l'effort. L'entrevoir à ce moment précis, c'était comme regarder par la fenêtre et tomber sur un coucher de soleil – aussi inattendu qu'époustouflant, et tant pis si c'était éphémère.

Erin la prit par le bras et la fit sortir de la salle, sans doute pour aller aux toilettes ou au distributeur d'eau, et je me secouai pour aider Don à disposer le matériel et enfiler les protections.

— Fais gaffe à bien les mettre, me conseilla-t-il. À la dernière session, Fairfield a bâclé le truc et quand il s'est pris un coup dans les bijoux de famille, il a morflé. En même temps on dit à ces dames d'y aller franco, alors forcément. Il est resté plié en deux pendant un bon quart d'heure, le pauvre. J'étais mort de rire.

Quand on reprit, les femmes se séparèrent pour s'exercer à l'étreinte de l'ours, qui portait bien son nom. Mais sans crier gare, Ralph demanda à Don et à moi de changer de groupe, « histoire d'embrouiller un peu l'adversaire ».

Jacqueline se retrouvait avec moi. Pas étonnant qu'elle ait l'air de flipper complètement et de vouloir prendre la fuite. J'étais dans le même état. Dans quelques minutes, j'allais l'enlacer et la presser contre moi devant tout le monde.

J'expliquai la série de mouvements à Mme Payton, la secrétaire de mon département, qui s'était portée volontaire pour la démonstration : coup de tête arrière, frottement du tibia, écrasement du pied, coup de coude dans le ventre, et enfin le clou du spectacle, celui qui battait tous les autres à plate couture, *la tondeuse*. Ralph se plaça à côté de moi pour expliquer.

— Vous empoignez le paquet, vous tournez et vous tirez d'un coup sec vers vous, comme vous feriez pour démarrer une tondeuse.

Il fit les gestes et même les bruits qui allaient avec. Mes élèves éclatèrent de rire, et je suis à peu près certain d'avoir rougi quand Ralph leur demanda de se retenir de faire le mouvement pour de vrai car ce serait dommage que je ne puisse pas devenir père un jour.

Une par une, les six femmes vinrent se placer devant moi et je les saisis par-derrière, en mettant toute ma force pour les immobiliser. Elles employèrent la technique de leur choix pour se dégager, la plupart terminant par la tondeuse – bruitage inclus. Erin était au taquet, et exécuta chaque mouvement avec un plaisir non dissimulé. Tout le monde l'applaudit et je fis remarquer qu'à ce stade, son agresseur la *supplierait* de partir. Le plus sérieusement du monde, elle me demanda si elle pouvait lui mettre un dernier coup de pied avant de s'enfuir.

Cette fille me plaisait.

Enfin ce fut le tour de Jacqueline. Je savais que c'était moi qui la rendais nerveuse, et il n'était pas question qu'elle soit désavantagée à cause de ça. Elle avait besoin d'apprendre ces mouvements, de goûter à cette sensation de force quand elle les maîtriserait, de croire en elle. À moi de l'aider.

Quand je mis mes bras autour d'elle, elle se figea. *Mince. Désolé, désolé, désolé.*

— Frappe-moi, Jacqueline, l'incitai-je à l'oreille. Le coude.

Elle s'exécuta.

— Bien. Maintenant, le pied. Le coup de tête. Et la tondeuse.

Je la guidai gentiment et elle suivit, sauf le dernier geste qu'elle fit en silence, au contraire des autres.

Je la relâchai et elle se dirigea en chancelant vers son groupe, qui la félicita autant que si elle avait décroché une médaille aux JO. Quand Erin l'enlaça de ses bras protecteurs, je décidai qu'elle était la seule amie digne de ma chérie.

Ma chérie.

J'exposai le dernier mouvement (l'étreinte par-devant) dans un état de stupeur. J'avais beau avoir un casque rembourré sur la tête, un auditoire et un objectif à remplir, je ne la quittai pas des yeux. Elle était là, tout près de moi, et je ressentais mon désir pour elle physiquement, comme un coup de poing à l'estomac. Heureusement mon corps se mit en pilote automatique et cette fois elle reproduisit les gestes sans problème, attentive aux conseils enthousiastes de ses camarades.

Plus qu'une semaine d'éco.

Un cours d'autodéfense.

Et ce serait terminé.

20

Landon

— Tu comprends, Standish...

Il arrivait à Boyce de parler comme un père à son enfant, patiemment, et d'une certaine façon, c'était encore plus vicieux. Il faisait croire à son interlocuteur que la situation n'était pas si grave que ça.

— ... T'es vraiment dans la merde.

Eddie Standish faisait face à Boyce mais me gardait toujours dans son champ de vision, comme un oiseau. Il avait raison de ne pas me tourner le dos. Je croisai les bras et pris appui sur le bord d'un lavabo.

— J'ai juste besoin d'un peu de temps, c'est tout.

— Tu vois, rétorqua Boyce en faisant la moue, c'est ça le problème. Le temps, comme tu dis, est écoulé.

Standish cligna les yeux sous le coup de l'émotion. Bon sang, il avait pas intérêt à pleurer. Je détestais ça.

— Comment ça, écoulé ? Vous me connaissez. J'peux pas avoir, genre, un délai ? (Il se détourna et passa les mains dans ses cheveux, comme pour réfléchir. Quand il reporta son attention sur nous, on aurait dit qu'il portait un masque.) Allez, Wynn. Fais pas l'enfoiré.

Le masque du type parfaitement imbu de sa personne, mais qui sait en même temps qu'il va dérouiller.

Wynn me regarda. *Est-ce qu'il est en train de faire ce que je crois ?*

Je haussai les épaules. *On dirait bien.*

Un petit seconde ouvrit la porte des toilettes à ce moment-là, nous jeta un regard effaré et battit en retraite.

Wynn avança vers l'autre, tête penchée.

— Alors comme ça, c'est moi, l'enfoiré ? Pas le type qui doit deux cents dollars à Thompson – c'est bien ça, Maxfield ?

— Ouaip.

— Deux cents dollars de shit qu'il a refilé à une meuf pour pouvoir se la taper. (Boyce rigola, et Standish l'imita. *Tocard.*) Je pourrais te dire que Maxfield et moi on a pas besoin de payer pour s'envoyer en l'air – jamais. Je pourrais te dire que ça fait carrément pitié d'être obligé de le faire, et que si c'est ça ta vision de la vie, je te plains. Mais je le ferai pas.

Les yeux au plafond, Boyce se tapotait le menton d'un doigt – *merde*, il était d'humeur à philosopher. C'est que j'avais cours après, moi.

— Tu vois, j'ai rien contre les filles qui aiment leur corps et prendre du plaisir. Moi aussi, j'aime ça, même si y a une différence entre être une pétasse – comme moi – et être une prostituée. Je les juge pas. Faut ce qui faut, comme on dit. Mais les gars comme toi, fit-il en braquant le regard sur Standish… Qui arrivent à coucher uniquement en payant ? C'est carrément *triste*. Et drôle aussi, quand tu tentes de retourner le truc en disant que c'est moi, l'enfoiré.

Il marqua une pause, histoire de bien le faire mariner.

— Je leur file pas vraiment de came, à ces salopes, fit-il sur le ton de la confidence, mais avec un rire nerveux quand même. Je leur dis juste que je leur en donnerai, et je les baise. Qu'est-ce qu'elles vont faire, hurler au viol ? C'est toutes des putes et des junkies. (Il nous regarda tour à tour, puis déglutit.) Je… euh, j'ai échangé quasiment tout le shit contre un nouveau carburateur.

— T'aurais vraiment mieux fait de la boucler, dis-je à voix basse.

— Standish... Primo, ce que t'as fait ça s'appelle *dealer*, mon pote. Sous le nez de Thompson, en plus. Et deuzio, tu viens de signer ton arrêt de mort, tête de nœud. Maxfield, mon ami ici présent, il supporte pas qu'on parle de viol.

Je le regardai se creuser la cervelle pour tenter de comprendre.

— M-mais, si c'est une pute et une junkie, on la viole pas *vraiment*...

Il n'eut pas le temps de finir sa phrase. Je n'avais pas l'intention de lui péter une dent, au départ : ce fut la cerise sur le gâteau, disons. Mon but, c'était de l'inciter à trouver une solution pour rendre son fric à Thompson, et de me débrouiller pour qu'il soit incapable de parler et de se nourrir normalement pendant un mois. *Ça, c'est fait.*

Le lendemain, il remboursait. Boyce entendit dire par la suite qu'il avait mis en gage la Rolex de son père, et il perdit dix kilos (alors qu'il était déjà rachitique) à force de manger liquide pendant six semaines.

Le hic, c'est qu'on avait agi au lycée. On préférait toujours les choper ailleurs, mais ce petit malin se faisait discret depuis quelques jours. Seulement il avait oublié que l'école était obligatoire, et que ce n'est pas compliqué de trouver quelqu'un parmi deux cents élèves. On s'était procuré son emploi du temps et on lui avait tendu un piège – en l'occurrence, Boyce lui avait passé un bras autour du cou en éclatant de rire, comme s'ils étaient les meilleurs amis du monde, et l'avait orienté vers les toilettes au fond du couloir.

C'est ainsi que le malencontreux accident de Standish nous remit dans le collimateur d'Ingram. Elle nous convoqua après le cours de mécanique. Boyce était persuadé que le petit seconde avait cafté, parce que Standish se serait chié dessus plutôt que de nous dénoncer.

— T'as oublié son trip *Dr Jekyll et Mister Hyde*, fis-je remarquer. Peut-être qu'il est assez con pour le faire.

— Docteur qui ? Mister quoi ? reprit Boyce d'un air perplexe. Hé, c'est pas dans un bouquin, ça ? Enfin bref. Tu nies tout.

— Ça marche.

On nous installa sur les mêmes sièges que deux ans auparavant, après cette fameuse rixe de couloir à laquelle personne n'avait assisté. La proviseure nous observa avec ses petits yeux de fouine.

— Étonnant, quand même, qu'on vous ait vus tous les deux en compagnie d'Edward Standish juste avant qu'il ne se retrouve obligé de quitter le lycée avec une dent en moins, la bouche en sang et des années d'orthodontie *fichues en l'air*.

Mon copain fit semblant d'avoir une quinte de toux pour cacher son éclat de rire. S'il y avait bien une chose que Boyce Wynn ne savait pas faire – à part les lectures inscrites au programme –, c'était prétendre ne pas rigoler quand il rigolait. Je me concentrai pour rester de marbre. Elle ne pouvait pas nous virer pour avoir tabassé un type qui jurait qu'on n'avait rien à voir là-dedans, et comme par hasard, son unique témoin se rétracta le lendemain. Quelque chose me disait que Boyce était passé par là, mais je gardai ça pour moi.

Cela faisait deux heures qu'on était en mer quand la minette au bikini rayé rouge et blanc daigna enfin me parler. Elle me faisait penser à un sucre d'orge, en plus sexy. OK, elle avait l'air d'une snob, mais c'était tellement rare d'avoir une jolie fille sur le bateau, je n'allais pas faire le difficile. À défaut d'autre chose, ça me changeait de la vue habituelle.

— À mon lycée les mecs comme toi, les gothiques, ou les *emo*, ils sont vachement plus... pâles. Et moins musclés. Je croyais que le côté anémié faisait partie du look. Enfin, de votre style de vie.

Je levai la tête pour la regarder. Elle m'avait rejoint alors que je préparais la canne à pêche que j'allais lancer à tribord. Les clients avaient été clairs, ils tenaient à ramener un poisson.

— Mon *style de vie* ? m'esclaffai-je. J'ai pas le temps pour ça. (« Ma cocotte », aurais-je ajouté si ses parents ne nous avaient pas refilé une belle somme pour la journée.) Je suis comme je suis.

— C'est-à-dire ?

Elle avait une lueur malicieuse dans le regard que je n'avais pas remarqué jusque-là. En même temps, elle avait passé son temps à se faire bronzer sur le pont, tout en essayant d'occulter ses parents qui échangeaient des insultes plus ou moins voilées à l'autre bout du pont.

Je lui fis un sourire en coin.

— Qu'est-ce que t'as envie que je sois, exactement ?

Elle me regarda d'un air amusé.

— C'est comme ça qu'on drague les filles, par ici ?

— Eh ouais, répondis-je en passant la langue sur mon nouveau piercing, puis en me baissant pour plonger une main dans le seau, ce qui incidemment mit en valeur les muscles qu'elle avait remarqués.

— Et il y a quoi d'autre qui marche avec elles ?

Elle était de plus en plus amusée. Je jetai un coup d'œil par-dessus mon épaule pour m'assurer que Papa ne me lançait pas de regard assassin par-dessus le gouvernail.

— Et si je t'apprenais à mettre un appât pendant qu'on discute de tout ça ? fis-je en la reluquant par-dessus mes lunettes de soleil. Il y a tellement de choses à dire sur le sujet, on en a pour un moment.

Quand je me levai elle se planta devant moi, les pieds écartés pour ne pas tomber. La mer était agitée aujourd'hui, et il aurait été plus judicieux de rester dans la baie, mais son père avait insisté pour sortir en mer.

— Pour qui tu me prends ? Je sais tout des *bad boys*, de vos ruses et de vos appâts, comme tu dis...

Elle s'accrocha des deux mains au bastingage et fit mine de contempler l'horizon. Mais de là où je me tenais, je voyais surtout qu'elle venait de décupler son décolleté, qui avait le plus grand mal à tenir dans son haut riquiqui. En parlant de ruses...

— Comment tu t'appelles, au fait ?

— Landon.

— Ravie de te connaître, Landon. Moi, c'est Chastity.

Je connaissais son nom pour avoir entendu ses parents le dire quand ils s'étaient présentés, juste avant le départ de l'excursion. Juste avant qu'on comprenne qu'ils allaient passer la journée à se bouffer le nez et, de temps en temps, à s'ignorer. Sans rire, sa mère avait même flirté avec mon père. Il n'avait pas pris la peine de lui répondre.

— Salut, Chastity.

On entendit les mots « je sais tout », « salope » et « connard » par-dessus le bruit des vagues et des mouettes. Papa se faisait aussi petit que possible, ce qui n'était pas évident sur un bateau de dix mètres. Chastity et moi, on était coincés au milieu.

— Tes parents ont des problèmes ?

— C'est mon père mais elle, c'est mon horrible belle-mère. Et oui, elle l'accuse d'être infidèle. Connaissant mon père... c'est bien possible. Mais arrêtons de parler d'eux. Ils sont chiants comme tout, et moi j'ai envie de m'éclater un peu pendant ces vacances pourries. Et toi, Landon, t'as l'air d'être un mec qui sait s'éclater.

Elle fit le tour de la canne à pêche, l'empoigna fermement et en profita pour se presser contre moi.

— Ton prénom très chaste, faut le prendre au pied de la lettre ?

Elle rit doucement et en passant me frôla le torse avec son épaule.

— T'aimerais bien le savoir, hein ?

— T'inquiète. J'ai l'intention de le savoir, et très bientôt.

— T'es bien sûr de toi, on dirait.

— On est comme ça, par ici, rétorquai-je en lui faisant mon plus beau sourire. Et sinon, t'as dit que tu faisais quoi, ce soir ?

— Hum, et toi, t'as prévu quoi ?

Malgré ce que j'avais laissé entendre à Chastity, il était très rare que je drague les filles du coin. La plupart exigeaient un rencard très officiel avec un gentil garçon qui, plus tard, les emmènerait au bal du lycée – tout le contraire de moi, quoi. La grande majorité de mes conquêtes n'était là que quelques jours. Je les rencontrais sur la plage, parfois en ville. On couchait ensemble dans leur appart de vacances, à l'hôtel ou sur la plage, s'il faisait assez sombre et qu'elles étaient partantes.

Chastity en faisait partie – mais pas en public, et surtout le plus loin possible de ses parents. Quand je passai la chercher, elle me raconta le plan qu'elle avait échafaudé pour qu'on ait un peu de tranquillité : elle était tombée sur des copains de lycée à Fayetteville, qui l'avaient invitée à un barbecue et avaient promis de la ramener à minuit.

Je n'arrivais pas à croire qu'ils aient gobé ça.

— Viens, on va chez toi, insista-t-elle après qu'on se fut promenés sur la plage et embrassés devant quelques dizaines de témoins. Je serai super discrète. Promis.

Alors, je fis une chose que je ne faisais jamais : introduire une fille en douce dans la maison. Il était à peine 22 heures mais Papa se levait tôt – et donc, se couchait tôt. Sa chambre était au bout du couloir qui donnait sur le garde-manger. Sur la pointe des pieds on traversa le salon, en évitant de faire craquer le plancher.

Une fois dans ma chambre, je refermai la porte et elle chuchota :

— Merde alors, c'est tout petit. C'est quoi ce...

— T'es venue pour parler de ma chambre, ou bien ? dis-je en allumant une veilleuse au mur et en balançant mes vieilles chaussures bateau à côté des siennes.

— Non, mais je croyais que tout était plus grand à…

Je venais d'enlever mon tee-shirt et elle en resta bouche bée. Je l'embrassai, l'aidai à se débarrasser de son débardeur et tirai sur la ficelle de son bikini pour prendre ses seins à pleines mains. Elle se carapata sur le lit et je suivis.

— Tu disais ? ironisai-je, et pour toute réponse elle m'attira sur elle.

On se réveilla vers une heure du matin, ce qui en soi craignait déjà, vu qu'elle aurait dû être rentrée depuis longtemps et que son portable croulait sous les messages vocaux et les SMS. Évidemment, comme elle l'avait mis sur *Silencieux*…

Mais ce qui nous réveilla, c'est les cris de mon père. Je n'ai jamais su pourquoi il avait décidé d'ouvrir la porte de ma chambre ce soir-là. Peut-être était-ce une habitude et je ne le savais pas. Ou peut-être avait-il une bonne raison de vérifier que j'étais rentré. Mais la vache, on sauta du lit.

— *Landon Lucas Maxfield*, on peut savoir ce que tu fous ? beugla-t-il, avant de se retourner précipitamment en voyant Chastity se redresser, à moitié nue. Bon sang de bois, et je suppose que ses parents ne savent pas qu'elle est ici ?

Vite, on attrapa nos fringues et on se rhabilla, ultra gênés avec mon père qui bloquait la sortie. Je m'éclaircis la voix.

— Non, Papa, en effet.

— Est-ce qu'ils savent au moins qu'elle est avec toi ?

Je me tournai vers elle. Elle secoua la tête.

— Non, Papa, en effet.

— Ramène-la à son hôtel. *Tout de suite*. Nom de Dieu, Landon.

Je ne l'avais jamais entendu dire autant de gros mots à la suite. Il nous laissa passer, et je crus bien que les muscles dans sa gorge allaient exploser tellement il était furibond.

Je la déposai à l'entrée de l'hôtel. Elle avait envoyé un texto à son père pour lui dire qu'elle avait mis son portable sur vibreur sans faire exprès. Il l'attendait dans le hall, le visage fermé.

— Merde, ça va barder pour toi.

— T'inquiète, je gère. Crois-moi, il mérite ce que je lui fais subir, dit-elle avant de m'embrasser. Merci pour cette soirée torride. Il y a un mec dans mon cours de littérature, il a toujours l'air mélancolique et il est plein de piercings, comme toi. Je le trouvais un peu chelou avant, mais je crois bien que je vais tenter le coup.

Elle me fit un immense sourire et claqua la portière.

Lucas

Le dimanche soir j'envoyai les derniers exercices à Jacqueline, toujours accompagnés du même message succinct. J'avais envie de lui dire tellement plus, et un mail paraissait tellement réducteur.

À 22 heures, mon portable sonna. Le visage de Jacqueline apparut sur l'écran – j'avais pris la photo ici même. Dessus elle avait un sourire mystérieux, comme si elle connaissait un secret.

On n'avait eu aucune communication depuis plus d'une semaine, hormis la veille, pendant le cours d'autodéfense. Mais surtout, c'était la première fois qu'elle m'appelait.

Quand je répondis elle dit simplement : « J'ai besoin de toi. »

Je me levai aussitôt, jetant mon bouquin sur le canapé à côté de Francis, et me dirigeai vers la chambre.

— Où tu es ? demandai-je en attrapant la paire de santiags Nocona que je m'étais offertes pour mes dix-sept ans – les seules chaussures neuves que j'avais achetées au lycée.

— Dans ma chambre.

— Je suis là dans dix minutes, dis-je, une main déjà sur la porte.

Juste avant de raccrocher, je l'entendis murmurer : « Merci. »

J'entrai dans sa résidence aussi facilement que la fois précédente, montai l'escalier quatre à quatre et frappai doucement à sa porte. Un frisson me parcourut l'échine. Je ne savais absolument pas ce qui m'attendait derrière mais elle avait besoin de moi, et c'était tout ce qui comptait.

Quand elle ouvrit, au lieu de s'écarter pour me laisser passer elle me regarda, les yeux baignés de larmes.

— Jacqueline… qu'est-ce que…

— Il a recommencé, Lucas – et c'est ma faute.

— *QUOI ?*

Vite, elle posa une main sur mon bras et vérifia qu'il n'y avait personne dans le couloir. J'entendis des voix dans sa chambre, elle n'était pas seule.

— Il s'agit d'une autre, précisa-t-elle à voix basse. À une fête, hier soir. Elle est là, Erin aussi. C'est… c'est une fille de première année. Elle est bouleversée, effrayée et on ne savait pas vers qui se tourner. Je suis désolée de t'embêter avec ça.

Je lui pris le visage dans une main.

— Ne t'excuse jamais de m'appeler à l'aide. Je ferai tout ce qu'il faudra. Tu penses qu'elle acceptera de me parler ?

— Oui. Erin lui a dit que tu étais notre prof d'autodéfense et que tu bossais à la police du campus. C'est un peu exagéré, mais elle a tellement peur…

— Pas de problème, fis-je avant de prendre une longue inspiration. Bon. Elle s'appelle comment ?

— Mindi.

La coloc de Jacqueline était assise sur son lit et enlaçait fermement une toute jeune femme qui me rappelait Carlie : les cheveux blond pâle, le visage en forme de cœur, les traits délicats. En revanche, je n'avais jamais vu Carlie dans ce genre d'état.

— Salut, Mindi. Moi, c'est Lucas, dis-je en m'approchant lentement.

— T-t'as pas l'air d'un f-flic, bredouilla-t-elle entre deux sanglots.

C'est sûr que mon look ne faisait pas très sérieux – et encore moins officiel. Je m'agenouillai devant elle, mais pas trop près.

— En fait, je suis étudiant. Mais je travaille à temps partiel à la police du campus.

Mon explication parut lui convenir.

— La première chose à faire, c'est de t'emmener à l'hôpital pour qu'un médecin t'examine et que tu parles à un psy. Ensuite tu vas devoir porter plainte. (Je poursuivis malgré ses yeux remplis de larmes.) Il va falloir être très courageuse, mais Jacqueline et Erin pensent que tu peux y arriver, et moi aussi.

— Absolument, confirma Erin en lui tenant la main. Et je resterai tout le temps avec toi.

Mindi renifla et s'essuya du dos de la main. « D'accord. » Elle avait dit ça d'une voix haut perchée, une voix de petite fille.

— Tes parents vivent loin ? demandai-je, mâchoires serrées.

— En Pennsylvanie. Mais je ne peux pas les appeler. *Je ne peux pas*. (À chaque mot prononcé elle devenait un peu plus hystérique.) Ils vont être furieux d'apprendre que j'ai bu, et...

— Tu n'es pas obligée de le faire tout de suite, intervins-je. Mais crois-moi, ils ne seront pas en colère contre toi. (Je priais pour avoir raison. Si ça avait été Carlie, ou Jacqueline... Mieux valait ne pas penser à cela maintenant.) Attendons de voir le psy, il saura te conseiller.

Elle hocha la tête tout en serrant la main d'Erin très fort.

— On peut y aller, Lucas ? fit celle-ci. Je vais conduire.

— Est-ce que tu seras là ? me demanda alors Mindi d'une voix rauque.

Elle avait dû pleurer toute la journée. Je me rappelai Jacqueline le soir de la fête d'Halloween. Ses mains tremblantes. Si j'avais su où vivait ce salopard, il aurait été mort avant l'aube.

— Si tu veux, oui, répondis-je en jetant un coup d'œil vers Erin, qui acquiesça.

Quinze minutes après on débarquait tous les quatre aux urgences, et je découvris que *parler* n'avait rien d'évident.

Je m'obligeai à rester de marbre en entendant une première version de ce qui était arrivé la veille. Il s'agissait d'une grosse fête, réunissant plusieurs fraternités ; Buck et Kennedy étaient invités, et *Jacqueline y était allée aussi*. Elle n'avait aucune obligation de s'y rendre, pourtant.

— Erin avait besoin de moi pour faire tampon avec son ex, avait-elle expliqué d'une toute petite voix en chemin, même si je ne lui avais pas posé la question.

Quand on se retrouva seuls dans la salle d'attente, je ne pus me retenir plus longtemps. Je devais savoir si Buck l'avait embêtée, elle aussi.

— Alors, il t'a parlé hier soir ?

Je ne la regardai pas, et ne précisai pas non plus de qui je parlais. J'étais certain qu'elle le savait.

— Oui. Il m'a demandé de danser avec lui.

Je me figeai, les yeux rivés au sol. Je n'étais pas en colère contre elle – pas du tout. Mais l'idée qu'elle ait pu approcher ce monstre d'aussi près sans que je sois là me flanquait une trouille inouïe. Enfin, je levai la tête vers elle.

— Je lui ai dit non, se défendit-elle, comme si elle était fautive.

Comme si elle cherchait à apaiser ma jalousie, alors que tout ce que je ressentais, c'était de la *terreur* et un besoin irrépressible de la protéger.

— Jacqueline, répliquai-je à voix basse, en m'évertuant à garder mon calme. Je te jure, je prends sur moi en ce moment pour rester le cul sur ma chaise et attendre que cette affaire soit entre les mains de la justice. J'ai juste envie d'aller voir cet enfoiré et de lui foutre la raclée *de sa vie*. Ce n'est pas ta faute – ni celle de Mindi. Vous n'avez jamais demandé qu'il vous fasse ça. C'est des conneries, ce genre de théorie. Un putain de mensonge, brandi par les psychopathes et les crétins pour se justifier. OK ?

Quand elle ne répondit rien, je lui demandai si Buck avait entendu son *non*. J'étais à deux doigts de piquer une crise. Je sentais ma colère se tordre et s'agiter, lutter pour se libérer, en me promettant d'assouvir une vengeance que je n'étais pas en droit d'exercer.

Jacqueline m'expliqua alors que son ex était là, qu'il avait remarqué sa gêne en présence de Buck et qu'elle lui avait tout raconté.

— Je ne l'avais jamais vu autant en colère. Il l'a pris à part et lui a ordonné de me laisser tranquille... Ce qui l'a probablement humilié encore plus, et c'est pour ça qu'il...

Elle ne termina pas sa phrase. Elle croyait que Buck n'avait pas digéré de se faire remonter les bretelles et que c'était pour ça qu'il s'en était pris à Mindi. C'était pathétique, mais bien possible – les types comme lui sont des mauviettes qui ont tendance à passer à l'action quand ils se sentent impuissants. Mais ce que Jacqueline n'arrivait pas à comprendre, c'est que personne n'était à blâmer pour ce qu'il avait fait, à part *lui-même*.

— Qu'est-ce que je viens de te dire ? Ce n'est pas ta faute.

Comme j'aurais voulu avoir le pouvoir de la convaincre.

Francis ne s'étant pas encore transformé en humain, j'en déduisis que ce n'était pas lui qui frappait à ma porte à une heure et quart du matin. Je regardai par le judas, ma batte de base-ball à la main. En voyant qui c'était je la balançai dans un coin, tirai le verrou et ouvris d'un coup sec.

— Jacqueline ? Qu'est-ce que... ? fis-je avant de l'attirer à l'intérieur et de tout refermer. Il y a un problème ?

Quand elle me regarda de ses grands yeux apeurés, mon cœur faillit bien s'arrêter de battre.

— Je suis venue te dire... que tu me manques, s'exclama-t-elle, affolée, presque hors d'haleine. Ça va sûrement te paraître ridicule... On se connaît à peine, mais entre tous les mails et les textos qu'on a échangés, sans compter, euh... le reste, j'avais l'impression que si, quand même. Que par ce biais, on s'était un peu dévoilés. Alors, voilà : vous me manquez. Tous les deux.

La détresse que je lisais sur son visage, c'était... parce que je lui manquais ?

Elle n'aurait pas dû venir. Heller n'était qu'à quelques mètres de là. Je lui avais promis de me comporter de façon *appropriée* jusqu'à la fin du semestre, mais le désir qui ondulait en moi était tout sauf approprié. C'était le feu et la passion, l'adoration et comme une pulsion, la faim et la soif, un espoir fou, presque insoutenable. Je ne supportais pas l'idée qu'elle me quitte ne serait-ce que cinq minutes. Je ne pouvais pas l'avoir, mais qu'est-ce que j'avais envie d'elle.

Je le ressentis comme une défaillance interne – cette fraction de seconde où je basculai. Où ce que je perdais en dehors n'avait plus d'importance, car je n'admettais pas de perdre ce que j'avais devant moi.

— Et merde, rien à foutre, marmonnai-je en l'emprisonnant contre la porte et en l'embrassant comme si j'avais voulu l'avaler toute crue.

Je m'écartai juste assez longtemps pour lui enlever le manteau et l'amener au canapé, puis sur mes genoux, lui écartant les jambes pour la caler comme je l'entendais sur moi. D'une main je l'approchai, de l'autre je penchai son beau visage... et je recommençai à l'embrasser. Je voulais faire ça jusqu'à la fin de mes jours. Je voulais lui faire l'amour jusqu'au petit matin. Je voulais la baiser jusqu'à ce qu'elle m'appartienne, à moi et personne d'autre, et je me foutais éperdument des conséquences – alors qu'il y en avait tellement à prévoir.

Je balançai les lunettes que je portais quand j'étais fatigué, sans me soucier qu'elles atterrissent sur la table basse ou par terre. Je me mis torse nu en quatrième vitesse mais m'obligeai à y aller plus doucement avec elle, et je sentis mes mains trembler de frustration. Je lui étreignis la taille, de plus en plus fort, et elle passa les bras autour de mon cou, puis les mains dans mes cheveux. Je déposai un baiser sur la commissure de ses lèvres, lui arrachant un doux gémissement, et plongeai plus bas pour lécher et sucer la peau fragile de sa gorge. Elle pencha la tête en arrière et s'abandonna.

Je m'attardai sur le grain de beauté solitaire qui me rendait dingue chaque fois. On aurait dit un indice, mis là pour que je le trouve. La croix indiquant le point de départ d'une chasse au trésor. Quand je passai la langue dessus, elle tangua contre moi et ses mains se cramponnèrent à mes cheveux. Les fantasmes explosaient dans ma tête, trop bons, trop parfaits.

Le temps ralentit.

Je lui enlevai le soutien-gorge, lui pris les seins en coupe et m'amusai à faire des cercles du bout des doigts, le plus délicatement possible. Elle m'embrassa goulûment pendant que sa main descendait le long de mon torse, de mon ventre et jusqu'à ma ceinture de pyjama. Le tissu fin aurait été bien en peine de dissimuler ce que mon corps attendait d'elle.

Mais j'avais fait une promesse. *J'avais fait une promesse.*

Lui attrapant la nuque, j'appuyai le front contre son épaule et fermai les yeux.

— Dis-moi d'arrêter, soufflai-je.

— Je ne veux pas que tu arrêtes, murmura-t-elle à mon oreille, et ses paroles étaient la tentation incarnée.

Pendant un instant hors du temps, je laissai ses mots m'absoudre – pour cette promesse que je ne voulais *pas* tenir, pour l'éthique que je foulais aux pieds, pour mon cœur qu'elle fendait sans le savoir. Je nous fis rouler de côté, ouvris son jean et glissai mes doigts en elle, commençant à imprimer un mouvement de va-et-vient. Elle cria mon nom et me planta ses ongles dans le bras.

Je pouvais tout faire pour qu'elle m'aime. Je pouvais être son prochain grand amour...

Ah, mais qui est-ce que je dupais en disant ça ?

— Jacqueline, dis-moi stop, la suppliai-je, puisque j'étais incapable de la rejeter.

— Non, n'arrête pas, répéta-t-elle en m'embrassant de plus belle, comme pour me donner une idée de ce que je pouvais avoir si je me laissais aller.

J'ai promis.

Cinq secondes. Je lui ôterais le jean et la prendrais là, sur le canapé.

— Dis-moi stop, s'il te plaît.

Trois secondes. Je l'emmènerais dans la chambre, la déposerais sur le lit et commencerais par ses cuisses.

— *S'il te plaît.*

Une seconde. Je trahirais la confiance de la seule personne qui n'avait jamais douté de moi.

— Stop, dit-elle.

Merci, répondis-je. Ou crus-je répondre, car je m'endormis dans ses bras.

21

Landon

Quand le soleil se coucha, qu'il fit plus frais et surtout plus sombre, l'ambiance devint chaude sur la plage.

La jolie rousse assise sur moi prit une dernière taffe du joint qu'on avait partagé, se brûlant les doigts au passage. « Aïe ! » couina-t-elle en balançant le mégot dans le sable.

— Hé ! protestai-je en louchant comme un idiot et en tâtonnant prudemment autour de nous.

Cela ne me disait rien de marcher pieds nus sur un joint encore allumé.

— Ben quoi ? Il était fini, de toute façon.

Je savais qu'elle avait raison, mais son ton agacé me tapa sur les nerfs. J'allais lui dire le fond de ma pensée quand je la vis sucer le pouce qui la faisait souffrir. Aussitôt, mes pensées se tournèrent vers d'autres désirs coupables. L'attirant à moi, je pris son index dans ma bouche et me mis à le sucer lentement, pendant qu'elle faisait pareil avec son pouce, les paupières lourdes. Elle était aussi défoncée que moi. Quand son doigt aux ongles pointus se planta dans la chair de ma joue, ça m'excita encore plus. Je voulais que cette fille me griffe le dos, maintenant. Après une journée pourrie où je m'étais disputé pour la énième fois avec Papa à cause du bulletin catastrophique que je lui rapportais, en cet après-midi interminable et anormalement chaud pour la saison, la marijuana m'avait complètement ramolli. Mais elle m'avait aussi donné une furieuse envie de faire l'amour. Je commençai à lui lécher la main. Elle ferma les yeux.

J'écartai son bikini pour libérer un sein. Elle rouvrit les yeux mais n'eut pas d'autre réaction. Si elle n'était pas contre ça, elle serait peut-être disposée à coucher avec moi ici, à quelques mètres du feu et de la vingtaine d'ados agglutinés autour pour boire, fumer et/ou se peloter. Avec un peu de chance, l'herbe lui avait fait le même effet.

Relâchant son index avec un petit bruit de succion, j'approchai pour prendre un mamelon en bouche. Elle se cambra en haletant, sa brûlure oubliée. Je faufilai ma main entre nous pour lui écarter le bas de son maillot de bain. Elle se mit à panteler, plaqua les bras sur mes épaules et prononça les mots magiques : « Oh, oui. Oui ! »

Cool. Je ne l'avais même pas encore embrassée. Peut-être que je ne le ferais pas. Une baise sans baiser – ce serait une première, pensai-je, et c'était le genre de truc qui me branchait. C'était même ce que je recherchais, et c'était aussi de plus en plus rare.

C'est à ce moment-là que j'entendis Amber Thompson crier.

Persuadé qu'elle cherchait à attirer l'attention comme d'habitude, je l'ignorai. Il y avait comme une note de panique dans sa voix, mais à tous les coups elle était partie dans un délire paranoïaque à cause de son crétin de frère qui l'autorisait à fumer. Les joints auraient dû être interdits aux jeunettes de quatorze ans maigres comme des clous. Elles ne savaient pas doser. Elles pouvaient très bien faire un mauvais trip, alors que pour la même quantité d'herbe j'étais prêt à m'envoyer la rousse, manger un bout et aller me pieuter.

Je venais d'ouvrir une capote (la seule que j'avais sur moi) quand j'entendis un autre cri.

Amber avait vraiment un frère trop con. Je le distinguais près du feu, une bière dans une main, un joint dans l'autre, en train de rigoler avec des potes.

La rousse gémit et se pressa contre moi.

— Hé, Thompson ! m'exclamai-je, le préservatif dans mon poing.

Rick tourna vaguement la tête avant de retourner à sa conversation.

— Fait chier. Thompson, espèce d'abruti !

Cette fois, il tituba carrément dans la direction opposée.

— Mais pourquoi tu hurles comme ça ? se plaignit la rousse.

Amber cria une troisième fois – sauf que sa voix paraissait moins proche, et surtout morte de trouille. Personne sur la plage ne l'avait entendue à part moi.

Écartant la fille docile pour me relever, je lui tendis le préservatif. Je l'obligeai à se rasseoir mais aussitôt ses mains s'affairèrent sur le cordon de mon short. C'est là que je compris : elle pensait que je voulais me faire sucer avant et était plus que disposée à me satisfaire.

Ras le bol de cette soirée.

La prenant fermement par les épaules je lui dis, « Je reviens tout de suite ». Elle me regarda en clignant les yeux, perplexe. Je ne lui en voulais pas : même défoncé, je savais que c'était débile de dire ça.

Amber cria de nouveau, mais Dieu merci elle n'avait pas l'air de s'être éloignée. Je me mis à courir comme un dératé vers sa voix, loin du feu de joie et de ma jolie rousse, tout en maudissant ma conscience et Rick Thompson.

Dans la pénombre mes yeux mirent du temps à s'adapter, mais bientôt je distinguai deux silhouettes debout en train de s'embrasser. *Génial.* Je venais de laisser en plan une nana sexy pour une ado qui était du genre à crier en se faisant peloter. Et puis elle s'écarta brusquement, le mec se jeta sur elle pour l'immobiliser et ils tombèrent.

Ce n'était pas le cri d'une fille qui a envie de coucher – il voulait plutôt dire : *Lâche-moi.*

Je m'élançai vers eux en regrettant d'avoir autant fumé, parce que je zigzaguais dans le foutu sable au lieu d'aller droit. La dernière chose que je me rappelle, c'est d'avoir attrapé le type par le col pour le remettre debout et de lui avoir balancé une bonne droite dans la figure. L'impact de mon poing sur sa pommette me fit mal, mais aussi un bien fou. En voyant que je ne l'avais pas envoyé au tapis, je recommençai. Encore. Et encore. Jusqu'à ce que l'euphorie et la rage se mélangent pour former un cocktail explosif, et que je perde connaissance.

J'avais éclaté un tas de vaisseaux sanguins et m'étais même fracturé les articulations des doigts. Je ne savais pas que c'était possible de faire ça. Ma main droite n'était pas belle à voir. Elle me faisait atrocement mal et on dut me mettre une attelle, mais à part ça je n'avais même pas un bleu.

L'autre gars souffrait d'une commotion cérébrale, et les premières heures les médecins craignirent qu'il sombre dans le coma. J'aurais pu le tuer. J'aurais pu le tuer, et je ne me rappelais rien.

Ce que je me rappelle : les menottes. Le siège arrière de la voiture de patrouille. L'arrivée au poste. La cellule qui sent la pisse et la transpiration. Mais au moins, j'étais seul. J'avais dix-sept ans, et s'il devait y avoir un procès je serais jugé comme un adulte, pas comme un mineur. Quand je commençai à redescendre, je me mis à trembler et fus incapable de m'arrêter.

— Maxfield ! beugla l'agent un certain temps après, et je relevai la tête. Ta caution est payée. Allez, bouge – sauf si t'as envie de rester.

Je m'empressai de me lever.

Je m'attendais à voir Papa. Il était là, mais Charles Heller aussi. J'avais oublié qu'ils étaient venus en vacances.

Je ne les avais pas beaucoup vus depuis leur arrivée. Je n'avais pas fait l'effort, à vrai dire.

Dans la voiture je ne dis rien. Eux non plus, et à nous trois le silence était sinistre. Au lieu de nous déposer et de rentrer à l'hôtel, Charles suivit Papa à la maison.

— J'ai besoin d'une douche, marmonnai-je, et personne ne s'y opposa.

En refermant le robinet, je les entendis discuter à travers la fine cloison.

— Tu es en train de le perdre, Ray, disait Charles, puis il y eut un temps d'arrêt et je retins mon souffle. Tu es mon ami, et je t'aime – et parce que je t'aime, je vais te dire la vérité. Tu as merdé avec lui, et depuis le début. Quand Cindy t'a supplié de l'emmener voir un psy, tu ne l'as pas écoutée. Quand tu as décidé de déménager, nous t'avons imploré de ne pas l'éloigner de ses amis, ni de nous, mais tu n'en as fait qu'à ta tête. Il s'épanouissait dans un collège privé et maintenant, il... il se laisse complètement aller. La bagarre de ce soir, ce n'était pas la première fois, n'est-ce pas ? Et la drogue – je suis sûr qu'il avait bu aussi. Il utilise tous les moyens qu'il a à sa disposition pour échapper à la réalité. Et tu sais pourquoi ? *Parce que c'est ce que tu as fait aussi.*

Papa murmura une réponse.

— Je sais. Mais ça ne suffit pas. Il a besoin d'un objectif. De savoir qu'il vaut quelque chose.

Une autre pause. Je déglutis et mes yeux commencèrent à piquer. Puis Heller baissa la voix, ce qui fait que je n'entendis pas ce qu'il dit. Une serviette autour de la taille, je sortis de la salle de bains sans un regard pour eux, assis à la table de la cuisine. Je m'enfermai dans ma chambre.

Je passai un short de sport, ce qui me prit des plombes vu que je dus le faire d'une main. Ça comptait pour moi de savoir que Charles se préoccupait de mon sort. Cela ne changeait rien au fond, mais quand même.

Un objectif. Il avait dit que j'avais besoin d'un objectif. Peut-être que le temps était venu de bosser à plein temps sur le bateau, donc d'arrêter le lycée – je serrai les mâchoires à l'idée de donner cette satisfaction à Ingram. Mais encore fallait-il qu'on ne m'envoie pas en prison pour ce que j'avais fait. Je n'étais pas bête, je savais ce qu'était une caution : j'étais simplement en sursis le temps qu'on me donne une date de procès.

C'était drôle, quand même. De toutes les bagarres dans lesquelles je m'étais embringué, la seule qui était vraiment justifiée allait peut-être causer ma perte. Si Amber refusait de témoigner, j'étais foutu. Le gars que j'avais failli tuer était un étudiant friqué. La veille, sur la plage, il avait dégainé assez de billets pour faire bander Thompson. Il lui avait acheté un peu de tout et avait refilé ça à ses copains comme si c'était des bonbons le soir d'Halloween. Les mecs de son âge qui s'habillaient comme lui et roulaient en Range Rover, leur argent venait forcément de quelque part : en toute probabilité, de papa-maman.

T'as eu ce que tu voulais, Papi, songeai-je. Le bateau allait être mon sauveur. Mon avenir. Mon issue de secours. C'était toujours mieux que la prison. *Tu t'entends parler ? Plus paumé, tu meurs*.

Je posai la tête sur l'oreiller et m'endormis aussitôt.

Lucas

Je ne pus m'empêcher d'attirer l'attention de Jacqueline quand elle entra dans l'amphi.

Son sourire était hésitant, et après ce qui s'était passé la veille au soir, je la comprenais. Lorsqu'à mon réveil j'avais vu qu'elle partait, je l'avais raccompagnée à son pick-up et embrassée une dernière fois. Tout en la regardant s'éloigner, je songeai que je pouvais être celui qu'elle voulait – une fois le semestre terminé. Je lui donnerais ce qu'elle me demandait, et ensuite je partirais.

Parce que j'étais amoureux d'elle.

À la fin du cours, la blonde qui bavait sur Moore quelques semaines plus tôt vint me demander quand était le prochain tutorat. Impossible de me rappeler son prénom. « Jeudi, à l'heure habituelle », lui répondis-je tout en observant Jacqueline ranger ses affaires. Elle bavardait avec Benjamin, et tous deux me regardèrent en coin.

Il savait pour nous deux. J'en eus la confirmation quand il claironna dans l'amphi, « Je choisis la catégorie Tuteurs Canon pour deux cents dollars, Alex ». Jacqueline piqua un fard quand il se mit à fredonner le générique de Jeopardy, un vieux jeu télévisé. Une fois à la porte, il me fit un grand sourire et disparut.

Ni elle ni moi n'ouvrîmes la bouche avant d'être dehors.

— Est-ce qu'il sait pour… ? fis-je, et je jouai avec mon piercing quand elle répondit que c'était même grâce à lui qu'elle avait compris.

— Il a remarqué qu'on se… regardait, et un jour il m'a demandé si j'allais à tes séances de tutorat, expliqua-t-elle sur un ton neutre, comme si tout ça était du passé.

J'imaginai d'ici la conversation, et ce qu'elle avait dû ressentir en découvrant qu'un mec lui avait encore menti.

— Bon sang, je m'en veux tellement pour ça, soupirai-je.

Mais s'excuser n'effaçait en rien le mensonge, et je le savais.

On continua à marcher en silence vers son prochain cours, emmitouflés dans nos blousons. Mes anciens copains d'Alexandria auraient rigolé en nous voyant : au moindre rayon de soleil il faisait un temps à se mettre en short, pour eux. Même en décembre.

— Je t'ai remarquée dès la rentrée, lui révélai-je soudain.

Et comme une inondation subite après un orage d'été, j'avouai tout : que je passais mon temps à la regarder en cours et que j'étais hypnotisé par ses manies, de la façon qu'elle avait de ramener une mèche derrière l'oreille gauche à ses doigts battant la cadence. Je lui parlai du fameux matin pluvieux - de son *merci* accompagné d'un sourire quand je lui avais tenu la porte, et combien ça m'avait touché. Je lui confiai avoir été jaloux de son ex avant même de la connaître.

— Et puis, il y a eu la soirée d'Halloween.

Elle se figea. Je ne lui avais jamais donné ma version de l'histoire, quand on y pensait.

J'admis l'avoir vue partir de la fête avec Buck sur ses talons.

— J'ai cru que, peut-être… vous aviez décidé de rentrer ensemble, sans le dire à personne. Que vous vous étiez donné rendez-vous sur le parking.

Mon cœur battait la chamade, tant c'était dur pour moi de confesser cet échec : j'avais perdu du temps et tergiversé alors qu'un prédateur rôdait.

Comme je m'en doutais, Buck n'était pas une simple connaissance. Il faisait partie de son cercle d'amis.

— Tu te souviens d'Erin, ma coloc ? C'est le meilleur ami de son ex, précisa-t-elle, et dans sa voix il n'y avait pas de trace de condamnation.

J'avais réagi tardivement, mais elle ne m'en voulait pas. Je me souvins alors du geste symbolique de l'absolution, qu'un prêtre m'avait donné du temps où j'allais encore à l'église, et j'eus la sensation que c'était ce qu'elle venait de faire.

Au même moment on se rendit compte qu'il n'y avait plus aucun étudiant autour de nous. Elle était en retard pour son cours d'espagnol.

— J'ai déjà un A, et on ne fait plus que des révisions, toute façon.

Ça tombait bien, j'avais une heure de trou. Mon regard s'attarda sur ses lèvres rougies par le froid ; c'était un terrain glissant et je le savais. Mais j'avais envie de l'embrasser ici, en plein milieu du campus.

— Tu ne m'as jamais redessinée finalement, dit-elle, et quand elle les humecta il s'en fallut de peu pour que je la pousse dans un buisson et prenne possession de cette bouche.

— Un café, on va aller prendre un café.

Je venais rarement au *Starbucks* en tant que client. Il y avait la queue, mais Gwen et Ron étaient d'une efficacité redoutable.

— Lucas, s'exclama la première avec un sourire pincé.

Elle mit un point d'honneur à ne pas regarder Jacqueline, sans aucun doute mécontente de voir que j'avais ignoré ses conseils.

— Salut, Gwen, on va prendre deux américano. Et je te présente Jacqueline.

— Enchantée, fit-elle sans desserrer les dents.

Jacqueline lui sourit comme si ma collègue, d'habitude si sympa, ne se montrait pas glaciale avec elle.

— Ravie de te rencontrer, Gwen. J'adore ta manucure, c'est super joli !

Elle avait des cadeaux de Noël rouges et verts sur les ongles, et personnellement je trouvais ça hideux. Mais Gwen braqua ses grands yeux noirs sur Jacqueline et dit :

— Oh, merci, c'est moi qui l'ai fait.

— Ah ouais ? Je suis carrément jalouse ! s'exclama Jacqueline en lui prenant une main pour l'examiner de près, tandis que Gwen tapait notre commande de l'autre. Je suis incapable de me mettre du vernis sans en mettre partout. Et puis je joue de la contrebasse, alors je suis obligée de garder les ongles courts. Du coup je peux jamais faire des trucs rigolos comme toi.

Quel dommage, ironisai-je en pensée.

— T'as raison, c'est trop nul ! répliqua Gwen, conquise.

J'étais impressionné. Et aussi heureux qu'Eve ne soit pas là, parce qu'elle se méfiait des compliments au point de les considérer comme une agression.

Une fois installés avec nos boissons, Jacqueline évoqua le fait que je portais des lunettes, ce qui me fit penser à la dernière fois où je les avais enlevées, ou plutôt balancées, et de là à toutes sortes d'images indécentes.

Je ne veux pas que tu arrêtes.

— Je pourrais te dessiner maintenant, dis-je brusquement, attrapant mon carnet comme si c'était une bouée de sauvetage.

Je pris le crayon derrière mon oreille, m'installai confortablement et commençai à l'observer. Elle rougit comme si elle lisait dans mes pensées.

Tu n'as encore rien vu, Jacqueline. Mon crayon se mit à aller et venir sur la page comme si c'était mes doigts glissant sur sa peau. Je regardai sa poitrine se soulever et retomber ; elle regarda mes mains interpréter les délicieuses formes de son corps sur le papier.

Je m'imaginai l'allonger sur mon lit et lui attacher les poignets au-dessus de la tête, comme sur le dessin punaisé dans ma chambre. Je la caresserais du bout des doigts, partout où j'aurais envie d'aller. Rien qu'un frôlement, qui lui donnerait un léger frisson, dans l'unique but d'apprendre à son corps à reconnaître mon toucher. À s'ouvrir à moi. Ses gémissements de plaisir viendraient de très loin dans la gorge, comme ceux que j'avais entendus la veille au soir, surtout quand mes mains remonteraient vers les cuisses.

La dessiner était une *très* mauvaise idée, en fait.

— À quoi tu penses ? lui demandai-je pour me distraire.

— Au lycée.

Ça me calma. Radicalement, même. Elle aurait aussi bien pu me balancer son café à la figure, parce que j'étais persuadé qu'elle parlait de Moore. Jusqu'à ce qu'elle ajoute, « Je n'étais pas en train de penser à lui ».

Elle me demanda comment était le lycée pour moi, et je revis toutes ces années en une série de flashs : l'amitié inattendue de Boyce, le rejet de Melody, la tristesse à la mort de mon grand-père, le silence pesant de Papa, les bagarres, les filles sans visage et Arianna, qui avait transformé les cicatrices sur ma peau en une sorte de parabole, un récit de la perte. J'avais peut-être changé de prénom en partant, mais je ne pouvais pas oublier si aisément la personne que j'avais été.

— Sûrement très différent de ce que t'as vécu, répliquai-je.

Elle me demanda en quoi et je lui donnai le premier exemple qui me vint à l'esprit : je n'avais jamais eu de petite amie. Elle prit un air sceptique, mais comment aurait-elle pu comprendre ? Je n'étais plus ce garçon qui faisait tout le temps la fête, ne s'attachait à personne, se sentait inutile. En quelques phrases je lui parlai d'Amber et de la dernière bagarre – quand j'avais été tellement aveuglé par la rage que je m'étais évanoui. Je mentionnai l'arrestation. Je lui racontai comment Charles m'avait tendu la main.

— C'est un peu ton ange gardien, on dirait.

— Tu n'as même pas idée.

J'envoyai à Jacqueline la fiche de révisions deux jours avant de la faire en tutorat, après avoir bataillé avec ma conscience pour savoir si cela revenait à franchir la ligne rouge – encore. C'était clairement du favoritisme. Mais à quoi bon être prof si je ne pouvais pas avoir de chouchou ?

Elle me répondit que ça lui faisait bizarre de recevoir un mail de moi au sujet du cours d'éco, comme si Landon était toujours un autre. Elle m'avoua qu'elle avait bien failli recommander *Landon* comme tuteur à *Lucas*, vu que ce dernier était un gros fainéant qui n'écoutait pas le prof et ne venait jamais aux interros. J'éclatai de rire tout seul derrière mon écran.

Elle avait accompagné Mindi au poste pour porter plainte contre Buck – de son vrai nom Theodore Boucker III, comme le précisa l'agent qui me contacta pour entendre ma version de l'agression de Jacqueline. Buck était allé raconter sur tous les toits qu'elle l'avait attiré dans son pick-up pour coucher avec lui, et qu'il s'était fait tabasser par des SDF après son départ. À ce détail près qu'il avait omis de le signaler à la police du campus, à l'époque.

Plus que vingt-quatre heures avant mon dernier cours d'éco. Les exams auraient lieu la semaine suivante, et ensuite les résidences fermeraient pour les vacances de Noël.

Jacqueline m'envoya un texto : « Et après, qu'est-ce qui se passe pour nous ? »

Je jouai avec mon portable, incapable de répondre. Et après ? Elle ne savait donc pas comment ça fonctionnait, les *bad boys* ? Il n'y avait pas d'*après*. Je m'étais comporté ainsi avec un tas de filles, par le passé. On se roulait des pelles, elles me taillaient une pipe, on baisait – mais c'était tout.

Au contraire de mes précédentes conquêtes, je savourerais chaque instant avec Jacqueline Wallace, le moment venu. Une première pour moi, donc. Je ferais l'amour – et ce serait tout.

Finalement je lui répondis : « Après, on rentre chez nous. Il y a certaines choses que tu ne sais pas sur moi. Je me suis promis de ne plus te mentir, mais je ne suis pas prêt à tout te dire. Je ne sais pas si j'en serai capable. Je suis désolé. »

Je n'attendais pas de réponse. Je n'en reçus pas.

22

Landon

Une bonne odeur de café me réveilla. Curieux, parce que mon père était parti d'habitude à cette heure-là. Je ne le voyais quand même pas faire faux bond à ses clients juste pour gloser sur mon arrestation. Ce n'était pas son genre.

Je trouvai Charles attablé à la cuisine ; Papa n'était nulle part. Devant lui se trouvaient un bloc-notes, un ordinateur et un bottin. Il leva la tête en m'entendant arriver.

— Landon, bonjour. J'aimerais te parler, si tu veux bien. J'ai amené des bagels, et je viens de refaire du café. Je te laisse le temps d'émerger et ensuite on discute. D'accord ?

Intrigué, j'allai chercher un antalgique dans la salle de bains. J'en trouvai une boîte dans le placard au-dessus du lavabo, mais peinai à l'ouvrir. Ma main était tellement gonflée qu'on aurait dit celle d'un personnage de dessin animé, et elle me faisait souffrir le martyre. Je me sentais con à ne pas pouvoir l'utiliser pour des actes aussi basiques que me laver les dents ou m'habiller. Je réussis à passer un débardeur et un short mais renonçai à serrer le cordon.

Quand je m'affalai sur le banc en face d'Heller, il poussa un bagel au *cream cheese* et une tasse de café noir vers moi. Puis il enleva ses lunettes pour mieux m'observer de son regard franc – mais aussi insistant, comme s'il cherchait une réponse sur mon visage. Je n'étais pas habitué à être scruté ainsi, surtout par lui. Je savais que je l'avais déçu. La honte m'emporta comme une avalanche, de manière si soudaine et accablante que je me retrouvai enseveli dessous avant d'avoir eu le temps de réagir.

Les yeux rivés sur ma tasse, je luttai pour ne pas fondre en larmes.

— J'ai une proposition à te faire, commença-t-il. Libre à toi de l'accepter ou pas. Je veux te faire une offre, mais ce n'est pas un cadeau. C'est un défi. Si tu n'es pas prêt à le relever, personne ne pourra te forcer à le faire, et personne n'essaiera. Tu comprends ?

À vrai dire je ne comprenais rien du tout, mais je hochai la tête en silence.

— À gauche, j'ai écrit une liste de choses que j'attends de toi. À droite, ce que je m'engage à faire pour toi si de ton côté tu t'engages à faire de ton mieux pour les accomplir. (Il me tendit le bloc et poursuivit.) Premièrement : le lycée. Je veux que tu recommences à y aller tous les jours et à tous les cours. Il te faut les meilleures notes possibles, car mon objectif est de te faire entrer à l'université. Tu vas avoir un emploi du temps chargé, et tu vas devoir travailler dur pour remonter ta moyenne. Tu t'es enfoncé tout seul comme un grand, Landon.

Je me demandais s'il savait à quel point. Je préférais mourir plutôt que le lui avouer.

— Deuxièmement : tu vas te trouver un travail. N'importe lequel du moment qu'il te donne un salaire, et non quelques billets donnés par ton père de temps en temps. Tu as besoin d'une expérience professionnelle avec un vrai patron. Troisièmement : tu vas arrêter la drogue et l'alcool. La drogue, complètement. Pour ce qui est de l'alcool, ce serait hypocrite de te faire jurer sur l'honneur de ne plus toucher à une bière jusqu'à tes vingt et un ans. En revanche, je veux que tu essaies, pour rester toujours maître de toi. Et pour finir, je veux que tu commences le taekwondo. Si tu dois te battre, autant que ce soit dans les règles de l'art. Ça t'aidera à comprendre pourquoi le faire et, plus important, ne pas le faire.

Je déglutis, pensant aussitôt que jamais je n'y arriverais. Ce n'était pas un défi. C'était juste impossible.

Mais j'avais envie d'essayer. J'en avais *envie*.

— Si tu acceptes mes conditions, voici ce que je m'engage à faire pour toi : je te paierai les cours d'arts martiaux. J'en ai fait quand j'étais jeune, et ça m'a sauvé la mise. Je pense que cela te cadrera. Ensuite, je tirerai toutes les ficelles possibles et imaginables pour que tu sois accepté à la fac, mais attention, tu devras faire tes preuves. (Je relevai brusquement la tête en l'entendant prononcer ces mots : la fac où il bossait était la meilleure de l'État.) Si ça ne marche pas, tu passeras par un centre de remise à niveau. J'en connais un très bien. En te débrouillant comme il faut, tu pourras retenter la fac au bout d'un an. Dans tous les cas, Cindy et moi exigeons que tu viennes vivre avec nous. Il y a un petit appartement au-dessus de notre garage dont on ne fait rien, à part entasser ce qui ne nous sert plus. Tu devras prendre un boulot pour payer tes frais de scolarité, mais au moins tu n'auras pas à te soucier du loyer.

» J'ai passé quelques coups de fil, et je t'ai trouvé un dojo qui a l'air très bien à vingt minutes d'ici en voiture. On peut aller t'inscrire dès aujourd'hui, si tu veux. Je te demanderais juste de signer en bas de la liste, comme quoi tu acceptes mes conditions. (Il posa un stylo sur le bloc, puis se leva.) Prends le temps d'y réfléchir. Je retourne à l'hôtel dire au revoir à Cindy et les enfants – ils rentrent aujourd'hui. Je reviens tout à l'heure.

Posant une main sur mon épaule, il ajouta : « Je dois aussi passer au poste pour ton affaire. Ton père et moi allons voir s'il est possible de s'arranger. »

Il n'imaginait pas à quel point j'avais eu peur, dans cette cellule. À quel point je m'étais senti désespéré. Je le regardai dans les yeux pour lui dire que j'avais compris, mais aucun mot ne sortit. Il me donna une tape rassurante et me laissa.

À peine avait-il claqué la porte d'entrée que je signais.

Lucas

Quand j'arrivai à l'amphi le mercredi matin, je trouvai Jacqueline en train de discuter avec Moore. À la façon dont il se tenait il paraissait plus que frustré, et son ton vint me le confirmer.

— Jamais je ne l'aurais cru capable de faire *ça*, l'entendis-je dire.

Jacqueline me repéra dans la foule et je me dirigeai vers elle.

— Ça va ?

— Je vais bien, oui.

Je lançai un regard noir à Moore et tournai les talons. Il me reconnut, et le temps que je monte les marches il avait reconstitué le puzzle.

— Ce type est en cours avec nous ? Et pourquoi il me mate, bordel ?

Mieux valait qu'il ne sache pas. Et qu'il ne sache pas non plus de quoi j'étais capable.

Jacqueline ne regarda pas vers moi quand ils entrèrent ensemble, cinq minutes plus tard. Heller avait commencé. Moore avait le visage grave mais elle était calme, posée. Quand elle prit place sur son siège, je respirai.

Jacqueline et Mindi avaient prévu de retourner au poste cet après-midi-là pour demander une ordonnance restrictive. Je lui proposai de me faire remplacer au *Starbucks* pour l'accompagner, mais elle me dit que les parents de Mindi y seraient et qu'ils s'occupaient bien d'elles.

— D'après Erin, elle ne reviendra peut-être pas à la fac en janvier, ajouta-t-elle.

Pour la énième fois, je regrettai de ne pas avoir tué ce salaud quand j'en avais l'occasion.

Le petit nuage blanc créé par mon souffle dans l'air froid me donna envie de fumer pour la première fois depuis des années. J'avais toujours associé la cigarette à l'alcool – m'anesthésier, peut-être était-ce la solution. Quand je pensais à ce que cette fille – qui avait deux petites années de plus que Carlie – devait endurer par la faute de l'autre, j'hallucinais. Heureusement, elle avait le soutien de ses parents et de sa confrérie ; mais je l'avais revue une fois depuis et elle semblait juste vidée.

Jacqueline n'avait rien dit à sa mère. Après le coup qu'elle lui avait fait à Thanksgiving, je la comprenais.

Quand on arriva devant le bâtiment de langues, elle se tourna vers moi. Malgré mes sombres pensées, je ne pus m'empêcher de sourire en voyant ce visage adorable emmitouflé dans un bonnet et une grande écharpe qui lui recouvrait la bouche, tant elle avait fait de tours.

Je passai un doigt sur sa joue et écartai le tissu pour révéler sa bouche pulpeuse.

— J'aimerais bien te voir avant ton départ, dis-je.

Elle me rappela qu'elle avait un solo ce soir-là, un récital le vendredi, et que le samedi soir elle jouait avec l'orchestre. J'étais officiellement convaincu que les étudiants en musicologie avaient le pire emploi du temps de la fac.

— Je peux passer chez toi demain soir, si tu veux.

Oh oui. Je hochai vivement la tête. Ses yeux étaient incroyablement grands et bleus, et ses lèvres roses n'attendaient que moi. *Je veux t'embrasser, Jacqueline*, pensai-je. *Ici et maintenant, devant tout le monde*. Elle m'aurait laissé faire. Je le voyais dans ses yeux. Pour nous sauver tous les deux, je remis son écharpe en place.

— Tu as l'air d'une momie à moitié achevée. Comme si la personne chargée de te mettre les bandelettes avait été interrompue en plein travail.

— Peut-être que je lui ai donné un bon coup de poing dans le nez pour éviter qu'il ne me transforme en momie, justement, répliqua-t-elle.

Je m'esclaffai et quand elle se pencha vers moi, je ne pus résister à l'envie de déposer un baiser sur son front, en inhalant profondément. *Ressaisis-toi.*

— Tu m'envoies un texto quand t'as terminé cet aprèm ? lui dis-je en reculant d'un pas.

Jacqueline : C'est fait. Buck n'a plus le droit de s'approcher à moins de 300 m de nous.
Moi : Cool.
Jacqueline : Mon solo est dans une heure. Souhaite-moi bonne chance !
Moi : Tu n'en auras pas besoin, avec tes doigts magiques.
Jacqueline : ☺

Je frappais toujours à la porte avant d'entrer. Charles et Cindy n'étaient pas du genre démonstratif, comme mes parents à l'époque, mais on ne savait jamais. Je ne voulais pas être traumatisé jusqu'à la fin de mes jours en les surprenant dans une position acrobatique sur une table parce qu'ils pensaient être seuls. Heller vint m'ouvrir.

— Landon, tout va bien ?

Landon, soupirai-je intérieurement.

— Oui, ça va. Je voulais juste te parler de… Jacqueline.

Il m'interrogea du regard, puis me fit un petit sourire.

— Entre. Je suis en train de terminer les sujets d'exams pour la semaine prochaine. Les étudiants vont me *haïr*.

Il se frotta les mains en disant ça, comme s'il était très content de lui. En première année, ils l'adoraient. Mais arrivés en troisième, ils pensaient tous qu'il était Satan – avant de quitter la fac avec un niveau excellent dans leur matière.

Il me fit signe de m'installer à la cuisine et alla chercher des bières.

— Deux choses. D'abord, j'aimerais t'expliquer la nature de ma relation avec elle...

Il se raidit un peu mais acquiesça.

— Je t'ai dit que je la connaissais avant de devenir son tuteur, et que c'était pour ça qu'elle m'appelait Lucas. Mais ce que je ne t'ai pas raconté, ce sont les circonstances de notre rencontre. (Je marquai une pause et inspirai un grand coup.) Elle s'est fait agresser en sortant d'une soirée sur le campus. J'ai mis son assaillant en fuite. Seulement, elle n'a pas voulu aller voir la police.

— Nom de Dieu, s'exclama-t-il en posant les coudes sur les papiers qui jonchaient la table. C'était *un étudiant* ?

Je le lui confirmai.

— Mais pourquoi a-t-elle refusé d'en parler ? Ce type est de toute évidence dangereux...

— Ce n'est pas fini, le coupai-je, et il se rembrunit. Je suis intervenu avant qu'il n'y ait de preuves, disons, *physiques*. Elle n'avait pas de grosses ecchymoses, et il n'y avait pas eu... pénétration, terminai-je en serrant les dents. L'étudiant en question fait partie d'une fraternité, la même que son ex. Tu sais comment ils sont : ils ne l'auraient pas crue, et même s'ils l'avaient crue ils se seraient fait un malin plaisir de la traîner dans la boue. Je ne suis pas arrivé à la convaincre, mais honnêtement je n'ai pas beaucoup insisté. Alors peut-être que c'est ma faute. J'espérais qu'après la raclée que j'avais mise à ce fumier, il se calmerait. Je me trompais.

— Oh, Seigneur. Il a recommencé, dit-il comme une affirmation.

— Oui. Il a violé une autre fille. Mais cette fois, elle est allée voir les flics, Jacqueline aussi, et j'ai fait une déposition.

— Il s'est fait virer, au moins ? fit-il, les yeux étincelant de colère. Je ne veux pas de ce petit con sur *mon* campus.

— D'après la rumeur, on l'a autorisé à rester jusqu'aux vacances, mais seulement pour passer les exams, et un membre de sa fraternité est censé être avec lui tout le temps.

— Foutaises !

— Présomption d'innocence, Charles.

— Je sais. *Je sais*, marmonna-t-il avant de pousser un soupir de frustration, comme moi avant lui. C'est juste que je pense à Carlie et ça me met hors de moi, bon sang...

Il s'arrêta net. Je passai un doigt sur la cicatrice que j'avais à l'intérieur de mon poignet gauche, et on resta silencieux un instant.

— Jacqueline et l'autre étudiante ont demandé une ordonnance restrictive contre lui, qui a pris effet aujourd'hui. Il a interdiction de les contacter et de les approcher à moins de trois cents mètres, que ce soit à la fac ou en ville.

Il me regarda et je sus qu'il pensait la même chose que moi : *Ce n'est pas assez*. Mais c'était quand même mieux que rien.

— Tu voulais me parler de deux choses ?

Je jouai avec mon piercing et il le remarqua. C'était toujours ce qui me trahissait : je ne pouvais m'empêcher de le tripoter quand j'étais nerveux.

— En fait, je voulais te demander si ton... veto pouvait être levé, maintenant ? J'aimerais la voir demain soir. Après mon dernier tutorat, donc. Techniquement, ma mission sera terminée...

— Je vois, fit-il d'un air amusé. Elle habite ici ou bien elle va partir jusqu'en janvier ?

— Elle s'en va.

— Bon, d'accord. Je préférerais que vous attendiez les vacances pour vous montrer en public. Mais un petit rendez-vous caché, ça n'a jamais fait de mal à personne..., conclut-il en me faisant un clin d'œil.

Il pensait que Jacqueline allait devenir ma copine, si elle ne l'était pas déjà. Pire, il avait l'air content pour moi. Je n'eus pas le cœur de le contredire.

Jacqueline fut agitée pendant tout le dîner. J'avais fait des pâtes, ce qui parut l'impressionner, une fois de plus – mais de toute évidence, elle était inquiète à cause de ce qui s'était passé à sa dernière visite. Cela n'arriverait plus, mais je ne pouvais pas exactement lui dire ça sans passer pour un con. *Hé, tu te souviens que je t'ai demandé d'arrêter, la dernière fois ? Ben ce soir, je ne stopperai pas tant que t'auras pas crié mon nom.*

Ouais, non, ça n'allait pas le faire.

La vaisselle terminée, je l'attirai à moi et fis mine de lui donner un mini cours d'autodéfense en lui prenant les mains pour les immobiliser dans son dos.

— Comment tu t'y prendrais pour te dégager de cette prise, Jacqueline ?

D'une voix douce, elle me répondit qu'elle n'avait pas envie de s'en dégager.

— Mais si tu le devais. Comment tu t'y prendrais ?

Elle ferma les yeux et me fit une réponse concrète : coup de genou dans l'aine, écrasement du pied.

— Et si je t'embrassais, et que tu ne voulais pas ?

Je m'attendais à ce qu'elle utilise ce que Ralph lui avait appris – un coup de tête, peut-être. Mais non. Elle répliqua qu'elle me *mordrait*, et je faillis bien perdre les pédales.

J'avançai prudemment vers elle, espérant à moitié qu'elle me morde réellement. Mais sa langue dessina le contour de ma lèvre, puis s'attarda sur le piercing, et je la hissai sur le plan de travail pour qu'elle soit au-dessus de moi.

Enroulant jambes et bras autour de moi, elle m'embrassa à pleine bouche. Je pris le relais, caressant et mordillant tour à tour, jusqu'à ce qu'elle s'écarte.

— La vache, souffla-t-elle.

Sans attendre je la portai à mon lit, puis recommençai à l'embrasser jusqu'à en perdre haleine. Je lui enlevai son pull, elle déboutonna ma chemise, et quand je mis la main sur la fermeture Éclair de son jean, elle dit aussitôt « Oui ».

J'admis que je n'avais jamais fait ça avec quelqu'un qui comptait vraiment pour moi, mais elle se méprit, pensant que je n'avais jamais fait l'amour *du tout*. Je me retins de rire, même s'il n'y avait rien de drôle là-dedans.

— Non, j'ai déjà couché avec des filles, mais c'était toujours des aventures d'un soir. Jamais personne à qui j'étais attaché, ni même que je... connaissais.

J'avais peur de la dégoûter. Il y avait toutes les chances pour qu'elle soit allée jusqu'au bout avec Moore, vu le temps qu'ils étaient restés ensemble. Mais sans doute était-ce aussi sa première et dernière expérience avec un homme.

— Vraiment – c'est tout ?

— Il n'y en a pas eu tant que ça non plus. Beaucoup plus au lycée que ces trois dernières années, d'ailleurs.

La vérité sans fard.

Les yeux rivés sur moi, elle murmura qu'elle en avait envie. Avec moi.

— S'il te plaît, ne me demande pas de dire stop, ajouta-t-elle.

Pas de souci pour *ça*. La seule chose qui m'importait, c'était d'y aller en douceur, pour lui donner un maximum de plaisir. Je voulais qu'elle se sente belle, désirée et intensément satisfaite.

Je lui enlevai son jean et caressai son corps superbe du regard le temps de me déshabiller. Puis je fis de même avec les doigts, mais tout en légèreté – la rondeur de ses seins dépassant du soutien-gorge en dentelle rose, son nombril, la culotte en dessous. Elle était si sexy. Elle se mit à tracer le contour de mes épaules, puis les biceps, puis les abdos, tout en sortant la langue pour s'humecter les lèvres.

J'attrapai un préservatif sur la table de chevet, mais quand je me remis sur elle, je vis qu'elle tremblait. Je savais que ce n'était pas dû au froid, même si elle me fit cette réponse quand je lui posais la question. Elle était tendue, affolée presque, et je me demandais bien pourquoi. Je priai pour que ce soit à cause de sa relative inexpérience, et non de ce qui lui était arrivé *cette nuit-là*. Je pouvais remédier à la première ; mais s'il s'agissait d'une peur panique de revivre ce qui s'était passé, je n'étais pas sûr d'être armé pour ça.

Je peux m'arrêter. La tenir dans mes bras. Si je n'arrivais pas à calmer ses craintes, c'est ce que je ferais.

Je me redressai pour tirer les draps sous elle. Ils étaient frais, ce qui la fit grelotter encore plus jusqu'à ce que je rabatte la couette et que je m'allonge sur elle pour la réchauffer avec mon corps. Je la sentis se détendre sous mes doigts et son souffle s'accéléra, mais se fit plus profond aussi. Je l'embrassai lentement, en lui tenant la tête avec tendresse, jusqu'à ce qu'elle retrouve l'état de sérénité dans lequel elle était quand on avait quitté la cuisine. Elle se blottit sous moi, apaisée, confiante.

— Ça va mieux ? l'interrogeai-je, et elle me le confirma. Tu sais que tu peux le dire. Mais cette fois, je ne te le demanderai pas.

Je m'emparai de sa bouche et elle s'ouvrit à moi, enchevêtrant sa langue dans la mienne, me léchant la lèvre, aspirant mon piercing et plongeant les doigts dans mes cheveux pour me tenir exactement comme elle l'entendait. Quand elle fit descendre ses ongles courts depuis mes omoplates jusqu'à mes reins, ses mains s'immisçant sous l'élastique de mon boxer, je sus qu'elle était prête. Mais je n'accélérai pas le mouvement pour autant, car je voulais assouvir ses désirs. Je lui ôtai le soutien-gorge, fis glisser sa culotte, enlevai mon caleçon et mis le préservatif, tout cela sans jamais arrêter de l'embrasser.

Une main sur sa hanche, j'entrai en elle et y restai assez longtemps pour qu'on ressente l'union pleine et entière de nos deux corps. Elle était étroite et brûlante, et me correspondait parfaitement. *Comment aurait-il pu en être autrement ?* Je traçai un chemin de baisers sur son menton, sa mâchoire et jusqu'à l'orée de ses cheveux. « Comme tu es belle », murmurai-je en me retirant, puis en la pénétrant de nouveau. Caressant l'intérieur de sa bouche, je lui dis que je l'aimais autrement que par des mots.

Elle haleta, ses mains cramponnées à mes cheveux, enroula une jambe autour de ma taille et cala l'autre pied pour mieux se cambrer – et m'accueillir. Je commençai à bouger.

J'en eus le frisson : c'était si bon, *si bon* d'être en elle, et je fis glisser mes mains sur sa peau douce, la caressant et la pétrissant tour à tour.

Quand je lui pris un sein et me penchai pour sucer le mamelon, elle murmura mon prénom en gémissant faiblement.

Je roulai sur le dos, l'emmenant avec moi, et l'agrippai fermement à la taille pour la besogner, toujours plus fort, la guider jusqu'à ce qu'elle prenne le contrôle et décide du rythme. Ses genoux me comprimaient les hanches, ses bras tremblaient. Soudain ses cheveux tombèrent en cascade, et sous le rideau soyeux je dessinai le contour de ses seins avec la langue, effleurant la zone sensible en dessous avant de passer aux côtés, puis au centre. Le gémissement qu'elle poussa venait de si loin que je le ressentis dans sa poitrine.

— Jouis pour moi, Jacqueline, chuchotai-je. Jouis, bébé.

Elle gémit de nouveau, frustrée, comme si elle n'était pas certaine de la marche à suivre, alors je la fis glisser sous moi, lui plaquai les mains sur le lit et mis encore plus de force dans mes coups de reins.

— Oh, mon Dieu, pantela-t-elle, entrecroisant ses doigts dans les miens et fermant les yeux. Lucas !

— Je suis là, dis-je quand son corps tout entier se crispa. Une seconde après, je la suivais au septième ciel.

Hormis une épaule nue, je ne voyais rien d'elle (le reste était sous la couette), mais en revanche je la sentais. Tout contre moi, sa peau chaude, nos jambes emmêlées. Je me concentrai sur ses traits – des traits que j'avais l'impression de connaître aussi bien que les miens. Je décidai que ce que je préférais chez Jacqueline, c'était ses yeux. Paradoxalement, c'était la partie la plus dure à saisir sur un dessin. Impossible de reproduire toutes les nuances, et la façon qu'elle avait de m'observer. Ou peut-être sa bouche… Je lui touchai les lèvres et elle me regarda, dans l'attente.

C'était presque injuste d'avoir autant envie d'elle. Je repoussai la couette jusqu'à sa taille. Les hommes sont visuels, comme les artistes, et je profitai doublement du plaisir de contempler sa peau nue. Bon sang, elle était tellement belle.

— J'ai envie de te dessiner comme ça, annonçai-je, tentant de garder mon sérieux quand elle me demanda d'un air taquin si celui-là finirait aussi sur le mur de ma chambre.

Jamais je n'arriverais à dormir avec cette image en face de moi. Soit je me débrouillerais pour la remettre dans mon lit, soit je ferais appel à mon imagination débordante pour la visualiser près de moi.

— J'ai fait plusieurs croquis de toi qui n'y sont pas, tu sais.

Oups.

Bien sûr, elle voulut les voir. Je frôlai sa poitrine de mes doigts, puis m'approchai.

— Maintenant ?

S'il te plaît, dis non.

La curiosité l'emporta et elle se laissa faire. Je me dépêchai de disparaître sous la couette.

Je déposai un baiser sur son sternum et commençai à descendre, lentement. Elle glissa les mains dans mes cheveux, et retint son souffle quand je passai son nombril et continuai toujours. Je déviai sur le côté pour m'occuper du haut de sa cuisse, respirant son odeur sucrée et soufflant dessus, comme pour lui montrer le chemin que ma langue avait l'intention de prendre. Dans ses mains gracieuses, mes longues mèches devinrent des rênes.

Guide-moi, Jacqueline. Montre-moi où aller.

C'est ce qu'elle fit.

Je remis mon boxer pour aller ouvrir à Francis et lui donner à manger, sinon il n'allait jamais nous laisser tranquilles. Ensuite je préparai un verre de lait, plaçai quelques brownies sur une assiette et tendis le tout à Jacqueline quand je revins près d'elle.

Elle avait remonté le drap sur ses seins, ce que je trouvais aussi mignon qu'alléchant, vu ce qu'on avait fait ces dernières heures.

Allumant la lampe du bureau, je pris mon carnet et me remis au lit, derrière elle, pour qu'elle se laisse aller contre mon torse. Ses fesses appuyaient contre ce qui serait bientôt une érection monumentale. Mais pour l'instant j'avais juste envie de ronronner de contentement, ou bien de grogner, enfin le bruit que les hommes font quand tous leurs besoins sans exception viennent d'être comblés.

Elle prit un brownie pendant que j'ouvrais le carnet et commençais à feuilleter les croquis que j'avais faits ce semestre : certains bâtiments dont j'aimais l'architecture, des objets mécaniques, des paysages, des gens que je trouvais intéressants. Le temps qu'on en arrive au portrait que j'avais fait d'elle le matin pluvieux, elle avait englouti deux parts et entamait la troisième.

Je levai la tête au plafond. *Un point pour toi, Papi. Et maintenant regarde ailleurs, tu veux.*

Je lui demandai si elle flippait de savoir que je la regardais tout le temps avant de la connaître, mais elle mit ça sur le compte de mon talent d'observateur, puisque j'avais dessiné d'autres inconnus.

— Je ne sais pas si ça me soulage ou si je me sens encore plus mal, constatai-je.

Elle se décala sur mon bras pour me regarder.

— Je ne suis plus fâchée contre toi. J'étais furieuse quand j'ai appris que tu étais Landon, parce que j'étais persuadée que tu jouais avec moi. Alors que c'était tout le contraire. (Elle fit glisser le drap sur son ventre, puis effleura ma joue.) Jamais je n'aurai peur de toi...

Je posai l'assiette par terre et la mis à califourchon sur moi.

— Est-ce que je prends un..., proposa-t-elle, et j'acceptai aussitôt.

Sur la table de chevet, elle s'empara d'un sachet de plastique.

— Je peux... ou tu préfères le faire... ?

— Oui, carrément.

Jamais une fille ne m'avait mis un préservatif. En la voyant faire d'une main experte je songeai que cette fois, c'était moi qui manquais d'expérience. Et *oh, mon Dieu*, ça m'allait très bien.

23

Landon

Trouver un petit job fut plus problématique que je ne l'aurais cru. Dans ma petite ville, avec ma récente plainte pour coups et blessures, les patrons ne se bousculaient pas vraiment pour m'embaucher.

Touchant le fond, j'allai poser ma candidature au dernier fast-food où j'aurais eu envie de *manger*, et m'entendis quand même dire :

— Remplis ça si tu veux, mais on ne recrute pas en ce moment.

On était presque en été, la période la plus chargée de l'année quand on est commerçant en bord de mer. Et il ne recrutait pas ? *Prends-moi pour un idiot tant que t'y es*. Le regard fixé sur la cravate en polyester du patron, je lui pris la feuille des mains. J'en avais pour un bon quart d'heure à compléter son formulaire. Et tout ça pour rien.

— Hé, tu s'rais pas l'garçon à Ray ? Le p'tit-fils d'Edmond ?

En me retournant je tombai sur un vieux grincheux, une espèce plutôt commune dans le coin. Celui-ci était petit et grassouillet, et il portait un bleu de travail qui faisait un peu prisonnier, hormis la mention « Hendrickson Electric & AC » cousue sur la poitrine. Il alla vider son plateau et revint vers moi.

— Si, monsieur. Landon Maxfield, fis-je en lui tendant la main.

Il la serra, et il avait une sacrée poigne.

— W. W. Hendrickson, dit-il de sa voix traînante. Tu cherches du boulot, c'est ça ? Si j'étais toi, j'boss'rais pas dans ce bouiboui merdique. Sans vouloir te vexer, Billy, ajouta-t-il en jetant un coup d'œil au patron, qui rougit.

Personne n'appelait plus Bill Zuckerman par son petit nom depuis vingt bonnes années. Il tenta de faire croire que ça ne l'atteignait pas en se raclant la gorge, mais échoua lamentablement.

— Euh, je ne me vexe pas, monsieur Hendrickson.

— Mouais, répondit le petit vieux. Viens, Landon, on va parler, dit-il en me faisant signe de le suivre dehors. Tu travaillais pas sur l'bateau avec ton père ?

— Si, monsieur. Mais j'envisage d'aller à la fac l'an prochain, et j'ai besoin d'une expérience professionnelle, avec de bonnes références.

— T'as l'intention de t'carapater d'ici comme ton père au même âge, c'est ça ? demanda-t-il sans méchanceté aucune.

— Oui, monsieur. J'aimerais devenir ingénieur.

Il haussa des sourcils prodigieusement fournis.

— Content d'voir qu't'as la tête sur les épaules, mon garçon. J'ai jamais compris pourquoi Ray était allé faire autant d'années d'études. C'est d'la poudre aux yeux, tout ça.

Je me tus, sachant que cela ne servait à rien de refaire le cursus universitaire de Papa avec un homme comme M. Hendrickson.

— J'irai droit au but. J'ai b'soin d'un nouvel assistant. Saute pas d'joie tout d'suite, mon p'tit gars. Faut savoir que tu vas sûr'ment t'prendre le jus une ou deux fois avant d'savoir quels fils électriques éviter. J'vais aussi t'envoyer dans des caves où il fait noir comme dans un four et chaud comme pas possible, et tu vas suer comme un bœuf, t'planter d'la fibre d'verre dans les g'noux et devoir slalomer entre des bestioles plus ou moins grosses.

(Il éclata d'un rire asthmatique.) Celui qu'tu remplaces, j'l'ai envoyé chercher un opossum qui s'planquait dans un plafond, une fois. Par chance il a atterri au milieu du salon, le bougre.

Par chance ?

— Euh, d'accord.

Je ne savais pas quoi dire d'autre.

— Pour c'qui est d'la paye, c'est deux dollars au-d'sus du salaire minimum. Interdiction d'boire, d'fumer, et d'traficoter avec les filles des clients. J'me sens obligé de te l'dire, parce que t'es aussi beau garçon qu'ton père, et parce que moi aussi j'suis passé par là.

Je sentis que je piquai un fard.

— J'suppose qu'tu t'y connais en ordinateurs et tout l'bazar ? Bien. Ça m'f'rait pas d'mal d'commencer à faire mes comptes là-d'sus, si j'veux entrer dans l'vingt et unième siècle avant qu'il soit fini. Alors, qu'est-ce que t'en dis ?

J'ai trouvé un boulot, pensai-je.

— Eh bien, monsieur Maxfield, je n'aurais jamais cru dire cela, mais vous vous accrochez.

Le regard braqué sur ma proviseure, je songeai : *Surtout que vous avez tout fait pour me virer*. Elle avait eu le cran de me convoquer pour me le dire en face, mais j'attendais de voir où ça allait mener. Elle se croyait au-dessus de tout le monde, et dans l'enceinte du lycée c'était vrai.

Six mois, pensai-je. Plus que six mois et je me barrais de là. Je ne m'arrêterais même pas pour jeter un dernier regard derrière moi.

Alors je me tus et la laissai examiner mon nouvel emploi du temps.

— Je vois que vous vous êtes inscrit en plus aux cours d'algèbre et de physique, commenta-t-elle en me scrutant par-dessus ses lunettes. C'est... *ambitieux*.

Avec ses lèvres pincées, elle me disait combien elle était sceptique de me voir changer, malgré les efforts que j'avais fournis ces dernières semaines.

J'avais envie de lui effacer son air condescendant, et vite fait.

Au lieu de lui répondre, je répétai dans ma tête le mantra que j'avais appris dès le premier cours de taekwondo : *amabilité, intégrité, persévérance, maîtrise de soi et de l'esprit*. Ces principes étaient intimement liés et je les mélangeais encore trop souvent. Mais si j'en négligeais un seul, je finirais par négliger tous les autres. À quoi bon être intègre si j'étais incapable de me maîtriser ?

Il n'y avait plus qu'à attendre qu'Ingram en ait terminé avec moi – mais mon mutisme ne lui plaisait guère, de toute évidence.

— Si j'ai bien compris, l'une de nos meilleures élèves vous aide à rattraper votre retard.

Ah. Pearl.

À part la fameuse fois où elle était venue m'ausculter à la maison, je n'avais jamais discuté avec Pearl Frank seul à seule. J'avais failli ne pas réagir le jour où elle m'avait touché le bras à la biblio et m'avait demandé, « Landon, ça va ? ».

Ma table était jonchée de manuels et de feuilles où j'avais pris des notes. Je croulais sous le travail. Je n'allais pas m'en sortir. Mais je n'avais pas super envie de l'avouer à la meilleure amie de Melody, et accessoirement l'élève la plus intelligente de notre classe.

— Ça va, merci, avais-je dit en me faisant craquer le cou.

Une heure sans bouger, à scotcher sur mon bouquin de chimie.

— Pourquoi t'étudies ça ? Il y a plus d'un mois qu'on a vu la loi de Dalton.

J'avais brusquement refermé le livre et m'étais levé.

— Ouais ben j'ai pas pigé en cours, et je pige pas plus maintenant. (Je m'étais obligé à me calmer.) Tant pis, c'est pas grave.

— Mais tu reprends tout au début parce que...

Pearl était perspicace. J'avais dégluti. Elle n'allait quand même pas m'obliger à le dire à voix haute – oui, je tentais le tout pour le tout, j'essayais de changer le cours de mon avenir tout tracé. Et j'avais peur de ne pas y arriver.

— Si tu veux je te passe mes notes, et quand tu ne comprends pas je t'explique.

Dans ses yeux, j'avais vu une lueur de défi, et non de pitié.

— OK.

— Il ne faut pas non plus avoir peur de poser des questions aux profs. Ils sont humains, après tout. Enfin, la plupart, avait-elle conclu, sourire aux lèvres.

Pendant plusieurs semaines elle m'avait aidé – pas simplement en chimie, mais aussi en littérature et en initiation à l'algèbre. Grâce à elle, mon cerveau s'était réveillé après trois années d'hibernation.

— Pearl Frank ? insistait Mme Ingram à présent, comme si j'avais un trou de mémoire.

J'étais curieux de savoir comment elle avait su, mais je n'allais sûrement pas le lui demander.

— En effet.

Cette femme me haïssait. En quelques mois de taekwondo, j'avais appris à reconnaître les signes – quand on passait de l'irritation à la fureur, par exemple. Pour bien se défendre, il fallait être capable de sentir si son adversaire allait péter un câble dans la minute. La proviseure n'en était pas encore là, mais prudence.

— Si j'ai bien compris aussi, vous vous êtes fait arrêter pour coups et blessures il y a quelque temps. Heureusement, vous n'avez eu qu'une mise à l'épreuve.

Elle semblait être tout sauf ravie pour moi. Je ne dis toujours rien.

Pearl m'avait raconté une fois qu'Ingram était obsédée par la théorie de l'« écrémage » :

— C'est génial quand on y pense, mais c'est surtout dégueulasse. Et ça marche dans tous les domaines. Tu élimines les élèves qui ont les moins bonnes notes, ou les employés qui ont les plus mauvais états de service, et mathématiquement cela remonte la moyenne générale, ou le rang de ton entreprise dans un secteur donné.

Ingram finit par craquer.

— Puis-je savoir pourquoi vous ne me répondez pas, monsieur Maxfield ?

— Parce que vous ne me posez pas de questions.

Ses yeux lancèrent des éclairs.

— Dans ce cas, je vais être claire. Je ne sais pas à quel jeu vous jouez, ni ce que vous trafiquez avec Mlle Frank, mais je refuse que vous lui fassiez perdre un temps précieux avec vos bêtises. Je ne crois pas une seule seconde que vous ayez l'éthique, la capacité de travail, ou les compétences interpersonnelles nécessaires pour représenter un lycée considéré comme exemplaire.

Je me mordis la lèvre pour ne pas lui rire au nez. D'après les statistiques officielles, son bahut était loin d'être *exemplaire*.

J'arrêtai de l'écouter quand elle se mit à déblatérer sur mon manque d'honnêteté, mon manque de réflexion, mon manque de respect pour l'autorité. C'est marrant comme les gens qui pestent contre le manque de respect en sont eux-mêmes dépourvus.

Quand elle eut terminé, j'en avais les oreilles qui bourdonnaient.

— On est d'accord, jeune homme ?

Elle attendait manifestement plus qu'une simple réponse – elle mourait d'envie de me voir perdre mon sang-froid. *Dommage pour toi.*

— Je crois, oui. Je peux m'en aller, madame Ingram ? dis-je avant de me lever, projetant malgré moi une ombre menaçante sur le bureau. Je dois aller en cours, maintenant. Sauf si vous tenez à ce que je sois en retard.

Au même moment, la cloche sonna.

Elle se leva à son tour, mais je restais plus grand qu'elle. L'été précédent j'avais enfin atteint la taille imposante de mon père, et cela ne lui plaisait pas des masses de faire trente centimètres de moins qu'un élève. Une main dans la poche, je reculai légèrement – une manière comme une autre d'enterrer la hache de guerre, mais c'était tout ce qu'elle obtiendrait de moi. Je n'avais plus quatorze ans, et cette femme ne gâcherait pas mes chances de partir à la fac.

— Vous pouvez y aller. Mais je vous ai à l'œil.

C'est ça, cause toujours, pensai-je avant de la planter là, sans un mot.

Je me demandais bien pourquoi elle faisait carrière dans l'éducation, puisqu'elle aimait si peu les jeunes. Mais j'avais compris que les gens sont parfois illogiques. Que certaines choses n'ont pas de sens et n'en auront jamais. Que parfois il faut laisser son ancienne vie derrière soi, sinon elle vous entraîne vers le bas.

Lucas

Le samedi matin, cela faisait plus de trente heures que Jacqueline était partie de chez moi. C'était le dernier cours d'autodéfense, et je m'y préparais avec Don dans le vestiaire. On intervenait en seconde partie de session, pour jouer le rôle d'« agresseur », qui exigeait une certaine distance émotionnelle avec les « victimes ».

Quand on entra dans la salle avec nos costumes rembourrés, je cherchai immédiatement Jacqueline des yeux. Elle était avec les autres et portait toutes les protections nécessaires, qui la faisaient ressembler à un mini sumo. Quand elle me vit elle battit des cils, puis se mordit la lèvre, et aussitôt je revis en esprit les images tout à fait explicites des quelques heures que nous avions passées dans mon lit. À en croire son sourire timide, je n'étais pas le seul.

Distance émotionnelle *mon œil*.

Je songeai un peu tard que j'aurais dû lui demander de ne pas se mettre dans mon groupe. Cela n'avait plus rien à voir avec les mouvements qu'on avait pratiqués dans mon salon. Cette fois, Don et moi, on allait faire des commentaires déplaisants. On allait chercher une ouverture, un angle, pour les agresser. Et on ne relâcherait pas la « victime » tant qu'elle ne se serait pas défendue honorablement – chose qu'on savait juger car on avait tous les deux été formés.

Ce moment de la session était toujours perturbant pour moi. Je devais quand même me mettre dans la peau d'un prédateur sexuel, et en général, après, j'avais juste envie de prendre une douche brûlante.

Dès que Ralph leur aurait montré les gestes, elles passeraient aux choses sérieuses – aux « coups dans les parties », comme disait si bien Erin.

— Il lui tarde parce qu'elle va pouvoir y aller franco sans vous faire mal, m'avait expliqué Jacqueline en se rhabillant le jeudi soir.

— Qu'est-ce que j'ai hâte, avais-je ironisé, la faisant rire.

Détournant le regard elle m'avait avoué à demi-voix :

— Erin est la première à qui je l'ai dit. Si tu savais comme je regrette de ne pas l'avoir fait plus tôt.

— Il n'y a pas de bonne ou de mauvaise victime, Jacqueline, avais-je dit en l'enlaçant. On n'a pas encore de manuel pour ça.

Elle hocha la tête mais je voyais bien qu'elle n'était pas convaincue. Pas encore, à cause de Mindi.

— Tu as survécu et elle survivra aussi.

Je passai en premier. En allant au tatami, je sentis les yeux de Jacqueline sur moi et je priai pour qu'on ne fasse pas l'exercice ensemble. Vickie se porta volontaire et m'envoya au tapis dans les règles de l'art. Je m'attendais à ce qu'Erin passe rapidement, mais elle resta en retrait avec Jacqueline, qui n'avait pas du tout l'air pressée d'y aller. Quand Don me relaya, je vis à quel point elles encourageaient leurs camarades, Jacqueline applaudissant à tout rompre tandis que sa copine criait à tue-tête « Vas-y, coup de coude ! TONDEUSE ! Frappe-le ! Plus FORT ! ».

Enfin, Erin s'avança pour combattre Don. Il ne restait plus que Jacqueline et une autre femme, extrêmement timide, qui travaillait au centre médical.

— Elle a intérêt à y aller mollo, marmonna Don. Je suis pas sûr que le costume rembourré suffise avec celle-ci.

La « victime » pouvait y mettre tout son cœur, on ne sentait rien – normalement. Du coup, pendant la formation, on nous avait conseillé d'en rajouter un peu, histoire de faire plus vrai. Ce qui ne m'empêcha pas de souffrir pour Don quand je le vis s'effondrer après un parfait coup de pied à l'aine. Onze voix hurlèrent « COURS ! », mais Erin n'était pas mal non plus comme comédienne. Elle se servit de la poitrine de son agresseur comme tremplin, se retourna *exprès* pour lui mettre deux coups de pied et fonça vers la porte d'entrée, que Ralph avait désignée comme étant le lieu sûr. Une fois arrivée, elle sauta partout, comme si elle avait gagné le championnat du monde de boxe féminine.

Don se releva comme il put et me fit signe que tout allait bien. *Ouf.*

J'allai sur le tatami et attendis. Gail, la secrétaire du centre médical, s'avança, tremblante de nervosité. À la voir on aurait pu être tenté de carrément la dispenser de l'exercice. Mais elle était si près du but. Il était temps de lui prouver qu'elle était plus forte qu'elle ne le croyait. Ralph lui donna quelques conseils et encouragements. J'y allai doucement avec elle, mais en voyant que ses coups faisaient mouche elle prit confiance et frappa plus fort, criant « Non ! » et « Laissez-moi tranquille ! » d'une voix claire. Quand elle en eut terminé avec moi, elle riait et pleurait en même temps. Ses camarades la félicitèrent chaleureusement.

Pour moi, rien ne fut aussi satisfaisant que de voir Jacqueline en action. Sans l'aide de personne, elle exécuta toute une série de mouvements, et si elle ne réussit pas chaque fois, elle prouva au moins qu'elle les connaissait tous. À un moment donné elle se retrouva coincée dans la fameuse étreinte de l'ours, mais quand Erin hurla « LES COUILLES ! » – à mon avis, tout le campus l'entendit –, elle se ressaisit et donna un coup de genou aussi bien placé que puissant. Don s'écroula aussitôt. Elle se rua vers la porte d'entrée et son amie se jeta dans ses bras. J'étais tellement fier d'elle – mais j'espérais bien qu'elle n'aurait jamais à se servir de ce qu'elle venait d'apprendre.

Le dimanche après-midi, Jacqueline voulut bien faire un break dans ses révisions. Je fis du café, que je transvasai dans des Thermos, et on se rendit au lac. J'avais envie de dessiner les kayakistes qui s'entraînaient à longueur d'année. Jacqueline décréta qu'ils étaient cinglés d'aller sur l'eau par un froid pareil. Elle était blottie à côté de moi sur le banc, vêtue chaudement des pieds à la tête, et elle tremblait quand même. Moi je portais mon sweat à capuche, mais pas de gants car cela me gênait pour dessiner, et j'avais aussi enlevé mon blouson.

Quand je lui dis qu'elle était une chochotte, elle me donna un coup de poing dans l'épaule que j'aurais pu esquiver facilement.

— Ouah – je retire ce que j'ai dit ! T'es une dure à cuire. Une sacrée teigne, même, plaisantai-je en l'attirant contre moi pour la réchauffer.

— Gare à mon coup de genou, il déchire tout, baragouina-t-elle contre mon torse.

— C'est vrai qu'il déchire tout, répondis-je en lui prenant le menton pour qu'elle me regarde. D'ailleurs, j'ai un peu peur de toi.

Je disais cela pour l'amuser, mais c'était plus vrai qu'elle ne l'imaginait.

— Je ne veux pas que tu aies peur de moi, murmura-t-elle, et je l'embrassai jusqu'à ce que son nez soit chaud contre ma joue.

Quand on retourna à l'appart, elle me rappela la fois où je lui avais demandé de me laisser quelque chose à attendre.

— Ça te dirait, maintenant… ?

Nos habits étaient complètement de travers mais nous n'étions pas allés plus loin que des caresses enfiévrées sur mon canapé, le tout sous les yeux de Francis, qui avait l'air de s'ennuyer ferme.

Si je veux que tu me prennes dans ta main et/ou dans ta bouche ? Euh... Ouais.

Elle regarda mon piercing, que je suçais machinalement, et un sourire apparut sur ses lèvres. Sans perdre de temps elle se mit à genoux par terre, entre mes jambes. Quand elle s'affaira sur le bouton, puis sur la fermeture Éclair de mon jean, je me dis que je devais être en train de rêver. Je tentais de ne pas bouger, par peur de me réveiller, mais ne pus me retenir de plonger les doigts dans sa chevelure soyeuse. Je devais la toucher, mais je voulais aussi voir ce qu'elle allait faire.

Quand elle donna un premier coup de langue de la base jusqu'au gland, je fermai les yeux d'extase. Elle prit appui sur le canapé pour mieux mordiller mon sexe, en alternant avec ses caresses sensuelles. Je gémis – la réponse qu'elle attendait, à n'en pas douter. Quand sa bouche chaude se referma sur moi – *Oh, mon Dieu*, ma tête tomba en arrière et je refermai les yeux. C'est là qu'elle se mit à ronronner – longuement, d'une voix sourde.

— Oh, merde, Jacqueline, haletai-je.

Cette fois, elle ne me laissa pas l'arrêter.

Le mercredi après-midi elle m'envoya un SMS : « Les doigts dans le nez, l'exam d'éco ». J'étais trop content pour elle. « On est d'accord que c'est grâce à moi, n'est-ce pas ? » plaisantai-je. « Non, c'est grâce à mon tuteur. Tu sais, Landon ? » rétorqua-t-elle et j'éclatai de rire tout seul, ce qui me valut un regard courroucé de la part d'Eve, avec qui j'enchaînais deux services. Comme Gwen et Ron avaient des exams ce jour-là et nous aucun, on s'était mis d'accord pour faire la journée complète. Notre manager était là en cas de besoin.

— Bonjour, je vais prendre un truc bien chaud et bien sucré.

Je reconnus la voix de Joseph donnant sa commande à Eve. Engoncé dans son manteau fourni par la fac, il se frottait furieusement les mains.

Ma collègue lui lança un regard assassin.

— Le *nom* de votre *boisson,* monsieur ?

Elle aurait tout aussi bien pu lui cracher du venin à la tête. La scène qui allait suivre serait drôle. Ou très pénible. Dans tous les cas, je n'eus pas la force de m'interposer.

C'était plutôt rare que Joseph vienne au *Starbucks,* trop hype à son goût – en clair, beaucoup trop cher pour ce que c'était.

Il regarda Eve d'un air amusé.

— Une recommandation, peut-être ? Je connais pas votre menu chicos par cœur. Comme je l'ai dit, je voudrais un truc *chaud* et *sucré*. Mais je serais surpris que t'aies ça en rayon, ma cocotte.

— *Sérieux* ? C'est comme ça que tu dragues les nanas ?

— Si t'espères que je te drague, t'es mal barrée avec *moi,* dit-il avec une moue. T'es vraiment, mais alors vraiment pas du tout mon type.

— Tu me parles de vouloir un truc chaud et sucré et tu oses me dire que tu me fais pas du plat ? ragea Eve.

— *Non,* je ne te fais pas du plat, rétorqua-t-il, glacial. J'aimerais juste une boisson chaude, plutôt que *froide,* et j'aimerais y ajouter quelque chose de sucré, comme du *sirop*. Bon sang, si tu voulais pas me servir fallait le dire.

Lèvres pincées, il regarda autour de lui et finit par me repérer.

— Merde, Lucas, tu pouvais pas dire que t'étais là ? File-moi un truc... (Il jeta un coup d'œil à Eve)... qui soit chaud et sucré.

— Qu'est-ce que tu penserais d'un mocaccino avec un trait de caramel ?

— Ça m'a l'air parfait, s'exclama-t-il avec un grand sourire. Je te remercie de ton professionnalisme, ajouta-t-il avec un regard appuyé.

Je lui préparai sa boisson, il tendit un billet et Eve l'encaissa sans un mot.

— Tu vas bien au concert d'Air Review la semaine prochaine ? Au fait, la sœur d'Elliott va venir chez nous quelques jours. Je t'invite à dîner, OK ? J'aimerais lui présenter mon seul ami qui soit en master. Histoire de me faire mousser un peu, quoi.

— Avec plaisir, m'esclaffai-je. À plus, Joseph.

Quand il fut parti, Eve vint vers moi, l'air mauvais.

— Il est gay, hein ?

— Ouaip.

— Et toi t'es resté planté pendant que je me tapais la honte...

— Eve, tout ne tourne pas autour de toi, dis-je en lui tapotant le nez pour atténuer mes mots durs. Peut-être que tu devrais y réfléchir.

Je partis faire la vaisselle avant la prochaine vague d'étudiants, encore plus accros à la caféine en cette période d'examens.

Mon téléphone vibra : un autre texto de Jacqueline. Il lui restait encore trois exams alors que je n'en avais plus qu'un, et elle m'avait invité dans sa chambre ce week-end-là car Erin serait déjà repartie chez elle.

*Ça te dit de manger chinois, samedi soir ? Un truc bien chaud et épicé pour fêter la fin du semestre. T'aimes le poulet Kung Pao ? *clin d'œil*.*

Après la conversation surréaliste entre Joseph et Eve, je ris de plus belle.

Moi : Pas besoin de manger chinois pour passer un moment chaud et épicé avec toi
*Jacqueline : *soupir* Fais gaffe, je te prends au mot !*

— Comment t'en es venue à jouer de la contrebasse ? demandai-je en tentant d'attraper un morceau de brocoli au fond de la boîte.

On était assis par terre, adossés contre le lit de Jacqueline.

— C'est à cause du foot américain, répondit-elle, et je dus faire une drôle de tête parce qu'elle éclata de rire. En fait, un élève de l'orchestre s'était fracturé la clavicule pendant un match, et notre prof a demandé à un violoniste de se dévouer. Comme personne ne disait rien, je me suis portée volontaire. Quand je l'ai annoncé à ma mère, elle était ravie.

— Tu ne t'entends pas avec elle, si je comprends bien ?

— C'est marrant que tu me dises ça, répondit-elle après un temps de réflexion, parce que je viens de lui dire pour Buck. Je lui ai tout raconté. Et elle a pleuré, chose qu'elle ne fait *jamais*. Elle voulait même sauter dans le premier avion pour venir. Je lui ai dit que j'allais bien, que j'étais forte... et je me rends compte que c'est vrai. (Elle posa la tête sur son lit et me regarda.) Grâce à Erin – et à toi.

Entre les lignes, je lisais que ce n'était pas un *bad boy* qui aurait fait ça pour elle. Je fis semblant d'incliner un chapeau imaginaire.

— À vot' service, ma p'tite dame.

Elle me sourit.

— Elle va prendre rendez-vous pour moi chez son psy. Au début j'ai accepté pour lui faire plaisir. Mais plus j'y réfléchis, plus je me dis que c'est une bonne idée. J'ai envie de parler à quelqu'un de ce qui s'est passé. Quelqu'un qui saura m'aider à tourner la page.

— C'est cool. Je suis content qu'elle te soutienne, vraiment.

Son visage était à quelques centimètres du mien, et j'aurais juré qu'elle était triste pour *moi*. Peut-être parce que je n'avais plus de mère. Mais ce n'était pas comme ça que j'avais imaginé notre soirée. Il me restait si peu de temps à passer avec elle.

— Et toi, comment t'en es arrivé à faire des études d'ingénieur ? T'aurais cartonné en arts plastiques.

— Je peux dessiner quand je veux, tu sais. Depuis tout petit, ça me calme, mais c'est un truc que je garde pour moi. En fait, je ne suis pas vraiment un peintre, encore moins un sculpteur. Alors que dans le métier d'ingénieur, tout m'intéresse. J'ai eu un mal fou à choisir une spécialité, d'ailleurs.

— Qu'est-ce qui t'a décidé, finalement ?

— Un coup de bol. Je n'avais pas vraiment pensé à la médecine, je croyais que je dessinerais des voitures ou des objets futuristes. Mais une occasion s'est présentée quand M. Aziz, mon prof de l'an dernier, m'a proposé une place dans son équipe. Bref, je fonce.

Peu après, je sortis mon iPod pour lui faire écouter un groupe que je venais de découvrir. Sans surprise, elle se montra plus sensible à la musique qu'aucune autre personne dans ma vie. Un nombre hallucinant d'émotions passèrent sur son visage l'espace de quelques chansons. Je l'embrassai puis la pris dans mes bras, la déposai sur le lit et m'allongeai à côté d'elle, un bras sous sa tête, l'autre sur son ventre.

Un peu plus tard, elle enleva un écouteur et me le tendit. Je mis la chanson qui m'avait donné l'idée de mon dernier tatouage, deux ans plus tôt : quatre vers inscrits pour toujours sur mon flanc, composés par ma poétesse de mère pour l'homme rationnel qui l'aimait. Le texte de la chanson m'avait rappelé ce poème, et à ma visite suivante, j'étais allé chercher son cahier de poésie au grenier. Ensuite, j'étais passé au salon d'Arianna.

L'amour n'est pas l'absence de logique
Mais une logique arrangée et réarrangée
Sans cesse remodelée
Pour exposer les contours du cœur

Mes mains se firent baladeuses, mais Jacqueline me prévint que sa coloc pouvait débarquer à tout moment. Apparemment, Erin avait repoussé son départ pour son ex-petit ami, qui tenait à la voir.

— Pourquoi ils ne sont plus ensemble ? demandai-je en lui prenant un sein, prêt à me mettre en quête de l'agrafe : devant ou derrière ?

— À cause de moi, dit-elle, et je me figeai. Ce n'est pas ce que tu crois. Chaz était le meilleur ami de... Buck.

Son corps se raidit quand elle prononça ce nom et je la serrai contre moi.

Mais Buck était parti, et il y avait de fortes chances pour qu'il ne revienne pas au semestre suivant – Charles y veillerait. Il connaissait un membre de la commission de discipline et ferait tout pour le convaincre.

— Je ne t'ai jamais parlé de l'escalier de service, n'est-ce pas ? reprit Jacqueline.

— Non, fis-je, mon corps aussi tendu que le sien, à présent.

Elle déglutit et se lança, à voix si basse que je n'osai bouger.

— Il y a un mois de cela, j'ai voulu faire une machine mais elles étaient toutes prises à mon étage, alors je suis descendue au premier. En remontant, Buck m'a surprise dans l'escalier. Il a menacé de... (Elle déglutit encore, me laissant compléter sa phrase.) Alors je lui ai proposé d'aller dans ma chambre. Je me suis dit que si je pouvais l'attirer dans le couloir, des témoins m'entendraient lui demander de partir et il se sentirait obligé.

Je la serrai plus fort, trop sûrement. Je m'en rendis compte mais j'avais l'impression que mes muscles s'étaient solidifiés et que jamais plus je ne la lâcherais.

— Ils étaient cinq à discuter dans le couloir, et j'ai tout de suite dit à Buck de s'en aller. Quand il a compris, il était furax. Pour ne pas perdre la face, il a fait croire qu'on avait couché ensemble dans l'escalier. Et à la façon dont on m'a regardée... Les rumeurs qui ont circulé après... Bref, on l'a cru.

Il n'avait pas atteint sa chambre, mais il avait posé la main sur elle. Et il lui avait fait peur. *Une fois de plus*.

Je me sentis démuni devant la rage qui s'amplifiait à l'idée de n'avoir pas su la protéger – c'était juste insoutenable d'être aussi impuissant. Je ne voulais pas l'effrayer, mais je ne savais tout simplement pas quoi faire de la colère qui bouillonnait en moi, menaçant de déborder à tout moment. Alors je la plaquai sur le dos pour l'embrasser et lui écartai les cuisses avec un genou. Je crus qu'elle se débattait et dans ma tête je hurlai « T'es malade *ou quoi* ? ». Je finis par m'écarter – mais c'est là qu'elle plongea les mains dans mes cheveux pour me retenir et se mit à m'embrasser encore plus brutalement que moi.

J'en tremblai parce que je l'aimais, tellement que j'avais du mal à respirer. Je me demandais si c'était normal de ressentir ça ou bien si j'étais complètement barré. Parce que tout ce que je voyais c'était ce besoin délirant, insatiable, un trou noir qui rongeait mon âme. Dans ses mains je me désagrégeais, je retournais au néant.

Je devais arrêter. Tout cela devait s'arrêter. Je lui avais donné ce qu'elle voulait – et je me retrouvais à ses pieds, en mille morceaux. Comment faisait-elle pour ne pas le voir ? Je ne pouvais plus jouer à ce jeu. Je devais reprendre mes droits, ou le peu qu'il en restait.

Mais je voulais aussi la posséder une dernière fois. L'entendre crier mon nom et la sentir frissonner sous mes mains. Je voulais prétendre, une dernière nuit, que je pouvais lui appartenir. Qu'elle pouvait être à moi. Je me mis sur elle pour l'embrasser – et je sus que cela n'arriverait pas. Son amie allait rentrer et c'était tout aussi bien. Je lui demandais de combler un espace impossible à combler. Un puits sans fond.

On ralentit la cadence, tout en restant allongés, et je commençai à cogiter pour trouver une échappatoire.

Curieusement, elle me posa des questions sur les Heller et mes parents. Et puis, d'un coup : « Comment elle était, ta mère ?

— Jacqueline... » fis-je, et au même moment on entendit du bruit.

Je me levai quand Erin entra, et Jacqueline m'imita. Sa coloc voulut nous laisser tranquilles mais je la coupai en disant, « Je partais, de toute façon » et en laçant mes rangers noires. Quel idiot de ne pas avoir mis mes santiags : je n'aurais eu qu'à les enfiler et à décamper.

— On se voit demain ? demanda Jacqueline dans le couloir, les bras croisés pour se réchauffer.

— Je crois qu'on devrait profiter des vacances pour faire une pause, répondis-je en fermant mon blouson.

Elle me regarda, interloquée. Quand elle me demanda pourquoi, mon cerveau se mit en mode logique, chassant toute émotion. Elle partait et moi aussi, au moins pour Noël. Elle avait encore ses bagages à faire et je devais aider Charles à entrer les notes dans l'ordinateur – c'était des conneries, mais elle n'avait aucun moyen de le vérifier.

Je terminai en lui disant de m'appeler à son retour et l'embrassai une dernière fois – un baiser rapide, sec. Exactement ce qu'elle ne méritait pas. Ni ce que je ressentais. Un « Au revoir » et je m'en allai.

24

Landon

Je n'étais pas le seul élève du lycée à ne pas avoir d'ordi, mais c'était l'impression que ça donnait. D'habitude je me connectais à la bibliothèque ou pendant mon cours de programmation, parfois chez le vieux Hendrickson. Mais on était samedi et ça ne pouvait pas attendre, alors je me rendis au garage du père de Boyce pour aller sur son antiquité.

— Me dis pas que tu peux pas t'acheter un ordi d'occase, râla Boyce. Tu bosses tout le temps, t'as forcément le fric. Et vu que tu le dépenses plus en te piquant ou en fumant…

La machine ramait sérieusement mais le site des résultats au concours d'admission finit par s'afficher, puis la page de connexion, et je pus enfin taper mon mot de passe. Boyce guettait son père à travers la fenêtre crasseuse, pleine de traces de doigts, de bouts de Scotch, de taches très peu ragoûtantes – personne n'avait pensé à acheter du nettoyant pour vitres, apparemment.

— J'économise pour payer mes frais de scolarité. (C'était l'excuse que je sortais chaque fois que je refusais de faire une dépense.) Et je te signale que je ne me suis jamais piqué.

— Ouais, ouais, dit-il en me tâtant les biceps. Tu réserves tes bras fermes à ta tatoueuse.

— Boucle-la, tu veux… le rembarrai-je.

Un score de ouf au concours d'admission : c'était mon seul espoir d'entrer à la fac vu la moyenne que je me traînais. J'avais réussi à la monter, mais pas assez. Alors je m'étais servi de tous les sites gratuits où on pouvait s'entraîner et de tous les bouquins de tests que j'avais pu trouver à la biblio ces six derniers mois. Si mon score n'était pas ridiculement bon j'étais foutu, et toutes les ficelles qu'Heller avait tirées pour moi n'y changeraient rien.

Je pressai sur « Entrée », l'écran se figea et enfin ils apparurent : les chiffres qui allaient décider de mon avenir. Je me laissai aller en arrière sur la chaise, et mon cœur se mit à battre très fort.

J'y étais arrivé.

— T'as eu 98/100 ?! s'exclama Boyce d'un air incrédule, avant de siffler. Ça veut bien dire ce que je pense ? Putain, Maxfield. Je savais que t'étais une tronche, mais *la vache*. (Il me prit par les épaules et me secoua comme un prunier, tout en riant de bon cœur.) Mon pote, tu l'as vraiment fait !

J'acquiesçai, toujours aussi stupéfait. Boyce était le seul à part Heller qui savait à quel point j'avais besoin de partir.

— Tu sais quoi, mec ? Ça *craint*. Je me retrouve coincé dans cette ville pourrie pendant que tu vas te taper des tonnes d'étudiantes.

Je souris. Évidemment, c'était ce qui intéressait Boyce dans l'idée de faire des études.

C'est là qu'on entendit une portière claquer. « Merde », dit-on en chœur.

Quand il entra, j'avais eu le temps d'effacer l'historique, d'éteindre l'écran et de me lever. Mais M. Wynn n'était pas stupide à ce point.

— Qu'est-ce que vous foutez sur mon ordi, bande de crétins ? Vous êtes encore allés sur des sites pornos ? hurla-t-il sans même attendre que la porte se referme derrière lui.

Techniquement, on n'avait fait ça qu'une seule fois, même si mon petit doigt me disait que Boyce y retournait dès qu'il en avait l'occasion. Je crois qu'on avait trouvé vraiment trop bizarre de regarder ce genre de chose à deux, et par un accord tacite on en était resté là.

— On cherchait les résultats au concours d'admission pour Landon, expliqua Boyce sans jamais quitter son père du regard.

Venant de lui, c'était une bien longue phrase.

— Arrête de mentir, petit merdeux, grogna M. Wynn en avançant vers son fils.

On recula, et Boyce esquiva sans peine le poing qui arrivait vers lui mollement, un peu comme s'il était une mouche et que son père voulait le chasser d'un geste. Il ne se priva pas de nous injurier, en revanche, et on se carapata dehors.

On venait tous les deux d'un foyer défaillant, ce qui nous avait rapprochés au départ, mais le parallèle s'arrêtait là. Le père de Boyce était un enfoiré qui le maltraitait, tandis que le mien était taciturne et incapable d'émotions. Sa mère avait quitté son mari et ses deux fils à un âge où il était presque trop jeune pour se souvenir d'elle, et il n'avait jamais donné l'impression de lui en vouloir. « Je l'aurais largué aussi, si j'avais été à sa place », disait-il toujours.

— Viens, on va fêter ça, mon ami, s'exclama-t-il en se dirigeant vers sa Pontiac.

— Tu termines à 18 heures, pas avant ! beugla son père depuis la porte de l'atelier.

Il ne se gênait pas, lui, pour fermer son garage pendant deux heures en plein après-midi et aller rendre visite à une « amie » dans la ville voisine. Boyce n'était même pas certain qu'elle existe. Il faut dire que c'était dur d'imaginer une femme trouvant Bud Wynn attirant. Avec ses cheveux clairsemés dressés sur la tête, il avait en permanence l'air de s'être fait électrocuter.

— Bon à rien, espèce de...

On claqua les portières pour ne plus l'entendre et Boyce fit gronder le moteur. Quand il mit la radio à plein volume, je songeai à contrecœur que je m'en sortais bien avec le père que j'avais.

Lucas

Jacqueline partait dans quarante-huit heures. L'espace entre nous était comme magnétisé – je ne savais pas le décrire autrement. Cela faisait déjà vingt heures que je résistais à son attraction, en permanence. Dans ma tête je voyais parfaitement où elle se trouvait, et dans mon cœur je voulais y être. Il ne restait plus qu'à espérer qu'une fois partie, une fois éloignée de moi, j'aurais un peu de répit.

Carlie et Caleb étaient chez moi, en train de jouer à des jeux vidéo. Ils étaient dans cet état d'esprit si particulier, au tout début de vacances où ils n'avaient d'autre ambition que celles de manger, de dormir et d'ouvrir des cadeaux à n'en plus finir. À leur âge, on ne voit pas plus loin que ça. On croit qu'on en est capable, mais non.

Je ne serais pas allé jusqu'à dire que leur enthousiasme était contagieux, mais c'était sympa de les voir comme ça.

On frappa à la porte, sauf que je n'attendais personne. Je n'eus pas le temps de réagir que Carlie était déjà debout et tournait le verrou.

— C'est qui, Carlie ? On n'ouvre pas la porte comme ça..., râlai-je en me levant d'un bond pour aller chercher la batte de base-ball.

— Une fille.

Une fille ? Carlie ouvrit la porte en grand.

— Jacqueline ? fis-je bêtement, parce qu'il n'y avait qu'elle pour se pointer alors qu'on s'était dit au revoir. Qu'est-ce quc tu fais ici ?

C'est là qu'elle tourna les talons, et sans réfléchir je la stoppai dans son élan. Je la serrai contre moi et mon cœur s'arrêta, puis repartit, puis s'emballa, tel un train lancé à grande vitesse. Quand elle se tortilla comme si elle voulait que je la lâche, je me rappelai que c'était une jolie fille qui lui avait ouvert à ma place.

— C'est Carlie Heller, murmurai-je à son oreille. Son frère Caleb est là aussi. On joue à des jeux vidéo.

Elle s'affaissa contre moi et me fit des excuses inutiles.

— Tu n'aurais peut-être pas dû venir à l'improviste, mais je ne regrette pas que tu sois là.

Mon commentaire la troubla, et il y avait de quoi. Je lui donnai une explication bidon, comme quoi je cherchais à la protéger, que je n'étais pas fait pour être en couple, et ma conscience se moqua de moi – *menteur* – quand Jacqueline répliqua que tout cela n'avait pas de sens.

— Sauf si... tu ne veux pas, ajouta-t-elle.

Sauf si je ne veux pas ? Mon corps tout entier était prêt à se révolter si j'osais la laisser partir en pensant que je ne voulais pas d'elle. Je passai les mains dans les cheveux pour me calmer.

— Brrr ! Bon, vous entrez ou quoi ? fit Carlie dans mon dos. Parce que moi, je ferme la porte.

Jacqueline frissonnait et j'étais pieds nus sur le palier en plein mois de décembre. Je lui pris la main et l'emmenai à l'intérieur, tout en prenant soin d'ignorer Carlie, qui était hilare. Elle retourna sur le canapé, et Francis se laissa docilement soulever et déposer plus loin. Il n'y avait vraiment qu'elle pour faire ça et s'en sortir indemne.

Dégoûté d'être interrompu (il nous battait à plate couture juste avant), Caleb ronchonna, ce qui lui valut un coup de coude de sa sœur. Pendant ce temps j'avais installé Jacqueline à ma place sur le canapé. Une fois les présentations faites, je m'assis par terre et me demandai bien ce qui allait se passer. J'étais en territoire inconnu. Je lui avais donné toutes les raisons de me laisser tomber et elle était quand même revenue.

Quelques minutes après, en grande romantique qu'elle était, Carlie me fit un clin d'œil, nous susurra « Bonne soirée, vous deux » et poussa son frère dehors. Je refermai derrière elle et me retournai pour faire face à Jacqueline.

— Alors ? Je croyais qu'on faisait une pause ?

— Excuse-moi mais c'est *toi* qui as dit qu'on faisait une pause, rétorqua-t-elle d'un ton irrité.

Je lui rappelai qu'elle devait quitter sa résidence bientôt, et pendant plusieurs semaines – ce qu'elle admit.

Je baissai les yeux car je savais pertinemment ce que j'étais pour elle. Je devais lui dire. Je devais lui ouvrir mon cœur, parce qu'elle comprenait tout à l'envers. Je m'étais tellement blindé qu'il lui était impossible d'entrevoir la vérité.

— Ce n'est pas que je ne te veux pas. J'ai menti quand j'ai dit que je cherchais à te protéger. En fait, c'est moi que j'essaie de protéger.

Je levai la tête pour la regarder, assise en boule sur son coin de canapé. Si belle, si inaccessible. J'appuyai les mains contre la porte et m'obligeai à dire la chose qui m'effrayait tant. Tant pis si le désir devait m'anéantir.

— Je ne veux pas être une simple aventure pour toi, Jacqueline.

Je lisais dans ses pensées, même à distance. Elle se demandait comment j'avais appris pour l'opération *bad boy*. Je m'attendais à entendre qu'elle tenait à moi – mais qu'elle n'était pas prête, qu'elle me donnait ce qu'elle pouvait et que c'était à prendre ou à laisser.

— Alors pourquoi tu fais tout pour que je pense le contraire ? répliqua-t-elle à la place, en se levant et en avançant vers moi d'un pas déterminé. Ce n'est pas ce que je veux non plus, tu sais.

J'acceptai ce corps qui se frayait un chemin dans mon espace comme elle s'était frayé un chemin dans mon cœur. Elle avait tambouriné sur le mur érigé entre nous jusqu'à ce qu'il s'écroule à mes pieds.

— Qu'est-ce que je vais faire de toi ? lui demandai-je en posant une main sur sa joue, et elle répondit qu'elle avait quelques idées en tête.

Impatient de savoir ce que c'était, je la portai à mon lit.

J'aimais ses bottines fourrées. Je les enlevai.

J'aimais son pull rose à torsades qui me rappelait une aquarelle que ma mère avait peinte chez Papi quand j'étais petit, un coucher de soleil sur la plage. Je l'enlevai aussi.

J'aimais son jean ajusté, qui mettait ses formes en valeur et refusait de simplement glisser – je devais tirer et tirer pendant qu'elle se tortillait. Je tirai. Elle se tortilla. Je finis par l'enlever aussi.

Ses dessous étaient en soie couleur crème, de la même couleur que sa peau. L'agrafe était devant. J'enlevai le soutien-gorge. Le dernier bout de tissu recouvrait une partie d'elle que j'avais bien l'intention de goûter, et vite. J'enlevai sa culotte.

Elle était étendue sur mon lit, nue, alors que j'étais complètement habillé. Je prolongeai le moment en restant debout à la contempler. Elle s'agitait, impatiente, et ses mains serraient la couette sous elle.

J'ôtai mon tee-shirt à manches longues, sans me presser. Elle parut être au supplice quand je fis glisser les manches et que mes muscles ressortirent. Je ramenai mes cheveux en arrière et pris le temps de respirer, comme si je donnais un petit coup de frein. *Lentement. Plus lentement*. Mon jean était usé jusqu'à la corde – déchiré en quatre endroits, élimé de partout, trop grand d'une taille. Je n'osais même plus le porter dehors. J'enlevai un bouton. Deux.

La poitrine de Jacqueline se soulevait et retombait, se soulevait et retombait, et je voulais sentir ces seins généreux contre mon torse, contre la paume de mes mains

– et contre mon visage, quand je sucerais ses mamelons jusqu'à ce qu'ils pointent pour moi.

Comme si j'avais dit cela à voix haute, elle gémit doucement.

— Bientôt, bébé.

Au troisième bouton j'aurais pu enlever le jean – il était assez large pour ça. Je marquai une pause. Elle haleta. Quatrième bouton. Je baissai le jean et l'envoyai valdinguer dans la chambre. Ses yeux se promenèrent sur moi des pieds à la tête. Elle se lécha les lèvres. *Oui*. Elle serra les poings et plia un genou, fébrile.

J'enlevai mon caleçon.

Elle voulut se relever mais d'un doigt pointé je la fis se rallonger. *Tu restes où tu es*. Elle m'obéit en se mordant la lèvre.

Derrière moi, sur le bureau, je pris mon portefeuille et en sortis un préservatif, que je mis. Un genou sur le lit. Sa peau était un festin, j'avais envie de la dévorer. Elle écarta les jambes juste assez pour m'accueillir. Je voulais la lécher depuis la cheville jusqu'en haut de la cuisse, tracer un chemin tortueux à mon rythme. Je voulais aussi la goûter mais ça attendrait, car je devais la posséder. *Maintenant*. J'avançai à quatre pattes vers elle, mon corps tremblant de plaisir par avance, comme le sien.

Quand je fus au-dessus d'elle je marquai une pause pour la regarder dans les yeux, puis entrai en elle dans un geste puissant. Elle poussa un cri et s'accrocha à moi par la nuque. Je lui écartai les lèvres pour l'embrasser, tout en restant immobile. *À moi*, songeai-je. *À toi*, répondit son corps. Je me mis à bouger et elle se cramponna à moi, haletant et gémissant, criant et m'attirant toujours plus loin en elle, partout où je voulais aller. Quelques secondes après elle jouissait, et je plongeai dans sa bouche pour aspirer son plaisir, pour le faire mien. Je prononçai son prénom dans un grognement, eus un dernier frisson et m'effondrai à ses côtés.

Je t'aime, pensai-je, mais n'entendis rien en retour.

Elle effleura des doigts les pétales tatoués sur mon cœur.

— Tout le monde appelait ma mère Rose, mais son prénom, c'était Rosemary, dis-je en regardant le plafond.

— Tu as fait ce tatouage en souvenir de ta mère ?

— Oui. Et aussi le poème que j'ai au niveau des côtes, à gauche. C'est elle qui l'a écrit. Pour mon père.

Sa main s'aventura par là et je frissonnai.

— Elle était poétesse ?

— De temps en temps, oui. (Le visage de ma mère apparut et me sourit, mais je n'arrivais plus à resituer le souvenir. Je m'accrochais à ce que je pouvais.) Sa vraie passion, c'était la peinture.

Jacqueline fit remarquer que c'était à cause d'elle si j'allais devenir un ingénieur avec une âme d'artiste et cela me fit rire, car effectivement c'était un drôle de mélange.

Elle me demanda si j'avais gardé des tableaux d'elle. Certains étaient accrochés dans la maison des Heller, d'autres entreposés au grenier chez mon père. Peut-être les lui montrerais-je un jour.

Puis elle commença à me questionner sur cette longue amitié entre nos deux familles, et au départ je crus que c'était par curiosité.

— Ils en ont de la chance. Je n'ai aucun souvenir de mes parents passant des vacances avec leurs amis. Pas assez proches.

— Ils l'étaient encore plus - avant.

Avant, c'était un mot facile, qui jamais n'exprimerait tout ce que j'avais perdu le jour où ma vie avait été coupée en deux, me précipitant dans un *après* auquel je ne pouvais échapper. Impossible d'écarter ce rideau et de voir ma mère telle qu'elle était. De la toucher. D'entendre sa voix.

— Lucas, j'ai quelque chose à t'avouer, dit-elle soudain, mal à l'aise.

Quand je tournai la tête pour la regarder, elle m'expliqua qu'elle avait voulu en savoir plus sur la mort de ma mère, et avait cherché un avis de décès sur Internet.

Je savais ce qu'elle avait trouvé. Le cauchemar, celui dans lequel je resterais coincé pour toujours. Mon cœur s'arrêta de battre.

— Et alors, t'as trouvé ta réponse ?

— Oui, murmura-t-elle.

De la pitié. C'est ce que je vis dans son regard. Je me remis à observer le plafond, sentant les larmes monter quand je pensai aux articles qu'elle avait dû lire. Je me demandai si elle les avait parcourus en diagonale pour atteindre la partie me concernant. Ma honte.

Je tentai de l'accepter. Personne en dehors de Charles, Cindy et mon père ne connaissait les détails. Je n'avais jamais évoqué ce qui s'était passé. Je ne supportais même pas d'y penser – comment aurais-je pu en parler ?

Puis je l'entendis dire qu'elle était allée voir Charles pour en avoir le cœur net.

— *Quoi ?*

— Lucas, je suis désolée d'avoir empiété sur ta vie privée…

— *Vraiment* ? Pourquoi il a fallu que tu ailles le voir ? Il n'y avait pas assez de détails sordides comme ça dans les articles de journaux ? C'était pas assez ignoble ? Ou assez intime, peut-être ?

Je me levai d'un bond pour remettre mon jean et ma voix devint aussi froide que la glace, aussi tranchante qu'une lame, et ma peau… Mes poignets me brûlaient. Je ne saurais jamais ce que je lui ai révélé – les détails que je n'avais jamais prononcés à voix haute. C'était sans importance. Elle savait tout.

Je m'assis au bord du lit, la tête dans les mains, je n'arrivais plus à respirer, je me souvenais – *Oh, Seigneur, non, s'il vous plaît…*

Un bruit me réveille et je rabats le drap sur mes jambes. Je suis en sueur, mais trop paresseux pour me lever et allumer le ventilateur. Allongé sur le côté, je regarde par la fenêtre qui donne sur le jardin, en pensant à Yesenia et au week-end à venir. Je suis déterminé à lui tenir la main. L'embrasser, peut-être, si j'arrive à me débrouiller pour qu'on soit seuls. Et si elle me laisse faire.

Mince, qu'est-ce qu'il fait chaud. Je me tourne sur le dos. À treize ans, j'ai la nette impression que mon corps est un four. Je brûle les calories et l'énergie comme une flamme avide d'oxygène. « On va tous finir à la rue, si tu continues à manger autant ! » a commenté ma mère au dîner, en me voyant terminer les restes qu'elle avait prévu de faire réchauffer. Du coup, on s'est fait livrer une pizza. Elle n'a pas fini sa part, alors je m'en suis chargé.

Encore du bruit. Maman a dû se lever. Il lui arrive d'errer dans la maison quand Papa est parti, tellement il lui manque. Je ferais bien d'aller voir ce qu'elle fait... Mon réveil dit qu'il est 04 : 11. *Dur.* Plus que quatre heures avant de voir Yesenia. Je pourrais me lever plus tôt, comme ça je serais au collège en avance. Avec un peu de chance j'arriverais à la voir sans ses copines qui passent leur temps à glousser bêtement. On pourrait parler de... quelque chose. Comme mon prochain match. Ça lui dirait peut-être de venir me voir jouer.

Je me tourne juste au moment où quelqu'un se penche au-dessus de moi. Papa ? Mais il est en voyage.

Je sens qu'on me tire du lit, je trébuche. Quelque chose est fourré dans ma bouche au moment où je l'ouvre pour crier – je manque de m'étouffer, plus aucun son ne sort, impossible de recracher. Je me débats, je donne des coups, mais cela ne sert à rien. On m'attache au pied du lit. Je ne peux plus bouger. Une dernière baffe et il disparaît. J'essaie de me lever, d'attraper mon téléphone, d'appeler au secours, mais rien à faire. Je suis coincé.

Mes poignets sont ligotés. J'essaie de détendre les liens, mais ils sont trop serrés. Je me rends compte que c'est du *plastique*. Je tire comme un dingue dessus, en vain. Je fais pivoter mes mains, je les plie, je les tords, comme j'ai vu faire ce magicien à la télé, mais déjà le plastique me scie la peau des poignets. Mes mains sont trop grosses. Maman dit qu'elles lui font penser aux pattes d'un énorme chien.

Un hurlement me parvient de sa chambre, au fond du couloir. Je me fige. Elle crie mon nom. « Landon ! » J'entends un bruit sourd et je recommence à tirer, tant pis si j'ai mal. Je ne peux pas lui répondre. Lui dire que j'arrive. Ma langue pousse et pousse contre le chiffon dans ma bouche.

— Qu'est-ce que vous lui avez fait ? *Qu'est-ce que vous lui avez fait ? LANDON !*

Ma mère dit autre chose, on la gifle, elle hurle, j'entends tout ça mais je ne réalise pas à cause du bourdonnement dans mes oreilles, du sang qui me bat aux tempes, de mon cœur qui va exploser. Elle est en train de pleurer. « *Oh, mon Dieu, non. Ne faites pas ça. Non-non-non-non !* » Elle crie. « *NON ! NON !* » Elle pleure. « *Landon...* » Je tire plus fort et j'emmène le lit avec moi, jusqu'à la porte, mes pieds nus s'accrochent à la moquette, j'appuie de tout mon poids. Mais le lit reste coincé à cause de la commode. Je ne sens plus mes mains.

Je ne l'entends plus. Je ne l'entends plus. Enfin j'arrive à ôter le chiffon de ma bouche. « *Maman ! MAMAN !* », je hurle. « *LAISSEZ-LA TRANQUILLE ! MAMAN !* » Mes poignets sont en feu. Pourquoi je ne suis pas assez fort pour briser ces foutues menottes en plastique ? Je crie jusqu'à m'en casser la voix.

Un coup de feu.

J'arrête de respirer. Mon corps se met à trembler. J'ai une douleur à la poitrine. Je n'entends plus que les battements de mon cœur. Mon pouls. La salive que j'avale pour recommencer à crier. Mes larmes inutiles. « Maman... Ma petite maman... »

Je vomis. Je perds connaissance. Le jour se lève. J'ai les poignets et les bras couverts de sang. Tout est marron, séché, irrité.

J'appelle ma mère, mais j'ai trop hurlé. Plus aucun son ne sort de ma gorge, je suis aphone. Nul. Je suis nul. Un putain de bon à rien.

Tu es l'homme de la maison pendant mon absence. Prends bien soin de ta mère.

— Tu veux que je m'en aille ? demanda-t-elle.

— Oui.

25

Landon

Ce jour-là, on était quarante-trois à recevoir notre diplôme.

Il s'en était fallu de peu qu'il y en ait seulement quarante-deux. Depuis le premier jour, il était écrit que j'abandonnerais le lycée. Cette petite ville ne croyait aux nouveaux départs ; votre passé vous accompagnait toujours, comme autant de casseroles qui vous empêchaient d'avancer. Si ce jour-là je traversais le parquet usé du gymnase en toge bleu roi, c'était uniquement grâce à l'homme assis au troisième rang dans les gradins, à côté de mon père.

Les uns derrière les autres, on prit place sur les sièges disposés au milieu tandis que l'orchestre jouait la musique de circonstance. Mme Ingram, notre chère proviseure, prit la parole pour nous dire combien elle croyait en nous et à notre avenir radieux. Faux-cul au possible, mais je n'attendais pas autre chose de sa part. Je fixai les deux rides qui s'étaient formées entre ses yeux après des décennies de regards noirs en direction d'élèves au comportement inadmissible. C'était peut-être la première fois que je la voyais sourire, et le résultat était sinistre.

Mes camarades à qui on avait lavé le cerveau, ceux qui avaient toujours eu des bonnes notes, étaient persuadés qu'ils allaient entrer à la fac en septembre et s'en sortir à merveille. Les imbéciles, ils se berçaient d'illusions. Les cours que je suivais au collège privé d'Alexandria étaient plus difficiles que quasiment tout ce qu'on avait exigé de moi dans ce lycée. Intégrer une bonne université, ce n'était pas gagner le gros lot. C'était gagner le droit de trimer pendant les quatre années à venir.

En tant que major de la promotion, Pearl Frank fit un discours convenu sur les opportunités à saisir, les choix à faire et l'importance de « rendre le monde meilleur » – *texto*. Comme elle faisait partie des quatre premiers de la classe, on lui donnait le droit d'intégrer l'université de son choix, qui s'avérait être la même que moi. Moi j'y entrais de justesse et encore, à l'essai. J'aimais bien Pearl, davantage que la majorité des gens dans ce gymnase, et je ne doutais pas qu'elle saurait travailler dur. Restait à espérer qu'elle oublie cette idée bidon de rendre le monde meilleur.

À l'intérieur du programme, mon nom était inscrit tout en bas de la première colonne. Dans toutes les classes où j'étais passé, j'avais toujours été au milieu, le « M » de Maxfield correspondant à cette place dans l'alphabet. Cette fois, j'étais vingt-deuxième sur quarante-trois. Symboliquement, c'était lourd de sens. Pour tout le monde, j'étais un élève moyen. Passable. Je n'avais rien d'exceptionnel mais je n'étais pas non plus un raté complet – même si on m'attendait au tournant.

Quand mon nom fut appelé je me levai et passai devant l'orchestre, fixant pendant tout ce temps un point derrière l'épaule d'Ingram, un tableau au mur représentant la fameuse mascotte du lycée, un poisson géant qui était censé avoir l'air agressif, déterminé à gagner, mais il avait surtout l'air d'être vénère.

Une fois sur l'estrade, j'étais bien décidé à soutenir le regard de la garce qui avait fait de ma vie un enfer pendant trois ans. À lui montrer qu'elle ne m'avait pas brisé.

Mais tout à coup, par-dessus les applaudissements et le brouhaha de la salle, j'entendis Cole rugir « *LANDOOON !* », Carlie pousser des cris perçants et Caleb siffler.

— Je te jure, il s'est entraîné toute la semaine pour toi, m'avait sorti Cole le matin même, quand Caleb avait voulu faire la démonstration de son nouveau talent cinq minutes après l'arrivée des Heller. Maman n'a rien osé lui dire, mais c'est bien parce que c'était pour toi.

Le règne de ma proviseure était terminé. Une fois sorti d'ici elle ne pourrait plus m'atteindre.

Alors, je pris le diplôme et serrai sa main froide, comme on nous l'avait demandé. Je fixai l'objectif, ignorant le photographe qui m'implorait de sourire. Et je redescendis de l'estrade, sans jamais l'avoir regardée.

Elle n'avait plus aucune espèce d'importance.

En me rasseyant sur la chaise en métal entre Brittney Loper et PK Miller, je jetai un coup d'œil discret à mes camarades. Sur les quarante-trois diplômés, trente et un partiraient à la fac dans les trois mois. Certains s'essaieraient au base-ball, au basket ou à la danse, et constateraient qu'ils n'étaient même pas assez bons pour être pris dans l'équipe de réserve. D'autres s'imagineraient tout de suite faire partie de l'élite, sur un campus de plusieurs milliers d'étudiants. Ils feraient surtout partie des centaines de nouveaux courant partout la première semaine, prêts à tout pour adhérer à un groupe bien défini.

D'autres encore comprendraient le fonctionnement et apprendraient à survivre. Quelques-uns décrocheraient et reviendraient ici la queue entre les jambes.

Il n'était pas question que ce soit mon cas.

Les douze derniers avaient décidé de rester, dans le but de trouver ou de garder un travail dans le tourisme, le commerce, la pêche, la drogue. Ils finiraient par se marier et avoir des enfants – de préférence dans cet ordre, mais pas nécessairement.

Leur progéniture irait dans les mêmes écoles, puis le même lycée qui les avait fait devenir adultes, et en ressortirait avec le même diplôme sans valeur.

D'ici à dix ans, cinq pour les plus évolués, ils se demanderaient à quoi tout ce cirque avait servi – pourquoi ils s'étaient fait chier à résoudre des problèmes de maths et à étudier des romans, vu la vie qu'ils menaient. Et ils chercheraient des réponses, sauf qu'elles n'existent pas.

— Hé, Maxfield, fit Boyce en me lançant une bière bien fraîche.

Il avait été le dernier à être appelé cet après-midi-là, le dernier diplôme qu'Ingram avait donné à contrecœur. Il resterait ici et ferait comme si ce golfe était l'océan et cette petite ville son royaume. Il bosserait au garage de son père, ferait la fête sur la plage et irait faire un tour en ville quand il aurait besoin de changer d'air... Le chemin de Boyce était tout tracé.

— Salut, Wynn.

Il me tapa dans la main, puis me donna une accolade virile, comme nous avions l'habitude de faire. Il s'en était passé des choses depuis le jour où on s'était roués de coups, mais j'avais quand même gardé en souvenir une cicatrice sur la joue, et lui au coin de l'œil.

— On a terminé, mec, fit-il en levant sa canette pour trinquer, avant d'en boire une longue gorgée. On est *libres*. Putain, j'emmerde le lycée. J'emmerde Ingram. Et j'emmerde encore plus la mascotte !

Les rires fusèrent – des ados, plus jeunes que nous, qui seraient à notre place dans un an ou deux. L'un d'eux répéta « J'emmerde la mascotte ! » en ricanant. Pourvu que cette phrase ne finisse pas en graffiti sur les murs de la ville.

Boyce tourna la tête vers un autre groupe, un peu plus loin sur la plage. « Et j'emmerde les petites connes, aussi », ajouta-t-il d'une voix plus basse. Je n'avais pas besoin de suivre son regard pour savoir de qui il parlait. Il était l'une des rares personnes à connaître la vraie histoire entre Landon Maxfield et Melody Dover.

Tout guérit avec le temps, comme on dit, mais parfois c'est encore plus vrai. Deux ans plus tôt, je me sentais humilié dès que j'entendais son nom ou croisais son regard. Je ne lui avais pas pardonné et j'avais encore moins oublié, mais le jour où Clark Richards l'avait larguée pour de bon (la veille de son départ pour la fac, comme le garçon classe qu'il était), je n'en avais littéralement plus rien à foutre.

— Merde, marmonna Boyce. Elles arrivent droit sur nous.

Pearl n'avait pas fini de le tourmenter, par contre. Je le remerciai discrètement de m'avoir prévenu.

— Salut, Landon.

J'en eus la chair de poule, entre le ton mielleux à souhait et les ongles qu'elle fit passer exprès sur mon avant-bras. Mais comment j'avais pu être amoureux de cette nana ?

Je pris le temps de boire une longue gorgée de bière avant de lui répondre, « Mademoiselle Dover ».

Elle éclata de rire et posa la main sur mon bras, comme si j'avais dit ça d'un ton coquin et non méprisant, comme si elle m'encourageait à continuer. Pendant un instant je me demandai si elle avait zappé qui j'étais. J'observai ses yeux vert pâle et elle en fit de même, avant d'enlever lentement sa main.

Elle croisa les bras alors qu'il faisait super chaud, et cette position m'incita à l'examiner. Elle portait un bikini noir et une robe ample qui ne cachait rien, vu qu'elle était transparente. Elle s'était fait faire un chignon qui avait dû lui coûter la peau des fesses pour la remise des diplômes, et quelques mèches blondes s'en échappaient de façon très calculée. Quant à ses créoles en or et son bracelet à breloques, ils m'envoyaient le message clair que cette fille était trop bien pour moi.

Même si je n'avais pas besoin de tout cela pour le savoir. Elle avait été très claire, deux ans plus tôt.

— On a décidé de faire la fête chez Pearl, au bord de la piscine, annonça-t-elle après s'être concertée en silence avec l'intéressée. Ses parents se sont envolés pour l'Italie juste après la cérémonie. Du coup, on sera tranquilles. Si vous voulez passer, ce serait cool. PK et Joey amènent une bouteille de vodka. Ça commence dans une demi-heure.

Melody se pressa contre moi pour que je sente la chaleur de son corps et son odeur familière, quelque chose d'épicé et de floral, une odeur que j'avais toujours trouvée artificielle. Cette fois, ses ongles effleurèrent mon torse nu, et son pouce l'anneau que j'avais au téton.

— On a la plage à *nous* au cas où vous auriez pas remarqué. Le feu est déjà allumé, la bière au frais. Qu'est-ce qu'on irait faire au bord d'une piscine ?

— C'est une fête *privée*, avec quelques invités. Tous *diplômés*.

Elle fronça le nez en voyant des ados péter dangereusement près du feu, histoire de voir si ça provoquait une réaction chimique ; mais il y avait surtout des chances pour qu'ils se crament les fesses.

Pearl les observait aussi, un léger sourire aux lèvres. Boyce me lança un regard en coin pour me faire savoir qu'il était plus que partant. Je haussai les épaules. *Pourquoi pas ?*

— OK, dit Boyce – à Pearl, essentiellement. On arrive dans pas longtemps. Commencez pas la fête sans nous, surtout.

Melody leva les yeux au ciel mais Boyce ne s'en aperçut même pas. Il n'avait d'yeux que pour Pearl, le pauvre.

On aurait dit que le mobile home de Boyce et son père prenait appui sur le garage, comme s'il était ivre mort et ne tenait plus debout tout seul. Les fenêtres de sa chambre donnant sur le mur en briques (il pouvait à peine les ouvrir), ce n'était pas si surréaliste que ça.

À l'intérieur, on tourna aussitôt à droite pour tenter d'éviter M. Wynn, installé devant l'écran plat qui prenait la majeure partie du « salon ». Comme on pouvait s'y attendre, il n'était pas venu à la remise de diplôme de son fils. Cet homme était réglé comme une horloge : une cuite le soir, la gueule de bois le matin, et des remarques méchantes le reste du temps. Il n'y avait pas plus prévisible que lui.

— Qu'est-ce que vous venez faire chier pendant le match, les merdeux ? beugla-t-il sans bouger pour autant de son fauteuil pourri, où il finissait la plupart de ses nuits.

Boyce m'avait avoué un jour qu'il s'était retenu d'y mettre le feu une bonne douzaine de fois.

Il faut dire que Bud Wynn ne lui faisait plus vraiment peur. Un an plus tôt il l'avait frappé et pour la première fois, Boyce s'était défendu. Depuis son père montrait les dents mais c'était tout. Avec la carrure qu'il avait Boyce aurait sans doute pu le tuer, et ils le savaient tous les deux. Cela me dépassait un peu, mais leur fragile trêve était bien réelle.

Après avoir embarqué suffisamment de shit pour être inculpés de délit mineur si on se faisait arrêter (mais pas assez pour un délit grave), on remonta dans la Pontiac pour se rendre à la villa des Frank, de l'autre côté de la ville.

— Cette fois, je fonce, annonça-t-il en appuyant sur les boutons de son autoradio comme s'il était un astronaute dans une fusée prête à décoller.

— Tu peux être plus clair ?

— Ce soir. Pearl. Moi. Je fonce. Si j'arrive à mes fins, elle écartera les cuisses pour moi. (Voyant que je ne répondais pas, il me lança un regard.) Quoi ?

Je jouai avec mon piercing à la lèvre, désolé de penser ce que je pensais. J'aurais préféré ne pas me sentir obligé de le dire – surtout à mon meilleur ami.

— Non, c'est juste, assure-toi qu'elle, euh, tu vois...

— Merde, Landon, quand même, souffla-t-il en ôtant sa casquette, puis en la remettant. Tu me connais, non ? Je suis pas d'une grande moralité, mais OK, OK. Le message est *passé*. Je sais pas ce qui t'est arrivé comme drame dans la vie, et je veux pas le savoir. Mais sache que quand viendra le moment de me taper cette petite... (Il se tut, incapable de traiter Pearl de quelque chose qu'elle n'était pas.)... cette fille un peu trop futée à mon goût, elle me suppliera. Sinon, pas question de la toucher. On est d'accord ?

Il conclut en me fusillant du regard, mais j'avais obtenu ce que je voulais.

Même s'il me l'avait demandé, je ne lui aurais pas parlé du drame dans ma vie, comme il disait. Ça tombait bien, il ne l'avait jamais fait.

Tout à coup je me mis à penser à Melody. Si elle me suppliait de coucher avec elle ce soir-là, est-ce que je le ferais ? La réponse était sans appel. *Non*.

— Hé, Wynn, tu me laisses à la plage, s'te plaît ?

— Tu veux pas y aller ? dit-il en baissant la musique, et je lui signifiai que non. Pas de problème, mon pote. De toute façon, qui aurait envie d'une piscine quand on a l'océan pour nous ?

— Je voudrais surtout pas que tu rates ta chance avec Pearl. C'est peut-être la dernière.

Il me fit un sourire espiègle.

— Oh, mais je laisse pas tomber. Si ses parents sont partis en vacances aujourd'hui, ils ne rentreront pas avant une bonne semaine.

— Mec, elle part à la fac dans deux mois. Ça fait *trois ans* que t'essayes...

— C'est ce qui est cool quand on est têtu comme une mule. Je ne renonce *jamais*, Maxfield.

On éclata de rire et il fit demi-tour sur la route, direction la plage.

Lucas

Parfois le silence semble total, mais il ne l'est jamais vraiment. L'oreille humaine capte toujours un son. Même quand il n'y a rien, il y a une fréquence, un bourdonnement. Comme un satellite en quête de signes de vie là où il n'est pas censé y en avoir.

La voix de mon père avait disparu. *Prends bien soin de ta mère*. Celle de ma mère aussi. *Landon !* Mes cris désespérés s'étaient estompés. J'inspirai. J'expirai. Je déglutis péniblement. Pris une autre inspiration. Chacune de ces actions résonna dans ma tête.

Et puis j'entendis un miaulement. Francis sauta sur le lit et vint me voir. De la tête il me poussa gentiment le bras, et je laissai tomber les mains sur mes genoux, amorphe. Il poussa un peu plus fort, comme pour m'exhorter à me ressaisir, et je me redressai.

Pieds nus. En jean. Pas de tee-shirt. Le lit.

Jacqueline.

Je me retournai mais elle n'était plus là. La couette, le drap, les oreillers – on aurait dit qu'un ouragan était passé par là. Le meilleur possible. Après, elle m'avait avoué ce qu'elle avait fait. Une douleur sourde me transperça la poitrine et je fermai les yeux, fort. Je refusais de revivre ça.

Tu veux que je m'en aille ?

J'ouvris les yeux. Oh, Seigneur. Je lui avais dit de partir.

Je me levai, trouvai mon tee-shirt à l'envers sur la moquette. Je le remis à l'endroit, le passai, attrapai chaussettes et santiags, enfilai le tout. En allant à la porte, je pris au passage les clés et mon blouson.

Je pouvais arranger ça. *Je devais* arranger ça.

En dévalant les marches quatre à quatre, je songeai que cela allait être plus compliqué d'entrer dans sa résidence, cette fois : la plupart des étudiants avaient quitté le campus dès la fin des exams. Je l'appellerais quand j'y serais. La convaincrais de me laisser entrer. M'excuserais. La supplierais, à genoux si nécessaire.

Il ne me restait plus qu'à prier pour qu'elle décroche. Je camperais devant son pick-up, sinon.

Je me dirigeais vers ma moto quand j'entendis des pas précipités dans l'allée. Jacqueline courait vers moi – sauf qu'elle ne me voyait pas. Elle avait les yeux rivés sur l'escalier menant à mon appartement. J'allais l'appeler quand elle tomba de tout son long par terre, et c'est là que je vis *Buck* la tirer par les cheveux. Oh, non, *pas ça*.

Il lui sauta dessus et elle se dégagea en roulant sur le côté. Elle réussit à fuir à quatre pattes, mais il la suivit.

Je l'empoignai au moment où il allait l'atteindre, le balançai plus loin et me plantai entre eux deux. Un coup d'œil vers Jacqueline : elle avait du sang sur son pull. Une énorme tache, qui faisait penser à une blessure par balle et qui s'étendait encore. *Oh non, non, non* – mais elle était en train de battre en retraite frénétiquement, les yeux grands ouverts. S'il lui avait tiré dessus, elle n'aurait pas eu autant d'énergie.

Quand l'autre se releva, je vis qu'il avait le nez en miettes. *C'est elle qui l'a fait saigner*.

J'allais me faire un plaisir d'en rajouter un peu.

Mes yeux commençaient à s'habituer à la pénombre, mais Charles avait fait installer des projecteurs à détecteur de mouvement et l'un d'eux s'alluma. Le combat pouvait commencer.

Buck avait un regard concentré, déterminé. Il n'avait pas bu, je ne pourrais donc pas exploiter cette faiblesse. Il chercha à me contourner pour approcher Jacqueline – comme si j'allais te laisser faire, mon gars. Je bougeai aussi, lui faisant toujours face et sachant exactement où Jacqueline était. Je la sentais derrière moi, comme si elle était une extension de mon corps. La chair de ma chair.

— Je vais te faire bouffer ton piercing, crétin, grogna-t-il. Je suis pas bourré, cette fois. Je vais te botter le cul avant de baiser ta petite pute dans toutes les positions, comme la dernière fois.

Des mots faibles prononcés par un homme faible. Il ne le savait pas, mais il était déjà mort.

— Tu te trompes, *Buck*.

J'enlevai mon blouson, remontai les manches et Buck se lança avec un premier coup. Je le bloquai. Il recommença – parce qu'il était trop con pour apprendre de ses erreurs – et je le bloquai encore. Se ruant sur moi, il tenta un mouvement de lutte totalement prévisible.

Coup de poing au foie. Gifle dans l'oreille. Il recula en titubant et montra Jacqueline du doigt.

— Espèce de salope, tu te crois trop bien pour moi – mais t'es qu'une *putain*.

Je fis un effort surhumain pour ne pas exploser. C'est ce qu'il voulait, parce qu'on oublie tout quand on se laisse dominer par la colère. On commet des erreurs stupides, et je n'avais pas l'intention de lui faire ce cadeau. Tant qu'il ne serait pas à terre je garderais mon sang-froid.

Quand un autre coup partit, je lui empoignai le bras et le tordis violemment, en espérant bien lui déboîter l'épaule. Il se tourna dans le même sens, ce qui me fit rater mon but, mais me permit en revanche de lui balancer un uppercut très satisfaisant dans la mâchoire. Dès que sa tête revint en place, il s'en prit un autre dans la bouche. Il cligna les yeux, regardant partout, à la recherche d'une zone sensible. Laisse tomber, t'en trouveras pas.

Enragé, il hurla assez fort pour réveiller tout le quartier et fonça sur moi. On tomba, et il réussit à me frapper deux fois aux tempes avant que je ne pivote, ne le chope par les épaules et ne me serve de son poids pour le retourner, lui cognant le crâne au passage. C'est fou comme la plupart des mecs sont trop obnubilés par leurs succès pour réellement anticiper.

Je ne perdis pas de temps à admirer mon œuvre. Quand il secoua la tête pour tenter d'y voir clair je le plaquai sur l'herbe pour le boxer – dommage, j'aurais préféré le béton. Je pensai à la terreur dans les yeux de Jacqueline. Aux horreurs qu'il lui avait dites. Au dernier mot que ma mère avait prononcé. *Landon*.

Je craquai.

Je le frappai encore. Et encore. Et je ne m'arrêterais pas.

Mais quelque chose m'obligea à me relever et m'écarter. *NON*. Je me débattis comme un fou et j'allais y arriver, j'y étais presque, quand mon cerveau enregistra ces mots : « *Arrête*. Elle est saine et sauve. Tu l'as sauvée, fiston. »

Charles. Je cessai de résister et il desserra son étreinte, mais garda les bras autour de moi. Je me laissai aller contre lui, tremblant. Buck ne bougeait pas.

Je cherchai Jacqueline des yeux. Charles me relâcha et je me précipitai, tombant à genoux devant elle. Je tremblai violemment, à présent. Elle m'observait de ses grands yeux, et sur son beau visage tacheté de sang des ecchymoses se formaient déjà.

Je lui touchai la joue, mais elle tressaillit et j'écartai ma main. Elle avait peur de moi. De ce qui venait d'arriver – *encore une fois*. J'avais échoué à la protéger.

Et puis elle se mit sur les genoux et me dit d'un ton urgent : « S'il te plaît, touche-moi. J'ai besoin que tu me touches. »

Alors je l'étreignis et la fis asseoir sur moi, prudemment. Elle avait le pull collé au soutien-gorge.

— C'est son sang ? Le coup que tu lui as mis au nez ?

Elle me le confirma d'un hochement de tête, l'air révulsé. C'était une guerrière, couverte du sang de son ennemi. J'étais sacrément fier d'elle, et elle pouvait l'être aussi.

— Bravo. Putain, t'as assuré.

Soudain elle se mit à tirer sur le vêtement, paniquée.

— Je veux l'enlever. *Je veux l'enlever.*

— Oui. Bientôt, lui promis-je avant de porter une main apaisante à son visage, tout en évitant la zone meurtrie.

Le cœur battant, je la suppliai de me pardonner pour l'avoir chassée comme ça.

— Et moi je suis désolée d'avoir fouiné dans ton passé. Je ne savais pas...

— Chut, ma douce... pas maintenant. Laisse-moi te serrer très fort.

Elle frissonnait ; je pris mon blouson qui gisait dans l'herbe et le lui mis sur les épaules, le temps de nous calmer.

La police était arrivée, accompagnée d'une ambulance. Ils transférèrent Buck sur un brancard, ce qui voulait dire qu'il n'était pas à l'agonie. Charles nous appela pour qu'un agent prenne notre déposition et je relevai Jacqueline en prenant mille précautions. On avait tous les deux les jambes flageolantes.

Cindy, Carlie et Caleb étaient sortis en pyjamas, blottis dans des couvertures. Certains voisins observaient la scène depuis le trottoir, d'autres derrière une fenêtre où clignotait un sapin de Noël, comme un étrange écho aux gyrophares.

Charles parla à l'agent de l'injonction d'éloignement que Jacqueline avait demandée contre Buck, et me désigna sans aucune hésitation comme son petit ami. Jacqueline confirma tout, y compris le fait qu'on était ensemble, puis se colla contre moi, ramena mes bras sur son ventre d'un geste décidé et donna sa version de l'histoire : comment Buck l'avait poussée dans son pick-up et actionné la fermeture centrale. Comment elle s'était servie de ce qu'elle avait appris en cours d'autodéfense pour prendre la fuite.

Ce fut une torture d'écouter ça. J'avais envie de vomir, de sortir cette ordure de son brancard pour terminer le boulot.

Dès que les secours furent partis, les Heller vinrent nous entourer. Ils nous proposèrent des pansements, une tasse de thé, des cookies, mais je les rassurai en disant que j'avais tout ça chez moi et que j'allais bien m'occuper d'elle. Cindy et Charles n'hésitèrent pas à m'étreindre tendrement – et enveloppèrent Jacqueline aussi, vu qu'il n'était pas question qu'elle s'éloigne de moi.

Francis sortit dès que je lui ouvris, marquant un temps d'arrêt sur le paillasson. « Merci », murmurai-je en lui faisant une caresse.

Dans la salle de bains j'examinai Jacqueline, puis lui demandai si Buck l'avait frappée. Elle secoua la tête, expliquant qu'il l'avait simplement saisie par le menton.

— J'ai beaucoup plus mal là où je lui ai donné le coup de tête dans le nez, ajouta-t-elle en effleurant son front.

— Ah oui ? Je suis tellement fier de toi. J'aimerais vraiment que tu me racontes, quand tu t'en sentiras capable… Et quand je supporterai de l'entendre. Je suis encore trop en colère, pour l'instant.

Je me rendais compte que j'avais tout oublié de ce qu'elle venait de dire aux flics.

Je la déshabillai délicatement, lentement, mais d'une lenteur bien différente de celle que j'avais déployée plus tôt dans la soirée. Son pull, son soutien-gorge et mon tee-shirt finirent à la poubelle, et je fis couler une douche brûlante pour nous deux. Elle aurait pu le faire elle-même, bien sûr, mais elle semblait comprendre que j'avais *besoin* de m'occuper d'elle. Je savonnai et embrassai chaque bleu et éraflure sur son corps. J'étais tellement désolé. Fermant les yeux, je posai les mains sur le carrelage et elle me lava à son tour.

Elle ne sentait plus les muscles de son bras. Je l'enveloppai dans une serviette, la fis asseoir sur le rebord de la baignoire et commençai à lui sécher les cheveux, les démêlant avec les doigts et tamponnant les mèches une par une. Elle me raconta que la dernière fois qu'on avait fait ça pour elle, c'était à l'âge de dix ans, quand elle s'était cassé le bras en tombant d'un arbre. Elle sourit et je m'esclaffai – deux réactions formidablement incongrues après ce qu'on venait de vivre, et c'était très bien ainsi.

— Je crois me souvenir d'un pari avec un garçon, dans l'histoire.

Le chanceux.

Mais pas aussi chanceux que moi.

Je m'accroupis devant elle et lui demandai de rester avec moi cette nuit-là. Elle posa une main sur ma joue et plongea un regard rempli de compassion dans le mien. Elle savait ce qui était arrivé à ma mère, mais je devais me confesser, lui raconter ma version des faits. Plus de non-dits entre nous. Je voulais qu'elle sache tout.

— La dernière chose que mon père m'a dite avant de partir en voyage, c'est : « Tu es l'homme de la maison en mon absence. Prends bien soin de ta mère. »

Je déglutis douloureusement, tentant de retenir des larmes qui étaient déterminées à couler, cette fois. Je les sentis au moment où les siennes commençaient à ruisseler sur ses joues.

— Je n'ai pas su la protéger. Je n'ai pas réussi à la sauver.

Elle m'attira contre son cœur et je laissai libre cours à mon chagrin.

Quelques minutes après, elle me dit :

— Je vais rester cette nuit. Mais tu veux bien faire une chose pour moi en échange ?

— Oui, tout ce que tu veux, dis-je après avoir inspiré profondément.

— Viens avec moi au concert d'Harrison, demain soir. C'est un peu mon chouchou, et je lui ai promis d'aller le voir.

J'acceptai, trop épuisé pour me demander ce qu'elle avait derrière la tête – cette lueur dans le regard. Mais peu importait. De toute façon, je ferais tout ce qu'elle me demandait.

Cela faisait bien longtemps que je ne m'étais pas retrouvé dans l'auditorium d'un collège.

Les garçons qui jouaient dans l'orchestre faisaient la taille de Caleb et ils étaient tout aussi vantards, fanfaronnant dans leur smoking noir et flirtant avec les filles, qui étaient en robe violette.

— Mademoiselle Wallace ! s'écria un blondinet en faisant de grands gestes, jusqu'à ce qu'il me remarque *moi*.

Jacqueline lui rendit son salut mais le pauvre paraissait anéanti de voir l'amour de sa vie avec un garçon. À sa place, j'aurais eu la même réaction.

— Quelque chose me dit que c'est l'un de ceux qui ont le béguin pour toi, commentai-je en tentant de garder mon sérieux.

Hé oui, *Mademoiselle Wallace* était prise. D'ailleurs, elle l'avait été juste avant de venir et le serait encore en rentrant, si j'avais mon mot à dire dans l'histoire.

— Mais ils ont *tous* le béguin pour moi. T'as oublié que j'étais une prof sexy ? répliqua-t-elle, amusée.

Je me penchai pour le lui confirmer à l'oreille, et lui demander de rester avec moi une nuit de plus.

— J'ai bien cru que tu n'allais jamais le proposer, me taquina-t-elle.

Après le concert, Harrison m'impressionna en prenant son courage à deux mains pour offrir un bouquet de roses à sa prof préférée. Il était aussi rouge que ses fleurs et ne savait plus où se mettre, mais il avait surmonté sa peur par galanterie et franchement, respect.

Elle le remercia chaleureusement et lui dit combien elle était fière de sa performance. Entendant cela, il redressa les épaules, rayonnant.

— Mais tout ça, c'est grâce à vous, quand même.

— Non, c'est toi qui as travaillé, toi qui t'es entraîné dur pour y arriver, répondit-elle en lui souriant.

Je faisais le même commentaire aux étudiants qui venaient me voir en pensant avoir réussi l'exam parce qu'ils étaient venus à mon tutorat.

— C'était super, mec. J'aurais aimé savoir jouer d'un instrument comme toi, renchéris-je.

Quand le môme me jaugea, je réprimai l'envie puérile de dire qu'il ne ferait pas le poids contre moi.

— Merci, marmonna-t-il, avant de me lancer un regard inquisiteur. Dis, ça t'a fait mal ? Le piercing à la lèvre ?

— Pas trop. Mais j'ai laissé échapper un tas de gros mots quand même.

— Cool, fit-il avec un sourire entendu.

Il n'y avait pas que Jacqueline qui savait se mettre ses élèves dans la poche.

Je chargeai l'arrière du pick-up avec toutes les affaires qu'elle emportait pour les vacances de Noël, et pendant ce temps elle rendit les clés de sa chambre. Elle passait sa dernière nuit en ville avec moi.

— Je n'ai vraiment pas envie de rentrer chez mes parents. Mais si je n'y vais pas, c'est eux qui vont venir me chercher.

Elle était en train de se laver les dents dans ma salle de bains et portait un tee-shirt à moi. Se rinçant la bouche, elle releva la tête pour me regarder dans le miroir.

— Ma mère a pété un câble en apprenant ce qui s'est passé hier soir. Elle était encore plus bouleversée que le jour où je me suis cassé le bras en tombant d'un arbre.

— Si tu veux, répondis-je en lui enserrant la taille, tu peux revenir plus tôt et rester chez moi jusqu'à ce que ta résidence rouvre. Mais laisse-lui une chance.

Elle avait le regard rivé sur moi dans le miroir et je la sentis émue.

— Si je le fais, tu donneras une chance à ton père aussi ?

Malin, Jacqueline.

Je commençai par faire la grimace, puis acquiesçai.

— Et maintenant, si tu me faisais des adieux dignes de ce nom ? dit-elle d'un air coquin.

— Oh que oui, murmurai-je en tirant sur son col.

En gardant toujours les yeux braqués vers le miroir, je lui ôtai le tee-shirt, pris un de ses adorables seins dans une main, et du pouce lui effleurai le téton. L'autre main glissa sur son ventre, puis s'aventura sous sa culotte en dentelle. Sa bouche s'ouvrit toute seule et elle posa la tête sur mon épaule – mais sans fermer les yeux. *Tellement belle*. C'était électrisant de la voir répondre ainsi à mes caresses. Je ne m'en lassais pas, je ne m'en lasserais jamais.

Elle tendit le bras vers mon sexe et sa main se referma dessus. Je poussai un grognement, pressant ses doigts. L'embrassant dans le cou, je fermai les yeux pour mieux la sentir.

— Prête pour le lit, si je comprends bien ?

— Le lit, le canapé, le comptoir de la cuisine, tout ce qui nous passera par la tête..., dit-elle dans un soupir.

Quand je rouvris les yeux, je constatai qu'ils avaient la teinte gris sombre d'un jour de pluie, tranchant avec ses yeux bleus comme un ciel d'été. Grâce à un simple miroir de salle de bains, je venais de vivre un moment intensément érotique.

— D'accord, bébé. On commence ici, dis-je en glissant deux doigts en elle, ce qui déclencha un gémissement de plaisir.

Elle était allongée, dans mes bras, et aussi fatiguée que moi. Salle de bains, *check*. Chaise du bureau, *check*. Canapé, double *check*. Le réveil allait sonner dans quelques heures, et soudain je sus qu'elle n'en avait pas terminé avec moi.

De fait, elle était on ne peut plus alerte et m'observait attentivement. *Oh, oh.*

— Qu'est-ce que tu as pensé d'Harrison ? me demanda-t-elle.

— Il a l'air gentil.

— C'est vrai, confirma-t-elle en m'effleurant la joue d'un doigt.

Sentant bien qu'il y avait autre chose, je lui tendis une perche.

— Tu veux me quitter pour lui, Jacqueline ?

Je pensais la faire rire mais elle garda tout son sérieux.

— Si ça avait été Harrison sur le parking au lieu de toi, le soir d'Halloween, tu penses qu'il serait venu m'aider ?

Le parking. Buck.

— Si quelqu'un lui avait demandé de garder un œil sur moi, tu crois vraiment qu'on lui aurait reproché, ensuite, de ne pas m'avoir protégée ?

Mon cœur se serra.

— Je sais ce que tu vas me dire…

Mais elle n'avait pas l'intention de lâcher l'affaire, même si je la sentais frissonner dans mes bras.

— Non, Lucas. Tu l'entends, mais tu ne le sais pas. En aucun cas ton père n'attendait réellement ça de toi. Je te parie qu'il ne se rappelle même pas te l'avoir dit. Il se sent responsable, tu te sens responsable, alors que ce n'est pas votre faute, ni à lui ni à toi.

Elle avait les yeux baignés de larmes mais ne flancha pas.

Je m'accrochai à elle comme si j'étais au bord du précipice et me retins de respirer, de peur de tomber.

— Je n'oublierai jamais ses cris, cette nuit-là. Comment veux-tu que je ne me sente pas coupable ? dis-je d'une voix entrecoupée de sanglots.

Sa main droite était toujours sur mon visage. De la gauche elle prit la mienne et la serra fermement, comme pour me dire, *je suis là*. Et quand elle m'obligea à repenser au garçon de treize ans que j'étais, des larmes coulèrent sur l'oreiller. J'avais toujours supposé que mon père m'en voulait mais concrètement, je ne lui avais jamais posé la question. Jacqueline avait raison : il était pris au piège de son propre chagrin, et s'il blâmait quelqu'un pour ce qui était arrivé, c'était *lui-même*. Sans m'en rendre compte, j'en avais fait autant.

— Qu'est-ce que tu n'as pas cessé de me dire, depuis que je te connais ? *Ce n'était pas ta faute*, conclut-elle.

Elle ajouta que je devais en parler à quelqu'un et trouver le moyen de me pardonner. Elle était la seule à qui j'avais envie d'en parler – mais ce serait trop lourd pour ses frêles épaules et je le savais. Cindy avait bien dû me conseiller cent fois d'aller voir un psy, insistant pour dire que ça l'avait aidée à la mort de sa meilleure amie, seulement j'étais devenu un expert pour faire l'autruche.

Je vais bien. Tout va bien.

Non. J'allais tout sauf bien. Cette nuit atroce m'avait brisé. J'avais construit une digue en moi pour contenir les dégâts mais on ne peut pas se protéger contre tout, c'est impossible. J'étais fragile – comme tout le monde, y compris la fille qui était dans mes bras. En revanche, je pouvais espérer. Aimer. Et peut-être guérir.

26

Landon

Cela faisait bien longtemps que je n'avais pas eu aussi peur.

J'avais même une trouille bleue, mais pas question de le montrer. Ça ? Ce n'était rien, *de la gnognotte*.

— Prêt, Landon ? me demanda Charles, et je hochai la tête.

Tout ce que je possédais se trouvait dans le coffre de son SUV. N'ayant pas de bagages à part un paquetage et un sac à dos, j'avais dû fourrer le gros de mes habits dans deux énormes sacs-poubelle – appropriés, vu les nippes que c'était. J'avais grappillé quelques caisses vides au magasin de pêche pour y mettre mes bouquins et mes carnets à croquis. Le truc, c'est qu'elles empestaient le poisson. Ce qui voulait dire que le temps qu'on quitte cette putain de ville, l'habitacle et toutes mes affaires embaumeraient.

Mais ça valait le coup, et plutôt deux fois qu'une. Je ne voulais plus jamais revenir ici.

Tenant sa tasse ébréchée à la main, Papa se tenait sur le seuil, les pieds écartés. La porte était défoncée et rongée par le sel de mer, comme le reste de la maison. C'était un miracle qu'elle ne se soit pas encore écroulée. Depuis des décennies elle défiait le vent, le soleil, les tempêtes tropicales et les embruns qui imprégnaient la plage de leur odeur jour et nuit.

Quand j'étais enfant, et que cette bicoque était là où vivait mon Papi, j'adorais y venir en été. Papa détestait, évidemment, mais Maman insistait. « C'est ton père. Le grand-père de Landon. C'est important la famille, Ray », lui disait-elle.

À présent, c'était Papa qui restait et moi qui partais.

D'ici, on entendait les vagues en permanence. Quand j'étais petit, passer des vacances chez Papi c'était comme dormir dans une cabane ou sous la tente – on manquait quasiment de tout, mais c'était tellement éloigné de ma vie quotidienne que ça me paraissait génial, presque magique. Je vivais à la dure pendant une semaine, et je m'imaginais abandonné sur une île déserte.

Après avoir exploré le rivage et pris le soleil, je m'allongeais sur une des serviettes moelleuses que Maman achetait avant de venir pour les laisser ici. Elles étaient si grandes que mes pieds ne touchaient pas le sable, et je pouvais y stocker tous les coquillages que j'allais collectionner durant les longues journées brûlantes qui m'attendaient.

Le soir, observant les milliers d'étoiles qui semblaient clignoter rien que pour moi, je me prenais à rêver de ce que je ferais quand je serais grand. J'aimais bien dessiner, mais j'étais aussi un crack en maths – une combinaison qui aurait pu ruiner ma réputation de mec cool si je n'avais pas en plus été bon en hockey. En résumé, je pouvais devenir artiste, scientifique ou sportif. Je songeais à l'immensité du ciel et de l'océan à quelques pas de moi, et j'avais l'impression que le monde m'appartenait.

Quel con – j'étais sacrément naïf, à l'époque.

Les serviettes de plage de Maman étaient comme tout le reste, à présent. Élimées. Usées.

Papa semblait plus âgé que Charles alors que c'était lui le plus jeune. Il n'avait pas cinquante ans mais faisait bien dix ans de plus.

C'est ce qui arrive quand on passe son temps au soleil et à la mer.

C'est ce qui arrive quand on est un enfoiré sans cœur, incapable d'aligner trois mots.

Là, tu vas trop loin, Landon.

OK, je retire.

C'est ce qui arrive quand on a du chagrin.

Il me regarda m'affairer à l'arrière de la voiture de son meilleur ami comme si c'était normal qu'un père se décharge de ses obligations parentales – le jour où son fils unique partait de la maison pour entrer à la fac, excusez du peu. Mais cela n'avait rien de nouveau pour moi. Cela faisait cinq ans qu'il me laissait échouer, me débattre, chasser les idées noires, sans jamais me tendre la main. Cinq ans que je vivais au jour le jour. Que je *survivais*. À moi de décider si je me levais, si j'allais en cours, si j'en avais quelque chose à foutre de ma situation – ou pas.

Charles m'avait donné une chance de m'en sortir, et il n'était pas question que je m'excuse de l'avoir prise.

— Dis au revoir à ton père comme il faut, me chuchota Heller en refermant le coffre.

— Mais il ne... On ne...

— Essaie. Fais-moi confiance.

Je rebroussai chemin en râlant.

— Salut, Papa.

J'avais l'impression de faire mon devoir – de le faire par égard pour Charles, mais pas plus. Il avait posé sa tasse sur la rambarde. Ses mains étaient le long de son corps, inertes.

Je le laissais à son silence et sa solitude, et soudain je me demandai en quoi ce moment aurait été différent si ma mère avait été en vie. Elle aurait pleuré, c'est certain, et m'aurait couvert de baisers. Elle m'aurait dit combien elle était fière de moi, fait promettre de l'appeler, de revenir vite, de tout lui raconter. Je me serais mis à pleurer aussi.

Alors, en mémoire de la seule femme que mon père et moi avions aimée, je passai les bras autour de ses épaules. Il fit de même, sans m'adresser un mot.

Dans mon rétroviseur, la ville rapetissait à vue d'œil. Je me concentrai dessus, n'osant pas me retourner de peur que tout cela ne soit pas réel. Cet endroit pourri et les années merdiques que j'y avais vécues auraient disparu de ma vie dans moins de cinq minutes, et de ma conscience très bientôt.

— Mets la radio, si tu veux, dit Heller, me ramenant à la réalité. Du moment que ce n'est pas un de ces chanteurs qui hurlent et que Cole adore. Il appelle ça de la musique, mais pour moi c'est du bruit.

Son fils aîné avait quinze ans, à présent. Dès qu'on était ensemble, il m'imitait : de la manière dont je me fringuais aux groupes que j'écoutais, en passant par ma façon de parler. J'avoue que ce n'était pas toujours une bonne idée. Sa philosophie dans la vie semblait se résumer à : du moment que ça énervait ses parents, il était partant.

Je fis l'étonné.

— Comment ça, t'aimes pas Slipknot ? Ni Bullet For My Valentine ?

J'éclatai de rire en voyant le regard agacé de Charles. À tous les coups, il pensait que je me fichais de lui et que ce n'étaient pas de vrais noms de groupes. N'ayant pas d'autre réponse, hormis le soupir stoïque qu'il poussait régulièrement, je branchai mon iPod sur l'autoradio et mis la playlist que j'avais faite la veille au soir. Je l'avais intitulée « *Fuck you & Goodbye* ». Les chansons étaient bien moins violentes que le titre le laissait penser, par respect pour mon compagnon de route. J'adoptais peut-être l'attitude de Cole quand il s'agissait de mon père, mais pas quand il s'agissait du sien.

Je ne voyais pas souvent les enfants des Heller – mais cela allait changer, vu que j'allais habiter dans leur jardin. Je me rappelai toutes ces fois où Papa s'était défilé au dernier moment et m'avait emmené à la gare routière, en me donnant pour seule instruction de ne pas faire de conneries chez eux.

Je n'étais plus un gamin, et il ne s'agissait pas d'aller passer une semaine de vacances là-bas. J'étais un étudiant qui avait besoin d'un logement pour les quatre années à venir. Un adulte qui n'avait pas les moyens de prendre une chambre en résidence universitaire. Heller me demanderait un loyer, mais il était dérisoire. Je savais qu'il me faisait la charité, mais pour une fois dans ma vie pitoyable je saisissais des deux mains la bouée de sauvetage qu'on me lançait.

Lucas

— Comme il y a quatre heures de route, on coupe la poire en deux, OK ? dit Jacqueline en mettant ses lunettes de soleil. Je veux bien commencer. Mais t'as pas intérêt à dormir, parce que sans toi comme copilote, on risque de se retrouver sur la route d'El Paso.

Elle commença à reculer dans l'allée et je fis au revoir de la main à Carlie et Charles.

— Mais c'est à l'opposé de là où on va, m'esclaffai-je. Ton sens de l'orientation n'est quand même pas si mauvais que ça !

— Non, sérieux. Ne tente pas le diable, tu pourrais t'en mordre les doigts. On passerait nos vacances de Pâques paumés au milieu de nulle part.

L'idée était tentante, quand je pensais à ce qui nous attendait : Jacqueline et moi pendant plusieurs jours chez mon père.

— J'aurais dû t'acheter un GPS pour ton anniversaire, finalement.

— Ça m'a l'air bien raisonnable, comme cadeau, dit-elle en fronçant le nez.

— Ah, c'est vrai, j'oubliais. Les cadeaux raisonnables sont interdits.

Elle m'avait raconté que ses parents s'offraient toujours des choses tristement pragmatiques – et du coup, à elle aussi. Mais à Noël, ils avaient battu tous les records en s'achetant leurs *propres* cadeaux.

— Maman s'est pris un nouveau tapis de course et Papa un barbecue gigantesque, avec brûleurs latéraux et un tiroir spécial pour garder la viande au chaud… Non mais il y a de quoi se flinguer !

Je ne lui avais pas dit que cela me paraissait être une bonne idée, au contraire. Mais si ça ne lui plaisait pas, ce n'était pas grave : elle n'aurait que des cadeaux très peu pratiques jusqu'à la fin de ses jours. *Chiche*.

On avait fêté nos deux anniversaires, récemment. Fidèle à elle-même, elle m'avait donné un bon pour conduire une Porsche 911 pendant toute une journée. Heller et Joseph étaient *ultra* jaloux. Quand j'avais envoyé une photo à Boyce, il m'avait répondu : « Laisse tomber le code d'honneur entre hommes. C'est décidé, je te pique ta copine. »

Pour Jacqueline, j'avais choisi une aquarelle de ma mère parmi la collection qu'il y avait au grenier, quand j'étais rentré à Noël. Elle représentait Paris sous la pluie, et pour la rendre plus présentable je l'avais fait encadrer. Jacqueline était restée silencieuse en l'ouvrant et j'étais persuadé de m'être planté, voire grillé à vie.

Et puis elle s'était jetée dans mes bras et une heure plus tard, après un dernier baiser, je lui avais dit :

— Mais qu'est-ce qui vient d'arriver ? Mon prochain anniversaire n'est que dans *onze mois*.

Jacqueline était endormie sur le siège passager lorsque je dus faire face à la réalité : nous n'étions plus qu'à un quart d'heure de la côte. Et j'emmenais ma copine *à la maison*, où elle allait se retrouver coincée entre un homme renfermé et un pote qui ne savait absolument pas se comporter en société. Oh non, est-ce qu'on allait dormir dans le garde-manger ? *Merde*. J'aurais dû réserver une chambre à l'hôtel.

Elle commença à se réveiller, bâilla, s'étira, et puis d'un coup elle se redressa, les yeux grands ouverts.

— On est arrivés ?

— Presque.

Il y avait la queue pour monter dans le ferry. Voilà ce qui arrivait quand on venait passer les vacances de Pâques dans une station balnéaire bon marché. Là où j'avais eu la bonne idée d'emmener ma petite amie, avec qui je n'étais que depuis trois mois. J'avais l'estomac plombé, comme si j'avais avalé une barre de fer. Si elle ne s'était pas réveillée à ce moment-là, j'aurais sûrement fait demi-tour. Un type en gilet orange me fit signe de prendre la file de gauche et on monta la rampe. En débarquant de l'autre côté, on serait à cinq minutes de la maison, dix peut-être à cause des touristes qui causaient les premiers embouteillages de la saison.

Le paysage n'avait rien d'extraordinaire pour moi, mais Jacqueline avait les yeux partout, comme si elle cherchait à s'en imprégner : les fresques murales colorées sur les immeubles bas, les boutiques de souvenirs et les *diners*, les rues sans trottoirs, l'eau et les bateaux que l'on voyait quasiment toujours, d'où que l'on regarde.

— Oh, des palmiers ! s'exclama-t-elle avec un grand sourire. Ils sont super mignons.

En voyant la tête que je faisais, elle ajouta :

— Je veux dire, comparés à ceux de Los Angeles, qui sont immenses... Ici, ils ont l'air de savoir qu'il n'y a pas de buildings ni de collines, qu'ils n'ont pas besoin de pousser autant. Ils sont...

— Rachitiques ?

— *Mignons* ! s'esclaffa-t-elle.

Quelques virages plus loin je m'arrêtai devant chez Papi – chez Papa, à présent. La gorge serrée, je me tournai vers Jacqueline.

— Tu sais, je ne sais pas comment il va être avec toi – mais il ne va pas se montrer grossier, quand même. Il est toujours courtois avec les clients, et ce serait...

— Lucas dit-elle en me prenant la main et en serrant. Tout va très bien se passer. Je ne m'attends pas à ce qu'il me prenne dans ses bras et organise une fête pour mon arrivée. C'est un homme tranquille, comme toi. J'avais compris.

Comme moi ?

Elle rit, et on aurait dit qu'elle avait lu dans mes pensées – elle en était bien capable.

Quand je la pris par la nuque pour l'embrasser, mes craintes se volatilisèrent. Elle était venue avec moi parce qu'elle en avait envie. On avait longuement parlé de mon père ; elle était préparée. Grâce à mes séances hebdomadaires chez le psy, j'acceptais peu à peu sa manière de gérer son chagrin, même si c'était loin d'être parfait, pour lui comme pour moi.

Papa ne sortirait peut-être pas le tapis rouge pour elle, mais il serait poli. Quant à Boyce, s'il faisait l'imbécile, cela n'empêcherait sans doute pas Jacqueline de l'aimer. Et à bien y réfléchir, le lit dans le garde-manger n'était pas plus petit que le sien à la résidence.

— Merci.

Mon front pressé contre le sien, je la regardai retracer du doigt les tatouages que j'avais sur le bras. Quand elle m'embrassa de nouveau, sa langue s'amusa avec mon piercing. Elle adorait faire ça, et avait même boudé en apprenant que je serais obligé de l'enlever à partir du moment où je passerais des entretiens d'embauche.

— Mais de rien, chuchota-t-elle tout contre mes lèvres.

On se regarda et je portai une main à sa joue. *Je t'aime*, articulai-je en silence. J'étais prêt à le dire en vrai, mais je ne savais pas trop comment. Je n'avais jamais dit ça à une fille. Je ne l'avais même jamais ressenti – pas vraiment. Pas comme ça. C'était ridicule de penser que j'avais pu aimer Melody Dover. J'avais ressenti quelque chose pour elle, mais c'était un peu comme se tenir sur le premier barreau d'une échelle, alors qu'avec Jacqueline j'étais quasiment au sommet.

Quand Papa vint nous ouvrir, on aurait presque dit qu'il souriait – chose que je ne l'avais pas vu faire depuis des années.

— Fiston, dit-il en prenant un de nos sacs. Entre.

Il avait ouvert toutes les fenêtres et la maison sentait la mer et le sable, visibles par la porte de derrière. Il avait aussi repeint les murs et les boiseries en blanc crème, et enlevé la vieille moquette pour laisser le parquet à nu. Il était usé mais c'était cent fois mieux. L'une des toiles de Maman trônait au-dessus du canapé. J'étais en train de scotcher dessus quand il dit :

— Vous devez être Jacqueline.

— Oui. Ravie de vous rencontrer, monsieur Maxfield.

Au prix d'un immense effort, je me détournai du tableau pour voir mon père serrer la main de ma chérie en souriant à moitié – encore.

— Je vous en prie, appelez-moi Ray. Je suis très heureux que vous soyez venue avec Landon, enfin je veux dire, Lucas.

C'est nouveau, ça.

Il prit les deux sacs et se dirigea... vers sa chambre ? Jacqueline suivit, observant le mobilier (clairsemé mais propre) de la même manière qu'elle avait inspecté la ville : en enregistrant chaque détail. J'entrai dans la chambre de Papa, sauf que ce n'était plus la sienne. Le lit de Papi était contre le mur du fond, avec la table de chevet et une nouvelle lampe. Sa commode était en face. La housse de couette était neuve et les murs peints d'un bleu très clair. Il avait accroché un autre tableau de Maman au-dessus du lit, et un élégant miroir trônait sur la commode.

— J'ai pensé que vous aimeriez avoir votre intimité... quand vous venez me voir, alors j'ai déménagé dans la chambre de ton grand-père il y a quelques semaines. La première chose que je fais en me levant, c'est vérifier le temps qu'il fait sur le golfe. Je sais si la journée va être bonne ou pas, comme ça.

— Quelle jolie chambre, s'exclama Jacqueline en regardant par la fenêtre les palmiers qui formaient un bosquet près de la maison. Je l'adore. C'est une toile peinte par votre femme, n'est-ce pas ?

Elle s'approcha pour l'inspecter et je gardai les yeux rivés sur Papa.

— En effet, répondit-il, avant de se tourner vers moi. Après ton départ à Noël dernier, je me suis dit qu'elle aurait été triste de voir ses tableaux remisés au grenier, au lieu d'être sortis et admirés. Bien, je vous laisse vous reposer un peu. J'imagine que vous avez prévu de sortir, ce soir ?

— Non, on voit Boyce seulement demain.

— D'accord, je peux me charger du dîner, si vous voulez manger ici. J'ai attrapé un énorme vivaneau hier. On va sûrement arriver à en faire quelque chose.

— Super. C'est parfait.

Il hocha la tête et referma discrètement derrière lui.

— Ben merde alors, m'exclamai-je en tombant lourdement sur le lit.

— Jamais on ne parlait de Maman, tu sais, dis-je en faisant des dessins invisibles sur le dos de Jacqueline.

Au dîner, on avait évoqué la fin prochaine de mes études et ce projet de recherches avec M. Aziz, qui m'avait obligé à me remettre en question et donné envie de prendre une direction imprévue.

Ta mère aurait été fière, avait commenté mon père, et Jacqueline m'avait serré la main sous la table, car elle savait ce que ces mots signifiaient pour moi.

On était au lit, dans la pièce où mes parents avaient dormi chaque fois qu'on était venus ici, pendant les treize premières années de ma vie. Papa avait pris la place de

Papi, et d'autres tableaux de Maman ornaient sa nouvelle chambre, qu'il avait peinte en vert d'eau.

Le garde-manger avait retrouvé sa fonction première, et il y entreposait aussi ses boîtes d'archives. Les trous dans le mur avaient disparu. La suspension marron avait été remplacée par un plafonnier classique. J'avais éclaté de rire en découvrant ça lorsque Papa m'avait envoyé chercher de l'ail. Je me sentais en sécurité dans cette alcôve douillette, et je me rendis compte que je l'avais toujours été. C'était d'autant plus étonnant quand on pensait que tout le reste était parti en vrille.

— Merci de m'avoir amenée ici.

Jacqueline se tourna pour me faire face dans la semi-obscurité, ses yeux brillant dans le faible clair de lune. Dehors, le bruit des vagues venant s'écraser sur le sable faisait penser à un battement de cœur léger.

— Merci à toi d'être venue.

Elle approcha tout près de moi.

— Tu ne vas vraiment pas me dire où tu vas postuler ?

— Non, et tu sais très bien pourquoi.

— Tu veux que je tente ma chance dans les conservatoires de mon choix sans me soucier de la ville où tu atterriras, récita-t-elle, tout en se retenant de râler. Le problème, c'est que je ne supporte pas l'idée que dans six mois – non attends, dans *cinq*, on puisse se retrouver chacun à l'autre bout du pays.

Je n'avais aucune intention de mettre une quelconque distance entre nous pendant les deux prochaines années, mais je préférais ne pas lui parler de mon plan tant que je n'étais pas certain qu'il marche. Il y avait une part de chance dans l'équation et je ne voulais pas qu'elle soit déçue. Je lui pris le visage dans les mains.

— Tu ne vas pas me perdre. Mais il n'est pas question que je te fasse ce que Kennedy t'a fait. Tu as des rêves, et tu dois les réaliser. J'ai *besoin* que tu les réalises.

Parce que…, fis-je en prenant une inspiration, … je t'aime, Jacqueline Wallace.

Elle déglutit, les yeux baignés de larmes.

— Je t'aime aussi, Landon Lucas Maxfield.

Sentant mon cœur gonfler de joie, je me penchai pour l'embrasser, l'aimer, la posséder. Dans sa formule un peu cérémonieuse, j'entendis comme un écho de mon avenir – un avenir dont j'étais si sûr que même l'éloignement n'aurait pu me dissuader. « Landon Lucas Maxfield, acceptez-vous de prendre pour épouse… »

La chance, ça pouvait se tenter mais aussi se conquérir. On pouvait la découvrir là où on ne l'attendait pas. Après tout, j'avais trouvé un trésor en rencontrant Jacqueline. J'avais trouvé mon avenir. J'avais trouvé le pardon. Ma mère aurait été heureuse pour moi. Pour la première fois depuis bien longtemps, je ne me sentis pas coupable.

Épilogue

La candidature de Jacqueline fut retenue dans cinq conservatoires, mais, quand elle reçut la réponse d'Oberlin, elle en oublia tout le reste. À peine avait-elle lu le mail lui annonçant qu'elle était acceptée qu'elle sautait sur mon canapé en poussant des cris perçants. Francis fila se cacher sous le lit. Quand je fus certain qu'elle hurlait parce qu'elle était heureuse – et non parce qu'elle venait d'apercevoir une araignée gigantesque –, je lui ouvris les bras. « Félicitations, ma chérie », murmurai-je contre sa joue. Qu'est-ce que j'aimais cette fille. Elle était douée pour le bonheur.

Elle envoya un SMS à Erin. Elle appela ses parents. Elle écrivit un mail à son chef d'orchestre.

Ensuite, elle calcula combien de kilomètres nous sépareraient si elle partait dans l'Ohio et que je restais ici. Deux sociétés locales me faisaient les yeux doux, et c'était plutôt tentant. J'avais aussi décroché un second entretien pour un job incroyable dans une entreprise spécialisée en robotique – une place de designer ultra cool dont je n'aurais même pas rêvé quatre ans plus tôt, quand je faisais des pieds et des mains pour entrer à la fac.

Je l'emmenai au restaurant pour fêter ça, et refusai de parler de notre avenir proche. « Pas ce soir », lui répétai-je jusqu'à ce qu'elle finisse par laisser tomber. Si on devait vivre une relation à distance pendant deux ans, on le ferait. Mais maintenant que je savais où Jacqueline allait, mon objectif était fixé.

Aux précédentes vacances de Noël, lors du fameux dîner chez mon ami Joseph, j'avais fait la connaissance de la petite sœur de son copain Elliott, Reni, qui était en troisième année de médecine à Cleveland – dans… *l'Ohio*. Ils s'étaient mis en tête de nous mettre ensemble, ce soir-là ; évidemment leur plan avait capoté, mais grâce à eux, on s'était rapprochés. Fascinée par le projet de recherches qui allait m'occuper pendant les cinq mois à venir, Reni m'avait parlé d'un de ses tuteurs, qui travaillait dans le domaine de la bio-ingénierie.

Quand j'envoyai un mail à Reni pour tâter le terrain, elle eut la gentillesse de faire passer mon CV à ce professeur. Il avait fondé une start-up à Cleveland avec deux autres associés. L'un d'entre eux connaissait M. Aziz, qui m'avait écrit une recommandation d'enfer. Une semaine après, ils appelaient pour savoir si l'on pouvait se rencontrer.

La machine était en marche. Le reste ne tenait qu'à moi.

— Pourquoi tu refuses de me dire où tu vas passer cet entretien ? Alleeez…

Depuis quarante-cinq minutes, Jacqueline essayait de me tirer les vers du nez, pendant qu'on regardait un film de zombies.

— Je croyais qu'on était censés tout se dire ?

Son ton implorant et l'expression craquante qu'elle prit en me regardant faillirent bien me faire céder. Elle était vraiment trop forte à ce jeu.

— Bien essayé, ironisai-je, et elle me lança un regard mauvais.

— Je m'en fiche, je vais demander à Cindy.

— C'est d'ailleurs pour cette raison que je ne lui en ai pas parlé non plus.

Elle tapa du pied en entendant ça, ce qui me fit éclater de rire. C'est là qu'elle susurra à mon oreille, « J'adore quand tu ris, t'es encore plus beau », puis me passa les bras autour du cou pour m'embrasser.

Avant de lâcher prise complètement, je lui chuchotai :

— La flatterie ne te mènera nulle part... mais *je t'en supplie*, n'arrête jamais d'essayer.

Pour fêter mon master, on fit un barbecue dans le jardin des Heller. Papa avait pris trois jours de congé pour assister à ma remise de diplôme – une première en huit ans. C'était aussi la preuve que tout n'était pas perdu avec ses meilleurs amis. En les regardant bavarder tous les trois, j'espérai ardemment que ce week-end marque le début d'une nouvelle ère pour lui.

Je n'avais encore rien dit à personne, même si Charles, Cindy et Papa étaient au courant pour les offres que j'avais reçues et avaient échangé un regard entendu quand je leur avais annoncé que j'avais pris ma décision, ce matin-là, au petit déjeuner. Mais il y avait une personne que je devais mettre au courant avant de leur en faire part, et elle était dans ma cuisine, en train de mettre les restes du barbecue au frigo.

— J'ai accepté une offre vendredi, commençai-je, et ce fut à peine si elle réagit.

Je me demandais ce qui lui passait par la tête quand enfin elle me regarda, laissant tomber les Tupperware. Ma courageuse Jacqueline avait le plus grand mal à refouler ses larmes.

Je la fis asseoir sur le canapé et la pris dans mes bras.

— C'est une start-up. On n'est même pas dix pour l'instant. Les trois chefs sont des professeurs de cardiologie qui cherchent à développer des outils non invasifs permettant le diagnostic et le traitement des problèmes cardiaques. Et puisqu'on ne peut pas se passer d'une procédure invasive, parfois, ils espèrent aussi trouver un moyen de l'améliorer.

Bref, ils avaient besoin de quelqu'un s'y connaissant en matériaux souples durables.

Quand je la vis plisser le front, je sus qu'elle n'avait pas tout suivi. Alors je lui parlai du salaire, auquel viendraient s'ajouter des actions.

— Si la boîte marche, c'est tout bénef pour les employés. Ils m'ont demandé de commencer la seconde semaine de juillet.

Elle tenta bien de sourire, mais je n'étais pas dupe. Je savais ce qu'elle pensait : *On va se retrouver à 2 000 km l'un de l'autre*.

Je respirai un bon coup et me lançai.

— Donc, mon dilemme, c'est : est-ce qu'il vaut mieux vivre à Oberlin et faire la navette, ou bien habiter en banlieue de Cleveland et venir te voir tous les jours ?

Je regardai son expression changer quand elle prit conscience de ce que je venais de dire. Ses yeux s'embuèrent de larmes et elle bafouilla quelque chose qui ressemblait à « Quoi ? ».

— Oh, je ne t'ai pas dit ? L'entreprise est à Cleveland.

À une demi-heure de route d'elle, donc.

On resterait séparés pendant six semaines entre le moment où je m'installerais là-bas et celui où elle ferait sa rentrée, mais ce n'était pas le moment d'y penser. Je l'emmenai dans ma chambre pour lui montrer toutes les manières dont j'avais l'intention de fêter ce succès.

Ces six semaines de séparation avaient été un enfer.

Le temps que l'avion atterrisse, j'étais prêt à casser un hublot pour retrouver Jacqueline plus vite.

Il était prévu qu'on déjeune avec ses parents et qu'ensuite on parte pour un road trip de deux jours, direction l'Ohio. On s'arrêterait pour la nuit dans le Kentucky et on retrouverait le camion de déménagement à sa nouvelle résidence universitaire le lendemain soir.

Comme toujours, tout disparut autour de moi quand je la vis. Je courus la rejoindre et elle bondit de son pick-up. Elle portait une robe blanche et une veste à manches courtes par-dessus. Je laissai tomber mon sac par terre pour la serrer dans mes bras.

— Je t'ai manqué ? lui demandai-je, avant de glisser une main sous sa veste – et de tomber sur sa peau.

Sa petite robe d'été était dos nu. *La vache*, la journée allait être longue – il n'était pas encore midi et déjà j'imaginais verrouiller la porte de notre chambre d'hôtel ce soir-là.

— Embrasse-moi et tu sauras à quel point, me dit-elle en se mettant sur la pointe des pieds.

Son regard était la malice incarnée. Je promenai mes doigts sur ses omoplates, puis la poussai contre la portière. J'avais envie d'enlever la toute petite agrafe qu'elle avait dans le cou et elle le savait.

Ce qu'elle ne savait pas, c'est que moi aussi j'avais de quoi la torturer.

Je léchai ses lèvres pulpeuses du bout de la langue, mais n'allai pas plus loin pour l'instant. Elle ronronna de plaisir et m'obligea à ouvrir la bouche pleinement. Nos langues s'emmêlèrent – quand soudain elle eut un mouvement de recul. Ses mains agrippèrent mes biceps et elle me regarda avec des yeux ronds.

— Lucas.

— Oui ?

Elle braqua les yeux sur ma bouche.

— Tu as... ? C'est un... ?

— Ça te plaît ? lui demandai-je, et je la vis littéralement frissonner des pieds à la tête. Je savais que mon piercing à la lèvre te manquait. Je me suis dit que tu serais contente d'avoir autre chose pour jouer.

— Laisse-moi voir.

J'ouvris la bouche sans discuter et elle observa attentivement la petite boule métallique plantée dans ma langue.

— Oh, mon Dieu..., fit-elle en se léchant la lèvre. C'est vrai ce qu'on raconte là-dessus ?

Je lui fis un sourire en coin.

— Tu le découvriras par toi-même ce soir, tu ne crois pas ?

Je l'embrassai plus fougueusement encore. Cette fois, son gémissement tenait davantage de la supplication et promettait des moments savoureux. Je m'écartai un peu pour lui chuchoter à l'oreille :

— Dis-moi, combien de temps elle va durer encore, la phase *bad boy* ? Je ne sais pas si tu t'en rends compte, mais je fais de mon mieux pour la prolonger.

— Oh, non, la honte. J'arrive pas à croire que tu sois au courant !

Je lui relevai le menton. Elle avait piqué un fard.

— Alors, comment je m'en sors, Jacqueline ? Je satisfais tous tes désirs, ou bien tu trouves que je néglige certains aspects ? J'ai peut-être un super job et une copine dont je suis éperdument amoureux... mais j'ai aussi une sacrée imagination.

Fut un temps où il y avait un instant décisif qui séparait *l'avant* de *l'après*. Dans l'avant résidait tout ce qui était beau et bon – un rêve qui s'évaporait au réveil. Les souvenirs de ma mère étaient piégés là, et je faisais tout pour les oublier parce qu'ils me blessaient et me jetaient la pierre. Dans l'après, c'était la lutte permanente. L'épreuve. La réalité à l'état brut, et il n'y avait rien d'autre à faire que survivre.

Et puis Jacqueline était arrivée. Cet amour-là. Cette guérison. Cette nouvelle réalité où l'avant et l'après n'étaient plus séparés par un immense fossé. Où chaque moment devenait un souvenir tangible et une promesse de ce qu'il restait à venir. Où chaque moment était un *présent* qui valait la peine d'être vécu – et j'allais savourer tous les instants, à commencer par celui-ci, avec la femme de ma vie s'abandonnant dans mes bras.

Remerciements

Merci aux lectrices qui m'ont écrit après avoir lu *Easy*. Vos histoires étaient bouleversantes, inspirantes, rageantes, stimulantes. Merci à celles qui m'ont raconté que le livre les avait poussées à s'inscrire à un cours d'autodéfense, à consulter un psychiatre ou à le faire lire à une amie, une fille, une sœur, une nièce. Je vous embrasse toutes sans exception.

Merci à Kim, ma sœur de cœur. Tu es mon Erin.

Merci à mon grand-père, mon père et mon frère d'être le genre d'hommes prêts à défendre, respecter et protéger les femmes de leur vie. Vous m'avez appris chaque jour ce qu'un homme devrait être et comment il devrait me traiter. Grâce à vous, je ne me suis jamais contentée de moins.

Merci à Paul, mon incroyable mari, d'être aussi un de ces hommes. Ton amour et ton soutien sont tout pour moi. Sans toi, je n'y arriverais pas.

Tout mon amour à mes parents et mes beaux-parents. Je suis heureuse et reconnaissante d'avoir chacun d'entre vous dans ma vie.

Merci à mes excellentes critiques et lectrices en avant-première : Colleen Hoover, Tracey Garvis Graves, Elizabeth Reyes, Robin Deeslie et Hannah Webber, ainsi qu'à ma relectrice à la maison d'édition, Cindy Hwang.

Vos suggestions pertinentes ont aidé à faire vivre Lucas entre ces pages, et à rendre justice à son histoire.

Un remerciement particulier à mes agentes, Jane Dystel et Lauren Abramo, qui m'ont donné des conseils essentiels et m'ont aidée à garder la tête froide dans ce monde encore nouveau pour moi. J'apprécie énormément ce que vous avez fait.

Et enfin, une pensée à toutes celles qui ont survécu à un événement dévastateur, qui a anéanti la confiance que vous aviez en vous en une fraction de seconde. Que vous vous soyez acharnées contre, effondrées, ou entêtées à l'enfouir pendant des années – peu importe. Chaque jour qui passe, vous êtes plus fortes. Chaque jour, vous guérissez. Chaque jour que vous survivez, vous dites à cet événement, à cette personne, à ce souvenir : TU N'ES PAS MOI. Continuez comme ça.

Composition
NORD COMPO

Achevé d'imprimer en Espagne
Par CPI BOOKS IBERICA
Le 6 juin 2016.

Dépôt légal : juin 2016.
EAN 9782290119259
OTP L21EDDN000787N001

ÉDITIONS J'AI LU
87, quai Panhard-et-Levassor, 75013 Paris
Diffusion France et étranger : Flammarion